1

Dédicace

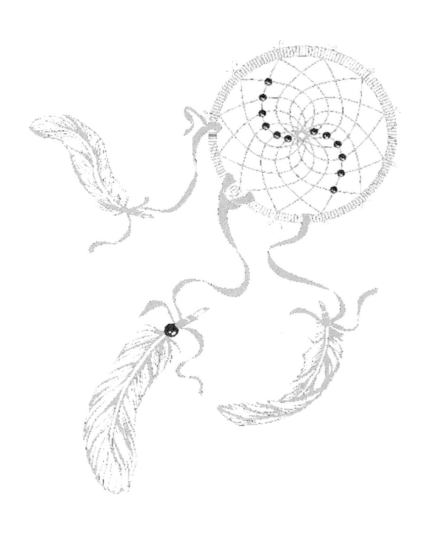

Love in DREAM

ABBY SOFFER

http://abby-soffer.fr/
E-mail : abby.soffer@gmail.com
© 2017, Abby Soffer.
© 2024, pour la présente édition.
Tous droits réservés.

Illustration : ©Sweet Contours
Maquette : MD Design

Ce livre est une œuvre de fiction. Les noms, les personnages, les lieux et les événements sont le fruit de l'imagination de l'auteur ou utilisés fictivement, et toute ressemblance avec des personnes réelles, vivantes ou mortes, des établissements d'affaires, des évènements ou des lieux ne serait que pure coïncidence.

Le hasard ne serait-il pas l'expression que l'homme a choisie pour se laisser l'illusion qu'il a un pouvoir sur son destin ?

Une pensée pour toi Papi,
J'espère que là où tu es, tu as enfin trouvé la paix.

Maman, ce tome-là est pour toi.
Il est censé te dire tout ce que je ne sais pas exprimer.

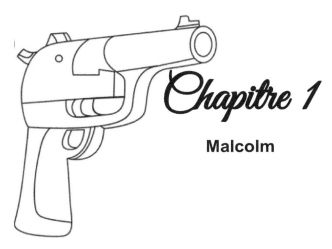

Chapitre 1

Malcolm

Elle vient de résumer en quelques mots toutes mes conclusions. Comme elle, je me suis interrogé sur les raisons de cet acharnement. Plusieurs points sont devenus évidents au fil de nos recherches. Le type aux commandes est intelligent, très intelligent même. Il planifie le moindre de ses actes avec attention.

J'aurais tendance à penser qu'il n'a pas besoin qu'une personne le renseigne de l'intérieur, mais il serait imprudent de ma part de négliger la moindre piste.

Je peux compter sur les doigts d'une main, nos certitudes.

Petit un : l'agresseur a une dent contre ma protégée, mais n'a jusque-là tenté que de lui faire peur.

Petit deux : nous avons affaire à un pro. Tout est bien trop prémédité, calculé pour un simple amateur.

Petit trois : Jadde est une personne sans histoire, et n'a jamais fait de vagues. Sans vraiment m'avancer, je doute qu'avec un tel profil, un pro perdre autant de temps à traquer sa victime, sans un sacré paquet de fric à la clef. Aussi, je serai prêt à parier ma chemise qu'il y a un commanditaire.

La récolte est plutôt maigre, mais je pense sans trop m'avancer que la vraie question réside dans le mobile.

Que peuvent-ils lui vouloir ?

Pour s'en prendre à quelqu'un, il faut une raison de le faire. On ne se met pas à buter des gens sans la moindre explication. Même les tueurs en série ont un mode de pensée, tordu certes, mais un modèle à penser quand même. Le premier motif, c'est le pognon, juste derrière viennent l'amour et la jalousie. Dans l'état actuel des choses, aucune de ces options ne peut être écartée.

Éloignant pour la millième fois, ces considérations qui ne me mènent à rien, je repense en frissonnant, à la proposition insensée de la gamine. Elle semble déterminée à jouer les appâts. À quel point l'est-elle ? Bien trop, à mon avis, pour sa propre sécurité. Dieu seul sait que jamais, ô grand jamais, je ne la laisserais prendre un tel risque. Mais je ne suis pas dupe non plus, elle est plus têtue qu'une mule et je doute qu'elle attende mon aval.

J'ai appris à découvrir la jeune femme qui se cache derrière cette apparente assurance et je sais à quel point elle est déterminée. Satanée bonne femme ! Tout en paradoxe, aussi forte que fragile, elle me rappelle ma fille chaque jour un peu plus. Étrangement, elle calme aussi cette douleur lancinante qui me tord le ventre en permanence.

J'aurais aimé qu'elle rencontre Mélinda. Elles seraient certainement devenues amies. Aussi courageuses que déterminées, elles ont beaucoup de points communs et j'avoue bien volontiers que je me suis pris d'affection pour cette adorable brunette, malgré sa tendance innée pour attirer les catastrophes.

En attendant, je l'écoute, lui laissant croire qu'elle a une chance de me convaincre. Non, mais quelle blague ! Comme si j'allais la laisser à la merci de ce dingue ! Même si je dois avouer que, d'un point de vue purement stratégique, ce pourrait être une option intéressante.

Je lui oppose une montagne d'arguments et je suis surpris de constater jusqu'à quel point elle a poussé sa réflexion. Dans un autre contexte, j'aurais certainement envisagé cette solution, mais ce mec est beaucoup trop avisé pour prendre un tel risque.

Reste un problème ! À cause de ses âneries, il sait où la trouver, mais je suis sûr qu'il s'attend aussi à un piège, alors il va tenter de nous prendre à contre-pied. Je n'ai pas encore parlé au gamin, mais je pense qu'il sera d'accord avec moi, il faut la transférer ailleurs au plus tôt.

En attendant, sa détermination m'effraie un peu. Mais je suis tout aussi résolu qu'elle à m'opposer à sa folie. Au bout d'une heure de débat intense, elle me pose la question fatidique :

— Tu m'aides ou pas ?

Comme je suis un type intelligent, et que je sais parfaitement que m'opposer de front serait une erreur tactique, je concède avec prudence.

— Je ne te dis pas « non », mais je ne te réponds pas non plus par l'affirmative. En attendant, tu dois me promettre un truc : ne tente rien en solo et ne sors d'ici sous aucun prétexte.

Elle me renvoie une moue agacée et s'apprête à relancer le débat. Seulement, je lui coupe l'herbe sous le pied :

— Je ne plaisante pas, fillette, je veux que tu me certifies que tu ne feras rien sans moi…

Elle grimace et détourne la tête.

— Je te préviens, si j'ai le moindre doute, j'en parle direct au gamin.

— NON ! s'oppose-t-elle, presque horrifiée. Je ne veux pas qu'il soit en ligne de mire. Il se placera dans l'axe pour me protéger et je refuse qu'il se retrouve en danger par ma faute.

— Alors…

— Tu es insupportable. D'accord, je ne tenterai rien seule, mais je n'attendrai pas indéfiniment.

Satisfait, je m'apprête à noyer le poisson un peu plus, quand mon portable sonne. Pour n'importe qui, entendre son téléphone n'est pas vraiment un problème, pour moi par contre, c'est des emmerdes à l'horizon. Trois personnes possèdent ce numéro. Et avec chacune d'elles, c'est la merde à coup sûr.

Même quand Jadde l'utilise pour passer des appels, mon installation de brouilleur maison empêche les traqueurs les plus aguerris de remonter jusqu'à nous. Alors l'entendre résonner fait à coup sûr battre mon cœur plus violemment dans ma poitrine.

Soucieux de ne rien laisser paraître, je passe mon visage en mode inexpressif et j'attrape le combiné, la boule au ventre.

J'ai reçu un SMS de Gérald. Je l'ouvre, sentant mon rythme cardiaque qui s'accélère encore dès le premier mot.

[Code rouge, Braden en danger ! Besoin d'aide, la cible est sur place !]

Comme toujours, Gérald ne s'embarrasse pas de conneries

inutiles et va droit au but. Dans ma tête, j'évalue la situation sous tous les angles en une poignée de secondes et cherche les solutions pour protéger les deux gosses. Une chose est certaine, je ne peux pas emmener Jadde avec moi. Si Braden est en danger, je dois intervenir. Bordel ! Comment suis-je censé faire pour me dédoubler ?

Je réfléchis à toute vitesse. Dans ma tête, les idées bouillonnent, mais comme toujours je reste impassible. Pas question d'inquiéter Jadde inutilement, tant que j'ignore de quoi il retourne. La meilleure solution reste de l'enfermer ici. Je doute qu'elle soit assez idiote pour en profiter et faire une connerie.

Pour me rassurer, je renouvelle ma demande, pour être certain qu'elle ne va pas jouer les kamikazes.

— On est bien d'accord, tu ne fais rien de stupide et tu ne bouges pas d'ici ?

Elle opine, tandis que sur son front se dessine une ride d'expression inquiète.

— Qu'est-ce qui se passe ? demande-t-elle, parfaitement consciente qu'il y a un truc qui cloche.

J'opte pour une demi-vérité, à mentir autant limiter les dégâts.

— J'ai une affaire urgente sur le feu, rien de grave, mais je dois rendre service à un ami. Je ne partirai que si je suis certain que tu tiendras ta parole.

Elle ne me croit qu'à moitié, mais pas le temps de la convaincre. Si effectivement le gamin est en danger, il faut que je décolle, et vite !

J'insiste en la regardant avec impatience. Elle pousse un soupir de profonde lassitude et finit par lâcher :

— Ça va, je ne bougerai pas d'ici.

— Promis ?

— Je ne suis pas une gamine ! lâche-t-elle avec humeur.

Elle semble de plus en plus énervée et poursuit en haussant le ton :

— Non, je ne tenterai rien sans que tu assures mes arrières, ça te convient ?

Je vais devoir la croire sur parole.

En moins de temps qu'il ne faut pour le dire, je récupère ma veste pour cacher mon arme et me précipite à l'extérieur. Je ferme la porte à double tour, et trente secondes plus tard, j'ai déjà descendu la volée de marches jusqu'en bas de l'immeuble.

La circulation est trop dense pour s'emmerder avec un véhicule, alors je m'élance dans l'avenue qui me sépare du restaurant. Je mets quatre minutes trente pour l'atteindre, en courant comme un dératé. Je pousse mon corps au-delà de ses limites, il a l'habitude et ne proteste pas.

Arrivé sur place, je suis déjà sur le qui-vive. J'observe aux alentours, sans rien voir de suspect, mais je ne m'y fie pas vraiment. J'ai eu l'occasion d'étudier les lieux avec attention. Du coup, je sais très exactement quel chemin emprunter pour me glisser à l'intérieur sans être vu. Je passe par l'arrière, c'est la voie la plus rapide et la plus discrète.

Dès que j'entre, c'est le silence qui m'accueille. Mon arme à la main, j'avance lentement en examinant pièce après pièce. Je m'attendais à trouver Gérald, et son absence commence à m'inquiéter. Quand je suis à cinq mètres de la porte du bureau, elle s'ouvre d'un coup sec, laissant sortir un glaçon arctique qui aurait autant sa place sur la banquise que les pingouins. En tout cas, elle en a la démarche engoncée dans son tailleur trois étoiles. Elle me déplaît instantanément.

Derrière elle, un type tout aussi antipathique lui colle aux basques comme une sangsue. Elle a un léger mouvement de recul en voyant mon arme, mais ne s'arrête pas pour autant. Elle me toise, hautaine, et si ce n'était pas une femme, elle prendrait bien mon poing dans la gueule. Son intrusion me prend de court une demi-seconde, mais la raison de ma présence reprend le dessus immédiatement. Je la pousse sans ménagement pour avancer jusqu'au bureau.

Il me suffit de croiser le regard dépité de Braden pour comprendre que je me suis fait avoir comme un bleu. Dans ses yeux, l'accablement disparaît en un clin d'œil. Il semble comprendre que ma présence annonce une très mauvaise nouvelle. En moins de deux, il me rejoint et nous sortons comme des fous pour retourner à l'appartement. Je manque de renverser deux mémères avec leurs cabots débiles qui nous aboient dessus comme des possédés. Je bouscule, dérape et manque de tomber, mais je n'en ai rien à foutre, il me faut rapidement revenir sur mes pas et le plus vite possible.

Si j'étais inquiet tout à l'heure, là, je suis carrément terrifié. Courir ne m'empêche pas de me fustiger et d'imaginer les pires scénarios. Non, mais quel con ! Comment ai-je pu me laisser avoir ? J'étais tellement certain que personne ne pouvait connaître cette ligne que je me suis laissé prendre. Ma suffisance s'est retournée contre moi, et c'est elle qui va en payer le prix ! Putain de merde !

En même temps, je n'arrête pas de me répéter que je n'ai pas été là pour Mélinda, et qu'il n'est pas question que je commette la même erreur, une seconde fois.

Rien n'est encore joué, au pire, cette ordure a treize minutes d'avance. C'est malheureusement, bien plus qu'il n'en faut pour la mettre hors d'état de nuire. La môme a beau être coriace, elle reste une proie facile pour une personne entraînée. La seule chose qui me rassure, c'est qu'elle ne se laissera pas faire.

Je réalise que le gamin me suit toujours quand je le bouscule en tournant au coin de la rue. Il se fige une demi-seconde en voyant une armoire à glace balancer un corps inerte dans la malle de sa caisse. Le temps presse, je sors mon arme et retire la sécurité. Mais voilà, nous sommes encore dans une rue passante et non dans la ruelle déserte dans laquelle est garée la caisse. Je ne peux pas risquer de blesser un innocent dans l'histoire.

Je m'avance en courant pendant que le kidnappeur grimpe à l'avant de la voiture. C'est à cet instant que nos regards se croisent. Il sourit comme un chat qui s'apprête à bouffer une souris. Il transpire la folie, ce qui me fait craindre le pire pour ma protégée. Seule certitude, il ne l'a pas tuée, sinon il n'aurait probablement pas pris la peine de s'encombrer d'un colis gênant.

Je pointe mon arme dans sa direction et il fait la même chose. Or, ce n'est pas moi qu'il vise. Sans ménagement, je pousse le gamin quand il tire dans sa direction. Il s'étale au sol de tout son long, mais je n'ai pas le temps de m'en occuper. Jouer les héros a toujours des conséquences désagréables. En mettant Braden à l'abri, c'est moi qui m'expose et une douleur fulgurante me transperce le flanc. Et merde !

On verra pour soigner les bobos plus tard. Le taré a démarré la voiture. Grâce au ciel, l'autre extrémité de la rue est bouchée par un camion-benne et il va devoir venir dans notre direction pour s'échapper. Il appuie sur l'accélérateur et le monde autour de nous disparaît. Ne reste que la bagnole qui fonce droit sur moi. Je lève mon arme dans sa direction, et son sourire s'agrandit. Il pense vraiment que je ne vais pas oser tirer sur une cible en mouvement, avec Jadde dans la voiture ? Le trop-plein d'assurance et l'arrogance sont de très vilains défauts et cette fois, cela va se retourner contre lui.

Je vise.

Je ne tire que pour tuer.

Pas de quartier.

C'est lui ou moi, personne d'autre ne peut entrer dans l'équation.

Pas d'hésitation.

Hésiter tue !

Je presse la détente et je sais qu'il est cuit.

Je suppose qu'il croit que ses vitres pare-balles vont le protéger. Je rigole à cette idée. Tu ne sais pas qui je suis, et encore moins d'où je viens. Il réalise son erreur trop tard, quand se fige à jamais son sourire arrogant.

La balle transperce son crâne, comme du beurre, et explose la vitre arrière pour finir dans le mur. Son corps sans vie s'écroule sur le volant.

Mais entraînée par sa vitesse, la voiture continue sa course folle. Elle fonce toujours droit vers moi. Il ne me reste qu'une demi-seconde pour réagir. Je tire une seconde fois, faisant exploser le pneu. Le cercueil roulant dévie instantanément de sa trajectoire. J'ai à peine le temps de m'écarter du chemin qu'elle s'écrase pitoyablement contre le mur derrière nous, dans un fracas horrible de tôle froissée. À la même seconde, un cri d'agonie me transperce de part en part.

— Jaaaaaaaaaadddddddddddddeeeeeeeeeee !

C'est un hurlement effroyable, teinté de terreur. Je tourne la tête vers le gamin qui se relève précipitamment et manque de trébucher, avant de courir vers la voiture. Elle n'est qu'à quelques mètres, mais elle me semble soudain à des années-lumière. Je m'avance à sa suite pour l'aider à sortir Jadde de la boîte à sardines dans laquelle elle est toujours enfermée. J'ai à peine fait un pas qu'une douleur sidérante me coupe le souffle. Je tombe à genoux.

Je cherche à me remettre debout, mais mon corps refuse d'obéir. Je porte la main à mon flanc, essayant d'évaluer la gravité de la situation. Ma main pleine de sang me renseigne en me tirant un grognement de douleur. Merde ! C'est plus grave que prévu ! Malheureusement, je n'ai pas fini ma mission et il n'est pas question que je ne la mène pas à terme.

Je tente de m'éclaircir suffisamment les idées pour trier les actions par ordre de priorité. D'abord, limiter l'hémorragie. Ce n'est pas la première fois que je me prends une balle et certainement pas la dernière. J'arrache mon t-shirt et détache ma ceinture. Le gamin a déjà rejoint la voiture et tente d'ouvrir le coffre.

Je hurle.

— Braden !

Il ne m'accorde pas un regard, trop occupé à la rejoindre.

— Gamin ? Putain ! Si tu veux de l'aide pour la sortir de là, j'ai besoin de toi, maintenant !

Totalement hermétique au monde extérieur, il agit avec frénésie. Ses mouvements sont désordonnés. L'homme sûr de lui, toujours maître de ses gestes, a disparu. Sauf que c'est de celui dont j'ai besoin, et vite en plus. Je reprends mon arme et désamorce à nouveau la sécurité avant de tirer dans la borne d'incendie à proximité. C'est la seule idée qui m'est venue pour le faire revenir. La borne explose sous l'impact et un jet d'eau jaillit d'un seul coup.

L'effet est immédiat, il suspend son geste et se tourne dans ma direction.

— Viens m'aider, qu'on puisse la sortir de là !

Ma voix est plus éraillée que d'ordinaire et je commence à avoir très soif, ce qui n'est pas bon signe du tout.

— Bouge-toi putain, on n'a pas toute la journée !

Il hésite, indécis, et finit par se précipiter sur moi tandis que je lui tends la ceinture. Heureusement, il est suffisamment lucide pour comprendre tout de suite où je veux en venir. Il passe la ceinture autour de mon abdomen et place le t-shirt déchiré sur la plaie béante.

— Allez, gamin, serre fort !

Il hoche la tête et utilise la ceinture comme garrot. Je crispe les poings, ça fait un mal de chien, mais ce n'est pas le moment d'y penser. Il y a plus urgent.

— Maintenant, aide-moi à me relever !

Il ne tergiverse pas et passe son bras derrière mon torse. Sa main sous mon aisselle, il me hisse sur mes jambes. Je sors mon portable de la poche et le lui tends.

— Les secours !

J'économise mes forces autant que possible. Elle a besoin de moi et je ne vais pas la laisser tomber maintenant. Je traîne ma carcasse jusqu'à la voiture, de plus en plus épuisé.

Le devant de la caisse s'est transformé en accordéon. Et de la fumée s'échappe du véhicule. Autour de nous, c'est le chaos. Un troupeau de badauds s'est formé à l'embranchement de la rue, probablement alerté par les coups de feu.

Braden parle précipitamment à l'interlocuteur qu'il a en ligne, pendant que je cherche de quoi faire sauter la serrure du coffre. Pas de pied de biche à l'horizon et le devant de la bagnole est beaucoup trop amoché pour accéder à l'ouverture. Je vide le chargeur de mon arme au sol et désamorce la balle encore coincée dans le barillet. La crosse est suffisamment solide pour ce que j'ai en tête.

Un coup sec fait céder la serrure, mais ce n'est pas suffisant. Il nous faut de quoi la soulever. Je commence à frissonner et je sais qu'il ne me reste plus longtemps avant de perdre connaissance. Alors j'essaie de rassembler ce qu'il me reste de bon sens, pour conserver un semblant de lucidité.

— Maintenant, il nous faut un truc qui pourrait nous servir de levier.

Il opine et nous sondons les alentours avec fébrilité. C'est Braden qui voit la solution le premier et il se précipite sur un vieux qui marche en claudiquant avec une canne. Ni une ni deux, il la lui arrache des mains en lui adressant de vagues excuses et revient en courant vers la voiture. Le vieux hurle au vol, sous le regard médusé des crétins, témoins de la scène, qui s'agglutinent autour de nous. Il met bien une minute à ouvrir le coffre malgré la canne.

Entre-temps, sentant mon énergie m'abandonner, j'ai pris appui sur la voiture pour parvenir à tenir debout, mais quand il ouvre enfin le cercueil ambulant, mes jambes se dérobent et je perds connaissance avant de toucher le sol.

Chapitre 2

Braden

Péril imminent, je ne croyais pas si bien dire. Les choses s'enchaînent à une vitesse folle, et j'ai à peine le temps de réaliser la situation que mon monde s'écroule. Des coups de feu sont tirés dans tous les sens, j'atterris au sol, sans vraiment savoir comment, tandis que l'odeur nauséabonde des pots d'échappement mélangée à celle des poubelles m'étouffe.

Pourtant, mon esprit est bloqué sur une seule chose : le corps qu'il a balancé dans le coffre de la voiture, comme un déchet. J'ai peur, son immobilité m'a percuté de plein fouet… et si elle était morte ?

Oh mon Dieu ! Ma Jadde, mon amour, que t'a-t-il fait ? C'est le bruit monstrueux de la tôle qui s'écrase misérablement contre l'immeuble qui me fait revenir à la réalité. Il me faut quelques secondes pour comprendre d'où vient le hurlement déchirant qui transperce le silence surréaliste.

J'ai crié sans l'avoir consciemment désiré. La douleur me

déchire la poitrine, en imaginant le corps sans vie de la femme que j'aime. Je refuse d'y croire. Je me précipite jusqu'à la voiture pour tenter de l'ouvrir. Cela ne peut être qu'un cauchemar, rien n'est réel, c'est impossible !

Mon cerveau refuse d'associer l'image de Cam, le sourire aux lèvres, avec le pantin désarticulé que ce salopard portait sur son épaule. Je lutte contre la panique qui augmente de seconde en seconde. Je passe de portière en portière, pour essayer d'atteindre la poignée afin de déclencher l'ouverture automatique du coffre. Hélas ! Cela s'avère impossible. Le devant de la voiture est totalement défoncé et pour compléter le tout, le corps sans vie de l'autre enfoiré est affalé sur le volant, coincé par l'airbag volumineux.

Fébrilement, je tente d'accéder coûte que coûte à l'intérieur du véhicule, mais sans succès. Un coup de feu me fait sursauter et redonne vie aux abords du véhicule. Au même instant, l'eau se met à jaillir au-dessus de ma tête et me trempe en quelques secondes. Je me retourne et découvre Malcolm à genoux, le torse nu couvert de sang. Son visage habituellement hâlé a pris une teinte pâle plutôt inquiétante. Pourtant, je n'arrive pas à comprendre la situation, comme si mon cerveau refusait d'intégrer et de lier les éléments entre eux.

— Viens m'aider qu'on puisse la sortir de là !

Je me lève au ralenti. Mon regard va et vient, de lui à la voiture, et cela me fait hésiter sur la conduite à suivre. J'ai l'affreuse sensation d'abandonner Jadde à son sort. Chose parfaitement impensable, même si ce doit être mon dernier geste, je la sortirai de là, quel qu'en soit le prix.

— Bouge-toi putain, on n'a pas toute la journée !

La dureté de ses paroles, associée à son teint cadavérique, finit par me faire accepter l'évidence. Il a besoin de moi et si je veux sortir Cam de là, j'ai aussi besoin de lui.

Il me tend sa ceinture, tout en collant son t-shirt, déjà imprégné d'hémoglobine, sur la plaie béante de son flanc. L'odeur métallique, si caractéristique du sang, me file la nausée, mais je repousse la sensation. Je serre le lien de cuir de toutes mes forces pour limiter l'hémorragie. Il se crispe de douleur et grogne quand je l'aide à se relever. Il pèse aussi lourd qu'un âne mort, mais je parviens quand même à le traîner jusqu'à la voiture.

Il me tend son portable et râle en me demandant de joindre les secours. Les doigts tremblants, manquant de faire chuter le portable à au moins trois reprises, je compose le 911. Une sonnerie, puis deux, putain, mais qu'est-ce qu'ils foutent, bon sang ?

Enfin, la voix désincarnée d'une bonne femme me répond. Sa voix est calme et détachée. J'ai aussitôt envie de lui arracher les yeux ! Je suis tellement tendu qu'elle fait grimper mon niveau de stress instantanément.

— Service d'urgence…

Je la coupe, pressé d'en finir.

— J'ai besoin d'aide !

— Que se passe-t-il ? Expliquez-moi la situation !

— Il y a eu des coups de feu, un accident de voiture, avec un type qui a enlevé ma fiancée et puis le garde du corps blessé par balle…

— Il y a des blessés ?

— Je viens de vous le dire, ma fiancée et son garde du corps !

Je m'impatiente, même pour moi, ma façon de m'exprimer m'apparaît aussi confuse que décousue. Mais, j'en suis à un stade, où réfléchir est devenu une option. C'est trop, beaucoup trop. C'est tellement… tellement dramatique, grave, violent, apocalyptique… que mon cerveau plante. Impossible d'admettre qu'elle n'a aucun moyen d'évaluer la situation. Je reste hermétique : pourquoi ne saisit-elle pas que les discours sont une perte de temps ?

— Ils sont conscients ?

— Je ne peux pas savoir, elle est coincée dans le coffre.

— Vous m'avez parlé d'une seconde victime, le garde du corps ? Il est conscient ?

— Oui, mais plus pour longtemps, il pisse le sang malgré le garrot, il s'est fait tirer dessus. Mais bon sang, dépêchez-vous !

— Essayez de rester calme, monsieur, j'ai besoin de plus d'informations.

Je grogne pour toute réponse.

Où a eu lieu l'accident ?

Ça au moins je peux lui répondre.

— Entre la cinquante-sixième et la sixième avenue, au sud de Central Parc, à Manhattan.

— D'accord, j'envoie nos équipes, parlez-moi de leur état. Et surtout, assurez-vous qu'il reste conscient.

— Pour l'instant, il l'est, mais ça ne va pas durer, alors venez vite, bordel !

La panique grimpe en flèche, à mesure qu'elle me parle, et j'en ai marre de perdre mon temps avec elle.

— Envoyez des secours, et vite !

— Ils sont en route, monsieur, ne raccrochez pas, expliquez-moi en détail la situation.

— On verra ça plus tard, là, j'ai besoin d'un pied de biche.

Et avant qu'elle m'emmerde avec d'autres questions, je raccroche et glisse le portable au fond de la poche de mon jean.

Pendant ce temps, Malcolm a fait sauter la serrure avec la crosse de son arme, mais ce satané coffre ne s'ouvre pas pour autant. Nous cherchons du regard un truc qui pourrait nous servir de levier, lorsqu'un type passe, s'appuyant sur une canne, en boitant. Parfait !

Je me précipite, la lui arrache des mains, manquant de le faire basculer, puis en m'excusant plus ou moins, je retourne en courant vers la voiture. Je commence à percevoir au loin les sirènes hurlantes des secours, et je me demande sans cesse s'ils vont arriver à temps.

Tandis que je me débats avec le coffre qui joue les récalcitrants, j'entraperçois Malcolm. Il a de plus en plus de mal à tenir debout. Mais je suis bien trop préoccupé par la situation pour lui porter assistance. Cam est la seule qui compte pour l'instant. Quand je réussis enfin à faire levier, mon monde s'écroule une seconde fois.

Ma Cam est couchée dans une position improbable à même le plancher. Son visage boursouflé est couvert de sang. Je réprime un haut-le-cœur en la voyant aussi immobile. Je dois m'approcher au plus près, pour voir si elle respire.

Avant d'ouvrir mon entreprise, j'ai tenu à prendre quelques cours de premiers secours pour pouvoir agir en cas d'urgence.

On nous apprend beaucoup de choses, mais alors que j'aurais besoin de mobiliser le peu que j'ai appris, mon esprit paraît plus vide que jamais. Alors j'agis à l'instinct. J'approche une main tremblante de sa poitrine et la pose tout contre son cœur. Immédiatement, je sens des battements précipités me répondre.

Oh ! Merci mon Dieu ! Elle est en vie !

Sa poitrine se soulève avec difficulté, mais elle respire.

Je pousse un long soupir de soulagement. Elle n'a aucune plaie apparente, mais son avant-bras semble avoir doublé de volume.

Est-il cassé ?

Son visage est bouffi et je jure que si ce connard n'était pas mort, je le tuerais de mes propres mains. Elle grimace en inspirant et je reprends espoir.

La voir souffrir devrait me remplir de compassion, mais la seule chose qui compte c'est qu'elle soit vivante.

Sa douleur devient ma source de vie.

— Tiens bon, ma chérie ! Les secours arrivent, l'encouragé-je tout haut.

Mes paroles sont autant pour elle que pour moi. Elle doit tenir, c'est impossible autrement !

N'obtenant pas d'écho, je me détourne une seconde pour trouver du réconfort auprès de notre ami que je découvre affalé à côté de la voiture. Nouveau regard vers Cam, toujours immobile. Je m'oblige à la lâcher des yeux et je rejoins le molosse au teint terreux. Sa respiration se fait laborieuse.

Le pansement sur son abdomen laisse échapper un filet de sang qui ne laisse présager rien de bon. Je m'agenouille à ses côtés, le tire par les pieds pour le mettre à plat et appuie sur la plaie de tout mon poids. L'écoulement se tarit et je me mets à espérer qu'ils s'en sortent, tous les deux, sains et saufs.

Immobile, en appui sur l'abdomen de celui qui est devenu notre ami, j'observe les alentours pour la première fois depuis le début de la scène. Une bande de désœuvrés nous entoure à bonne distance, mais aucun ne s'avance pour nous prêter assistance. La rage monte d'un coup. Je hurle, en colère :

— Bande de charognards, vous reniflez l'odeur du sang ! Mais il n'y aura pas de mort aujourd'hui, barrez-vous !

Ils me regardent avec pitié et je jure devant Dieu que j'en prendrais bien un pour taper l'autre. La douleur dans mes bras commence à se faire ressentir et je tremble. Bordel, mais qu'est-ce qu'ils foutent ces cons de secours ?

À peine cette pensée m'a-t-elle traversé l'esprit que l'ambulance déboule comme une fusée, en klaxonnant et slalomant entre les curieux. L'équipe médicale sort de son fourgon et évalue la situation en nous rejoignant. Ils passent de victime en victime, en commençant par le mort.

Le soignant n'y passe pas plus d'une seconde, mais cela suffit pour que je lui crie de laisser ce salopard crever. Il m'adresse un regard où se mêlent compassion et agacement. Je sais qu'ils doivent venir en aide même au pire énergumène, mais cette ordure devra clairement passer après mes amis.

Un des membres de l'équipe me rejoint pour évaluer la gravité du blessé qui est à mes genoux.

— Expliquez-moi ce qui s'est passé !

— Il s'est fait tirer dessus. Il pisse le sang et là, j'essaie de le garder en vie, dans le cas où vous n'auriez pas compris.

Mon ton est agressif, mais je n'y peux rien. Je suis incapable de réfléchir. Mes émotions sont au placard tant je suis tétanisé par la peur de la perdre.

Mon corps n'est pas vraiment en meilleure forme. Mes bras sont engourdis. Chaque muscle crie à la délivrance, de mes genoux sur lesquels repose tout mon poids, en passant par mes abdos paralysés. Et je ne parle même pas de mes cuisses qui demandent grâce, chaque seconde un peu plus.

Une autre blouse blanche s'approche du coffre et appelle celui qui est venu m'interroger. Il se lève et s'éloigne pour le rejoindre, en passant le relais au troisième membre de l'équipe, la seule femme, beaucoup plus jeune que le reste du groupe. Elle place des électrodes sur le torse du patient et un brassard autour de son bras.

Ses gestes sont assurés rapides et efficaces. Je suis fasciné par sa dextérité. En moins de cinq minutes, il est harnaché à un tas de tuyaux. Un liquide transparent se déverse dans les veines de Malcolm, depuis une poche qu'elle maintient à hauteur de regard. Elle tente de me parler, mais je me contente de la regarder, sans comprendre un seul mot. Malgré sa curiosité manifeste, et face à mon silence, elle a choisi de se taire et d'agir avec une détermination quasi militaire.

Les minutes défilent, je ne sens plus mes bras, mais je resterai dans cette position aussi longtemps que nécessaire. Une autre ambulance est arrivée entre-temps, et un troupeau de blouses s'active, désormais, autour des deux blessés. Rapidement, les flics se sont joints au ballet morbide et me paraissent totalement inutiles. Ils tentent de venir me parler, mais sont arrêtés par l'un des soignants. Pour être honnête, je leur prête à peine attention.

De là où je suis, je ne vois pas ma Cam, mais vu le nombre de soignants qui s'affairent à la tâche, il est probable que sa situation ne soit pas folichonne. L'angoisse me comprime la poitrine, m'empêchant de reprendre vraiment mon souffle.

Étrangement, malgré les émotions qui hurlent dans mes tripes, mon corps lui est apathique. Il paraît envoûté par le goutte-à-goutte qui carbure toujours. Le peu de force qu'il me reste est exclusivement redirigé sur mes bras avec pour seul objectif : sauver Malcolm.

C'est une main sur l'épaule qui me fait lâcher des yeux la fascinante perfusion. Interrogatif, je tourne la tête, tendu.

— Monsieur ?

J'opine sans répondre.

— Est-ce que vous avez l'identité des deux victimes ?

— Oui.

Comme je ne dis rien de plus, le soignant ronchon de tout à l'heure prend un air réprobateur et rajoute avec une pointe d'exaspération :

— J'ai besoin de les connaître.

Je pourrais lui donner le renseignement, tout simplement, mais je ne comprends pas ce qu'il veut en faire, alors je fais de la résistance.

— Pourquoi ?

— J'en ai besoin pour les démarches administratives et récupérer leurs dossiers médicaux. Savez-vous s'ils ont des antécédents particuliers ? Des allergies à certains produits ou médicaments ?

Je secoue la tête, réalisant que j'ignore tout de leur santé, avant notre rencontre.

— Leurs noms ? s'impatiente-t-il.

— Jadde Simmons et Malcolm Jones.

— Ont-ils des croyances particulières, incompatibles avec des transfusions sanguines ?

— Non !

— Ont-ils déjà été transfusés ?

— Je n'en sais rien !

— Même pas pour la jeune femme ? insiste-t-il.

— Puisque je vous dis que je l'ignore, bon sang !

— Calmez-vous, j'ai besoin de tout cela pour les prendre en charge au mieux.

Il m'observe et je sais pertinemment ce qu'il voit, un pauvre type désemparé, dépassé et couvert de sang. Mes bras tremblent et les spasmes dans mes muscles m'envoient des décharges d'électricité, pourtant personne ne vient comprimer la plaie à ma place. Je l'interroge sur ce point et il me répond sans détour.

— Relâcher la pression, même une seconde, risque de lui être fatal. Un thrombus est en train de se former. Si vous bougez, le caillot risque de se déplacer, provoquant des dégâts irréversibles, voire la mort.

Je prends pleinement la mesure de ses paroles. En gros, sa vie dépend de ma capacité à rester immobile. Vu mon état de stress, autant dire qu'il est proche de la noyade.

Fort heureusement dans cette situation inextricable, la présence du monde médical m'apaise un peu. Enfin, pour Malcolm tout au moins, parce que je les vois se démener pour le garder en vie. Par contre, pour Jadde… Je me raccroche à l'espoir de sa douleur comme un grimpeur voit en son mousqueton le seul lien tangible vers la vie.

Retranché derrière mon abêtissement, mon angoisse me brûle les lèvres. À la limite du point de rupture, je m'oblige à sortir de ma transe pour poser la seule question qui me préoccupe vraiment.

— Comment va-t-elle ?

Il prend un air soucieux et répond avec une légère anxiété.

— Elle s'accroche, elle est forte, mais je ne peux rien vous dire de plus, tant que nous n'aurons pas fait d'examens complémentaires.

— Elle va s'en sortir ?

— On va tout faire pour !

Ce n'est pas la réponse que j'espérais. Je réprime un sanglot, sans pour autant parvenir à retenir les larmes qui dévalent déjà sur mes joues. Moi, le type qui gère son monde, le domine, contrôle ses émotions, je pleure comme un môme, une fois encore. Son regard, plein de pitié, m'achève, je détourne la tête et me concentre sur le gaillard qui semble toujours aussi pâle qu'un cadavre.

Le silence dure quelques secondes, avant qu'il ne pose à nouveau sa main sur mon épaule.

— On va faire tout ce qui est en notre pouvoir pour les aider.

J'opine, pas vraiment rassuré.

— En attendant, nous avons encore besoin de vous. Nous allons vous relayer dès que possible, me dit-il avec empathie, ne lâchez pas prise, vous faites exactement ce qu'il faut.

J'acquiesce à nouveau, parce que je suis à bout et que je fais ce que je peux pour conserver une pression constante.

Il s'active toujours autour de Malcolm, et je me retrouve sur un brancard, au-dessus du garde du corps inconscient. Ils se mettent à six pour nous soulever et s'avancent déjà jusqu'à l'ambulance.

Paniqué à l'idée de la laisser, je me mets à beugler comme un fou :

— Mais qu'est-ce que vous faites, on ne peut pas partir comme ça et la laisser ici !

— Calmez-vous, elle nous suit dans l'autre ambulance.

— Vous êtes certain ?

Et sans attendre, sa réponse, j'ajoute :

— Où va-t-on ?

— Au Saint Lukes Roosevelt Hospital, il est à deux pas et ils ont un service de chirurgie à la pointe de la technologie.

— Je veux la voir !

— Il nous faut agir vite.

— S'il vous plaît, j'en ai besoin, le supplié-je.

Ma voix est désespérée et il hoche la tête en faisant un geste à ses compagnons alors qu'ils sont déjà en train d'embarquer ma douce compagne dans l'ambulance.

Ils s'approchent. Et l'image se grave à jamais dans mon esprit.

Son corps est emprisonné dans un matelas qui la maintient de tous les côtés. Ses traits sont figés, les yeux clos, un tube sort de sa bouche. Mais ce qui retient toute mon attention, c'est la larme unique qui coule le long de ses tempes.

Oh mon amour !

Ma poitrine est proche de l'explosion sous la pression de ce monstre vibrant de douleur qui me terrasse de l'intérieur.

Dans ma tête, je lui livre ce qu'elle n'entendra peut-être plus jamais :

« Ma chérie, ne lâche pas, je ne survivrais pas sans toi. Depuis l'instant où tu es entrée dans ma vie, tu es devenue mon oxygène, ma raison de vivre. Comment pourrais-je continuer à vivre si tu n'es pas à mes côtés ? Et surtout pourquoi le ferais-je ? Je n'ai ni ta force ni ton courage. J'ai besoin de toi, jamais je ne te laisserai partir, si tu me quittes, j'en mourrais. On a eu si peu de temps, mon amour… ne me laisse pas, je t'en prie !

Je crois que c'est à cet instant que je réalise que je serais capable de tout pour elle et, dans mon esprit, mon avenir se dessine avec une précision déconcertante. Je suis incapable d'imaginer une seconde, même dans des prédictions fantasmées, qu'elle pourrait ne pas être avec moi. Elle est celle qui m'a toujours été destinée, j'en suis certain aujourd'hui. Si elle meurt, je la rejoindrais là où elle sera. Je ne vivrai pas sans elle. J'en suis incapable.

Je tente de graver dans mon esprit l'ensemble de nos souvenirs. Pourtant, ils me fuient, remplacés par son visage tuméfié, son cou si gracile, prisonnier d'une minerve et son corps frêle enveloppé dans un matelas coquille.

C'est là que je prends conscience qu'elle est en sous-vêtements et je ferme mes paupières, soudain submergé par des images horribles où ce monstre abuse d'elle.

Au fond de mon cœur, je me dis que peu m'importe ce qu'il a pu lui faire, ça ne change en rien ce que j'éprouve pour elle. Je l'aiderai à se relever, coûte que coûte, et j'effacerai chaque maltraitance par un souvenir heureux, une caresse, un instant magique.

Les bippers retentissent avec plus d'intensité puis s'éloignent. Lorsque je rouvre les yeux, l'équipe médicale est en train de refermer les portes de l'ambulance.

Si c'était la dernière fois que je la voyais…

Chapitre 3

Braden

Lorsque nous arrivons à l'hôpital, nous sommes conduits directement dans le sas du bloc opératoire. On prépare Malcolm et les soignants font de leur mieux pour aseptiser les alentours de la plaie. Vient le moment où, après mille précautions, ils me disent de relâcher ma compression. Or, j'en suis incapable, me détacher signifie perdre le peu de contrôle que je garde encore sur la situation. Comment vais-je survivre à cette attente insupportable ? Chaque seconde va être un calvaire et me rapprocher du terrifiant dénouement.

Devant mon incapacité à lâcher prise, les infirmiers font preuve de fermeté et me contraignent à affronter la réalité, en m'aidant à descendre de la table. J'ai la sensation d'être en apesanteur dans un brouillard où le temps et l'espace n'ont pas vraiment cours.

Pourtant leur intervention musclée m'oblige à m'éloigner. Mes jambes me tiennent à peine et j'ai mal partout. C'est comme si un rouleau compresseur m'était passé sur le corps.

Une jeune femme me soutient pour sortir de la pièce et me conduit dans un espace impersonnel qui ressemble à une salle de bain. Je me tourne pour la regarder, surpris. Je m'attendais à me retrouver dans une salle d'attente, avec les familles des autres patients opérés. Je n'y serais d'ailleurs pas resté, préférant me lancer dans une croisade pour glaner des nouvelles de Cam, par tous les moyens.

La jeune femme hausse les épaules et tente de se justifier en rougissant jusqu'aux oreilles.

— J'ai pensé que peut-être… Vous ne voudriez pas que… votre amie vous voie… dans cet état, bégaye-t-elle en me désignant du doigt.

Je regarde mon jean et mon t-shirt maculés de sang et je comprends ce qu'elle sous-entend. Je la remercie d'un signe de tête avant qu'elle ne se retire en me laissant à disposition une serviette et de quoi me changer. Je prête à peine attention aux vêtements bleus qu'elle m'a déposés sur le petit meuble. Je sais que je devrais lui être reconnaissant de ne pas m'obliger à revêtir mes fringues sanguinolentes, mais pour l'instant j'en suis incapable.

Douloureusement conscient du moindre de mes muscles, je retire mon t-shirt en grimaçant. En laissant tomber mon jean, le portable de Malcolm s'échappe de la poche. Je le rallume et, machinalement, je consulte les SMS, comme je le ferais sur le mien. Je tombe sur un message de Gérald et fronce les sourcils en le lisant. Qu'est-ce que c'est que cette histoire de danger ? Et puis, même si Gé ne s'encombre pas de civilités, par habitude il signe toujours avec ses initiales et là, rien !

Je compose le numéro et tombe sur Gérald, à la seconde sonnerie.

— Malcolm ?

— Non, c'est Braden !

— Qu'est-ce que tu fous avec ce portable, et qu'est-ce qui t'arrive, tu as l'air bizarre ?

— Tu as envoyé un SMS à Malcolm cet après-midi ?

— Bien sûr que non ! Je n'utilise cette ligne qu'en cas d'extrême nécessité.

— Il y a eu une fusillade. Du sang ! Tout ce sang ! Oh mon Dieu, Gé ! Elle est peut-être morte à l'heure qu'il est !

— Bon sang, Braden, mais qu'est-ce que tu racontes, où es-tu ?

Incapable de penser à autre chose qu'à ces visions d'horreur qui défilent dans ma tête, je continue mon monologue, sans répondre à ses questions. Entendre sa voix affolée lâche les brides de mes émotions, comme un satané détonateur.

— Il l'a balancée dans le coffre, sans qu'elle ne réagisse, et puis la voiture a foncé dans le mur. Malcolm a reçu une balle. Jadde ne bougeait toujours pas. Et si je l'ai perdue, mon Dieu, je ne le supporterai pas, Gé, je vais crever si elle ne survit pas !

En même temps que je parle, mes jambes se dérobent et je tombe à genoux.

— Gé, je t'en supplie, dis-moi qu'elle va s'en sortir ! Je l'aime tellement, je ne pourrai jamais survivre sans elle !

Je renifle et pleure, épuisé, abattu, déconnecté. Mes paroles sont tellement hachées que je doute qu'il comprenne plus d'un mot sur trois.

C'est le silence à l'autre bout de la ligne. J'entends des bruits de pas rapides, des portes qui claquent les unes à la suite des autres. Puis une respiration saccadée prend le relais et enfin un grand claquement de portière. Finalement, alors que je continue à m'effondrer sans retenue, mon ami murmure, plus qu'il ne parle :

— Je suis là dans cinq minutes, Brad, ils vont s'en sortir, j'en suis certain, ça ne peut pas finir ainsi. Accroche-toi, vieux, elle a besoin de toi, vide le trop-plein, mais quand j'arrive, c'est fini ces conneries ! Reprends-toi, putain ! Ce n'est pas toi ça ! On va gérer, comme on le fait toujours. On va faire face, ensemble.

Mes sanglots redoublent et je laisse tomber l'appareil qui s'écrase piteusement sur le sol. Cette souffrance, qui me lamine de l'intérieur, s'accentue chaque seconde. Tant que je tenais la bride à ma douleur, j'arrivais à la contenir, mais attendre mon meilleur ami a ouvert une brèche dans mes remparts et je suis incapable de la colmater.

Le temps s'écoule au ralenti et j'ai l'impression d'avoir explosé en milliers de morceaux qui se fracassent encore et encore. Je sanglote, incapable de m'arrêter, me balançant d'avant en arrière pour tenter de trouver un semblant de réconfort. Mais rien ne vient. On a traversé trop de choses ces derniers mois. Elle est mon roc, la seule personne sur qui je peux me reposer, sans avoir peur qu'elle me trahisse. Bien sûr, Gé est un vrai soutien, mais je sais qu'il me cache des trucs.

Comment croire en son entourage quand il vous a menti toute votre vie ? Tout ce que j'ai construit à la sueur de mon front s'étiole et je n'ai qu'elle à qui me raccrocher. Mon Dieu ! Ne me la prenez pas, je vous en supplie !

Quand la porte s'ouvre, je ne tourne même pas la tête, vidé de toute énergie. Une main m'attrape avec détermination et m'oblige à me lever. Trois secondes plus tard, je me retrouve sous un jet d'eau glacial.

— Bordel, mais tu es taré ou quoi ? hurlé-je, haletant.

La voix grave de mon meilleur ami réplique sans concession :

— Si tu crois que je vais te laisser sombrer dans le mélodrame, c'est que tu me connais moins bien que je le pensais. Tu vas te secouer parce que je n'ai pas besoin d'une larve dégoulinante. J'ai besoin de mon pote et de sa lucidité. Et ta Jadde a besoin d'un soutien, pas d'une lavette qu'elle va devoir consoler. Alors, merde, tu vas te bouger et vite ! Dans le cas contraire, mon « quarante-cinq fillette » va s'en donner à cœur joie.

Pendant sa tirade, j'essaie de faire dévier le jet d'eau glacial, mais il ne lâche rien et je finis par lui donner raison.

— Pas moyen de se lamenter en paix ! Tu me fais chier !

— Peut-être, mais au moins tu réagis ! Tu es décidé à te bouger ou je te mets une trempe pour te remettre les idées en place ?

Je lève les mains en signe de reddition, j'ai eu mon quota d'émotions pour une vie entière.

— Je peux te laisser ? Ou bien il faut que je te frotte le dos ? se marre-t-il devant mon apparence de chien mouillé.

— Connard !

— *Monsieur* Connard, un peu de respect s'il te plaît ! rigole-t-il à nouveau.

Je finis par baisser mon caleçon et le quitte dans la foulée.

— Putain, mais te fous pas à poil devant moi, bordel !

— Qu'est-ce que ça peut te faire, tu m'as vu des dizaines de fois dans les douches, après nos tournois de foot.

— Ouep et j'en fais encore des cauchemars, raille-t-il en se détournant pour ouvrir la porte.

Je souris, parce que cet idiot sait exactement ce qu'il faut pour me faire réagir.

Je le hèle juste avant qu'il ne ferme la porte :

— Eh ! Gé !

Il repasse la tête dans l'entrebâillement, en mettant la main sur les yeux, pour appuyer ses conneries.

— Merci !

— À ton service, larve dégoulinante, rétorque-t-il en rigolant.

Je lui balance le pain de savon, mais il est plus rapide et il s'écrase contre la porte close.

Je l'entends rire ouvertement et sa légèreté m'aide à retrouver un semblant de contrôle. Je le retrouve peu après. La douche a au moins réussi à me redonner une apparence humaine. Mes membres sont toujours aussi douloureux et seule une nuit de sommeil réparateur pourrait éventuellement me permettre de récupérer. Malheureusement, ce n'est pas au programme.

Sa présence rend un peu moins atroce l'attente interminable. Pourtant malgré lui, je peux m'empêcher de tourner en rond comme un lion en cage.

Les heures défilent et les familles désertent peu à peu la salle d'attente. J'ai sollicité les professionnels une bonne dizaine de fois pour obtenir irrémédiablement la même réponse :

— Désolé, monsieur, nous ne disposons toujours d'aucune nouvelle information. Ils sont toujours au bloc opératoire et les équipes font de leur mieux pour leur sauver la vie.

Il est plus de minuit quand une doctoresse en blouse bleue vient nous donner des nouvelles. Son visage est marqué par la fatigue et elle paraît défaite. Mon cœur est en chute libre en attendant le verdict. Comment vais-je parvenir à affronter la réalité sans m'effondrer ?

— La famille de monsieur Jones ?

Gérald s'avance et je le suis, à la fois inquiet et dépité. Pourquoi n'a-t-on aucune nouvelle de Cam ?

— Oui, nous sommes sa famille la plus proche, répond mon ami, sans pour autant préciser nos liens.

— Le coup de feu a causé de sérieux dégâts. La balle a blessé le colon et a traversé, de part en part, son rein droit. Nous avons été obligés de réaliser une anastomose de son intestin à la peau et de retirer le rein endommagé. Si l'on ajoute au tableau la perte massive de sang avec l'atteinte de l'artère rénale, il a frôlé la catastrophe. Sans votre intervention, ajoute-t-elle en me regardant, il serait mort à coup sûr.

— Il est sorti d'affaire ? demande Gérald, tendu comme un arc.

— Malheureusement non. Les prochaines quarante-huit heures vont être décisives. Une infime partie des matières coliques se sont déversées dans l'abdomen. Même si nous avons nettoyé de notre mieux, le risque d'infection est loin d'être à négliger.

Gé accuse le coup, et je vois bien que cela l'atteint plus qu'il ne veut le montrer. Un soupçon de culpabilité me traverse en pensant que son état de santé n'est pas ma priorité, mais je ne peux rien y faire. Malgré tout, je surprends tout le monde en l'interrogeant sans détour :

— Mais vous, qu'en pensez-vous ?

— On ne peut être sûr de rien, mais je suis plutôt confiante. Monsieur Jones est très solide, si j'en crois ses multiples cicatrices, il a survécu à des trucs bien pires.

Mon ami acquiesce et je réalise à quel point j'ignore tout de la vie de cet homme énigmatique, qui n'a pas hésité à se mettre en danger pour protéger la femme que j'aime. Pour cette raison, il a ma reconnaissance infinie et je lui serai éternellement redevable.

Ils échangent encore quelques paroles et, au moment où elle s'apprête à partir, je la retiens d'une main posée sur son bras.

— Docteur, vous…

Elle suspend son geste et se tourne dans ma direction. Je prends une grande inspiration pour tenter de calmer les trémolos de ma voix et reprends :

— Ma fiancée est aussi au bloc, auriez-vous des nouvelles ?

Un voile de pitié traverse brièvement ses yeux noisette, avant qu'elle ne se reprenne et lâche sa bombe :

— Je suis désolée, monsieur, je sais juste qu'ils l'ont transférée au bloc gynécologique.

— Mais pour quelle raison ? répliqué-je, incrédule.

— Je l'ignore, mais je suis certaine qu'ils font tout leur possible pour la sortir de là.

J'opine, mais mon inquiétude vient de prendre un nouvel envol.

Chapitre 4

Jadde

Je m'étire douloureusement, consciente de mes muscles courbaturés. J'essaie de me rappeler pourquoi j'ai mal partout, mais impossible de me souvenir de quoi que ce soit.

Les draps sont chauds à côté de moi, et je me dis que Brad vient probablement de se lever. J'ai un pincement de déception, mais savoir qu'il ne doit pas être loin me réchauffe le cœur.

Les yeux toujours clos, je profite de ce moment de pure allégresse, mi-figue, mi-raisin, entre rêve et réalité, où l'on a pour seul objectif de s'imprégner de la paix et la douceur de l'instant. Une petite voix m'interpelle et il n'en faut pas plus pour que j'émerge tout à fait.

— Maman ?

Je plonge mon regard dans le bleu lagon du sien et mon cœur se remplit d'une joie incommensurable. Mon enfant est avec moi, ma fille que j'ai espérée, désirée, adorée avant même de la connaître, m'offre un sourire enjôleur.

Elle est encore plus belle que dans mes rêves les plus fous. Mon ange, mon bébé, ma vie.

Je la regarde, le cœur chargé d'une vague de félicité. Elle doit avoir six ans, mais l'expression de son visage laisse entrevoir une intelligence et une expérience hors du commun.

— Je suis tellement heureuse de te voir, ma chérie ! ne puis-je m'empêcher de lui dire.

— Moi aussi, maman. Mais nous n'avons pas beaucoup de temps, alors tu dois m'écouter attentivement.

— Mais de quoi tu parles, ma puce ? Je suis là avec toi, pourquoi voudrais-tu que je parte ?

Elle secoue la tête et réplique avec fermeté :

— Tu ne peux pas rester, c'est impossible, papa a besoin de toi.

Je fronce les sourcils, ne comprenant pas très bien où elle veut en venir. Elle voit bien que je ne suis pas convaincue et tente de m'expliquer la situation :

— Tu n'es pas dans la réalité, ou plutôt, tu es dans une dimension alternative.

Je fais la moue, ne saisissant absolument pas ce qu'elle raconte. Elle réfléchit un instant, sans pour autant me quitter des yeux, et glisse sa petite main dans la mienne.

— Te souviens-tu de ma naissance, ou de quoi que ce soit ces six dernières années ?

Je détourne le regard, gênée d'admettre qu'à part son prénom, j'ai tout oublié. Quand j'ose à nouveau la regarder, ses yeux se sont emplis de compassion. Elle me sourit avec amour.

— C'est normal, maman, ne t'en fais pas. Tu rêves. Tu as cette capacité de te connecter à l'âme des personnes qui te sont proches. Papa, moi, ça a toujours été ainsi, mais tu n'en as jamais eu conscience, jusqu'à ce que Jack t'aide à t'en souvenir, au petit matin.

Je secoue la tête avec agitation, tout en affirmant :

— Je ne comprends pas !

J'ai beau ne pas vouloir la contrarier, la partie rationnelle de mon cerveau me dit que j'hallucine, rien de plus.

En réponse à mon scepticisme, un lent sourire étire ses lèvres tandis que la sagesse teinte ses jolis yeux bleus.

Elle poursuit son explication et, aussi étrange que cela puisse paraître, quand elle se justifie, tout devient presque plausible et semble s'agencer tel un immense Rubick's Cube.

— Jusque-là, ma présence n'aurait fait que te dérouter. Mais tout sera différent à ton réveil. Tu vas devoir affronter une réalité particulièrement éprouvante pour toi et pour papa. Je ne pouvais pas te laisser sans l'espoir que ce n'est qu'un au revoir.

— J'ai du mal à te suivre, ma puce…

— C'est normal, laisse-moi t'éclairer. Avant toute chose, il te faut accepter la notion de destinée. Sans cela, rien n'a de sens.

Je hoche la tête, attendant de savoir où elle veut en venir.

— Nos âmes sont toutes liées les unes aux autres, de vie à trépas. Un peu à l'image de planètes rattachées entre elles par une force qui les dépasse. Selon les saisons, leur vitesse, elles sont plus ou moins éloignées, pour autant elles sont quand même condamnées à interagir, même si c'est à l'échelle du système solaire. Est-ce que tu comprends ce que j'essaie de t'expliquer ?

J'opine, surprise qu'une petite fille puisse même s'interroger sur des sujets aussi… sérieux.

— Mais tu es tellement jeune, ma chérie, tu ne devrais pas avoir à t'inquiéter de ce genre de choses !

— Dans l'au-delà, le temps est une notion relative. Ce qui t'apparaît comme des secondes peut couvrir des années pour moi et inversement.

Hypnotisée par ses paroles, je l'écoute religieusement, comme si, du haut de ses six ans, elle détenait les secrets de l'univers. Il faut dire qu'elle dégage cette aura magnétique qui donne au grand orateur l'attention des foules.

Lorsqu'elle reprend, sa voix se fait plus pensive :

— Parfois, d'une vie à l'autre, nos interactions sont différentes, mais cette union reste inconditionnelle, avec ou sans lien du sang. La seule constante d'une vie à l'autre, c'est la connexion inébranlable et puissante qui te rattache à Braden. Ensemble, vous formez un tout. Cette fusion est très rare, mais lorsqu'elle a lieu, elle se transforme en centre d'attraction pour toutes les âmes qui vous sont reliées. Pour reprendre la métaphore de tout à l'heure, vous êtes notre soleil et nous gravitons autour de vous. Votre lien a quelque chose de métaphysique, toujours unis envers et contre tout, mais je ne t'apprends rien, affirme-t-elle, tu le savais déjà.

En parlant, elle pose sa paume sur ma poitrine, me signifiant que mon cœur en a parfaitement connaissance. J'éloigne cette étrange idée, préférant me concentrer sur la sensation douce et apaisante que m'offre son contact. Une chaleur bienveillante se répand dans tout mon corps, déliant les tensions et m'offrant un sentiment de paix incroyable.

Indifférente aux déferlements d'émotions qu'elle libère en moi, elle poursuit sa tirade après quelques secondes de réflexion. Elle cherche visiblement la meilleure stratégie pour me transmettre son message et me guider.

— Chacun passe sa vie à chercher la moitié manquante de son

âme. Parfois, certains y parviennent, mais cette communion reste exceptionnelle. Ce qui vous rend uniques, c'est que votre connexion est si intense que d'une vie à l'autre vous vous attirez comme des aimants.

— Ça me paraît tellement incroyable ! D'où tires-tu un tel concentré d'informations ?

— Être de l'autre côté de la barrière a ses avantages, sourit-elle, nous avons accès à une source inépuisable de savoir et nous connaissons le dessein qui nous est attribué. Vous avez encore des rendez-vous à ne pas manquer, oncle Jack et moi nous ne pourrons plus vous aider, alors il faut que tu sois là pour aider papa. Il a besoin de toi.

Sa mimique sincère me désarme. J'ai l'intuition qu'elle ne m'en révélera pas plus, je dois me contenter de l'accepter, rien de plus.

J'opine, même si c'est une sacrée profession de foi. Elle remet en question jusqu'à la notion de libre arbitre et, plutôt que de chercher des explications rationnelles à tout cela, je choisis de rebondir sur deux mots qui m'ont prise de court.

— « Oncle Jack » ?

Elle sourit de nouveau et tente de s'expliquer, même si je dois avouer que cela reste un peu confus.

— C'est un peu compliqué à t'expliquer. Les liens du sang, si chers au genre humain, ne sont rien comparés à l'attraction du cœur. Même si j'ai fait mon apparition dans ta vie grâce à ton union avec Jack, je suis enchaînée à Brad et toi bien au-delà de l'entendement. C'est un concept étrange, je te l'accorde, pourtant je ne peux pas être plus claire.

Elle poursuit, le sourire aux lèvres, un peu fébrile.

— Un jour, tu as lu une histoire, je sais que tu t'en souviens, parce qu'elle t'a permis d'accepter que je n'aie jamais vu le jour.

J'ai un nouveau pincement au cœur à ce souvenir et j'acquiesce en me forçant à retenir le sanglot qui m'obstrue désormais la gorge.

— C'est le deuxième volet de J.A Redmerski, *Près de toi*.

— Exactement, je savais que tu ne l'avais pas oublié.

— Comment le pourrais-je ? Andrew m'a ému aux larmes en soutenant Camryn pour affronter son deuil. Selon lui, parfois quand nos enfants meurent avant d'avoir vu le jour, c'est simplement que leur âme n'est pas encore prête à nous rejoindre. Pour lui, l'esprit du petit ange reste en latence, attendant juste le bon moment pour réintégrer le monde des vivants. Il est là, tapi dans l'ombre, prêt à rejoindre ses parents à un moment plus propice.

— L'auteur pouvait difficilement être plus proche de la réalité, même s'il ignorait l'idée que l'âme de l'enfant n'est pas forcément rattachée à ses parents, mais plutôt à une osmose avec l'un des siens. Moi je dépends de toi, et je ne m'éloigne jamais vraiment grâce à la connexion que tu as avec papa.

Je secoue la tête, c'est tellement incroyable ! Comment accepter une telle vérité ?

— Pourquoi m'expliquer tout cela, ma chérie ?

Son visage s'assombrit et un étau se resserre dans ma poitrine.

— Je te l'ai dit, maman, la réalité à ton réveil sera difficile à surmonter. Par deux fois, je n'ai pas pu te rejoindre, mais je t'en prie, ne baisse pas les bras, papa a besoin de toi. Accroche-toi à la conviction que ce n'est qu'un au revoir.

Je plisse les paupières sans vraiment la comprendre.

Ses yeux se remplissent de larmes et elle resserre ses petits doigts sur les miens.

— Je vais devoir partir, maman.

La brûlure du manque s'éveille aussitôt.

— Déjà ? Mais mon cœur, tu viens d'arriver !

Elle tente d'esquisser un sourire, sans que l'émotion illumine son regard et mon cœur fait une embardée. Lire le reflet de ma tristesse dans ses iris, si lumineux, me brise le cœur. C'est encore plus douloureux que ma propre peine, parce qu'elle l'atteint elle, ma fille, la chair de ma chair. Celle qui reflète l'avenir, alors que par moments, je me conjugue déjà au passé.

Elle est comme une étoile qui brille de mille feux. Tandis que sa tristesse s'apparente à une éclipse, noire et sans fond. Devant son silence, je demande, incapable de cacher ma panique :

— Mais… on va se revoir ?

Elle baisse la tête, et mon cœur manque d'exploser. Puis, elle la relève, tandis que les larmes sillonnent ses joues, elle murmure :

— Je t'aime, maman !

— Moi aussi, ma fille adorée, ma Betsy.

Avant que je puisse amorcer le moindre geste, elle se précipite dans mes bras. Elle me serre contre elle, comme si sa vie en dépendait et je l'étreins avec le même désespoir. Son souffle dans mon cou m'est si familier que je me prends à espérer que ce fantasme ait un fond de vérité.

De plus, toutes les sensations que j'éprouve en la serrant

contre moi me semblent on ne peut plus réelles. Ses longs cheveux bruns sentent le bonbon et la fraise. Je me délecte de chaque seconde, mon corps et mon cœur la reconnaissent comme si nous avions toujours été liées ainsi.

Malheureusement, les contours de la chambre deviennent flous et son corps menu s'évanouit peu à peu, ne me laissant qu'une atroce sensation de perte. J'aurais tellement voulu prolonger ce moment encore une seconde, une minute, une heure, une éternité…

Chapitre 5

Braden

Le reste de la nuit est une cascade d'émotions, j'alterne entre incompréhension, inquiétude et terreur pure. Le pire instant : regarder ma Jadde allongée sur son lit, encore plus pâle que ne l'était Malcolm. Le bipper résonne comme s'il voulait me narguer. Elle est là et absente en même temps. Nous avons failli la perdre deux fois, m'a avoué le médecin, et mon cœur s'est suspendu à ses lèvres.

— Elle est forte, a-t-elle rajouté, comme pour me prouver qu'elle s'est battue comme une lionne pour rester avec moi.

— Je sais, me suis-je contenté de répondre, comprenant à quel point la situation a frôlé l'anéantissement.

Puis est venu le coup fatal, la phrase de trop, celle qui détruit une partie des rêves que j'avais inconsciemment fantasmés pour notre futur.

— Par contre, nous n'avons pas pu sauver le bébé.

De quoi parle-t-elle ? Je n'ai pas le temps de lui poser la

question qu'elle m'achève sans le savoir.

— Son utérus était déjà très abîmé, je suis même surprise qu'elle ait pu retomber enceinte. Entre la grossesse et son utérus cicatriciel, les coups portés ont rompu l'artère utérine au bloc opératoire. Si elle n'avait pas été sur place, nous n'aurions jamais pu la sauver. Malheureusement, il était déjà trop tard pour l'enfant et nous n'avons pas pu préserver son utérus.

Je la regarde sans saisir la portée de ses mots. Trop d'informations, pas de sommeil, trop d'émotions, et me voilà réduit à l'état d'imbécile du village, incapable d'intégrer les conséquences.

Elle semble comprendre qu'elle m'a perdu en route et m'explique, sans tourner autour du pot, en achevant de réduire mes rêves en fumée :

— Elle ne pourra jamais plus avoir d'enfant. Je suis désolée.

C'est impossible, qu'est-ce qu'elle raconte ? Jadde enceinte de notre enfant, et non seulement elle l'a perdu, mais en plus, nous ne pourrons jamais en avoir un à nous !

Je n'y avais pas vraiment pensé jusque-là, jamais consciemment désiré. Alors apprendre que nous n'en aurons jamais me coupe le souffle.

À partir de là, je ne me souviens de rien avant de la voir allongée sur ce lit, le teint blafard, le visage encore tuméfié, le bras droit dans une attelle recouverte de deux poches de glace. Seuls son torse qui se soulève doucement et le bip strident me rappellent que tout aurait pu être bien pire.

Une multitude d'émotions aussi violentes que contradictoires me bouleversent et n'en finissent jamais de me briser. Avec tout ce qu'elle a déjà traversé, comment va-t-elle affronter cette nouvelle épreuve ? Je n'ai pas su la protéger, j'aurais dû être à ses côtés, empêcher cette ordure de l'approcher. Mais j'ai failli dans ma tâche, et maintenant nous devons tous les deux en payer le prix.

Une question, plus accablante que les autres, me revient sans cesse à l'esprit. Que vais-je faire de ces informations ? Je ne peux pas lui mentir, et en même temps, l'admettre à voix haute rendra cette avalanche de catastrophes bien réelle. Le pire dans tout ça, c'est que, même si apprendre que nous n'aurons jamais d'enfant de notre sang a brisé quelque chose en moi, ce n'est rien comparé au soulagement de la savoir en vie.

Comment puis-je être à ce point insensible ?

Mais au fond, je sais pertinemment que le problème est ailleurs. Je suis capable de faire le deuil d'un rêve, par contre jamais je ne survivrai à sa perte.

Juste elle et moi, voilà ma promesse, elle prend tout son sens aujourd'hui.

Elle murmure dans son sommeil artificiel et je me rapproche de son lit pour comprendre ses paroles.

— Moi aussi, ma fille adorée, ma Betsy…

— Oh mon amour, je suis tellement désolé, mon cœur, si j'avais su, si j'avais pu… Comment pourras-tu me pardonner de n'avoir pas su te protéger ?

Avec mille précautions, je me couche à ses côtés et la prends dans mes bras, pendant qu'une larme unique s'échappe de ses yeux clos. Sa tête se love au creux de mon épaule et mon cœur se brise une nouvelle fois. Je caresse ses cheveux et je trouve, dans son étreinte, la force d'affronter ce qui nous attend.

— Je te promets une seule chose, mon amour. Même si nous restons juste toi et moi, pour toujours, je suis et resterai le plus heureux des hommes, aussi longtemps que tu voudras de moi.

Chapitre 6

Braden

La semaine a été particulièrement éprouvante, Jadde a mis du temps à reprendre connaissance. Il faut dire que les traitements qu'ils lui administrent ne l'aident pas vraiment à récupérer. Le seul point positif : cela m'a permis de prendre un peu de recul et d'accepter ce futur que l'on nous a imposé.

Ce n'est pas la seule façon de devenir parents, alors si tel est son souhait, nous trouverons une solution. Il y en a toujours une. Mais nous n'en sommes pas encore là.

Pour l'instant, il faut que Jadde intègre la nouvelle et là, c'est loin d'être gagné. Le médecin a essayé de lui expliquer la situation, mais elle n'a pas eu l'air de percuter. En même temps, elle est tellement shootée par les analgésiques qu'elle passe le plus clair de son temps à dormir. Elle est là physiquement et pourtant nous n'avons jamais été aussi éloignés l'un de l'autre. Elle refuse mon contact. Dès que je m'approche, elle se tend tel un arc et se recroqueville sur elle-même. Alors je lui laisse de la place et l'espace qu'elle m'impose. Malgré son rejet manifeste, je suis incapable de dormir loin d'elle, alors j'ai pris mes quartiers sur le fauteuil de sa chambre. C'est inconfortable, mais au moins je suis là, chaque fois que ses cris hantent ses cauchemars.

Bien entendu, j'ai été contraint de reprendre le boulot. Et j'ai tenté de faire face, du mieux possible, au reste des problèmes qui eux n'ont pas disparu. Mon ex, Amanda, est toujours persuadée que je vais lui céder, mais vu les derniers événements elle a eu la « compassion » de m'accorder un délai d'une semaine supplémentaire. Croit-elle vraiment que cela changera quelque chose ?

D'ailleurs, j'ai beau tourner le problème dans tous les sens, je n'entrevois aucune solution vraiment viable. Les investisseurs ont, un à un, retourné leur veste, sous la pression des millions que représente la famille d'Amanda. Même ceux en qui j'avais confiance ont dû céder. Comment faire autrement quand on menace de détruire votre réputation et de liquider votre affaire, en moins de temps qu'il n'en faut pour le dire ?

Je ne peux même pas leur en vouloir. La seule coupable, c'est elle et sa folie. Quand je pense à l'énergie qu'elle déploie pour me faire plier ! Ce qui me débecte le plus, c'est que si je ne trouve pas une solution rapidement, je n'aurai peut-être pas d'autre choix que de ployer sous ses menaces.

Repenser à ce choix impossible me met dans une colère noire, surtout lorsque je repense à ce torchon de contrat. J'ai juste envie de tout péter. Elle est allée jusqu'à prévoir mes obligations dans le lit conjugal, non, mais elle est vraiment cinglée ! Elle a carrément inclus une clause disciplinaire, en cas d'infidélité, pour les cinq ans à venir.

Cinq ans, bordel ! Autant dire une éternité !

Bien entendu, elle s'est bien gardée d'intégrer la réciprocité. Je crois que j'ai frôlé la crise cardiaque, quand j'ai lu que tout manquement de ma part entraînerait immédiatement la liquidation de mon entreprise et la mise au chômage de tout mon personnel.

Elle veut contrôler ma vie, mes choix, me lier à elle pour me posséder, ni plus ni moins. Sans Jadde, peut-être aurais-je eu la faiblesse de céder. Mais ma douce Cam est une composante immuable de l'équation et je vais tout tenter pour ne pas me laisser emporter par l'ouragan Amanda.

Seulement quelles sont mes options ? Ma marge de manœuvre est tellement réduite que je n'ai pas droit à l'erreur. Trop de personnes dépendent de moi !

Si je veux sortir de ce piège, vais-je devoir sacrifier notre amour ? J'ai beau tourner le problème dans tous les sens, aucune solution miracle ne m'apparaît. Je sais très bien que, quelle que soit mon option, je n'en sortirai pas indemne. Je vais devoir faire le deuil d'une des composantes de ma vie et, dans tous les cas, perdre une part de moi-même.

Mais si c'était le seul problème, je pourrais au moins y consacrer toute mon énergie. Mais ce serait évidemment trop simple. Alors, tandis que je me débats pour garder la tête hors de l'eau, le charognard qui sert de patron à Jadde a fait aussi sa réapparition. Il a exigé de la voir et de prendre en charge la suite de sa convalescence. Si ce fou pense que je vais le laisser faire, il peut toujours crever la bouche ouverte. Sans nul doute, il veut avoir la mainmise sur son image et se remplir les poches sur son dos. Mais pour parvenir à ses fins, il devra d'abord me passer sur le corps.

Quand il a fait une entrée remarquée dans l'établissement, je n'ai dû mon salut qu'au professionnalisme du personnel qui ne s'est pas laissé démonter devant son poids financier. Il est reparti dans une rage folle, jurant que nous n'allions pas nous en sortir si facilement. À l'instant où nos regards se sont croisés, j'ai su qu'il n'avait aucune limite et j'ai peur de ce qu'il est capable de faire.

Pour compléter ce tableau déjà chaotique, ce connard n'a rien trouvé de mieux que d'adresser un communiqué à la presse pour annoncer la réapparition de Jadde dans le paysage médiatique. Ce qui bien entendu a achevé de nous compliquer la vie. Même si pour l'instant les journalistes n'ont pas encore réussi à prendre de photos, ils campent devant l'entrée de l'hôpital, jour et nuit. Ils ont même tenté de soudoyer le personnel pour obtenir des images exclusives. Ils ont une audace incroyable allant jusqu'à piétiner la moindre parcelle d'humanité.

Perdu dans cet enfer éveillé, j'ai du mal à faire face et je me demande encore comment je tiens debout. Je n'ai pas dormi une seule nuit complète depuis l'accident, et mes maux de tête martèlent mes tempes sans interruption. J'ai de plus en plus l'impression d'être un naufragé perdu en pleine mer, au milieu d'une tempête qui n'a de cesse de me faire sombrer.

Comment vais-je nous sortir de là ?

Un raclement de gorge me sort de mes pensées lugubres pour me ramener dans la chambre d'hôpital. Jadde me tourne le dos une fois de plus. J'ai un moment d'hésitation avant de la quitter des yeux, et de faire face à mon nouvel interlocuteur.

Finalement, quand le visiteur renouvelle sa demande, je me détourne de mon obsession. Malcolm est debout, à l'entrée de la chambre, l'air décidé et passablement préoccupé, appuyé sur le chambranle de la porte. Son teint a retrouvé un peu de couleur, même s'il est loin du grand gaillard qui m'avait impressionné à notre première rencontre.

D'un signe de tête, il désigne Jadde, me demandant sans le dire comment elle va. Conscient que lui cacher la vérité n'améliorera pas les choses, je hausse les épaules avec une certaine fatalité.

Elle m'en veut, je le sais, j'ai été incapable de tenir mes engagements de la protéger. Comment pourra-t-elle me pardonner, alors que je ne suis pas capable de le faire moi-même ?

J'ai beau penser chaque mot, je n'en prononce aucun, le laissant interpréter mon silence à sa guise.

Sans me lâcher des yeux, il traverse la pièce, alors que je reste là, immobile, épuisé, à le regarder s'avancer. Il clopine légèrement et son sourcil tressaute chaque fois qu'il s'appuie sur sa jambe droite, mais à part ces signes à peine perceptibles, on pourrait presque croire que tout va bien.

Il me rejoint, pose une main rassurante sur mon épaule et resserre légèrement sa prise, comme pour me signifier qu'il est là.

Après un moment de silence, juste troublé par les bips réguliers du moniteur, je me décide enfin à lever la tête vers Malcolm qui me fait signe de l'accompagner dans le couloir. Je n'ai pas vraiment envie de la laisser, même pour quelques minutes, mais son regard me presse de le suivre, alors je m'exécute à contrecœur.

— Gamin, qu'est-ce que tu fais encore là ?

— Je refuse qu'elle soit seule, avoué-je, sans pour autant quitter la porte des yeux.

— Elle ne l'est pas. Je vais rester avec elle cette nuit, va dormir.

— Non, je ne… suis pas prêt à la laisser.

— Elle en a pourtant besoin.

— Non, me contenté-je de lui opposer avec plus de virulence que je l'aurais souhaité.

— Elle a besoin d'espace et de temps pour accepter la situation. Et t'avoir sans cesse à ses côtés n'est pas la meilleure stratégie qui soit.

— Pourquoi n'y arriverions-nous pas ensemble ?

Il m'adresse un regard compatissant qui me tord le ventre.

— C'est elle qui est blessée dans sa chair. Elle ne pourra jamais plus avoir d'enfant et pour une femme qui en désirait, c'est un vrai traumatisme.

Je le regarde avec colère et hausse le ton plus que je ne le devrais.

— Et en quoi le fait que je lui laisse de la place pourrait arranger les choses ? Tu peux m'expliquer ? On est censé tout partager, tout affronter ensemble, alors pourquoi ai-je l'impression d'être désespérément seul ? J'ai failli la perdre et honnêtement j'ai cru mourir avec elle. Alors, ne me demande pas de m'éloigner. C'est au-dessus de mes forces.

Son regard, à mi-chemin entre la compassion et l'agacement, me foudroie sur place. Même pour moi, je suis pathétique. Je tente de me justifier et de le prendre en défaut pour faire taire son opposition, en rajoutant avec une certaine appréhension :

— Je ne partirai que si elle me le demande. Et puis, comment sais-tu qu'elle veut que je m'éloigne ? Elle a communiqué avec toi ?

Je ne sais pas ce qui m'énerve le plus, son regard fuyant, le fait qu'il tente de s'interposer entre nous, ou son expression qui sous-entend qu'il en sait plus qu'il ne veut bien l'admettre.

— Gamin, prends un peu de recul, tu tiens à peine debout. Va dormir une nuit, te reposer. Demain est un autre jour. Elle a besoin de se reconstruire et de faire face à des démons dont tu n'as même pas idée.

— De quoi tu parles ?

— Elle t'en parlera, quand elle sera prête à le faire. Pour l'instant, accepte que tu ne puisses pas tout régler. Laisse-lui de l'espace, et panse tes propres blessures. Demain, tu pourras affronter toutes les emmerdes qui vous tournent autour.

Je ne m'étonne même pas qu'il puisse être au courant de ce qui se trame. Mes pensées sont trop éparpillées, j'ai du mal à concentrer mon attention sur autre chose que sur la femme étendue dans la chambre, celle qui hante chaque minute de ma vie.

— Mais moi, j'ai tellement besoin d'elle ! avoué-je

piteusement, parce que cette nécessité désespérée est ma seule vérité.

— Je sais… et elle a besoin de toi, mais tant qu'elle n'est pas prête, elle n'arrivera pas à faire un pas dans ta direction. Le temps est à la fois ton meilleur allié et ton pire ennemi. Reste toi-même, l'homme fort sur qui elle peut toujours compter, celui qu'elle aime et vous surmonterez toute cette histoire. Elle sait que tu es là, mais il lui est impossible de se raccrocher à toi pour l'instant.

Il me laisse méditer quelques secondes sur ces paroles et reprend, toujours aussi calmement :

— Tu es épuisé, sois un peu raisonnable et rentre te reposer quelques heures. Elle ne risque rien. Je ne la lâche pas des yeux.

Dans d'autres circonstances, jamais je n'aurais cédé, mais Malcolm a raison, j'ai du mal à tenir debout et je suis moralement à bout. Si je ne prends pas un peu de temps pour me reposer, je ne vais pas tarder à m'effondrer.

— Très bien, j'accepte, mais tu ne la quittes pas une seconde, d'accord ?

Pour toute réponse, il hoche la tête. Nous avons eu largement le temps de reparler des circonstances de l'agression, et accepter, c'est aussi lui prouver qu'il a toujours ma confiance et qu'il n'est pas responsable de ce qui lui est arrivé.

— Je vais lui souhaiter bonne nuit et j'irai à l'appartement, je repasserai avant de partir bosser.

Il acquiesce de nouveau, mais ne rajoute rien. Je rentre dans la chambre à pas de loup et m'assois au bord du lit.

Je pose mes lèvres sur son front. Tout contre sa peau, je murmure :

— À demain !

Je me relève rapidement, quand je la sens se crisper. Même dans son sommeil, elle n'est pas en paix et refuse mon affection. Mon cœur se fêle une fois de plus, mais je relève la tête parce qu'il n'y a rien d'autre à faire pour le moment. Malcolm a au moins raison sur un point, je ne peux pas faire la totalité du chemin. Si elle ne vient pas vers moi, la situation est bloquée.

Je sors de la chambre sans me retourner et rejoins l'appartement en taxi. Je monte les étages au ralenti. Je n'ai pas pu remettre les pieds dans la chambre malgré les murs fraîchement repeints et la disparition des stigmates de l'agression. Les coups de pinceau camouflent, mais n'effacent rien. Chaque fois que je m'approche des éclaboussures de sang retrouvées sur le mur de la chambre, je suis assailli par des flashs atroces : son corps balancé dans la bagnole sans réaction, son teint cireux.

Pas besoin d'avoir assisté à la bagarre pour revivre la scène. Mon imagination fertile me suffit largement.

J'ai même pensé revendre l'appartement avant même qu'il ne m'appartienne vraiment, mais je ne prendrai aucune décision sans lui en avoir parlé d'abord. Épuisé par ces batailles incessantes, je m'effondre sur le canapé, l'esprit aussi meurtri que le cœur.

Je ne me sens pas sombrer. Pourtant, lorsque je rouvre les yeux, je suis dans un café. Installé à une table en retrait, je ressens une certaine fébrilité. Mon regard dérive aux alentours, et j'essaie de canaliser mon appréhension en m'imprégnant de l'ambiance chaleureuse du lieu. L'endroit ressemble à un petit café de banlieue. Il est étroit, mais loin d'être lugubre. Lumineux, plutôt cosy.

Toutes les tables sont occupées par des habitués. C'est en tout cas l'impression qui transparaît dans leur comportement.

Certains sont seuls, d'autres accompagnés, mais tous sont parfaitement détendus. À ma droite, un type lit le journal avec attention, pendant que la petite vieille de la table voisine sirote un verre de cherry. Un groupe de jeunes plaisante et je les vois rire aux éclats, sans pour autant les entendre. Bizarrement, je ne perçois qu'un brouhaha diffus, couvert par un morceau de piano aux intonations mélodieuses.

Bercé par la rythmique, je tente de réfréner les battements anarchiques de mon cœur en fermant les yeux. Ma tentative de maîtrise reste vaine.

Ma tachycardie s'accentue, tandis que le froid mordant de l'extérieur s'engouffre d'un coup dans la brasserie. Dans la foulée, des picotements parcourent ma nuque et je ressens sa présence avant même de la voir.

J'ai beau tourner le dos à la porte et n'avoir aucun moyen de savoir si c'est elle, j'en suis pourtant convaincu, aucun doute n'est possible. Mon corps, mon cœur et mon âme me le disent. Si ce n'était pas suffisant, l'attraction viscérale qui me vrille le ventre et l'air chargé d'électricité s'en seraient chargés.

Ses talons claquent sur le sol carrelé et je me force à respirer. À mesure qu'elle approche, le bruit de sa jupe qui frôle ses collants devient plus perceptible. Mon esprit ne se concentre plus que sur ce mouvement de balancier. Ma peau brûle sous son regard et je déglutis avec difficulté. Comment puis-je être aussi conscient du moindre de ses gestes ? Est-ce simplement parce que dans mes rêves j'ai l'étrange capacité de percevoir le lien tangible et inébranlable qui nous lie ?

Elle pose ses longs doigts graciles sur mon bras et un frisson de plaisir me traverse tout entier.

— Bonjour, Brad, murmure-t-elle, incertaine.

— Bonjour Cam.

C'est la première fois que nous échangeons de façon si formelle, mais pas seulement. Pendant longtemps, sa voix, ses traits étaient flous. J'avais beau connaître les moindres courbes de son corps magnifique, les détails précis me restaient inaccessibles. Et aujourd'hui, j'ai la sensation que c'est exactement l'inverse qui est en train de se produire. L'heure n'est plus aux apaisements de nos bas instincts, mais à l'expression de nos faiblesses. C'est l'heure de vérité.

C'est bizarre d'être à la fois parfaitement conscient de rêver, tout en sachant que rien n'est plus réel que la scène qui va se jouer ici.

Fort de ce sentiment, je n'essaie même pas de lutter, je ne contrôle rien, l'accepte et me laisse porter. C'est comme une évidence. Je suis à ma place, et c'est ma seule certitude. Allez savoir, c'est peut-être la manifestation de mon inconscient, ou autre chose. Et pour être honnête, je m'en contrefous, la seule chose qui compte, c'est elle.

L'appréhension me prend par surprise quand mon regard rencontre le sien. Ses traits tirés et marqués par la douleur m'envoient un uppercut en plein dans le sternum. Hésitante, elle s'arrête devant la table et se dandine d'une jambe sur l'autre.

Désarmé par son attitude fébrile, je l'invite à s'asseoir. Intérieurement, la distance qu'elle m'impose me blesse et je ne peux m'empêcher de m'interroger avec un certain abattement. En sommes-nous vraiment là ? Pourquoi attend-elle que je l'invite à ma table ? Qu'est-ce qui se passe dans sa tête ? Qu'est-elle venue m'annoncer ? Pourquoi paraît-elle si anxieuse ?

Son regard est triste, vidé de la moindre étincelle. Une boule d'angoisse se noue dans ma gorge et l'idée de fuir me traverse brièvement l'esprit. Suis-je prêt à affronter ce qui va suivre ? Je regarde la femme que j'aime plus que la vie et j'ai déjà ma réponse.

Le silence autour de la table est assourdissant, mais ne sachant pas à quoi m'attendre, je me tais pour la laisser aller à son rythme. Elle veut me parler, alors je vais tenter d'être à son écoute, et lui offrir tout ce dont elle a besoin.

Elle me regarde longtemps, comme si elle puisait ses forces dans notre échange silencieux. Quand elle se lance, ses paroles m'explosent à la figure :

— Nous… Je crois que nous devrions nous séparer, lâche-t-elle d'une traite, des trémolos dans la voix.

Je ressens l'ensemble de ses émotions comme s'il s'agissait des miennes. Ses doutes, ses incertitudes, sa douleur, sa tristesse. Chacune d'entre elles me transperce et je serre les dents pour me retenir de hurler. L'entendre renoncer fait courir un courant glacé dans mes veines. J'essaie de rester impassible, me contentant de répondre d'une voix monocorde :

— Pourquoi ?

Cette question, même à mon oreille, sonne comme une

accusation. Mais même avec toute la volonté du monde, je suis incapable de masquer ma douleur. Elle détourne les yeux et déglutit bruyamment.

— Quel avenir as-tu avec une femme qui n'en est plus vraiment une ? Je ne peux pas te contraindre à sacrifier ton futur avec moi, alors que je suis incapable de t'offrir la vie que tu mérites.

La fureur me submerge d'un coup, et je dois faire un effort colossal pour la contrôler.

— Heureux de savoir que j'ai mon mot à dire ! Me libérer de mes obligations, sans même me demander ce que j'en pense ! Bravo, je suis touché que mon opinion ait autant d'importance !

Je sais que le sarcasme n'est pas la solution, mais je suis tellement en colère de la voir abandonner, sans même essayer ! M'imposer sans jamais me laisser le choix, choisir pour nous et me laisser me battre seul.

Elle pâlit à vue d'œil, et ses mains se mettent à trembler. Aveuglé par la colère, je terre ma culpabilité dans un coin de ma tête pour poursuivre avec sarcasme :

— Tu ne crois pas que c'est à moi de décider ce qui est bon ou non pour moi ?

Elle secoue la tête de droite à gauche et me répond douloureusement :

— Nous n'avons aucun avenir, je ne pourrai jamais… jamais avoir d'enfant, balbutie-t-elle avec difficulté. Comment t'imposer un tel sacrifice ?

Sa détresse est évidente et sa première larme éteint la bête furieuse dans ma tête. Je prends ses mains en coupe, ressentant plus que jamais ce besoin viscéral de la toucher et d'apaiser ses peurs.

— Tu as tort. Je ne vais pas te mentir, avoir des enfants avec toi m'a déjà traversé l'esprit, mais ce n'était qu'un rêve, Jadde. Et j'en ferai d'autres. Toi, tu es ma réalité, mon oxygène, la raison pour laquelle je me lève le matin. Je trouve en nous la force de lutter. Tu es mon espoir, ma raison d'exister, alors je t'interdis de m'imposer un avenir sans toi, parce que tu nous tueras à coup sûr.

Elle me réplique, éteinte :

— Je n'ai plus rien à offrir, je me sens si vide, j'ai mal, tellement mal. La femme que tu as connue est morte.

J'ai mal de la sentir si désespérée. Je ne la laisse pas imaginer que je pourrais partager ses convictions et réplique aussi sec :

— Une fois encore, tu es dans l'erreur, Cam. Quoi qu'il advienne, MA femme est là, dis-je en la désignant de la main. Elle est tapie dans l'ombre, attendant que la douleur lui laisse un peu de place et la laisse enfin respirer et refaire surface. Je ne nie pas que te voir porter notre enfant aurait été magique, mais je n'ai pas besoin de cela pour t'aimer à la folie. Mon amour, te voir souffrir est le pire des supplices et je crève d'être incapable d'alléger ta peine.

Je me tais quelques secondes pour me recentrer sur l'essentiel. Je voudrais qu'elle comprenne à quel point ma vision du monde a été chamboulée quand je l'ai crue morte.

— J'ai failli te perdre, et je te jure que je ne veux jamais revivre ça. Jamais. J'en mourrais ! Vivre sans toi, j'en suis incapable. Ne baisse pas les bras, tu n'es pas seule. Bats-toi pour moi, pour nous. J'ai besoin que tu y croies encore. Ensemble, nous sommes capables de faire face. Côte à côte, tout est possible, et à vouloir m'épargner et fuir, tu nous condamnes tous les deux.

Elle lève lentement ses magnifiques yeux verts noyés de larmes.

— J'ai tellement mal si tu savais ! Mon cœur est brisé autant que mon corps. J'ai perdu ma fille il y a longtemps, et la vie m'oblige à affronter cette épreuve une nouvelle fois, en m'ôtant le faible espoir auquel je m'étais toujours raccrochée. Comment suis-je censée continuer ?

Elle ravale un sanglot et ajoute en me laissant entrevoir la montagne de culpabilité qui lui bouffe la vie :

— J'ai été incapable de les protéger, de mener mes grossesses à terme. J'ignorais même que j'étais enceinte. Comment peut-on ignorer ce genre de chose ? C'est peut-être mieux ainsi, j'aurais été une mère monstrueuse, puisque je ne suis même pas capable de protéger mon enfant !

Sa détresse est perceptible et je ne sais pas quoi dire. Parce que son raisonnement ne repose sur rien de concret. Elle lie sa douleur et son incapacité à être mère à sa culpabilité. Mais c'est aussi invraisemblable que d'accuser une vague qui s'écrase sur le rocher.

Mais il est inutile de le lui dire, elle ne l'entendra pas. Alors je choisis une autre approche, c'est la première fois qu'elle aborde la question de ce bébé qu'elle a perdu. J'ai l'intuition qu'elle doit s'en libérer pour avancer et je ne connais pas de meilleure façon de le faire que d'en parler.

— Qu'est-il arrivé à ta fille, Jadde ?

Elle semble sortir de la transe dans laquelle elle s'était retranchée et la souffrance, à l'état pur, qui déforme ses traits enserre ma poitrine dans un étau.

— C'était il y a longtemps, murmure-t-elle avec difficulté.

— Parle-moi, insisté-je.

Elle baisse la tête pour fixer nos mains jointes et tandis que son corps est secoué de spasmes, elle se recroqueville sur elle-même, défaite.

Le silence s'étire, longtemps, à tel point que je finis par croire qu'elle ne m'en dira pas plus. Pourtant, contre toute attente, elle trouve la force de s'ouvrir à moi. Sa voix n'est qu'un filet et je dois tendre l'oreille pour l'entendre, mais elle parle et c'est tout ce qui compte.

— J'ai eu du mal à tomber enceinte. Mais après dix ans de contraception, les médecins étaient confiants et nous rassuraient en affirmant que c'était parfaitement normal. Quand nous avons enfin réussi, je n'ai jamais été aussi heureuse. Et mon Jack était presque euphorique, ses yeux brillaient de bonheur et il me couvait de mille attentions. Il avait toujours été prévenant et attentif, mais là nous étions sans cesse collés l'un à l'autre.

Un léger sourire étire ses lèvres à ses souvenirs, mais il s'efface vite quand elle se replonge dans la suite de son cauchemar. De mon côté, comme chaque fois qu'elle parle de ce frère que j'ignorais avoir, une cascade d'émotions contradictoires me cloue sur place.

— J'étais à quatre mois de grossesse et jusque-là, tout avait été un peu compliqué. J'étais sur les nerfs parce que le médecin me demandait de rester couchée le plus souvent possible, et mes journées me semblaient interminables. Quand je lui ai demandé de rentrer ce soir-là, c'était purement égoïste. Je savais qu'il était fatigué, mais j'étais en colère qu'il soit parti en déplacement, alors que ce n'était pas prévu. Je l'étais d'autant plus que je devais éviter la voiture, et que je me retrouvais bloquée à la maison. Conscient de mon agacement, il a pris la route.

Elle serre mes mains plus fort, tandis que ses larmes recommencent à marquer ses joues. C'est tellement difficile de la voir souffrir ainsi que je lutte chaque seconde pour ne pas la prendre dans mes bras. Peut-être parviendrai-je à apaiser cette douleur insupportable qui la ronge de l'intérieur ?

Je détourne la tête, le souffle en suspens. Autour de nous, le monde n'est plus qu'un amas flou. J'ai beau avoir la certitude que je rêve, la gravité de l'instant, son tourment palpable, rendent tout cet échange bien plus vrai que nature. Quand elle recommence à parler, elle bute sur chaque mot, luttant visiblement pour les laisser sortir.

— Quand j'ai reçu l'appel de la police, j'ai senti la vie me quitter instantanément, comme si, en mourant, Jack emportait en même temps ce qui me restait de lui. Mon ventre s'est violemment contracté et je suis tombée à genoux. Je ne me souviens plus tout à fait de la suite. J'ai hurlé, ça, j'en suis presque sûre, mais j'ignore comment je me suis retrouvée, près de dix jours plus tard, perfusée, dans un lit d'hôpital. Tout ce qui s'est passé pendant cette période est un mystère, un trou noir. Ce que je sais par contre, c'est que deux cent quarante heures plus tard, la félicité s'était évanouie, ne laissant derrière qu'un immense sentiment de solitude, sans mari ni enfant.

Ma question m'échappe avant que je m'en rende compte et semble la sortir de sa transe.

— Que s'est-il passé ?

Ses épaules s'affaissent et elle donne l'impression de porter le poids du monde.

— Je ne l'ai su que bien plus tard, répond-elle presque sur la défensive. Le choc émotionnel a provoqué les contractions. Si je n'avais pas eu un col utérin déjà problématique, cela aurait pu avoir des conséquences limitées, sauf que dans mon cas cela a conduit à un accouchement prématuré. Ma fille était bien trop petite pour survivre et elle est née le 28 juin, à 5 h 30, pour que son cœur cesse de battre la minute suivante. Je ne m'en souviens même pas. Je ne me rappelle pas l'avoir tenue dans mes bras, ni même de la chaleur de sa peau sur la mienne. J'ai oublié jusqu'à son odeur, son visage. Mon cerveau, en état de choc, a tout effacé. Le pire je crois, c'est de ne pas avoir été là quand ils l'ont mise en terre avec son père. J'étais sur mon lit d'hôpital, à lutter pour la vie, alors qu'au fond, je ne cherchais qu'à les rejoindre.

J'hésite à l'interroger plus avant, mais il faut qu'elle me raconte toute l'histoire pour vraiment s'en libérer. Alors je prends mon courage à deux mains et poursuis :

— Tu me parles de lutter pour survivre et le médecin m'a dit qu'il était surpris que tu aies pu retomber enceinte. Que s'est-il passé après ton accouchement ?

De mon pouce, je caresse la tabatière anatomique de sa main et elle expire bruyamment.

— Lorsque j'ai accouché, un bout de placenta ne s'est pas

détaché correctement et j'ai fait une hémorragie. Comme ils ne sont pas parvenus à l'extraire, j'ai terminé au bloc. À la suite de l'opération, j'ai fait une infection. J'ignore encore comment j'ai survécu, ni même pourquoi.

Chaque mot est un poison. Parfois, j'aimerais qu'elle voie les choses à travers mes yeux. Ainsi elle comprendrait ce qui est pour moi une évidence. Elle est encore là pour moi, comme j'ai survécu à la noyade pour elle. Ce sont des certitudes qui renforcent ma conviction que nous étions simplement destinés. Avant de réussir à trouver les bons mots pour le lui exprimer, elle s'interrompt et plonge son regard dans le mien. Sans me lâcher des yeux, elle se lève doucement et contourne la table. Je la regarde se pencher sur moi et prendre mon visage entre ses mains.

— Je t'aime Brad, trop sans doute…

Et avant que j'aie pu protester, ou chercher à comprendre ce qui lui traverse l'esprit, elle pose ses lèvres sur les miennes.

Son contact est agréable, familier, et son doux parfum de vanille et de camélia me grise instantanément. Si ses lèvres sur les miennes se font d'abord hésitantes, elles prennent de l'assurance et deviennent exigeantes. Très vite, il m'en faut plus, toujours plus. Je me lève à mon tour, pour l'enfermer dans mon étreinte et lui offrir le réconfort de mes bras. Je la goûte, m'imprègne de chacune de ses caresses.

Sa langue cherche la mienne et semble vouloir prendre et implorer ma rémission. La douceur de sa bouche m'offre, une fois encore, l'impression de rentrer chez moi. Elle est ma maison, mon univers. Je la taquine de ma langue et finis par enserrer sa lèvre inférieure entre mes dents. Elle gémit en réponse, et mon corps se réveille. Mais alors que je m'apprête à intensifier notre baiser, me foutant royalement de me donner en spectacle, son image s'estompe et je me réveille en sursaut, seul, assis sur le canapé dans l'appartement.

Que vient-il de se passer ? La panique me saute à la gorge. Si elle était simplement venue me dire au revoir, si… oh mon Dieu ! Non, pas ça ! Si…

J'attrape mon téléphone et appelle l'hôpital, alors que j'enfile à la hâte mes fringues et dévale déjà les étages de mon immeuble.

L'attente est interminable, et je suis incapable de reprendre mon souffle. Mon Dieu ! Mon amour ! Ne me fais pas ça, je t'en prie, ne me laisse pas ! Les infirmières mettent un temps infini à répondre et je tente de contrôler la panique qui me transperce.

La tonalité reste muette et mon angoisse redouble. Je traverse les rues avoisinantes en courant, sans tenir compte des passants que je bouscule, ni même des coups de klaxon qui retentissent de toutes parts.

L'appareil toujours vissé à l'oreille, j'arrive à bout de souffle devant l'hôpital. Je réalise seulement à ce moment-là que je n'ai pas vraiment lancé l'appel. Quel con !

Pas rassuré pour autant, je monte les dix étages et arrive en transe dans le service. Je ne fais pas cas de l'heure ni des chariots de soins qui encombrent le couloir, je ne me préoccupe que de la chambre 1042 à trente mètres de là. Devant la pièce règne une effervescence inhabituelle et mon cœur a un raté. Mon Dieu, non ! S'il vous plaît, pas ça !

Le couloir me paraît sans fin et chaque pas semble désormais me demander un effort surhumain. Incapable de réfléchir, d'entendre ou de ressentir autre chose que l'angoisse qui me ronge, j'avance, mort de trouille, pour faire face au spectacle qui fait exploser toutes mes défenses.

Chapitre 7

Jadde

Il m'a poussée à parler, à mettre des mots sur des sensations, à évoquer ma fille, ailleurs que dans mon esprit et j'ai lâché prise. Si j'avais su que ce poids, sur ma poitrine en permanence, se libérerait dès les premiers mots, j'aurais renoncé à lutter bien plus tôt.

Ces paroles ont ouvert une brèche dans la muraille qui renfermait tout ce qui touchait, de près ou de loin, à mon bébé. Elle endiguait ma douleur, ma culpabilité et mes peurs, mais aussi cet amour inconditionnel qu'une mère éprouve pour son enfant. Toutes ces émotions se sont déversées d'un coup, débordant de toutes parts comme un raz-de-marée.

Je me suis bornée à évoquer des faits tangibles, réels, mais j'ai tu tout ce que je ressentais. C'est si intense, si monstrueux, comment relever la tête quand la douleur vous plie en deux ? Enfin, c'est ce dont j'étais persuadée, avant de plonger mes yeux dans les siens. J'y ai lu un soutien sans borne, une force, une compréhension qui a littéralement explosé toutes mes convictions.

Il est là, en face de moi, me regardant avec amour et je sais avec certitude, à cet instant, ce que je dois faire. Je me lève et lui offre ma rémission, tandis que je cherche la sienne, qu'il me donne sans hésitation. Quand mes lèvres se posent sur les siennes, une enveloppe de sécurité s'enroule tout autour de nous.

Bien trop vite, notre connexion se brise et je me réveille assise dans le lit d'hôpital. Que vient-il de se passer ? Est-ce réel ? Je sens encore ses doigts entrelacés aux miens, son goût sur mes lèvres. Tout cela ne peut pas être le fruit de mon imagination, parce que le poids qui pesait sur mon cœur depuis des années s'est miraculeusement allégé.

La culpabilité de ne pas avoir été capable de protéger mes enfants, d'avoir conduit mon mari vers la mort, ou d'être celle par qui les catastrophes arrivent, ne m'a pas quittée. Pourtant j'en ai conscience et j'accepte enfin que certaines choses ne dépendent pas de moi. Le chauffard qui a fauché Jack en plein vol n'est pas de mon fait. Le burn-out, face au malheur qui m'a frappée de plein fouet, n'est pas responsable de la mort de ma fille, pas plus que je ne le suis. Et je sais pertinemment que je ne pourrai rien changer au passé. Maintenant, il me faut prendre mon courage à deux mains et avancer, faire un pas de plus en avant, vers lui.

Il n'y a rien de miraculeux, la douleur persiste, traîtresse à l'affût d'une faiblesse. Pourtant, j'ai acquis la certitude que nous saurons faire face, ensemble.

Le réveil est difficile, comme si j'avais délaissé mon corps depuis des mois. Mes muscles sont affreusement courbatus, tandis que mes côtes fêlées m'empêchent de prendre de vraies inspirations. Cependant, j'ai connu pire, alors je me secoue et m'oblige à sortir de ma torpeur. Dans ma tête, jamais je n'ai vu les choses avec tant de clarté. J'ai compris l'essentiel, rien ne sert de repousser les sentiments, cela ne fait que les exacerber et les rendre plus terrifiants encore.

Leur faire face permet à la vague d'angoisse de s'estomper et puis le temps fera le reste, enfin je l'espère. Voilà où j'en suis, quand pour la première fois de la semaine, je m'assois dans le lit, non sans une certaine difficulté.

Assis sur le fauteuil, Malcolm me regarde avec surprise et un lent sourire se dessine sur ses lèvres.

— Tu vas mieux, fillette ?

Parce que je sais exactement à quoi il fait allusion, je lui réponds avec une petite grimace, en essayant de trouver une position moins douloureuse.

— Disons que je suis enfin redevenue moi-même.

— C'est bien, fillette, je suis fier de toi !

Je lui souris avec affection. Je me dis que si j'avais un jour connu mon père, j'aurais vraiment voulu qu'il lui ressemble.

— Braden ?

— Je l'ai envoyé se reposer, il tenait à peine debout, il était mort de trouille. Et franchement, ça a été vraiment difficile pour lui.

Je détourne les yeux et prends une profonde inspiration, plus parce que je m'en veux d'avoir, une fois encore, mis de côté sa souffrance, par peur d'affronter la mienne.

— Je sais, me contenté-je de répondre.

Avant même que nous puissions poursuivre notre échange, une tornade, haute en couleur, entre dans la chambre, en laissant la porte ouverte sur ses collègues et un chariot de soins.

Lumineuse, elle accapare mon attention dès son entrée.

— Ah ! Vous voilà enfin debout ! Je me demandais si vous alliez rester apathique encore longtemps !

Si la remarque peut paraître déplacée dans la bouche d'une autre, dans le regard malicieux de la soignante, cela semble être une simple vérité. Je ne ressens aucune condescendance de sa part, simplement une réelle joie de me voir sortit de ma torpeur.

Nous échangeons silencieusement et j'apprécie qu'elle ne manifeste aucune autre émotion que de la gaieté pure.

— Bon, parlons peu, mais parlons bien, reprend-elle quelques secondes plus tard. Où en sommes-nous au niveau de la douleur ?

— J'ai mal, mais c'est supportable.

— D'accord ! Sur une échelle de 1 à 10, à quel niveau évalueriez-vous son intensité ? Sachant qu'à 1 la douleur est à peine perceptible et qu'à 10 elle est insupportable.

Je réfléchis, dressant mentalement l'étendue de mes blessures, pour la première fois depuis l'agression. Mon bras dans l'attelle me démange, mais n'est pas douloureux. Les côtes, par contre, c'est une autre histoire. Mes jambes sont lourdes d'immobilité prolongée et j'ai la nuque raide. Je tourne légèrement cette dernière pour poursuivre mon évaluation et grimace en sentant mon visage se tendre. Je passe ma main valide sur mes joues et le tour de mes yeux. Oh mon Dieu ! C'est enflé de partout.

Remarquant mon geste, la soignante moqueuse tente de dédramatiser.

— Et encore, je vous assure que vous avez presque figure humaine maintenant !

Malcolm lui jette un regard agacé, mais moi j'éclate de rire, le regrettant immédiatement.

— C'est si affreux que ça ?

— Disons que vous êtes à mi-chemin entre Quasimodo pour la forme et Hulk pour la couleur !

Je rigole de plus belle en me tenant les côtes, imaginant parfaitement ce que cela peut représenter.

— Je crois qu'on va éviter les miroirs quelque temps alors !

— Sage décision, à part si vous me laissez le soin de masquer un peu tout ça, se moque-t-elle, en me désignant tout entière.

Cette réplique a le mérite de faire rire tout le monde et de dérider mon ami. Il secoue la tête en levant les yeux au ciel, ne parvenant plus à masquer son amusement.

Elle poursuit ses relevés d'informations en prenant ma tension et mon pouls, puis regarde avec attention les doigts de ma main encore gonflée, tout en me questionnant sur mes sensations. Elle en profite pour me parler des surveillances spécifiques en rapport avec l'immobilisation. Elle me fait bouger les extrémités et évalue leur chaleur et leur gonflement.

Elle demande à Malcolm de sortir pour pouvoir regarder le pansement sur mon ventre et poursuit son exploration en plaisantant, pour détendre ma tension latente quand elle palpe mon abdomen douloureux.

De fil en aiguille, j'apprends qu'elle ne travaille pas dans cet établissement habituellement, mais qu'elle est venue faire un remplacement en intérim. Elle me parle de son histoire, détourne mon attention de la douleur et je lui en suis reconnaissante. Je suis étonnée de la facilité avec laquelle elle lie un vrai contact avec moi. Entre son franc-parler, son sarcasme et son apparence aussi soignée que naturelle, je suis conquise en moins de temps qu'il ne faut pour le dire.

Elle dégage une beauté que seules les personnes dépourvues d'arrière-pensées sont capables d'offrir. Elle est tout simplement belle, sereine et c'est rafraîchissant. Je m'attarde à la regarder parce qu'elle m'offre une vraie bouffée d'air frais. Sa chevelure brune est soigneusement tressée et forme des figures géométriques compliquées. J'ai toujours été impressionnée par la faculté des femmes aux cheveux crépus de tirer le meilleur parti de leur chevelure si difficile à entretenir. Elle est maquillée juste ce qu'il faut pour mettre en valeur ses grands yeux noisette et ses lèvres pulpeuses. Même ses courbes généreuses semblent si harmonieuses qu'on ne peut l'imaginer différemment. Elle est magnifique, autant à l'intérieur qu'à l'extérieur.

Alors que je l'écoute avec attention, l'ambiance de la pièce change brusquement. Mon corps se couvre de chair de poule et mon cœur s'accélère. Je tourne lentement la tête vers l'entrée de la chambre. Brad se tient là, le regard paniqué et le corps tendu à l'extrême. Son regard accroche le mien et c'est alors que je vois la première larme couler sur sa joue.

Je ne sais pas vraiment ce qui se passe dans sa tête, mais à cet instant, j'ai la conviction qu'il a besoin de moi, désespérément. Alors que le babillage de la soignante semble s'éteindre d'un coup, je ne vois plus que lui, n'entends plus que son angoisse. Et plutôt que de poser la moindre question, je me contente de lui ouvrir les bras.

Il ne tergiverse pas et se jette littéralement sur moi comme si, d'un seul coup, me toucher lui devenait vital. Sa panique est perceptible et le soulagement la remplace doucement, alors qu'il pose sa tête sur ma poitrine. J'entends ses sanglots plus que je ne les vois, mais chacun d'eux m'atteint.

J'ignore ce qui a pu lui arriver, mais je sais que je suis la seule à pouvoir le libérer. Je me contente de le serrer dans mes bras, malgré mon attelle plutôt encombrante. Son étreinte se resserre autour de mon corps et me fait mal aux côtes, mais en réalité, je m'en contrefous.

Il a besoin de moi et je ne me défilerai pas cette fois. Nous sommes dans notre bulle, oubliant les bruits autour, les personnes, la chambre d'hôpital, allant même jusqu'à mettre de côté notre position plutôt inconfortable. C'est un moment de communion pure où on se laisse totalement submerger par ses émotions. À cet instant, je suis son rempart contre l'effondrement. Je lui caresse les cheveux en bataille, pour apaiser sa douleur et l'embrasse doucement.

Notre étreinte dure longtemps ou quelques secondes, je n'en ai pas la moindre idée. Pour moi, le temps s'est arrêté à son arrivée. Il finit par murmurer, en brisant le silence qui nous enveloppe :

— J'ai cru... Oh mon Dieu ! J'ai cru que tu avais renoncé à combattre. Ma Cam ! J'ai cru t'avoir perdue !

Et il resserre encore son étreinte. Son geste désespéré me tire un gémissement de douleur. Il relâche la pression en levant ses yeux, rouges de larmes.

— Et te laisser ? souris-je. Cela n'est pas près d'arriver !

Il ferme les yeux, absorbant mes paroles.

— Pourquoi avoir pensé une chose pareille ?

— Je l'ai r... c'est idiot ! Je ne sais pas pourquoi j'ai réagi ainsi.

— Tu l'as rêvé ?

Il détourne la tête, gêné.

Je passe la main sous son menton pour l'obliger à me regarder.

— Moi aussi je rêve de toi, souvent, et le dernier m'a permis de me libérer du carcan qui me tenait prisonnière depuis la mort de ma fille, articulé-je, non sans une certaine difficulté. Même dans mes songes tu es là, pour moi.

Il a l'air surpris et me pose une question pour le moins étrange.

— Nous étions dans un café, et dehors il y avait un froid mordant ?

— Oui, mais... comment ?

Il m'interrompt en posant ses doigts sur mes lèvres.

— Peu importe, nous étions ensemble, je le sais, tout comme j'ai la certitude que ce n'était pas la première fois.

J'acquiesce d'un signe de tête, parce que c'est bien possible qu'il ait raison, sinon comment expliquer nos communions si profondes et en si peu de temps ?

Nous sommes interrompus par un raclement de gorge derrière nous. Je quitte Braden des yeux pour me tourner vers la soignante, à l'entrée de la chambre, qui regarde Brad avec un certain amusement.

— Vous prenez un abonnement, lui dit-elle quand il se tourne à son tour.

— Bon sang, Lucinda, qu'est-ce que vous faites ici ?

— À votre avis ? lui sourit-elle avec effronterie.

— Vous vous connaissez ? les interromps-je, amusée.

— Elle s'est occupée de moi quand j'ai eu l'accident.

— Quelle vision minimaliste de mon rôle essentiel ! s'exclame-t-elle en gonflant la poitrine avec un air faussement outré. J'avais été obligée de jouer les mamans poules !

— Ce n'est définitivement pas de cette façon que je vous ai perçue, lui répond-il en riant.

Elle fait une mimique vexée qui nous fait tous pouffer de rire.

— N'ai-je pas dû faire preuve d'une immense patience, pour vous prouver que vous agissiez comme un crétin, et puis je vous ai même préparé à manger, en vous offrant mon adorable compagnie !

— C'est une façon amusante de voir les choses, j'aurais plutôt dit que vous m'aviez secoué les puces, tout en me contraignant à me reposer.

— C'est exactement ce que je viens de dire, s'amuse-t-elle à nouveau.

Leur joute verbale dure un moment et je m'égaie de les voir se chamailler comme chien et chat. Brad a repris des couleurs et le moment de détresse est passé. Lucinda a un don certain pour désamorcer les situations dramatiques et alléger l'ambiance.

— Au départ, je n'étais pas là pour venir papoter avec ce vieux grincheux, râle-t-elle avec une certaine ironie en haussant un sourcil, pour le mettre au défi de répliquer. Je voulais savoir ce que vous vouliez pour déjeuner, et en profiter pour vous rappeler que les heures de visites sont limitées.

— Tiens, tu vois que j'ai raison, la rabat-joie est de retour ! lance-t-il pour l'agacer. De toute façon, il faut que j'y aille, l'heure tourne et j'ai un restaurant à faire fonctionner.

Puis il se lève et m'embrasse doucement. Il pose son front contre le mien en murmurant :

— Merci Cam, à tout à l'heure, je reviens très vite !

Je lui souris et profite des dernières secondes de sa présence. Bien trop vite, il se relève et m'offre un dernier baiser du bout des lèvres.

Juste avant de s'éclipser, il pose sa main sur l'épaule de l'infirmière avec affection et lui sourit. Puis il sort non sans m'adresser un dernier clin d'œil complice.

Quand il referme la porte derrière lui, Lucinda lance avec son assurance habituelle :

— À nous deux, jeune fille !

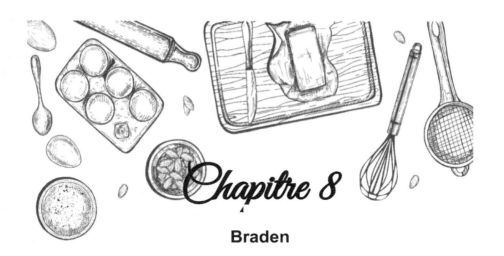

Chapitre 8

Braden

Je quitte la chambre de Jadde totalement rassuré, elle va mieux et pour moi, c'est la seule chose qui compte. La belle surprise, c'est la présence de Lucinda. Cette bonne femme aura ma peau. Mais au moins, je sais que ma Cam sera traitée avec le plus grand respect et bichonnée, même si c'est dans le sens inverse du poil. Qui aurait cru que nous nous reverrions dans de telles circonstances ? Pas moi en tout cas. Combien de chances y avait-il pour que je tombe sur elle, dans deux établissements différents, à quelques semaines d'intervalle ?

Et puis, soyons honnêtes, je préfère focaliser mes pensées sur l'infirmière la plus déjantée que je connaisse, plutôt que de réfléchir aux circonstances de mon arrivée théâtrale de ce matin. J'évite soigneusement de m'attarder sur ce soulagement qui m'a totalement submergé. Tout comme je préfère laisser de côté mes larmes. Quel mec digne de ce nom perdrait autant le contrôle ? Moi apparemment !

Pour un gars qui se targue de toujours tout maîtriser, c'est sacrément perturbant. Me montrer faible je ne sais pas faire. Je ne veux pas me le permettre.

J'arrive à mon boulot, le cœur un peu moins lourd, ce qui ne m'était pas arrivé depuis des semaines. Plus j'avance dans le temps, et plus j'ai la désagréable impression de devenir versatile, mon humeur changeant au gré de ma relation avec Jadde. Je suis totalement dépendant d'elle et suis suffisamment lucide pour réaliser à quel point ça pourrait devenir malsain.

Mais mes sentiments sont tellement ancrés en moi qu'ils me dominent totalement. Elle m'a embarqué dans son monde et fait partie intégrante du mien. Nous sommes liés par un lien aussi puissant qu'incontrôlable, tels deux aimants irrémédiablement attirés l'un vers l'autre.

Je suis distrait de mes réflexions existentielles par le bruit des casseroles en train de valser sur les plaques. Les odeurs familières m'aident à mettre de côté le monde extérieur pour me reconnecter avec la priorité de l'instant : mon rôle de chef d'orchestre.

Je salue mon personnel et vais revêtir ma tenue réglementaire dans mon bureau.

Comme chaque matin, j'en profite pour jeter un coup d'œil à mon courrier. Je suis surpris de trouver un colis que j'ai adressé à Adam il y a quelques jours. Le destinataire n'habiterait plus à l'adresse indiquée. Qu'est-ce que c'est encore que cette histoire ?

Je jette un coup d'œil vers la pendule, il est trop tôt pour appeler l'institut, je m'en occuperai en début d'après-midi. C'est la première fois que cela arrive en cinq ans.

Un peu dubitatif, j'essaie de ne pas trop m'inquiéter, même si je trouve cela un peu étrange. Il doit simplement y avoir eu une erreur de livraison, ou un truc du même acabit, je ne vois pas d'autres explications.

Tout en me coiffant de mon bandana habituel, je passe mes appels à l'ensemble de mes établissements pour m'assurer qu'ils ne rencontrent pas de difficultés particulières. Chacun a bien trouvé ses marques, et de ce côté-là, je n'ai pas eu de nouvelles déconvenues au cours de ces dernières semaines. Il y a au moins un pan de ma vie qui n'est pas soumis aux catastrophes en chaîne qui gangrènent mon quotidien.

Malgré l'heure matinale, l'équipe est déjà à pied d'œuvre et a entamé les préparations habituelles. Comme ils connaissent parfaitement leur rôle, le travail avance rapidement. Je m'attelle à ma tâche, aidant mes collaborateurs autant que possible en parallèle. Je termine finalement les mains entre les cuisses d'une dinde que la jeune apprentie apprend à vider. Elle me regarde, l'air dégoûté et les lèvres pincées, pendant que j'extrais les viscères, un à un, en lui expliquant à quoi nous allons les utiliser. En voyant sa tête, j'ai presque envie de rire, mais j'essaie, tant bien que mal, de garder mon sérieux devant son aversion évidente.

Les heures défilent vite et je suis presque étonné quand arrive le coup de feu. Je reprends mon poste à la finalisation des plats. Tandis que, pour une fois, je laisse Phil diriger. Il n'y a que de cette façon que je vais pouvoir le corriger.

Sa technique de coaching est encore un peu rigide, mais elle s'améliore de jour en jour. Il est plus attentif qu'il ne l'était au bien-être de son équipe et c'est, selon moi, la clef de la réussite. Dans le domaine culinaire, il a très vite intégré mes techniques de préparation. Chaque chef a les siennes, même si nous avons une ligne et des fondements communs.

Quand le service se termine, je me sens bien, revigoré par la plénitude que m'offre toujours l'exercice de ma passion. J'envoie un message à Cam pour vérifier que tout va bien et rejoins mon bureau.

Mon attention se reporte sur le paquet d'Adam et je prends mon téléphone, profitant de cet intermède pour aller à la pêche aux nouvelles. Au bout de trois sonneries, une voix douce que je ne reconnais pas me répond.

— Institut Jefferson, Taylor, que puis-je faire pour vous ?

— Bonjour, j'aurais souhaité prendre des nouvelles de l'un de vos résidents.

— Vous êtes de la famille ?

Un peu surpris par la question, je réponds avec une certaine réticence :

— Oui, il s'agit de mon filleul !

— Quel est son nom ?

— Adam Walkins.

— Un instant, s'il vous plaît...

Avant que je puisse répondre, je suis mis en attente. Adam habite là-bas depuis une éternité. Jamais cela n'a posé le moindre problème pour obtenir de ses nouvelles.

Je patiente un bout de temps en me demandant si on ne m'a pas oublié. Finalement, la musique d'attente, particulièrement agaçante, s'arrête et une voix un peu plus brusque reprend la conversation.

— Nous n'avons pas de pensionnaire à ce nom.

— Qu'est-ce que vous racontez ? Adam est chez vous depuis près de cinq ans !

Je sens la secrétaire sur la défensive et j'insiste, agacé, pour parler à un responsable.

Elle se racle la gorge, apparemment mal à l'aise. Bordel, mais qu'est-ce qui se passe ? Ne parvenant pas à avoir gain de cause, je lâche :

— Passez-moi monsieur Donavan, le directeur de l'établissement.

— Je suis désolée, mais monsieur Donavan ne travaille plus pour notre institut. La directrice n'est pas disponible pour l'instant, si vous souhaitez prendre contact avec elle, il vous faudra rappeler. Bonne journée, monsieur, récite-t-elle en me raccrochant au nez.

Merde ! Mais c'est quoi ce bordel ?

Vu la réaction de la secrétaire, je n'ai pas besoin d'un dessin pour comprendre qu'elle ne me donnera aucune autre information. Du coup, je cherche le numéro personnel de Jordan Donavan qui, avec les années, est devenu plus qu'un simple professionnel de santé. Il décroche à la troisième sonnerie.

— Salut Braden !

— Bonjour, Jordan, je suis désolé de te déranger, mais je viens d'appeler le centre, et ils me disent qu'Adam n'habite plus là-bas, c'est quoi cette histoire ?

— Aux dernières nouvelles, il y était toujours, se contente-t-il de répondre.

Pourtant, je sens comme une retenue, mais emporté par l'indignation, je ne m'y attarde pas tout de suite.

— Mais bon sang ! Qu'est-ce qui se passe au Jefferson ?

— Pour être honnête, je ne sais pas exactement. Le conseil d'administration a voté mon licenciement il y a trois semaines, sans me fournir plus d'explications et l'ensemble de l'équipe qui travaillait dans le secteur deux a été remerciée en même temps. Seul point positif, ils nous ont grassement payés pour ne pas faire de vague.

Je suis choqué, mais la seule chose sur laquelle j'arrive à rebondir concerne évidemment mon filleul.

— Le secteur deux tu dis ? Ce n'est pas là que réside Adam ?

— Effectivement !

— C'est incompréhensible.

Intuitivement, je me doute que ces deux événements sont liés. Mon inquiétude grimpe d'un coup à un niveau critique. Comment se fait-il que je n'en sache rien ? Et plus important encore, pourquoi ai-je le sentiment que tout cela n'a rien à voir avec un quelconque jeu du hasard ?

— Je suis d'accord avec toi, et crois-moi, j'aimerais bien comprendre aussi, répond-il, laissant transparaître autant de frustration que de colère.

Je réfléchis quelques secondes, nous laissant dans un silence déconcerté avant de tenter d'en apprendre un peu plus.

— Tu crois que tu pourrais te renseigner ?

Sans me répondre directement, il m'énonce des faits qui me filent des frissons dans le dos !

— Ils nous ont confisqué nos badges électroniques, et on nous a interdit l'accès au bâtiment du jour au lendemain.

— Mais ils n'ont pas le droit de faire un truc pareil !

— D'après mon avocat, non seulement ils en ont le droit, mais ils ne se sont pas gênés pour le faire. Je n'ai même pas pu récupérer mes affaires !

Quand il poursuit, sa voix est empreinte de colère et j'ai du mal à contenir les rênes de mon angoisse.

— Le pire, c'est que le personnel en place a été menacé de perdre son poste s'il communiquait avec les anciens membres. J'étais hors de moi quand cela m'est arrivé aux oreilles. J'ai dû rapidement calmer mes ardeurs, lorsque j'ai reçu un appel des hauts dirigeants me menaçant de me coller un procès aux fesses. Comme j'ai signé une clause de confidentialité, j'ai préféré pondérer mes actions pour l'instant.

Plus j'en apprends et plus la tension est palpable. Qu'est-ce qui a bien pu se passer pour qu'un centre de la taille du Jefferson licencie une trentaine de professionnels du jour au lendemain ?

—Tu as la moindre idée de ce qui se joue ?

Lorsqu'il me répond, sa voix trahit une certaine culpabilité :

— Pour être honnête, non, et vu la somme rondelette qu'ils m'ont refilée et les menaces de poursuites, j'ai préféré la jouer profil bas pendant quelque temps.

— Et les enfants dans tout cela ?

— Une transition rapide a été faite avec le nouveau personnel et je n'ai pas eu mon mot à dire. Ils ont démantelé stratégiquement tous les postes qui auraient pu s'y opposer. Et tous ceux qui ont essayé de se rebeller ont rapidement été discrédités. Du coup, le personnel en place se fait oublier. Je doute que le bien-être des gosses soit leur priorité.

— Il y a vraiment des trucs pas clairs dans cette histoire. Il est arrivé quelque chose d'inhabituel, avant que la situation ne bascule ?

— Non, rien de plus que les tracasseries habituelles.

— Que peut-on faire ?

— Dans l'état actuel des choses, pas grand-chose, ils sont dans leur bon droit et peuvent à loisir disposer de leur personnel.

— Peut-être, mais je ne comprends toujours pas pourquoi on me répond qu'Adam ne réside plus dans leurs murs.

Un raclement de gorge à l'autre bout du téléphone me donne la sensation qu'il est mal à l'aise.

— Qu'est-ce que tu ne me dis pas ?

— Tu es au courant que sa mère a rencontré le médecin, il y a quelques mois ?

C'est suffisamment inhabituel pour que ma respiration se bloque d'anxiété.

— Pourquoi ?

— Parce que…

J'entends son hésitation et lui rétorque avec agacement et appréhension :

— Parce que quoi ?

— Tu as conscience de ce que je risque en te parlant de ça ? Je suis sous couvert du secret médical, je risque des poursuites et l'interdiction d'exercer.

Je retiens mon souffle, la boule au ventre, en espérant qu'il se lance. Qu'est-ce que j'ignore ?

— Adam… Adam est très malade.

— Mais que me racontes-tu ? articulé-je avec difficulté.

— Les gamins atteints de SAF (Syndrome d'Alcoolisation Fœtale) sont plus fragiles que les autres, tu le sais déjà.

J'opine, à peine conscient qu'il ne peut pas me voir. Au fil des années, j'ai appris à connaître les symptômes de cette pathologie, induite par la consommation d'alcool pendant la grossesse.

Il faut dire qu'Adam est presque un cas d'école dans ce domaine. Entre le retard mental, les troubles de croissance, l'hyperactivité, l'agressivité, il a un panel plutôt impressionnant pour un petit gosse de six ans. Comme si cela ne suffisait pas, sa prématurité lui a laissé une malformation cardiaque inopérable.

Il n'a pas démarré avec les meilleures cartes. Tout ça à cause de la consommation de quelques verres de vin et de champagne alors qu'il était in utero. Et même si je voulais accuser et maudire la coupable des troubles irréversibles avec lesquels Adam va devoir composer toute sa vie, je ne pourrais même pas m'en prendre à Amanda.

Elle ignorait être enceinte. Ce n'est que lorsqu'elle est arrivée aux urgences, pliée en deux par la douleur, qu'elle a découvert qu'elle était prête à accoucher. Si l'on devait trouver un responsable de tout ce gâchis, le déni de grossesse obtiendrait la palme d'or.

Même en l'ayant vécu par procuration, j'ai encore du mal à comprendre comment son corps a pu lui cacher un tel bouleversement. D'ailleurs, même si nous ne couchions déjà plus ensemble à l'époque, je l'ai régulièrement vue presque nue et je n'ai rien remarqué non plus.

Et puis, Amanda a beau être possessive, n'avoir aucune limite dans la mesquinerie, elle n'aurait jamais mis sciemment en danger son enfant, j'en suis convaincu.

Comme mon silence perdure bien plus longtemps que nécessaire, il finit par enchaîner avec empathie :

— Les éducateurs et soignants, qui le gèrent au quotidien, trouvaient Ad plus fatigué que d'ordinaire. Du coup, nous avons réalisé quelques examens et ils ont découvert qu'il souffre d'une LMC.

— Une quoi ?

Je l'entends déglutir bruyamment, et mon cœur s'accélère.

— Une leucémie myéloïde chronique.

Oh mon Dieu ! Ma main se met à trembler et mon cœur s'emballe. Si je n'ai que peu de connaissances médicales, rien que le mot leucémie me terrifie immédiatement.

— Mais il va s'en sortir, rétorqué-je, sentant un nœud coulant se refermer autour de ma gorge.

Mon timbre se fait suppliant et je cherche à reprendre mon souffle qui reste coincé derrière une angoisse grandissante. Il a beau n'être que mon filleul, je suis profondément attaché à lui. Si je le pouvais, j'aimerais le voir bien plus souvent.

Seulement, pour une raison inconnue, mes visites se soldaient systématiquement par de terribles crises d'angoisse. Plus grave encore, elles devenaient tellement violentes que pour son propre bien-être, j'ai arrêté de lui rendre visite. Même si c'est affreusement frustrant, j'ai choisi de rester à l'écart, le regardant grandir de loin, sans perturber son équilibre déjà précaire.

Cela ne m'empêche pas d'être présent autrement et de lui envoyer aussi souvent que possible de petites attentions et de prendre de ses nouvelles. Apprendre cette terrible nouvelle me laisse complètement abattu. J'attends une réponse, n'importe laquelle, mais son silence en révèle bien plus que les mots. Quand il finit par répondre, mon cœur explose en morceaux.

— Les médecins ne sont pas très optimistes.

L'annonce, telle la foudre, me frappe en pleine poitrine. Comme si Adam n'avait déjà pas assez souffert ! Après sa naissance, il est resté pendant près de trois mois entre la vie et la mort et a survécu, presque miraculeusement, à sa prématurité. Seulement, les galères ne faisaient que commencer, les médecins ont rapidement compris que sa survie ne se ferait pas sans de gros handicaps.

Amanda s'est trouvée totalement débordée par tous les soins nécessaires au bien-être d'Adam. Il faut dire que les mois qui ont suivi la naissance ont été vraiment difficiles et je n'ai pas eu le courage de la laisser seule. Alors je suis resté à ses côtés pour l'aider et la soutenir.

Elle était tellement seule, comment aurais-je pu agir comme sa famille, et fermer les yeux sur sa détresse ? Je n'ai rien à voir avec cette bande de rapaces qui ne pensent qu'au fric et à leur image. Rien que de penser à eux, la colère me prend aux tripes. Comment peut-on assurer la sécurité financière, mais totalement se désintéresser de tout le reste ? L'argent ne remplace pas la présence et le soutien, l'amour ne s'achète pas.

De son côté, Mandy était engluée dans son mal-être et ravagée par son sentiment de culpabilité. Malgré tous mes efforts pour la soutenir, elle n'a plus jamais été la même après ça. Tout a changé. Perdue, elle s'est accrochée à moi avec la force du désespoir. J'ai accepté de jouer le rôle d'ami, de soutien parce que j'étais le seul à vraiment me préoccuper d'elle.

C'est ainsi, alors que rien ne me prédestinait à m'attacher à ce gosse, que je me suis trouvé à prendre les décisions pour son avenir, tout en ayant parfaitement conscience que je n'étais ni son père ni un oncle, ce qui a souvent compliqué les démarches puisque je n'avais aucune légitimité.

Un événement en entraînant un autre, il est rapidement devenu évident que Mandy n'était pas en capacité de s'occuper de son enfant en toute sécurité. Les soins étaient très lourds et constants. Après de nombreuses heures de discussion, nous en sommes arrivés à la conclusion qu'il serait bien mieux entouré par une équipe de professionnels.

Voilà comment le treize avril deux mille onze je l'ai accompagné à l'institut Jefferson, à Philadelphie.

Je me souviens de ce jour comme si c'était hier, les grands yeux noirs d'Adam me dévisageaient avec une acceptation et une compréhension quasi adulte. Je n'oublierai jamais ses bras potelés, diaphanes, se tendant vers l'aide-soignante qui était venue nous accueillir.

Il ne parle pas, ne communique que difficilement, mais ce jour-là, il a agi avec bien plus de clairvoyance que la plupart des adultes. Il est et restera incapable de se suffire à lui-même, pourtant, encore aujourd'hui, c'est la joie de vivre incarnée, ses sourires sont autant de soleils qui donnent envie de se battre pour lui.

Certes, ils sont contrebalancés par sa violence incontrôlable et ses crises d'angoisse plus terrifiantes les unes que les autres, mais qui pourrait lui en vouloir ?

Au bout d'un temps infini, je finis par répondre à Jordan, avec bien trop d'émotion pour que je parvienne à les camoufler.

— Je… je ne sais pas quoi dire. Je suis abasourdi, tu sais comment il va.

— Quand j'ai quitté l'établissement, le corps médical venait de décider qu'il n'était pas assez solide pour subir les traitements préconisés dans ce type de pathologie. D'autant que ce type de leucémie est d'une extrême rareté chez l'enfant et les traitements lourds ont des conséquences mal connues dans les cas comme celui d'Adam.

C'est le dernier coup de tonnerre qui fend l'air de mon univers. J'ai vaguement conscience qu'il me rappelle que je ne dois en parler à personne et après avoir lâché sa bombe, il prend rapidement congé.

Dans mon esprit, la situation se dessine désormais sous un jour nouveau. Ces nouvelles informations changent bien plus de choses qu'elles ne le devraient. Même si ça me tord le ventre, maintenant je vais devoir composer avec toute cette histoire. Avant toute chose, je dois comprendre pourquoi je ne peux plus avoir de nouvelles du petit bonhomme et une seule personne est en mesure de me donner ces réponses.

La boule au ventre, je compose le numéro que j'espérais oublier. Une voix qui se veut charmeuse me répond presque immédiatement et me donne la nausée.

Dès les premiers mots, je me retiens de raccrocher, si elle espère encore qu'un jour nos relations redeviendront ce qu'elles étaient, elle vit clairement en plein délire.

— Braden, mon chéri, tu es revenu à la raison ?

Je serre les dents et tente de respirer calmement.

— Pourquoi ne suis-je plus autorisé à avoir des nouvelles d'Adam ?

— C'est pour cela que tu appelles ! lâche-t-elle, dans un éclat de rire sinistre.

Je ravale la bile qui me monte aux lèvres, elle me tient et elle le sait.

— Tu ne crois décemment pas que je vais prendre le risque que tu utilises mon fils comme moyen de pression contre moi ?

— Mais bon sang, comment peux-tu penser une chose pareille ! Jamais je n'utiliserai Ad de cette façon ! J'adore ce gosse.

— Je sais, répond-elle sur un ton chargé de reproches.

Puis elle enchaîne et j'ai juste envie de l'épingler contre un mur.

— Mais moi, rien ne m'empêche de me servir de lui comme moyen de pression supplémentaire.

Son ton, voilé de folie, me glace jusqu'aux os.

— Pourquoi tu fais ça, Amanda ?

— Tu ne l'as toujours pas compris, mon chéri ?

Je ravale ma rage, de plus en plus convaincu qu'elle a perdu la raison.

— Je ne te laisserai pas partir, tu étais avec moi, tu me dois tout ton rêve, ton univers. Et puis on forme une famille tous les trois, je fais tout cela pour nous, pour nous protéger.

— Tu es complément dingue, murmuré-je, plus pour moi que pour elle.

Elle rigole à nouveau, mais sans la moindre trace d'humour cette fois.

— Libre à toi de le croire, une chose est sûre, je ferai tout ce qui est nécessaire pour protéger ma famille, et si pour cela je dois t'acculer, pour te faire revenir à la raison, je n'hésiterai pas une seconde.

Elle est partie trop loin, je sais que j'ai perdu mon amie depuis longtemps, mais je ne peux la laisser emmener Ad dans sa folie.

— Dis-moi au moins comment il va, Amanda !

J'ai la sensation que son assurance vacille légèrement quand elle me répond :

— Tu prends le temps de t'en préoccuper malgré ton dernier joujou… ? Tu vois que ce n'est pas si difficile de garder les priorités en tête. Maintenant, je vais te laisser, mais souviens-toi, il te reste quatre jours pour tout organiser, j'attends nos retrouvailles avec impatience.

Avant que je puisse rétorquer quoi que ce soit, elle raccroche.

Je reste comme un con devant mon téléphone, plus incertain que jamais. Si d'apparence la décision est simple, j'aime Jadde, il n'y a qu'elle qui compte. Mais si je prends la décision de la choisir, que va-t-il advenir d'Adam ?

Parce que dans son délire, elle est capable de tout, même de se venger sur lui…

Chapitre 9

Jadde

J'ai passé la matinée à somnoler et j'ai fini par m'endormir. Quand je rouvre les yeux, la lumière du mois d'août réchauffe la pièce de toute sa chaleur et m'enveloppe doucement. J'essaie de m'étirer, mais la douleur a vite fait de me rappeler à l'ordre, et je gémis en appuyant sur mes côtes douloureuses.

— Enfin réveillée, fillette ?

Je tourne vivement la tête vers mon ami, assis dans le fauteuil de l'autre côté du lit, et lui souris, sans pour autant répondre.

— Tu as des airs de déterrée.

— Parce que tu crois que ton teint laiteux est beaucoup mieux ?

Il sourit à son tour, et réplique en me faisant un clin d'œil :

— Tu n'as pas tort, mais je n'ai pas de fond de teint à ma disposition. Alors comment tu te sens ?

— Mmmmmh, je dirais que j'oscille entre le pays des Bisounours sous ecstasy et fracassée comme si j'avais été percutée par un train à grande vitesse.

— Je vois très bien ce que tu veux dire. Prête pour aller te dégourdir les jambes ?

— Oh mon Dieu ! Oui ! Enfin quelqu'un qui a pitié de mon

état mental et qui me permet de voir le soleil autrement qu'à travers une fenêtre !

— Ne t'emballe pas trop, vu la horde de charognards qui rôdent devant la porte, on va éviter le tour dans le parc…

Je mime le dégoût et un frisson me traverse.

— On trouvera bien une solution alternative, m'assure-t-il avec empathie.

Puis, déterminé, il se lève et se rapproche du lit, prêt à intervenir si j'en ai besoin, en me demandant :

— Tu te sens de te lever ?

— On va le savoir tout de suite.

J'essaie de basculer mes jambes pour m'asseoir au bord du lit, comme me l'a montré Lucinda ce matin quand elle m'a accompagnée à la salle de bain. Je grimace une fois de plus, mais serre les dents. Une goutte de sueur perle déjà au-dessus de ma lèvre et je ferme les yeux.

Allez, ma grande, tu es capable de supporter un peu de douleur physique, surtout après ce que tu viens de traverser. Secoue-toi !

Je souffle plusieurs fois par le nez, tout en avançant centimètre par centimètre, pour enfin arriver les jambes pendantes au bord du lit. Première étape OK !

Tenir sur ses jambes n'est pas encore la panacée, mais si la pièce tourne un peu moins que ce matin, cela devrait être jouable. À cet instant, je compatis sincèrement avec tous les petits vieux qui ont du mal à se mobiliser.

C'est affreux d'être prisonnier de son propre corps. J'avance mes hanches avec précaution vers le bord du lit et prends appui sur mes pieds, avant de tenter de me lever.

— Holà ! Ils ont décidé de me faire tester le tangage en pleine tempête ?

Je plisse les yeux essayant de me stabiliser, sauf que cela a l'air bien plus facile à dire qu'à faire.

Un bras sécurisant arrive à la rescousse et entoure ma taille. Je ferme les yeux, espérant que ça va calmer les étoiles qui dansent, mais bien entendu l'effet est inverse.

J'ai l'impression de flotter voire de marcher sur un coussin d'air. Si ça continue, cela ne va pas être simple pour avancer.

— Ouvre les yeux, fillette, et fixe un point précis devant toi, ça va se calmer.

J'écoute les conseils de Malcolm et petit à petit les vertiges cessent. Oh seigneur ! Vivement que ça s'arrête !

— Prête ?

— Oui, ça devrait aller maintenant…

Les premiers pas sont un peu incertains, mais la position est presque moins douloureuse que couchée. Par sécurité, il reste à proximité, même s'il relâche progressivement sa prise. J'avance à pas de fourmis, tandis qu'après chacun d'eux le suivant est un brin plus assuré. Bouger est immédiatement salvateur et m'ôte un peu de la tension qui s'est accumulée dans mes muscles.

Il me faut presque dix minutes pour arriver au bout du couloir, et mes jambes commencent à trembler. Du coup, mon acolyte me fait m'asseoir sur le fauteuil roulant qui était, comme par hasard, à proximité. Je jette un coup d'œil à mon ami pour le remercier autant que pour le fustiger.

Il me répond en haussant les épaules et ajoute :

— Je n'étais même pas certain que tu aies envie de te lever

alors j'avais juste prévu le coup.

C'est à mon tour de lui dire de laisser tomber. Il lève les yeux au ciel.

— Bon, maintenant que tu as fini de jouer les mamies, on va prendre l'air.

Je lui tire la langue et me laisse guider vers l'ascenseur. Au lieu d'appuyer sur le rez-de-chaussée, il presse sur le bouton du dernier étage, sans un mot. Nous avançons dans un silence confortable jusqu'à une véranda géante.

À ma grande surprise, cette dernière a été aménagée en espace de détente climatisé. Plusieurs personnes profitent de la luminosité, sans la chaleur étouffante qui bat son plein à l'extérieur. Enfin, c'est que je suppose en croisant les tenues minimalistes des visiteurs que nous avons croisés jusque-là.

Malcolm me conduit dans un coin tranquille, juste à côté de la sortie, vers la terrasse extérieure. Les rayons du soleil transpercent la baie vitrée, me faisant presque regretter de ne pouvoir me prélasser au bord d'une piscine. Je rêvasse doucement, me laissant bercer par la douce quiétude du lieu.

Je sens le regard de Malcolm peser sur moi, mais je ne me tourne pas tout de suite. Il patiente tranquillement, sans pour autant détourner les yeux.

— De quoi veux-tu me parler ? demandé-je, les yeux fermés pour profiter le plus possible de la douce chaleur.

— J'étais en train de me demander par quel miracle tu es passée, sans vraie transition, du désespoir à la paix d'esprit.

— Je ne suis pas en paix, disons que j'ai simplement décidé que de m'apitoyer sur mon sort ne changerait pas grand-chose à la situation. Braden est un roc et je ne peux pas tout laisser reposer sur ses épaules indéfiniment. J'ai ma part à assumer et il a besoin de moi, alors je vais accepter la situation, mes peurs, mes douleurs et mes doutes. J'ai perdu suffisamment de temps, je dois relever la tête pour faire face.

Je pivote vers lui, cherchant dans son regard ce qu'il pense de mes paroles. Ses yeux, pleins de fierté, sont la seule réponse que j'attendais. Il hoche la tête et j'avale ma salive avec un peu plus de difficulté que d'habitude. Je me détourne avec pudeur. Je me tais, pensant qu'il va laisser le silence reprendre ses droits, mais il me prend de court et m'emmène sur un chemin que je n'étais pas vraiment pressée d'emprunter.

— Je voulais m'excuser.

Je tourne la tête dans sa direction et il continue sans se soucier de mon air stupéfait.

— Je n'aurais jamais dû te laisser seule sans être certain que tu étais en sécurité. Je me suis repassé la scène cent fois dans la tête, pour en arriver toujours à la même conclusion : je me suis fait avoir comme un bleu. J'ai failli une fois encore…

Ses yeux, plus brillants que d'ordinaire, me font mal. Je pose ma main sur son bras et l'interromps, ne souhaitant pas en entendre davantage.

— T'en vouloir ne changera rien. Si tu n'avais pas marché, il aurait attendu un autre moment, peut-être plus propice, pour s'en prendre à moi, et qui sait ce qui serait advenu ?

Il opine, pas vraiment convaincu.

— Voilà comment je vois les choses, reprends-je avec franchise. Sans toi, je ne m'en serais pas sortie, alors plutôt que d'écouter tes excuses, je vais te remercier de m'avoir sauvé la vie. On ne peut plus rien changer à cette sale histoire, je veux simplement la laisser derrière moi.

Il grimace, pour me signifier qu'il ne voit pas les choses ainsi. En même temps, c'est assez facile à dire pour moi, dans la mesure où je ne me souviens que de bribes de l'agression. Par moments, j'ai l'impression que les souvenirs sont là, à portée de main, puis ils s'éloignent de nouveau. J'ai eu quelques flashs quand j'étais dans un demi-sommeil et complètement shootée par les analgésiques, mais j'ai du mal à différencier le cauchemar de la réalité.

De toute façon, je ne suis pas certaine d'avoir vraiment envie de m'en souvenir, alors autant laisser le passé à sa place. Soucieuse de changer de sujet, je préfère reporter l'attention sur lui.

— Et toi, comment vas-tu ? Physiquement, je veux dire, tu n'as pas l'air au mieux de ta forme non plus.

D'un signe de main négligent, il tente de réduire une partie de mes inquiétudes.

— J'ai connu bien pire. Je m'en sors avec pas grand-chose. Un rein en moins, ce n'est pas la mort ! Et puis, cela donne l'occasion à mon corps de se reposer un peu, je ne suis plus de première jeunesse.

Je lève les yeux au ciel parce que c'est ridicule. Je n'ai jamais vu un type de son âge en meilleure forme que lui.

— Je vais reprendre des forces, me dit-il avec plus de sérieux, et nous laisser le temps de récupérer avant de reprendre nos entraînements. Ils me manquent, tes petits poings qui essaient de me caresser !

Je me mords la lèvre pour ne pas éclater de rire et tente de prendre un air vexé.

— Tu veux voir de quel bois je me chauffe, en testant mon arme de destruction ? râlé-je, en lui montrant mon attelle ridicule.

Il lève les mains en signe de reddition, et se marre en ajoutant :

— Tu serais capable de te faire mal.

Je lui fais les gros yeux, mais me joins à ses rires parce que nous savons tous les deux qu'il a parfaitement raison.

Nous restons un moment de plus sur la terrasse en plaisantant sur mes aptitudes plutôt ridicules du moment. C'est le bip de son portable qui sonne le glas du départ. En reprenant le chemin de l'ascenseur, il me tend son téléphone.

— C'est pour toi !

Je souris comme une idiote, en voyant le message de Braden s'afficher.

[Ma Cam, hâte de te retrouver dans quelques heures, et de reprendre notre baiser où je l'ai laissé ce matin. Confirme-moi que tout va bien et surtout repose-toi. Je t'aime. B.]

Je perds vite le sourire quand il est question de reprendre ma place dans le lit. Si en sortir n'était pas une partie de plaisir, y entrer est encore pire.

Il me faut dix minutes au moins pour trouver une position confortable, et une demi-heure de plus pour faire taire les élancements dans mes côtes. Bordel, que ça fait mal !

Après une petite dose d'antalgiques que m'a généreusement

administrée mon infirmière au tempérament de feu, je récupère calmement dans ma chambre. Malcolm est parti se reposer, et je le soupçonne de largement minimiser sa douleur et la gravité de sa situation. Je somnole quand des petits coups rapides à la porte me sortent de ma sérénité. J'ouvre les yeux, regrettant déjà le calme.

Une tête passe dans l'embrasure de la porte et mon ventre se contracte désagréablement. Quand ses yeux bleu-gris accrochent les miens, il ouvre la porte en grand et entre, sans attendre d'y être invité. Je n'ai pas revu Alek depuis des semaines, mais mon enthousiasme de l'époque est pondéré par la détestable impression que m'a laissée son père.

— Bonjour belle amatrice d'art, me lance-t-il avec un sourire qu'il veut charmant.

Pourtant, derrière son apparente assurance, je sens une certaine gêne. Même si je n'ai pas forcément envie de le voir, il n'est pas responsable des agissements de son désagréable paternel, du coup je prends sur moi, pour lui répondre avec un enthousiasme surjoué :

— Bonjour Alek !

— Vous avez l'air en forme, dit-il en m'examinant de la tête aux pieds, me mettant légèrement mal à l'aise. J'en suis vraiment heureux.

Il poursuit, prenant l'air plus grave

— J'aurais voulu venir vous voir plus tôt, mais quand vous êtes réapparue, j'ai pensé que vous auriez besoin d'un peu de temps pour vous remettre.

J'entends le reproche dans sa voix lorsqu'il évoque ma

disparition, mais il a la décence de ne pas s'y attarder. Mais son visage m'offre d'autres sentiments, comme une expression de sincère inquiétude et je me force à répondre avec amabilité.

— Merci de votre sollicitude, que me vaut le plaisir de votre visite ?

— La version officielle ?

Je hausse un sourcil, ne comprenant pas vraiment où il veut en venir.

— Pourquoi, il en existe une autre ?

— Évidemment ! Vous n'êtes pas sans savoir que personne n'agit sans arrière-pensées.

Je ne suis pas d'accord avec lui, mais je ne souhaite pas entrer dans le débat, alors je hausse les épaules en guise de réponse. Dans son monde à lui, nul doute que les personnes qui l'entourent agissent toujours en attendant quelque chose de lui. Moi, je ne suis pas ainsi, je ne l'ai jamais été.

— La version officielle : mon père m'envoie pour savoir quand il va pouvoir à nouveau exploiter votre talent et votre image pour se remplir les poches.

En réponse, je croise les bras sur ma poitrine pour mettre à distance ses paroles et lui signifier, sans pour autant le dire, que ce n'est pas près d'arriver.

— Et la vraie version ?

Une lueur amusée scintille dans ses yeux et il me sourit.

— Disons que vous m'avez séduit avec votre simplicité et votre fraîcheur. Je voulais prendre de vos nouvelles en direct, pour m'assurer que je ne pouvais rien faire pour vous être agréable.

Comme lors de notre dernière rencontre, son honnêteté et la sincérité qui transparaissent dans ses yeux ont raison de mes résistances.

— C'est très gentil de votre part, mais un coup de téléphone aurait suffi.

Il secoue la tête et répond en souriant de plus belle.

— Et manquer l'occasion de passer un bon moment avec une magnifique jeune femme, pas question !

Je sens mes joues rosir légèrement, cependant je choisis de faire comme si de rien n'était. Il est toujours debout au fond du lit, je lui fais signe de prendre une chaise. Il s'installe à une distance respectable et engage la discussion par un reproche, ça commence bien !

— Que vous est-il arrivé ? Vous nous avez fait une peur de tous les diables avec votre disparition.

J'ai longuement réfléchi à la version officielle que j'allais présenter à la presse et je décide qu'il va avoir droit aux mêmes paroles.

— Un homme perturbé m'a prise pour cible et après une tentative d'agression avortée, j'ai décidé de me mettre en sécurité, le temps que les choses se calment.

Je choisis de taire les menaces qui pesaient sur Meg, ou les conditions délirantes de travail que m'imposaient son père et son assistante. J'ai beau être à l'aise avec lui, je ne suis pas sotte au point de lui raconter des éléments dont il pourrait se servir. Et puis, malgré ses explications, je trouve étrange qu'il vienne me voir ici, alors que nous ne nous sommes croisés qu'à une seule reprise.

Quand il relance la conversation, son ton contrit me surprend.

— Je tenais aussi à m'excuser en personne, et je vous avoue que c'est la seconde raison de ma visite, pour vous avoir abandonnée avec mon père la dernière fois. Même si je n'ai pas eu le choix, je sais à quel point il peut être sans gêne et agir comme si on devait toujours se plier à sa volonté. Je n'aurais simplement pas dû partir.

Je penche la tête sur le côté pour tenter de comprendre ce qu'il ne me dit pas.

— Vous n'avez aucune raison de vous excuser, je ne suis pas en sucre et suis parfaitement capable de me défendre.

Évidemment, ce serait plus crédible si je n'étais pas allongée dans un lit d'hôpital. Il doit comprendre le fil de mes pensées parce qu'il reprend, encourageant :

— Je n'en doute pas une seconde, mais vous ne savez pas à qui vous avez affaire, il est capable de tout pour parvenir à ses fins !

Il n'avait pas besoin de le dire, j'en ai parfaitement conscience, même si j'ai du mal à comprendre son comportement.

— Et quel est son objectif, d'après vous ?

Je n'ai pas besoin de bien le connaître pour voir la colère transpirer de tous ses pores.

— Vous posséder. Vous représentez un défi et il ne vit que pour les relever, c'est sa façon de fonctionner. Vous l'avez repoussé. Vous n'êtes pas tombée en pâmoison devant ses millions, son poste ou son charisme et c'est une chose qui l'attire à coup sûr !

Je grimace, parce qu'honnêtement le risque que je succombe à son père est nul. Il représente tout ce que j'exècre et c'est une raison suffisante pour moi de m'en tenir le plus loin possible. Comme je n'ai aucune envie de m'attarder sur le sujet, je dirige la conversation dans une nouvelle direction.

— Que faites-vous dans la vie, Alek ?

Il sourit et se détend. Nous sommes repartis sur un terrain plus neutre et même lui en semble satisfait.

— Disons que je décèle avec clarté le talent chez les autres.

Je hausse un sourcil interrogatif qui lui tire un sourire.

— Je suis galeriste, spécialisé dans la recherche d'artistes peintres.

Je rougis violemment en repensant à notre rencontre.

— Oh bon sang ! Mon interprétation des toiles que nous avons vues ensemble a dû vous paraître ridicule !

— Non, au contraire, j'ai adoré voir ces tableaux de maître à travers vos yeux.

Malgré ses paroles, je me sens idiote et je rougis une nouvelle fois. Pourtant, sous son regard amical, je m'oblige à me détendre et tente de reprendre contenance.

— Alors, quelles sont vos dernières découvertes ?

Ses yeux s'illuminent et il se lance dans une diatribe, à grand renfort de gestes pleins d'éloquence et de passion. Je l'écoute avec intérêt et relance ses descriptions avec enthousiasme. Notre échange animé dure un long moment, je m'aperçois à peine que l'infirmière vient me poser un nouveau traitement. Peu après, je sens la fatigue me gagner, mais je lutte pour ne pas sombrer. Or, bien installée dans mon lit, bercée par la passion et la voix douce d'Alek, je finis par fermer les yeux sans vraiment m'en apercevoir.

Entre deux eaux, j'entends vaguement des murmures autour de moi, puis le silence. C'est agréable, sécurisant et comme chaque fois, j'apprécie ce moment de douce émergence. La réalité n'est qu'une douce utopie et je me complais dans cet état semi-comateux.

Mes sens sont encore plongés dans un demi-sommeil lorsque je sens un baiser aussi léger qu'une plume se poser au coin de mes lèvres. C'est doux et étrange, même si mon cœur ne réagit pas pour autant. L'auteur du faux baiser s'attarde un peu plus que nécessaire et je lutte pour refaire surface.

Lorsque j'ouvre les yeux encore engourdis de sommeil, je trouve une chambre entièrement vide. Je pose ma main sur ma bouche, comme pour vérifier que je n'ai pas rêvé. Que vient-il de se passer ?

Chapitre 10

Braden

Bien trop secoué par les échanges avec Amanda, pour retourner bosser, je m'octroie un moment pour faire le point sur la situation.

La priorité c'est de prendre des nouvelles d'Adam. J'ai besoin de savoir comment il va, et je pressens que la réponse ne va pas me plaire. Amanda a complètement perdu les pédales et je n'arrive pas à m'ôter de l'esprit que l'état de santé d'Ad n'y est pas étranger.

Elle a toujours été sur la corde raide quand il s'agit de son fils et je ne doute pas une seconde qu'elle s'accorde avec la gravité de la situation. Elle se coupe tellement de la réalité que c'en devient terrifiant.

J'essaie d'évaluer la situation dans son ensemble et l'évidence me frappe. Je ne vais jamais pouvoir m'en sortir seul. Je dois demander de l'aide et, pour Adam, une seule personne est susceptible de vraiment trouver des infos. Seulement cela signifie lui avouer que je lui mens par omission depuis des années, et j'imagine qu'il ne sera pas ravi de l'apprendre. Une bouffée de culpabilité et de gêne m'envahit, mais je la repousse en tapant le texto pour mon meilleur ami.

[J'ai besoin de te parler. On peut se voir rapidement ? B.]

Il devait être à côté de son téléphone parce qu'il me répond quasi instantanément.

[Tu peux plus te passer de moi, vieux ! RDV chez Jo, entre la douzième et la soixantième rue dans une heure. G.J.]

Vu que ce n'est pas la porte à côté et que j'ai besoin de prendre l'air, je sors sans attendre et décide de rejoindre le café à pied, ça me dégourdira les jambes.

Comme toujours, la chaleur est accablante et en moins de deux minutes, mon t-shirt me colle désagréablement à la peau. C'est un maigre désagrément au regard du plaisir pris en sollicitant mon corps trop peu mobilisé ces derniers temps.

En faisant abstraction des gaz d'échappement et du brouhaha incessant des rues de la capitale new-yorkaise, j'essaie de profiter de l'instant. Les avenues grouillent d'agitation et de musique. Il faut dire qu'en cette période de l'année, les touristes dépassent de loin le nombre d'autochtones.

Les personnes en transit sont tellement reconnaissables ! Elles ouvrent de grands yeux écarquillés devant le punk couvert de piercings qui côtoie le costard trois-pièces, sans lui prêter la moindre attention. Pour peu qu'une drag-queen parade à leur côté, leur mâchoire serait prête à se décrocher. Cela me fait sourire, il n'y a qu'ici qu'on peut trouver un tel hétéroclisme.

Même si je ne m'attarde pas parce que les bains de foule n'ont jamais été ma tasse de thé, j'apprécie ce moment, hors du temps, où j'oblige mon cerveau à la mettre en sourdine.

La suite va être moins réjouissante et je m'arme de courage. Je vais devoir tout raconter à Gérald, et cela ne va pas être une partie de plaisir. Comment lui expliquer mon silence ? Comprendra-t-il que je ne lui ai jamais parlé de la situation et des menaces d'Amanda ? Et plus encore, pourquoi il ne sait rien à propos d'Adam ?

Il ne va pas apprécier, c'est évident. En même temps, j'ai fait un choix, il y a longtemps, et jusque-là je m'y suis tenu. Soutenir un ami, il connaît et il comprendra, mais cela ne l'empêchera pas de me le faire payer.

Si pendant longtemps préserver le secret a été essentiel, aujourd'hui les choses sont différentes. J'avais promis de me taire pour éviter à Adam de se retrouver sous les feux des projecteurs et j'ai respecté ma promesse.

Amanda m'a fait garder le silence pour éviter de se retrouver jugée, harcelée, décortiquée sous toutes les coutures. Elle n'aurait pas supporté qu'on expose au monde la vérité. Sans parler du scandale dont les médias se seraient empressés de faire des choux gras.

L'apparence, l'illusion de la famille parfaite auraient volé en éclats. Quelle vaste fumisterie ! Malgré leurs millions, je n'ai jamais vu des personnes aussi tristes et esseulées.

Aujourd'hui, je dois renier ma promesse parce que la situation me dépasse complètement. J'ai besoin de conseils et, à l'exception de Jadde, Gé reste la personne en qui j'ai le plus confiance.

Même si j'appréhende la situation, le pire reste à venir. Après avoir parlé avec lui, je vais devoir prendre les mesures qui s'imposent, et je sais d'avance que je vais détester chacune d'entre elles. Comment parvenir à laisser de côté mes sentiments pour le bien de tous ? J'ai conscience qu'il n'y a pas que mon bonheur, ou celui de Jadde, en jeu. Mes responsabilités ne m'ont jamais paru si lourdes à porter. Je n'ai pas le droit de tout abandonner, alors que tant de personnes dépendent de ma décision. Et je ne parle même pas d'Adam, que va-t-il advenir de lui ?

Comment puis-je faire un tel choix ? Mon cœur se retrouvera fracturé en deux, quelle que soit ma décision.

Signer ces saletés de papiers va me briser le cœur, mais que puis-je faire d'autre ? Je n'ose même pas penser à quel point je vais la blesser quand elle va l'apprendre. Comment va-t-elle réagir ? Va-t-elle comprendre que je n'ai pas le choix ?

Décidément, me vider l'esprit est aussi facile que de nager à contre-courant ! Quand j'arrive devant le café, j'ai la tête encore plus embrouillée et je rêverais d'un bon vieux lavage de cerveau, histoire de faire table rase ! Une bonne cuite peut-être ! Juste histoire de déconnecter pour quelques heures !

J'entre en faisant taire mes hésitations. Tergiverser ne sert pas à grand-chose. Je jette un coup d'œil circulaire pour trouver Gé qui, apparemment, n'est pas encore arrivé. Je m'avance et commande un whisky tout en m'accoudant au comptoir.

J'avale la première gorgée, et l'alcool me brûle l'œsophage. Cette douleur est presque la bienvenue.

Anxieux et légèrement déshydraté, j'avale le premier verre en trois gorgées. Quand le deuxième arrive, je manque de basculer du siège. Ce con de Gé ne trouve rien de mieux que de me filer une grande claque bien virile dans le dos.

— Alors, vieux ! Tu as commencé à te bourrer la gueule sans moi ?

— Crétin !

Il se marre et lève le bras pour commander la même chose, puis il s'installe en silence à mes côtés. Le barman à l'air patibulaire apporte sa boisson en lui faisant un salut de la tête, auquel il répond distraitement. Dès que le gars s'est éloigné, il m'entreprend.

— Alors, raconte !

— Je suis dans la merde.

— Décidément, tu attires les problèmes comme un aimant en ce moment !

Je grimace. Il a raison. J'ai toujours été celui qui arrangeait les choses et être de l'autre côté de la barrière n'est vraiment pas des plus agréable.

— Allez, explique tes malheurs à tonton Gérald, plaisante-t-il pour tenter d'alléger mon humeur.

Je cherche encore comment aborder les choses, quand il lance, agacé par mon silence :

— Tu me fais peur, là ! Alors, tu accouches ou je sors les ventouses ?

Je secoue la tête et avale une nouvelle gorgée du liquide ambré pour me donner du courage.

— Amanda a un gosse. Il s'appelle Adam, il a six ans.

Autant sortir le gros morceau tout de suite, comme un mauvais pansement à arracher, le reste passera plus facilement après. Il reste silencieux et je tente un coup d'œil dans sa direction. Ses mâchoires se contractent et il resserre la prise sur son verre.

— Je te jure que si tu me dis que tu es le père, je me sers de ta tête pour mon prochain entraînement de boxe.

— Du calme, je n'y suis pour rien ! On ne couchait déjà plus ensemble, à cette époque.

Il me regarde dans les yeux pour voir si je dis la vérité et ajoute, non sans agressivité :

— Alors, explique-moi pourquoi tu me parles de cette garce, si tu n'es pas le père. Comment te fait-elle chanter ?

Je dois avoir l'air surpris, parce qu'il ajoute ensuite :

— Tu sais que je la déteste, si tu m'en parles, c'est qu'elle te tient d'une façon ou d'une autre, si tu rajoutes à cela deux verres de Scotch en moins de cinq minutes… Je pense que tout est dit !

Je suis atterré d'être aussi transparent et avale par dépit une nouvelle gorgée pour masquer ma gêne.

— C'est une longue histoire, me contenté-je de répondre en faisant tourner les restes du liquide dans le fond de mon verre.

— J'ai tout mon temps, alors je t'écoute.

Je sais que c'est faux, il devrait bosser, tout comme moi d'ailleurs, mais je réponds d'un simple hochement, parce que j'ai vraiment besoin de lui.

— Je suis dans la merde jusqu'au cou et franchement j'ai du

mal à trouver une échappatoire.

— Je crois que les verres ne vont pas suffire !

Et sans demander mon avis, il interpelle le barman.

— Jo ! Tu nous sors la bouteille, c'est lui qui racle !

Je lève les yeux au ciel parce que je doute que me démonter la tête soit la solution idéale pour clarifier mes idées, mais au moins, cela aidera à me délier la langue.

Les verres s'enchaînent et c'est au bout du quatrième, grisé par l'alcool, que je commence à parler :

— Ad est malade, il est dans un institut spécialisé, le Jefferson. Il a toujours eu une santé fragile parce que la grossesse ne s'est pas déroulée comme elle aurait dû, enfin bref, je te passe les détails, parce que là n'est pas vraiment le problème. Le truc, c'est qu'Amanda était incapable de s'en occuper, du coup il vit dans l'institut depuis cinq ans maintenant. Et je suis à l'origine de son placement. Il était en danger avec elle. Rongée par la culpabilité, elle faisait n'importe quoi. Une vraie descente aux enfers, et j'ai été là pour l'épauler, point barre.

Il m'écoute avec attention quand je lui donne des détails sur cette période noire, autant pour Mandy que pour moi. Moi au moins j'avais le boulot pour faire diversion, elle n'avait aucune porte de sortie. Certaines auraient plongé dans l'oubli avec des plaisirs faciles, les médocs, la drogue. Mais Mandy a préféré le déni, déni d'amour, de soins, d'attentions… Mais la vie d'Adam ne tenait déjà qu'à un fil, alors j'ai fait ce que j'avais à faire pour le protéger.

— Elle se sentait tellement coupable de son état que chaque fois qu'elle le regardait, elle pleurait. J'étais désemparé devant son désespoir et je l'encourageais à demander de l'aide. Sauf que terrifiée par l'idée d'exposer Adam à la vue des médias et au déchaînement médiatique, elle refusait de laisser quiconque les approcher. Je la voyais s'enfermer dans un cercle infernal. Même lorsque la situation est devenue critique, j'ai dû batailler ferme pour qu'elle accepte son placement.

Les souvenirs de cette période sont encore difficiles à évoquer. Les cris, les larmes, les disputes quasi quotidiennes, jusqu'à l'acceptation parce qu'elle n'avait pas su quoi faire et qu'il avait failli en mourir.

Je me tais un instant, songeur, et avale le verre suivant. Je ne sens même plus la brûlure de l'alcool, juste son effet désinhibant. J'ai les idées moins claires et je me dis que je devrais peut-être arrêter de boire, mais je ne sais pas si j'aurai le courage de lui dire le reste, c'est tellement énorme, accablant…

— D'accord, c'est bien beau tout ça. J'ai pigé l'idée de base, tu aimes ce gosse et tu as protégé cette garce, mais là, tout de suite, je ne vois pas trop où tu veux en venir.

— Il va mourir !

L'avouer à voix haute me brise le cœur. J'attrape ma tête entre mes mains, d'un geste désespéré.

— Quand Mandy a appris qu'il était condamné, elle a perdu les pédales, enfin c'est l'explication qui me semble la plus vraisemblable en tout cas. Si tu ajoutes à ça sa rencontre avec Jadde, elle a compris qu'elle m'avait vraiment perdu, elle s'est sentie menacée et a agi en conséquence.

— Non seulement tu me fais peur, mais en plus, quand tu cherches des explications rationnelles, tu trouves des excuses pour expliquer sa folie. Elle est juste tarée, et je te l'ai toujours dit. C'est un poison cette fille, depuis toujours !

Je baisse la tête, ce n'est pas faute de m'avoir averti, et plus d'une fois en plus.

— Elle était mon amie.

— Peut-être, mais cela n'excuse pas tout, Brad. Tu dis « était ». Qu'est-ce qui s'est passé pour que tu entendes enfin raison ?

— Je t'ai parlé de mes investisseurs qui devenaient frileux ?

Il opine et fronce les sourcils, visiblement inquiet.

— Elle s'est assurée que tous les investisseurs indépendants se retirent. Il ne reste que le plus gros et le plus ancien.

— C'est elle, pas vrai ?

— Oui, c'est elle, et elle a la mainmise sur les trois derniers restaurants.

— Et ?

— Et elle menace de liquider l'entreprise, si je n'annonce pas publiquement nos fiançailles d'ici quatre jours. Le comble, c'est que, pour elle, publiquement ne veut pas dire moins que la télé nationale !

— Putain de bordel de merde ! Il faut au moins lui reconnaître qu'elle a le sens du spectacle !

Je resserre l'emprise sur mon crâne où la douleur s'en donne à cœur joie et poursuis pour finir mes explications :

— Elle s'est arrangée pour que je ne puisse plus prendre de nouvelles d'Adam. Je la soupçonne d'être allée jusqu'à faire licencier une trentaine de personnes pour être certaine d'arriver à ses fins. Puis, forte de son ascendant, elle m'a proposé un contrat où elle m'achète, ni plus ni moins, allant jusqu'à prévoir ma fidélité et mes devoirs conjugaux. Si je lui désobéis, elle détruit tout ce pour quoi je travaille depuis ces dix dernières années. Et honnêtement, je sais qu'elle en est capable et qu'elle n'hésitera pas à le faire si je ne cède pas.

— Te connaissant, je suppose que tu cherches une solution qui préserve tes employés, coûte que coûte, quitte à t'oublier.

En réponse, je hausse les épaules et poursuis :

— Ça aurait sans doute été le cas si Jadde n'était pas entrée dans ma vie. Je suis incapable de vivre sans elle. Pourtant, je ne pourrais plus me regarder dans une glace si je faisais passer notre bonheur avant mes responsabilités. J'ai plus de cent cinquante personnes qui dépendent de ma capacité à gérer la situation. Je ne vois pas comment je pourrais l'ignorer.

Sa réponse silencieuse est plus qu'éloquente.

— Que puis-je faire pour te sortir de ce merdier ?

— Malheureusement, pas grand-chose. Par contre, j'ai vraiment besoin de savoir comment va Adam. Je veux pouvoir être là, quelle que soit la situation.

— Je vais me débrouiller pour te trouver des infos sur le gosse. Comment vas-tu te sortir de ce bordel, Brad ?

— Un miracle peut-être ? Tu n'as pas ça en réserve ?

— Tu devrais savoir que je n'y crois plus depuis bien longtemps.

Son regard lointain me rappelle tout ce qu'il a traversé et, d'une certaine façon, cela remet les choses en perspective. Je vais trouver une solution, il y en a toujours une… Si je le répète assez souvent, je vais peut-être finir par m'en persuader.

— Elle est au courant ?

Je n'ai pas besoin qu'il se montre plus explicite pour que je comprenne de qui il parle.

— Non, pas encore. Les dernières semaines ont été atroces, autant pour elle que pour moi. J'espère trouver une solution et lui épargner cette pression supplémentaire. Malheureusement, je suis au pied du mur, et il me faut me faire une raison, je n'ai plus le choix.

Pour enfoncer le clou, Gérald rajoute avec sérieux :

— Le plus tôt sera le mieux, si tu veux mon avis.

Pour la trentième fois de la journée, je me passe les mains dans les cheveux, épuisé.

— C'est quand même dingue d'en arriver là ! lâché-je, plein d'amertume.

— Pour se sentir exister pour quelqu'un d'autre, les gens sont prêts à tout. Elle t'aime, même si c'est de façon complètement tordue. Et elle ne sait pas comment se comporter ni comment gérer ce genre de sentiment. Alors elle agit comme elle l'a toujours fait : en garce capricieuse qui ne supporte pas qu'on la rejette, rajoute-t-il, en prenant un air dégoûté.

J'ignore s'il a raison. Selon moi, elle a toujours eu faim d'affection, et pendant un temps, je lui ai donné ce dont elle avait besoin.

— Et son mari ne peut pas t'aider ?

Je secoue la tête en signe de dénégation.

— D'abord, c'est son ex-mari, et il ne fera rien qui puisse se la mettre à dos, il a trop à perdre.

— Sa famille ?

— Sa mère, on ne va pas s'étendre sur le sujet. Entre les médocs ou le botox, sa fille est la dernière de ses priorités. Et son père n'a que ses affaires en tête donc…

Le silence dure longtemps, il se ressert un verre et l'avale cul sec. La bouteille est presque vide et j'ai déjà la nausée, mais je fais comme lui. Au bout d'un moment, dans un élan déprimant, il me dit :

— T'es vraiment dans la merde !

— Je ne te le fais pas dire !

Il passe son bras autour de mon cou et me fait pencher la tête en avant, puis il frotte vigoureusement mon crâne, comme le faisait ma mère quand j'étais gamin.

— Ne t'inquiète pas, tête de nœud, on va trouver une solution, il y en a toujours une…

Si seulement il pouvait dire vrai !

Nous restons comme deux imbéciles, adossés au bar, un moment de plus. Puis il se lève en m'adressant une bourrade sur l'épaule qui me fait vaciller.

— Allez vieux frère, viens faire un billard avec moi, histoire de dessaouler ! Il te faut avoir les idées claires pour lui expliquer la situation. En plus, tu m'en dois une, pour m'avoir caché la vérité pendant si longtemps, viens ici que je t'apprenne un peu à perdre !

Je lève les yeux au ciel, tout en me mettant debout, et bien entendu, je titube. C'était vraiment une idée à la con de boire autant. Il se pourrait bien que cette fois-ci il me mette la raclée du siècle, vu mon état d'ébriété. Vers vingt heures, j'envoie un message à Cam pour l'avertir que je ne vais pas tarder, et commande un taxi.

Comme prévu, Gé m'a ridiculisé, mais passer du temps avec lui m'a fait du bien. Parfois, s'accorder une pause est le meilleur des remèdes.

Quelques minutes plus tard, alors qu'on attend le taxi, appuyés contre le mur, il me surprend en relançant la conversation qui s'était tarie une heure plus tôt :

— Tu devrais appeler ta sœur.

Je me crispe et lui lance une réponse idiote qu'il ne manque pas de relever.

— Mila ?

— Pourquoi, tu en as d'autres ?

Je lance un râle d'objection, parce que je n'ai clairement pas envie de parler de ça avec lui.

— Elle m'a trahi, Gé, et franchement je n'ai pas envie de parler d'elle avec toi, tu n'es pas objectif à son sujet.

— Je ne t'ai pas demandé de parler, mais de m'écouter et pour ta gouverne, je suis certainement bien plus objectif que tu ne le seras jamais.

Je me renfrogne en grognant, lui adresse un regard peu amène, mais garde le silence. Bordel, ce qu'il peut m'énerver parfois !

— Elle est malheureuse, et ce n'est pas bon pour sa santé et celle du bébé.

Je ne réponds pas, même si ses paroles atteignent parfaitement leur cible.

— Elle a réussi son examen, je ne sais même pas si tu es au courant. Tu as l'intention de lui faire la tronche encore longtemps ?

— Tu as décidé de jouer l'avocat du diable ?

— Ce que tu peux être con parfois ! Surtout que je te trouve mal placé pour la juger. Sois un peu honnête, jusqu'où irais-tu pour protéger Jadde ? On sait tous les deux que tu ferais absolument n'importe quoi. Pourquoi ta sœur agirait-elle différemment ? Vous êtes aussi passionnés l'un que l'autre. Et aussi têtus ! De vraies plaies !

— Je n'ai rien fait de mal, putain ! Pourquoi tu t'en prends à moi ?

— Parce que tu lui as tourné le dos ! Bon sang, c'est ta sœur et tu l'adores. Elle a merdé et t'a menti, on est d'accord. Elle a fait une erreur. Mais uniquement pour protéger le père de son gosse. Vous êtes mes amis, Brad, l'un comme l'autre, et j'ai la rage parce que tu agis comme un crétin obtus, incapable d'accepter ses excuses. Que veux-tu qu'elle fasse de plus ?

Je bougonne une fois de plus, en guise de réponse. Encore deux ou trois geignements du genre et on va me prendre pour un homme des cavernes !

Je suis en colère parce que je sais pertinemment qu'il a raison, mais bon sang, sa trahison m'a tellement blessé ! Je laisse le silence perdurer un long moment et puis, en essayant de calmer les battements assourdissants de mon cœur, je murmure :

— J'étais au courant pour son examen.

— À la bonne heure, tout n'est pas perdu ! Il y a une once d'espoir, tu n'es peut-être pas aussi con que tu en as l'air !

Je lui décroche un doigt d'honneur.

— C'est ma sœur ! Bien sûr que ce qu'elle fait m'intéresse ! Tu me prends pour qui ?

— Alors, arrête de perdre du temps pour des conneries, d'accord ?

J'avale la boule coincée dans ma gorge depuis qu'il m'a parlé de Mila. Elle me manque tellement ! Cela fait trois semaines que nous ne nous sommes pas vus. Tant de choses nous sont arrivées depuis…

— Je vais y réfléchir.

— Arrête de cogiter et agis, ça te ressemble bien plus !

Il me décroche un sourire en coin, puis se redresse et, plutôt que de se joindre à moi dans le taxi qui vient d'arriver, il se lève et commence à partir.

— Gé, je te ramène ?

— Non, je vais marcher, je suis de service dans deux heures, il vaut mieux que je dégrise ! À plus, vieux croulant !

Je le regarde partir avec la certitude que le plus dur reste à venir.

Chapitre 11

Jadde

Les sens totalement en alerte, je scrute la chambre avec une certaine appréhension. Ai-je rêvé ? C'est étrange, j'aurais juré que c'était réel. Je secoue la tête pour me remettre les idées en place et serre les dents devant la douleur évidente qui me comprime le thorax, une fois de plus.

Quand je tourne la tête vers la table de chevet pour trouver la sonnette, je tombe sur un portable, avec un gros nœud autour. Qu'est-ce que c'est encore que ce truc ?

Je l'attrape pour découvrir, non sans un certain amusement, un post-it posé sur l'écran.

[Parce que tu vas faire exploser mon forfait pour appeler ta famille et tes amis en France, j'ai pensé que ça pourrait être utile. J'ai quelques soins à subir, je reviens très vite, profites-en pour leur donner des nouvelles. Malcolm.]

Je souris comme une idiote et suis prise d'une envie irrésistible d'écouter son conseil. Je compose le numéro de ma mère, sans même m'interroger sur le décalage horaire. Le téléphone sonne dans le vide pendant deux minutes, et à mesure, je me renfrogne.

Machinalement, je consulte la pendule suspendue au-dessus de la porte. Il est vingt heures ici, il doit donc être midi là-bas. Je suis un peu déçue qu'elle ne me réponde pas, mais elle est tellement occupée que je ne m'en formalise pas plus que ça.

Je compose, dans la foulée, le numéro de mon meilleur ami, avec l'espoir que je pourrai aussi parler à Sofia.

La sonnerie retentit et j'ai le cœur qui s'accélère d'impatience. Quand la voix virile d'Eddy retentit, j'ai une bouffée de joie.

— Coucou Ed.

— Jadde ?

— Qui d'autre ?

— Je ne sais pas moi, Trump...

Je souris.

— Pourquoi pas la reine d'Angleterre ?

Il rigole en ajoutant avec affection :

— Bon sang, ça m'a manqué de t'entendre, princesse. Comment vas-tu, ma jolie ?

— J'ai l'impression de ne pas t'avoir parlé depuis des siècles.

— Et nous donc, on a du mal à avoir de tes nouvelles, heureusement que Braden est moins avare que tu ne l'es.

— Brad ? Tu as parlé à Braden ?

— Oui !

Sa réponse simple, sur un ton inquiet, me fait mal au ventre. Ils savent. Ça devrait me simplifier la vie, je ne vais pas avoir à le leur dire, mais en même temps... Avant même que je puisse déterminer les raisons de mon malaise, Ed s'empresse de rajouter :

— Il ne nous a pas dit grand-chose, juste que tu étais en sécurité après avoir subi une agression. Que le type qui t'avait fait du mal était mort, et que tu ne risquais plus rien. Alors je renouvelle ma question, princesse : comment vas-tu ?

Je réfléchis sérieusement à sa question et décide de simplement lui dire la vérité.

— Mieux.

— Tu peux développer un peu, parce qu'à travers le téléphone, cela n'a rien de rassurant comme expression.

Mon sourire s'élargit et je complète un peu ma réponse.

— La vie m'a réservé des épreuves, pas forcément simples à surmonter, mais désormais j'ai Brad et je vais faire face.

— Tu veux m'expliquer ce qui s'est passé ?

— J'ai peu de souvenirs du jour de l'agression. J'ai pas mal de bleus, quelques côtes cassées, mais franchement, cela aurait pu être bien pire.

— Mais c'est qui ce type ?

— En fait, la police n'a pas été très encline à me donner des détails, mais d'après ce que j'ai compris, ils n'ont pas le moindre début de piste sur ce qui a motivé ce fou furieux.

— Tu es sûre d'être en sécurité maintenant ?

— Oui, Malcolm n'est jamais loin et le personnel soignant est aux petits soins, dis-je en pensant à Lucinda, n'aie aucune inquiétude.

— C'est quand même étrange, cette histoire. C'est flippant même.

Dans la mesure où je suis shootée dans un lit d'hôpital,

couverte d'hématomes, je peux difficilement affirmer le contraire.

— Tu es certaine que tu vas bien ?

— Oui, encore un peu secouée et la douleur n'est pas simple à gérer, mais je vais mieux. En fait, j'ai même la sensation que…

Je laisse ma phrase en suspens, pour organiser mes idées.

— … je vais bien. C'est même la première fois depuis longtemps que j'éprouve la sensation d'être en paix avec moi-même.

Eddy se tait et attend que je développe, mais je ne vois pas trop quoi dire d'autre, alors le silence s'étire en longueur.

— Je suis heureux pour toi, princesse. Tu sais que si tu veux me parler, j'aurai toujours une oreille attentive à t'offrir.

— Je sais et je t'en suis reconnaissante. Pour l'instant, c'est encore difficile de mettre des mots sur ce que je ressens. Mais une chose est certaine, je n'ai plus la sensation d'être sans cesse hantée par mes démons. Je ne lutte plus contre moi-même. La situation n'est pas parfaite, mais je l'accepte.

— De quelle situation parles-tu ?

Je prends mon courage à deux mains et énonce la réalité brute et sans concession.

— Je ne pourrai jamais plus avoir d'enfant !

Sa respiration se fait plus bruyante et j'entends un gémissement stupéfait.

— Mon Dieu ! Ma jolie, je suis désolé.

Ma gorge me brûle et je renifle. C'est seulement à ce moment-là que je réalise que je pleure. J'essuie mes joues parce que verser des larmes ne changera rien.

— Ne le sois pas. J'ai assez pleuré sur mon sort pour toute une vie. Le plus difficile, c'est de voir disparaître la dernière once d'espoir qu'il me restait. Je me suis faite à cette idée, il y a longtemps. Même si jusque-là, j'étais incapable de l'admettre.

Je ne lui parle pas du bébé, à quoi bon ressasser ce que j'ai perdu ? Je ne me savais même pas enceinte, pas d'espoir vain, rien ne sert de remuer le couteau dans la plaie.

Puis, comme si j'étais incapable de retenir mes mots, je livre la seule inquiétude qu'il me reste.

— À vrai dire, c'est l'idée de ne jamais offrir à Braden la chance de voir grandir notre enfant qui est le plus difficile à accepter.

Il se tait, et j'ai du mal à contrôler la douleur qui s'est réveillée dans ma poitrine. Quelles que soient les paroles de réconfort et l'acceptation de Brad, j'aurais aimé lui offrir ce cadeau, et j'en suis incapable. Comme toujours, Eddy me prend à contre-pied, et rétorque avec conviction.

— Je comprends, ma princesse, mais sais-tu ce que je retiens de tes paroles ?

Surprise, je fronce les sourcils et lui réponds :

— Non, je n'en ai pas la moindre idée.

— L'espoir.

— L'espoir ?

— L'espoir d'un avenir et dans ton cas, c'est énorme. C'est la première fois, depuis que je te connais, que tu évoques un vrai projet à un long terme. Même si là, en l'occurrence, il s'agit d'un projet qui ne se concrétisera pas de la façon dont tu l'espérais.

Étrangement, il n'a pas tort, et j'éprouve un certain réconfort à l'entendre.

— Tu as raison. Je crois que c'est la première fois que je me projette aussi loin. Depuis la mort de Jack, j'étais incapable de penser plus loin que les semaines à venir. Comme si ma vie pouvait s'arrêter d'une seconde à l'autre. C'est encore le cas, pourtant j'ai envie de vivre et ça fait toute la différence.

Il se racle la gorge, mais ne parvient pas à cacher les trémolos de sa voix.

— Je suis heureux de l'entendre, Jadde. Vraiment heureux !

Derrière lui, j'entends une voix étouffée qui crie.

— Je suis trop fière de toi, ma chérie !

Apparemment, Sof a tout entendu de notre échange et cela me fait sourire. Des larmes coulent toujours sur mes joues, il ne s'agit pas de tristesse, seulement d'émotion. C'est étrange de réaliser que me libérer du poids de mon passé a considérablement transformé ma vision du futur.

Brad est mon avenir, je le sais maintenant, et du moment que nous sommes côte à côte, nous pourrons tout affronter. Cette conviction annihile tout le reste.

J'ai peur de demain comme tout un chacun, mais en même temps, je ressens une forme de sérénité que je n'avais jamais éprouvée. Soucieuse d'alléger l'ambiance devenue bien trop sérieuse à mon goût, je lance avec chaleur.

— Et vous les amis, quelles sont les nouvelles ?

Un chuchotement puis des bruits de lutte laissent place au timbre essoufflé de Sof.

— Je dois te dire un truc super méga important : ON A ENFIN LA DATE DU MARIAGE !!! se met-elle à crier.

J'écarte le téléphone de mes oreilles parce que son hurlement strident me transperce les tympans. Elle est complètement folle. Mais bon sang, je l'adore !

— C'est génial ! En voilà une vraie bonne nouvelle !

— Et tu veux la meilleure ? Ma famille a accepté de faire dans le discret.

Mon sourire est tellement immense que j'en ai mal aux joues.

— Laisse-moi deviner, pas plus d'une centaine d'invités ?

— Il ne faut pas rêver non plus ! Ma mère m'a promis que la liste ne dépasserait pas les deux cents.

J'entends les grognements d'Eddy derrière, lui qui rêvait d'un mariage à Vegas avec deux témoins…

— Qu'est-ce que ça serait si elle ne s'était pas contenue ! pouffé-je en repensant aux extravagances de Julia Julianny. Aucun doute, si peu d'invités, c'est un vrai sacrifice !

Je l'imagine parfaitement me tirer la langue, puis elle glousse quand je continue sur ma lancée :

— Alors, quand devrais-je me fourrer dans l'affreuse robe meringue de demoiselle d'honneur, enfin si tu as toujours besoin de nous, bien entendu !

Inutile de la voir pour savoir que ses yeux pétillent de bonheur.

— Mais bien entendu, quelle question ! Nous avons décidé que ce serait le seize mai pour mon anniversaire. Comme ça, je suis certaine que monsieur ne l'oubliera pas ! dit-elle en gloussant de plus belle.

Eddy grogne de nouveau et lance :

— Comme si je pouvais oublier le jour où tu seras enfin officiellement à moi ! Ridicule !

Leur joie est palpable et je suis heureuse pour eux. Il a trouvé en Sofia la compagne parfaite et c'est la plus belle revanche qu'il pouvait prendre sur la vie. Sans réfléchir, je pose la question qui ne se serait même pas posée, il y a quelques semaines.

— Tu as prévenu Meg ?

Je le regrette aussitôt parce que le blanc qui suit est une réponse douloureuse. Depuis quand évoquer notre amie est-il devenu si difficile ? Je me sens obligée de m'excuser alors que je n'ai rien fait de mal.

— Je suis désolée, je n'ai pas réfléchi, je ne voulais pas alourdir l'ambiance.

— Tu n'as pas à t'excuser, c'est normal que tu poses la question.

Si son bonheur était évident il y a quelques secondes, son inquiétude l'est désormais tout autant.

— Elle ne va pas bien. Je l'ai appelée tous les jours depuis qu'elle s'est réveillée et elle ne parle pas, ou très peu. Elle enferme ses émotions, comme lorsque ses parents sont morts. Je n'ai pas réussi à percer sa carapace. Et franchement, je suis vraiment inquiète pour elle. Alors, lui parler du mariage m'a semblé… inapproprié.

Je déglutis avec difficulté. J'espérais qu'il n'y avait qu'avec moi qu'elle s'était montrée si fermée. J'ai pensé qu'elle m'en voulait pour ce qui lui était arrivé. Et que dire de mon attitude, j'ai été une amie minable ! Sans vouloir me chercher d'excuses, j'ai été tellement submergée par tous les événements qui se sont précipités que je n'ai pas trouvé le courage de l'appeler autant que je l'aurais dû.

Même lors de notre dernière entrevue, je n'ai pas vraiment réussi à passer au-delà du rapport de surface. Le seul moment où elle a été elle-même c'est quand elle m'a avoué la visite et les menaces du sale type.

Je n'ai rien oublié de notre échange et certaines de ses paroles resteront à jamais gravées dans mon esprit. « Je n'ai rien à perdre », m'a-t-elle affirmé... J'aurais dû rebondir sur ses paroles. Pourtant, elle paraissait tellement sur la défensive que j'ai jugé que rien de bon ne serait sorti de notre échange. Alors j'ai laissé tomber. Si je veux être honnête, je n'étais pas non plus parfaitement disposée à l'écouter et la soutenir. Je suis en colère contre moi-même, mais je me fais la promesse de rattraper la situation rapidement !

— Que pouvons-nous faire à ton avis ?

— Tu la connais, si elle n'est pas décidée à parler, elle ne dira rien, alors nous pouvons seulement lui prouver et lui rappeler que nous sommes là.

J'opine par automatisme, même si elle ne peut pas me voir, parce qu'elle a probablement raison.

— Le médecin m'a dit que je pourrais certainement sortir en fin de semaine, pensé-je à haute voix. Je vais essayer d'aller la rejoindre et de passer quelques jours avec elle.

— Tu crois que c'est une bonne idée de prendre l'avion ?

— Probablement pas, mais je n'ai pas été là pour elle, et elle en a besoin. Vous en êtes où des démarches pour le rapatriement ?

— Je crois qu'il va falloir que tu en parles avec elle, parce qu'elle n'a pas l'air d'avoir l'intention de rentrer. Elle m'a dit :

« ici ou ailleurs, quelle importance, ma vie est foutue… »

Bon sang, comment peut-elle penser un truc pareil ? Je sais bien que c'est un sacré morceau à avaler. Mais sa vie n'est pas finie pour autant, en plus, les médecins, bien que réservés, ont eu l'air de dire qu'avec beaucoup de volonté et de rééducation, elle pourrait à nouveau marcher.

De là à danser, c'est peu probable, or avec de l'envie et de l'huile de coude, rien n'est impossible. Elle s'apprête à livrer un sacré combat, mais elle est en vie. Honnêtement, après avoir cru la perdre, c'est la plus belle des victoires. Je souris comme une idiote à l'ironie de la situation. Il y a trois mois, je n'aurais jamais cru tenir un tel discours.

Notre discussion se poursuit pendant plus d'une demi-heure, quand Ed demande à me parler de nouveau.

— J'ai appelé ta mère à plusieurs reprises, et nous n'avons pas réussi à trouver un créneau pour nous voir. En toute sincérité, le problème ne vient pas vraiment de mon côté, j'ai eu la désagréable impression que je n'étais pas le bienvenu.

Je fronce les sourcils, incrédule. Ma mère adore Eddy, pourquoi ne voudrait-elle pas le voir ?

— Qu'est-ce qui te fait penser ça ?

— En fait, c'est plus une sensation qu'autre chose. Nous devions y aller la semaine dernière et elle a appelé pour annuler. Et puis, lorsque j'ai voulu reporter la date, elle est restée évasive. Je me trompe peut-être, mais je l'ai sentie réticente.

Étrange, ce comportement ne ressemble pas à ma mère. Elle considère Sofia comme sa troisième fille, alors pourquoi tous ces mystères ? Quand mon ami reprend, il essaie de paraître rassurant, mais je le connais trop bien pour être dupe. Il est inquiet.

— Je m'alarme probablement pour rien. Avec toutes vos aventures, je deviens probablement parano. Ne t'inquiète pas, j'ai un chantier pas loin de chez elle la semaine prochaine. Je lui ferai la surprise de passer la voir à l'improviste.

Si j'avais occulté mes inquiétudes la concernant ces dernières semaines, elles reviennent en force et un étrange sentiment de malaise me gagne.

Pourquoi agit-elle ainsi ?

Qu'est-ce qui peut motiver la distance qu'elle installe ?

Je suppose que le fait que je sois si loin d'elle n'arrange rien. Je la sais inquiète, pourtant elle s'est faite plutôt discrète ces derniers temps. Est-ce pour cette raison que je me sens mal ? Ce n'est pas très courant qu'elle laisse son ingérence au placard, mais pas exceptionnel non plus. Alors, pourquoi aujourd'hui, cela m'effraie plus que les fois précédentes ? J'ai beau avoir une vie pour le moins agitée, je devrais trouver le temps de lui parler.

Eddy attend toujours ma réponse, alors je fais taire mes interrogations. Je refuse de l'inquiéter plus qu'il ne l'est déjà. Aussi je garde mes observations pour moi et me contente de le remercier.

— Tu me tiens au courant, rajouté-je en tentant de faire taire ma conscience qui semble décidée à se rappeler à mon bon souvenir. J'essaierai de la rappeler demain, j'espère que j'aurai plus de chance.

La discussion prend fin peu après, et même si leur parler a mis en évidence plus de questions qu'elle n'en a résolues, je suis heureuse d'avoir eu de leurs nouvelles.

La chaleur de la journée est si intense que la climatisation tourne à plein régime et je frissonne. Je déteste ces appareils. Comme je ne veux pas déranger le personnel soignant pour éteindre l'appareil, je me lance dans la grande aventure du lever.

Bon sang, c'est une vraie torture ! Je bande mes muscles abdominaux en tentant d'absorber la douleur. Pouah ! Quelle galère !

Après cinq bonnes minutes, je réussis à me lever. Heureusement, la tête tourne moins qu'en début d'après-midi. Je traverse la chambre pour éteindre cet appareil de malheur. Même si mes jambes ne sont pas des plus solides, je profite d'être debout pour rejoindre la salle de bain.

Je prends le temps de m'observer dans la glace, au-dessus du lavabo. Lucinda ne m'a pas menti en disant que je suis un croisement entre Quasimodo et Hulk. Mon œil droit est encore contusionné et sa couleur vire au jaune. Mes lèvres cicatrisent doucement, mais elles restent légèrement oedématiées. Même si c'est assez impressionnant, les stigmates les plus perturbants de l'agression sont autour de mon cou.

Les traces de ses doigts sont clairement distinctes. Par moments, j'ai encore la sensation de sentir ses mains calleuses enserrer ma gorge et m'empêcher de respirer. D'un geste incertain, je passe mes doigts sur leurs traces.

Mon pouls s'accélère.

L'étau dans ma gorge se resserre.

Sans y être préparée, je replonge dans mes souvenirs.

Son regard meurtrier, nourri d'adrénaline.

J'ai peur.

Les relents de son haleine chargée de tabac et de sueur.

J'ai envie de vomir.

Ses mains me broyant la trachée.

Je suffoque.

Ses coups, cette pluie de coups à n'en plus finir.

J'ai mal.

Je ploie sous chaque impact, halète.

Non ! Non ! Je ne peux pas, pas de nouveau ! La bile m'envahit la bouche, mais je suis incapable de lâcher mon image des yeux. Des flashs se succèdent encore et encore, vagues atroces d'un passé pas si lointain. Je ne cligne pas des yeux. Absorbée tout entière par un tsunami de terreur.

Les images s'impriment devant mes yeux. Mon corps se souvient et me fait revivre chaque sensation, chaque douloureuse oppression. Je suis au bord du précipice, la crise de panique est à portée de main.

Haletante, en sueur, je ne tiens debout que parce que je suis totalement tétanisée par ces visions morbides. À cet instant, les taches noires dansent déjà autour de mes yeux. Torturée, je subis le flot d'images encore et encore. Pourtant, elles restent insaisissables, je les ressens intensément et en même temps, je ne parviens à en retenir aucune.

Mon corps et mon esprit entrent en guerre comme deux entités bien distinctes qui luttent l'une contre l'autre pour gagner la bataille. L'une veut refaire surface, coûte que coûte, exploser aux yeux du monde et s'exorciser. Tandis que la seconde s'accroche, pour rester profondément enfouie, loin, très loin dans mon subconscient.

Mes doigts n'ont pas quitté mon cou, ravivant les sensations à chaque fois qu'ils glissent d'une marque à une autre. Le fil de mes pensées est de plus en plus confus.

Puis mes yeux se détachent de mon cou pour se reporter sur l'énorme ecchymose qui recouvre mon épaule. La fascination morbide me ramène à l'instant où mon dos a été projeté contre une surface dure, la douleur se propage dans tout le corps me coupant le souffle. Prise de vertige, je me retiens au lavabo pour tenter d'endiguer les étoiles qui me tournent autour. Pourtant, je suis toujours incapable de détourner le regard.

La douleur se fait de plus en plus violente, mutilante et je lutte pour ne pas me laisser engloutir. Malgré le frisson glacé qui court sous ma peau, je lutte pour trouver la force de reprendre mon souffle. Chaque souvenir m'accable, me brise. Je revis la scène encore et encore jusqu'à ce qu'à bout de souffle je trouve enfin la force de fermer les yeux.

Tremblante, haletante, je m'effondre par terre, malgré la douleur accablante. Assise, les genoux remontés contre ma poitrine, la tête enfouie dans mes bras, je suis secouée de sanglots. Je ne comprends pas bien ce qui m'arrive, mais j'ai besoin de cette libération.

Ma peur a reflué, les flashs se sont taris, mais mes larmes semblent décidées à ne pas me lâcher… Mon cœur, qui hurlait dans mes tempes, s'apaise doucement et semble entraîner avec lui mon souffle court. Mon corps tremblant se relâche peu à peu tandis qu'un voile de sueur désagréable me colle toujours à la peau. Il me faut un long moment avant de réussir à sortir de ma transe et de trouver le courage de bouger. Trop longtemps prostré, mon corps me demande grâce. Alors au prix d'un gros effort, la mâchoire tendue par la douleur, je me relève. Les yeux baissés vers le lavabo, je tente de me rafraîchir en m'arrosant le visage. Peine perdue !

Je ferme les yeux quelques secondes, restant fébrile. Je tremble toujours, mais c'est loin d'être ma première crise de panique, alors je me raccroche à l'idée qu'elle va passer. Les émotions vont refluer, je le sais. Mon esprit se fait plus clair à mesure que je reprends le contrôle de mon corps. Je me concentre sur le présent, obligeant mes pensées néfastes à s'éloigner. J'ai parfaitement conscience que cette tornade d'émotions n'est qu'une façon pour mon esprit de chasser le trop-plein. J'accepte chaque sensation, même les plus affreuses parce que j'ai appris, il y a longtemps, que les retenir les rendaient plus vivaces encore. Ces images morbides et stériles ne m'apporteront rien, mais je suis capable de leur faire face même si c'est aussi difficile que douloureux.

Pour finir de reprendre le contrôle, j'effectue, avec une attention presque obsessionnelle, des gestes simples, répétitifs, habituels. Je me lave les dents, le visage puis le cou. Le gant frais passe sur ma poitrine et me tire une grimace quand il survole mes côtes meurtries. Puis, lorsque j'ai enfin retrouvé le plein contrôle de mes émotions, je retourne dans la chambre.

Je rejoins mon lit et me recouche avec un peu moins de difficulté qu'en début de journée. Il a beau être tôt, la scène m'a totalement épuisée et je tombe de fatigue. Il ne me faut que quelques secondes pour sombrer, sous le regard noir du démon qui hante mes cauchemars.

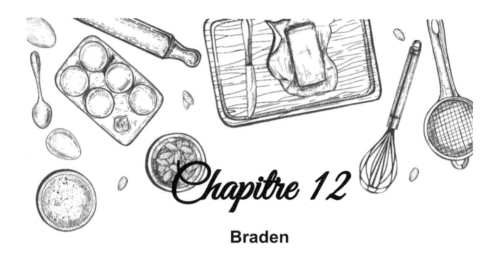

Chapitre 12

Braden

Quand j'arrive devant l'établissement de soins, il est déjà près de vingt et une heures. C'est tôt, pourtant mon corps est épuisé, autant physiquement que nerveusement.

Je n'ai pas cessé de repenser aux paroles de Gérald. Il a toujours le don d'appuyer là où ça fait mal. Il est évident que j'ai beau ne pas en parler, ma sœur me manque terriblement. Malgré ma colère, je n'ai pas pu m'empêcher d'aller consulter les résultats de ses examens sur Internet.

Avec le recul, je comprends pourquoi elle a agi comme elle l'a fait. Pourtant, j'ai du mal à laisser de côté sa trahison. Est-ce de la fierté ? Probablement, mais je suis bien trop alcoolisé pour avoir les idées claires et prendre une décision, alors je remonte jusqu'au service où dort Jadde.

Devant la porte, je trouve un Malcolm au visage sombre.

Qu'est-ce qui se passe encore ? Cela ne va donc jamais s'arrêter ?

Je m'avance jusqu'à lui et son visage me semble plus tendu à chaque pas. Quand j'arrive à portée de murmure, il lâche d'un ton bourru qui me fait dessaouler instantanément :

— J'ai des trucs à te dire, et ça ne va pas te plaire.

J'adore quand une conversation commence ainsi ! Vraiment !

J'opine, parce que je ne vois pas bien ce que je pourrais faire d'autre, et l'accompagne jusqu'au fond du couloir. De là, il ne quitte pas la chambre des yeux, mais nous sommes loin des oreilles indiscrètes.

— Je t'écoute, me contenté-je de dire.

— D'abord, je dois commencer par te montrer quelque chose, c'est le moindre de nos soucis, alors agis en fonction.

Sur ces paroles pour le moins déroutantes, il me tend son portable, et l'appréhension grimpe d'un coup.

[*Ma très chère Jadde,*

Merci pour ce merveilleux après-midi. Vous êtes une personne absolument délicieuse et je me réjouis d'avoir eu le plaisir de profiter de vous, une nouvelle fois.

Je n'ai pas eu le cœur de vous réveiller pour vous dire au revoir. Vous sembliez si paisible.

Je reste votre débiteur pour cet échange plein de promesses.
Alek MCL.]

Je ne vois pas comment l'auteur du message pourrait dire plus explicitement, tout en restant correct, qu'il a envie de coucher avec elle. Et bon sang, je vois rouge ! Le nom n'a pas besoin d'être clairement explicité pour que je reconnaisse son origine. Le fils de son patron a des vues sur elle. Et ça fait grimper ma tension ! J'avais déjà eu un aperçu de ses aspirations en le voyant à ses côtés sur les photos d'une soirée mondaine il y a quelques semaines.

À l'époque, cet épisode m'a fait péter les plombs, cette fois la situation est tendue, mais de façon différente. Non seulement il est apparemment venu la voir seul, dans une chambre d'hôpital. Mais, en plus, et ça me met hors de moi, je suppose que son cher père l'a utilisé pour avoir des infos concernant la convalescence de Cam. Si des infos filtrent, la protéger des charognards va devenir un vrai problème. En plus, je suis certain que ce connard va se servir de la moindre de ses faiblesses comme moyen de pression.

Pourtant, la véritable raison de ma fureur est un peu moins altruiste. Je suis jaloux, et à en crever en plus ! Alors que la colère vibre et remplit chaque parcelle de ma tête, je me force à rester le plus calme possible. Le calme n'est qu'une façade, mais je suis de plus en plus fort pour faire illusion.

Je serre les mâchoires en adressant un regard noir au téléphone, qui bien sûr s'en fout royalement. J'inspire profondément et fais taire ma possessivité. J'ai appris ma leçon et ne tirerai aucune conclusion hâtive avant d'en avoir parlé avec elle. Si elle n'a rien à se reprocher, elle me parlera de cette visite et les choses se régleront d'elles-mêmes.

Je relis le message pour la sixième fois en moins d'une minute. Conscient du regard du garde du corps qui pèse sur moi, je finis par relever la tête.

Apparemment, il attend ma réaction, mais je me force à ne rien montrer de mon agitation. Je reste impassible, même si je le soupçonne d'avoir deviné mon état d'esprit.

— Pourquoi me montrer cela ? demandé-je en lui rendant l'appareil.

— J'ai jugé que tu étais en droit d'être au courant qu'un autre la convoite.

Sans réfléchir, je réplique :

— J'ai confiance en elle.

— Je sais, moi aussi, mais un homme averti en vaut deux.

J'acquiesce en le fixant droit dans les yeux. Malgré ma réaction, il ne se détend pas, et je sais d'avance que notre échange ne va pas s'arrêter là.

— Quoi d'autre ?

— Je pense qu'on a conclu un peu vite que cette histoire, avec le harceleur de Jadde, était terminée.

Je me crispe et lui adresse une remarque sarcastique, agacé qu'il ne m'explique pas directement le fond de sa pensée.

— Il est mort, j'imagine mal que l'on puisse faire plus définitif.

Il me retourne une moue agacée et poursuit comme si je n'avais rien dit.

— J'ai beaucoup réfléchi parce qu'il y avait des trucs qui ne collaient pas dans toute cette histoire. D'abord le mobile : Pourquoi un type qu'elle n'avait jamais rencontré l'aurait prise pour cible ? Même si l'on admet l'idée de l'obsession, pourquoi est-elle subitement apparue quand Jadde est arrivée aux États-Unis ? Comment l'a-t-il croisée ? Tu ne trouves pas cela étrange ?

Quel est l'élément déclencheur ? … Je me suis du coup demandé si nous n'étions pas passés à côté d'un élément essentiel.

Il montre son pouce et son index pour m'indiquer qu'il veut me parler d'un second point.

— Ensuite, la mise en œuvre, énonce-t-il avec sérieux. J'ai repris un à un l'ensemble des clichés que ce taré a immortalisés. Il voulait clairement lui faire sentir qu'elle n'était en sécurité nulle part. Aussi, il a choisi de la photographier dans des lieux où régnait une certaine intimité. Pour y parvenir, il a été obligé de se préparer. Il avait beau être sacrément doué, faire preuve d'une telle minutie demandait obligatoirement de savoir à l'avance où elle allait se trouver ! Or, à part les lieux d'apparition médiatiques, aucune information n'a été divulguée ou n'a filtré. J'ai vérifié, ajoute-t-il quand je m'apprête à émettre une objection. Par conséquent, il connaissait le planning, c'est obligatoire. La vraie question c'est… comment ?

S'il me restait la moindre trace d'alcool dans le sang, elle vient de se dissoudre aussi sûrement que le sucre dans le lait chaud ! Dégrisé, je me sens pâlir. Sa logique est implacable et ça me terrifie. D'une voix bien trop calme, il continue :

— Troisième et dernier point, la surveillance est un art qui demande de sacrées ressources, si l'on veut qu'elle se fasse en toute discrétion. Vu avec quelle facilité il est parvenu à la suivre à travers le pays, il devait disposer de moyens colossaux. Sauf qu'il n'a aucun job déclaré, et ses comptes en banque n'étaient pas vraiment au mieux de leur forme. Alors comment pouvait-il faire ?

Il se tait quelques secondes pour me laisser assimiler tout cela.

Quand il reprend, sa voix grave descend de plusieurs tonalités, prenant des accents de plus en plus inquiétants.

— Comme je ne comprenais pas où il trouvait les fonds, j'ai poussé mes recherches plus loin. Je n'ai découvert aucune fortune personnelle, et à part des connaissances approfondies en informatique, sa biographie est plutôt restreinte. Pas de famille, pas d'amis, aucune vie sociale connue. Un solitaire, un anonyme qui ne manque à personne. J'aurais pu m'en contenter comme l'a fait la police. Sauf que le profil ne collait pas. Alors j'ai continué à chercher.

Il reprend son souffle et jette un coup d'œil alentour. Que craint-il ? Qu'on nous écoute ? Je me prends à faire comme lui pour n'apercevoir qu'une jeune infirmière à l'autre bout du couloir qui discute avec sa collègue. Elles sont bien trop loin pour nous entendre, mais il se penche quand même pour poursuivre en baissant encore un peu le volume.

— J'ai fini par trouver une minuscule incohérence dans une date d'entrée à l'université. Du coup, j'ai creusé plus profond. Et je dois dire que je n'ai pas été déçu. Le cinglé n'était pas celui qu'il prétendait être. Il s'appelait en réalité Caporal Cooper Jamieson. C'était un vétéran de l'armée où il travaillait dans les renseignements généraux, spécialisation surveillance rapprochée. Enfin, jusqu'à ce qu'il soit déclaré inapte au service. Les rapports parlent d'un accès psychotique pendant l'une de ses missions. Son trouble aurait coûté la vie à trois de ses camarades. Il a été admis en hôpital psychiatrique où il allait probablement passer les dix ou quinze prochaines années. Sauf qu'il a disparu de la circulation du jour au lendemain. Peu après, le harceleur est apparu. Étonnant ce que l'on peut faire avec de l'argent, pas vrai… Mais même les meilleurs commettent des erreurs et je suis très doué pour les trouver.

Il n'y a pas une once de vantardise dans ses propos, il énonce juste un fait. La lueur prédatrice dans ses yeux noirs me filerait presque un frisson tout en me faisant remercier Dieu qu'il soit de notre côté.

— Une nouvelle vie et une nouvelle identité, ça fait un sacré mobile, même si cela ouvre pour nous une porte nettement moins réjouissante. Il y a un commanditaire, affirme-t-il sans l'ombre d'un doute. Si tel est le cas, pourquoi s'arrêterait-il en si bon chemin ?

Je réfléchis à ses paroles. S'il dit vrai, ce dont je ne doute pas une seconde, cette histoire n'est pas terminée et quelqu'un en veut suffisamment à Cam pour engager quelqu'un et la mettre en danger.

— Que peut-on faire ? questionné-je.

— Rester vigilant et ne pas la laisser seule. Ce type, m'explique-t-il en désignant son téléphone, je pense qu'il a une idée derrière la tête, cependant je ne veux pas alerter Jadde. Elle a subi suffisamment d'épreuves ces derniers temps.

Je secoue la tête pour montrer mon mécontentement.

— Si elle est en danger, alors il faut qu'on le lui dise.

— Attendons que la menace se précise, ou au moins laisse-moi un peu plus de temps pour approfondir l'enquête de mon côté.

— Tu n'es pas vraiment en état pour ça, Malcolm !

Il serre les mâchoires et plante ses yeux noirs dans les miens.

— Écoute, gamin, je prenais soin de moi depuis longtemps alors que tu te trimballais encore en couche-culotte, alors je me connais, je maîtrise mes limites, d'accord ?

Voyant ma mine renfrognée, il ajoute un ton plus bas :

— Merci de ta sollicitude, mais il n'est pas question que je laisse quelqu'un d'autre s'en occuper. Jadde est sous ma responsabilité et je compte bien faire mon boulot jusqu'au bout et la sortir de là, indemne.

— Crois-moi, je ne doute pas de toi, mais je pense quand même qu'un peu d'aide ne serait pas du luxe.

— Demander de l'aide sous-entend qu'il y a un problème et elle va se douter de quelque chose. Laisse-moi soixante-douze heures et nous ferons le point.

— Décidément, samedi va être une journée chargée, lâché-je, plus pour moi que pour lui.

Il fronce les sourcils et je réponds à sa question silencieuse.

— Trop longue histoire. Là, j'ai besoin de la voir, et de me reposer un peu.

— Tu devrais aller dormir dans un lit.

— Il n'en est pas question, j'ai cédé hier parce que j'étais à bout de force. Ce soir, j'ai besoin d'elle, et elle de moi, donc je reste et TU vas te reposer.

Il lève les mains en même temps que les yeux pour me signifier que j'ai gagné, mais il est visiblement mécontent. Malgré tout, il n'insiste pas et tourne les talons pour se glisser, quelques secondes plus tard, dans la cage d'escalier. De mon côté, je rejoins la chambre de ma douce Cam.

Elle est allongée sur le dos. Sa chevelure ébène forme un halo magnifique qui contraste avec son teint bien plus pâle que d'habitude. Même si son visage garde les traces des maltraitances, elle reste la plus belle femme que je n'ai jamais vue. Ses longs cils bruns caressent ses joues et je les envie presque. Ses pommettes ont pris une petite couleur rosée parce que la chaleur est presque étouffante ici. Son corps, seulement couvert de sa blouse et d'un drap élimé, se devine sans peine.

Elle a maigri et semble presque perdue au milieu de la pièce. J'aimerais la prendre dans mes bras et ne jamais la lâcher. Chaque seconde passée loin d'elle est une torture. Elle me manque chaque minute de chaque heure, de chaque jour. Pourtant, je ne peux pas me résoudre à troubler son sommeil. Alors, le plus silencieusement possible, j'approche le siège de son lit et m'installe à ses côtés.

Malgré mes bonnes résolutions, j'ai besoin de la toucher, alors j'attrape sa main chaude, étendue le long de son corps. Comme toujours, le contact de ses doigts provoque un agréable picotement dans ma paume, qui se répercute doucement dans tout mon corps. Par automatisme, mon pouce se met à caresser doucement la base du sien. Cet effleurement m'apporte une vague de réconfort inattendu. Malheureusement, comme chaque fois, sa proximité me donne aussi des envies de plus, beaucoup plus.

Mais je bride mes appétits si déplacés au regard de la tempête que nous venons de traverser. Ils sont loin d'être à l'ordre du jour. Les médecins, au milieu de leur jargon incompréhensible, se sont montrés plus qu'explicites à ce sujet. Envisager des relations physiques plus « poussées » ne sera pas envisageable avant un bon mois, autant dire un siècle tant j'ai besoin d'elle. Mais son bien-être passe avant tout. Alors il n'est pas question que je me plaigne de quoi que ce soit. Pour elle, j'endurerais mille tortures sans hésitation. C'est étrange cette soif d'elle, ce besoin perpétuel de me perdre en elle. Qu'en unissant nos corps nous atteignions cette plénitude qui n'appartient qu'à nous, renforçant chaque fois un peu plus ce sentiment étrange d'appartenance, d'être enfin chez moi.

Fatigué, je laisse tomber ma carcasse contre le dossier du fauteuil et je me repais du plaisir de la sentir si proche. Bientôt, mes paupières se ferment et je sombre sans vraiment m'en rendre compte.

Je me retrouve dans un nouvel appartement et Jadde est déjà là, un pinceau à la main. Je m'étonne à peine de la situation, plus ou moins conscient que je suis en train de rêver.

À l'autre bout de la pièce, Cam œuvre avec adresse pour repeindre tout un pan de mur dans des tons céruléens. Le pinceau entre les mains, elle s'affaire à transformer notre maison à notre image. La langue coincée entre les lèvres, concentrée à l'extrême, elle est adorable.

Plusieurs minutes s'écoulent sans qu'elle ne se détourne, pourtant je sais qu'elle a senti ma présence, tout comme je devine toujours la sienne. Alors je profite de l'instant pour la contempler une fois encore. Sur l'escabeau, son corps mince s'évertue à rester en équilibre pour rechampir les angles exigus. Elle s'applique pour préserver le plafond du moindre débordement et je suis pris de l'envie irrésistible de la distraire. Au diable les coulures !

Je traverse enfin la pièce, m'approchant de ma proie à pas de velours. Je sais qu'elle me sent bouger parce que sa respiration s'accélère, à l'instar de la mienne. C'est presque imperceptible, pourtant, cette tension, si doucement familière, emplit l'air et m'électrise. Elle peine à dissimuler à quel point ma proximité la trouble même si elle s'attelle à poursuivre son œuvre comme si de rien n'était.

Remarque, elle est loin d'être la seule à ressentir cette attraction croissante et je ne me prive pas de la bouffer des yeux. Il faut dire qu'elle a choisi une tenue attrayante pour bricoler : une large salopette en jean dont l'une des bretelles pend négligemment sur son flanc. Des éclats de peinture parsèment ici et là sa combinaison, mais à vrai dire je le remarque à peine, trop concentré sur la fine brassière qui couvre à peine sa poitrine déjà tendue. Comble de délice, ce minimaliste bout de tissu dévoile bien plus de sa peau dorée qu'il n'en cache.

Ses seins comme ses hanches se balancent doucement et bien sûr, je n'en perds pas une miette.

Je ne suis plus qu'à un pas de ma terre promise, une minuscule enjambée pour la prendre dans mes bras et me gorger d'elle. Mais je ne bouge pas.

Je préfère faire crépiter l'air autour de nous, en la laissant frémir d'incertitude.

Douce attente.

Friande impatience.

Jouissive anticipation.

Les yeux rivés sur le mur, elle n'a pas la moindre idée de ce que je vais entreprendre. Elle est aveugle aussi sûrement que si elle avait les yeux bandés. Et j'aime ça !

Je l'observe, sentant sa fébrilité croître à chacun de ses gestes. Je la déshabille mentalement, retraçant déjà de douces courbes et cartographiant le moindre grain de beauté. Je la connais par cœur et je n'ai rien d'aussi beau que ces formes voluptueuses entre mes mains possessives.

Tandis que je la scrute avec envie, elle passe la main sur son front. Elle cherche juste à repousser une mèche rebelle qui lui tombe devant les yeux et je suis son geste des yeux, en retenant mon souffle.

J'ai presque envie de rire quand elle laisse une traînée turquoise sur son visage. Presque… Mais mon amusement s'étrangle dans l'œuf, quand elle humecte ses lèvres d'un coup de langue machinal. Le général tressaille, et retenir mes mains qui rêvent d'empoigner ses hanches pour la coller au mur pour s'enfoncer en elle relève de la torture.

Je réfrène mes gestes avec difficulté jusqu'à ce qu'elle pousse un petit gémissement. C'est un son doux, presque inaudible, révélant une fébrilité, au moins égale à la mienne, et museler mes bas instincts devient une douce torture.

Moins d'un mètre nous sépare toujours et mon corps la réclame. Je suis ivre d'elle sans même l'avoir touchée. En manque de sa peau contre la mienne, de son souffle dans mon cou, de ses seins entre mes mains lascives. Je la veux, mais je suis patient même s'il est compliqué de se contenir quand la tension dans mon boxer régit déjà le moindre de mes gestes.

La posséder devient ma seule obsession. Elle et moi, seuls, perdus dans le plaisir, mon seul objectif.

Sans qu'elle ne s'y attende vraiment, je pose mes mains sur ses chevilles. Elle tressaute légèrement tandis qu'un courant de chaleur se répand dans mon sang. Je loge mes doigts juste au-dessus de ses pieds nus et remonte avec une lenteur presque insupportable sur ses mollets musculeux. Si son corps s'est tendu à mon contact, elle se laisse faire, sans protester.

Je m'amuse de voir ses gestes si précis devenir plus lents et moins assurés, à mesure que je déploie mes arguments sensuels. Sa chair de poule taquine mes paumes et je jubile. J'effleure sa peau sans vraiment la toucher. Je survole ses jambes, attisant sa fièvre.

Je veux qu'elle me désire, qu'elle ait besoin de moi. Qu'elle ne pense qu'à moi, qu'elle en vienne à me supplier de la prendre parce que je suis le seul à pouvoir apaiser le feu qui brûle en elle. J'aime la sentir en manque, qu'elle ressente aussi vivement que moi ce besoin viscéral de nous unir. Je la veux dans l'attente, aux aguets.

Puis quand vient l'effleurement, elle retient son souffle, augmentant sans le vouloir l'effet de mes caresses. La tension grandit et grandit encore lorsque j'arrive à son genou, et qu'elle réfrène un frisson.

— Brad, lâche-t-elle, en tentant de me mettre en garde… contre mon tourment ? Ma lenteur ? Quelle importance…

Elle paraîtrait plus crédible sans son souffle court et sa voix cassée qui donnent à ses paroles un ton de supplique bien plus que d'avertissement. Mon corps y réagit instinctivement.

Mon cœur s'accélère tandis que ma bouche s'assèche. J'humidifie mes lèvres pressées de goûter le sel de sa peau. Si je pouvais, je l'empoignerais pour ne plus la lâcher, mais je dois garder en tête que l'attente accroît le délice. Et avec elle, je suis devenu un fervent partisan du plaisir différé.

Alors je nous mets au supplice en mettant mon imagination à contribution. Elle va frémir sous mes caresses, haleter sous mes assauts, se cambrer sous mes coups de reins, et bordel, rien que de le savoir je pourrais en jouir, sans même l'avoir touchée ! Le général me fait payer mes pensées lascives, envoyant des salves électriques de plus en plus violentes dans mon bas-ventre.

J'en viens même à me demander s'il est possible de mourir d'anticipation, parce que mon cœur bat si vite qu'il martèle à mes tempes. Mon corps, plus conscient que jamais de son parfum unique, parvient même à occulter l'odeur entêtante de la peinture.

Je crève d'atteindre cette explosion en mille étoiles, ce petit bout d'âme qui passe à travers ses yeux chaque fois qu'elle s'offre à moi. C'est ma récompense, mon saint Graal.

Alors, transcendé par ce but à atteindre, je poursuis mon exploration sans tenir compte de son avertissement.

Décidément, j'adore cette salopette qui me laisse tout l'espace pour agir à loisir ! Mes mains se font plus aventureuses et je longe lentement ses cuisses. L'adrénaline s'instille lentement dans mes veines.

Lorsque son sexe est à portée de main, je fais le chemin inverse, récoltant au passage un geignement de frustration. Lent cheminement, délicieuse torture pour elle comme pour moi.

Quand mon exploration me ramène finalement au centre palpitant de son plaisir, mon genou atterrit sur la première marche de l'échelle. Je ferme les yeux et me délecte de mes lèvres qui se posent doucement sur son flanc. Elle retient son souffle, une fois de plus. Sa peau est chaude contre ma bouche et je m'attarde bien plus que je ne le devrais pour pouvoir garder une once de raison. Enivré par son odeur, je glisse l'arête de mon nez le long de sa peau et elle vient au contact de mes caresses.

Si jusque-là elle avait poursuivi son activité, lorsque ma bouche effleure la naissance de ses seins, un bruit sourd se fait entendre, et le pinceau s'écrase à nos pieds.

— Tssss ! Que tu es maladroite, ma Cam ! m'amusé-je en m'éloignant pour le ramasser. Tu devrais faire plus attention !

Elle me répond d'un regard noir, adouci par un sourire, qu'elle masque avec difficulté. Elle secoue la tête en le récupérant et reprend son travail, dissimulant mal sa fébrilité.

J'attends quelques secondes et reprends mon exploration. Quand elle se met à gigoter dans tous les sens pour m'échapper, je passe mes mains autour de sa taille et la colle contre mes lèvres.

Elle lance l'attaque avant que j'aie eu le temps de deviner ses intentions. Rapide comme l'éclair, elle fend l'air, et je me retrouve avec un grand coup de pinceau en travers du visage. Elle éclate de rire et je sais immanquablement ce qui va suivre. Je me remets debout et resserre ma prise sur sa taille en la faisant descendre.

— Tu vas me le payer…

Je la serre contre mon torse d'une main et je plante la seconde dans le pot de peinture. Le contact avec le liquide visqueux m'arrache un frisson et l'alerte sur mes pensées. Elle essaie de se débattre, mais je la tiens bien trop serrée et en moins de deux, elle se retrouve le cou et le décolleté barbouillés de bleu ciel.

— Tu as osé ! râle-t-elle en tentant de s'essuyer.

— C'est toi qui as commencé ! répliqué-je en éclatant de rire, tandis qu'elle étale plus qu'elle n'efface les traînées de liquide couleur ciel.

Ce que je n'avais pas vu venir, c'est qu'elle plante à nouveau son pinceau dans le pot et m'attaque en prêtresse vengeresse.

À partir de là, nous ne sommes plus qu'attaques et ripostes qui deviennent de plus en plus vicieuses ! Si au début nous nous contentions de badigeonner les zones exposées, maintenant sa main, glissée sous mon t-shirt, augmente les enjeux.

D'un geste rapide, je retire l'indésirable vêtement qui me colle à la peau de façon abominable. La seconde suivante, je détache la bretelle restante de sa salopette en glissant mes mains détrempées sur ses épaules. Le turquoise recouvre déjà les surfaces visibles et ne tarde pas à recouvrir aussi ses seins quand je lui arrache le bandeau ridicule qui lui servait de protection.

Le contraste du bleu sur sa peau dorée est saisissant et étrangement excitant. Mes doigts courent partout alors que la salopette est déjà tombée à ses pieds. Je m'en rends à peine compte, bien trop occupé à contrer les attaques de ma petite guerrière, qui n'est pas en reste quand il s'agit d'étaler son œuvre sur mon torse.

Entre deux assauts, je m'empare de sa bouche et elle de la mienne. Le contact de sa peau barbouillée de peinture rend l'échange aussi familier qu'inédit. Un corps à corps exaltant où nous nous battons pour prendre le dessus, mais ce n'est pas à celui qui terrassera l'autre, mais plutôt à celui qui le rendra fou de désir. Cette petite chipie est très douée à ce jeu-là !

Son corps menu se colle au mien pour mieux me pousser à bout. Tandis que mon jean et mon boxer ne sont déjà plus que de lointains souvenirs.

Les empreintes de mes doigts sur sa peau sont bandantes au possible. Elle est à moi ! hurlent-elles. Et honnêtement, pour un peu, je jouerais bien les King Kong en haut de sa tour ! Et si elle restait ainsi pour toujours ? Voilà une image plus que parfaite !

Reste le problème de cet odieux petit bout de tissu qui cache ma terre promise. Comment se fait-il qu'il n'ait pas déjà disparu ? Il faut dire que ma guerrière a su, jusque-là, détourner mon attention avec un talent évident. Quel homme serait capable de résister à l'assaut de sa langue conquérante, et ses seins pressés contre mon torse ? Mais cela ne saurait durer plus longtemps ! Je dois reprendre les rênes.

Dans un sursaut de machisme possessif, j'éloigne mes lèvres des siennes et coince ses deux bras sur sa poitrine. Puis, dans un même geste, je la fais pivoter sur elle-même pour qu'elle se retrouve dos à moi.

— Tu as voulu jouer, Cam, maintenant c'est à moi !

Sans plus de cérémonie, d'un geste sec j'arrache le dernier rempart qui la protégeait encore. Je m'étonne à peine que ma main jusque-là maculée de liquide bleuté reprenne des allures normales en un clignement de cil, juste avant qu'elle ne se glisse en elle. Notre corps à corps a déjà fait grimper la température et je gémis en la sentant bouillante et prête pour moi. Si elle semble surprise par la rudesse de mon geste, elle n'a pas l'air de s'en formaliser.

Mon pouce effleure son clitoris tandis que mes doigts, logés en elle, commencent leur lent va-et-vient. Pour se venger, elle me met au calvaire en imprimant à son bassin de minuscules mouvements pour venir à ma rencontre. Mon sexe logé entre ses fesses est déjà sur le fil du rasoir.

Je réprime un gémissement quand elle accentue ses gestes pour m'obliger à accélérer. Mais il n'est pas question que je cède. Sa chaleur s'intensifie et son sexe se contracte par intermittence. Je la sens toute proche de basculer, sauf que je l'en empêche en ralentissant encore, retardant ainsi l'inévitable. Elle tente de me faire relâcher ses mains, mais n'y parvient pas. Je veux que son plaisir dépende de ma seule volonté, même si elle n'est pas d'accord.

Plus elle vient au contact, plus je refrène mon ardeur, quitte à me mettre aussi à la torture. Guerrière un jour, guerrière toujours, elle me prend à mon propre jeu en contractant ses fesses musclées autour de mon sexe. Tu vas me le payer, ça ! Petite perverse !

D'un ton qui n'admet aucune réplique, je lance :
— Pose tes mains sur le mur ! De suite !

Chapitre 13

Jadde

Son ordre claque dans l'air, impérieux et violent. Le changement de rythme accentue mon excitation déjà à la limite de la rupture. Comme s'il avait appuyé sur le voyant de ma volonté, tous mes muscles se contractent et j'obtempère sans discuter. Jusque-là, j'ai joué à la forte tête, mais à cet instant, je renonce et lui offre ma reddition sans la moindre hésitation. Je suis en sécurité avec lui, je le sais, aussi sûrement que le soleil se lèvera demain. Le plaisir est à la clef, nous en avons tous les deux parfaitement conscience.

Mon corps est parcouru d'un délicieux frisson tandis que mes paumes se posent sur la paroi encore collante. Il m'oblige à me pencher en avant. Puis, d'un mouvement de genou, il m'encourage à écarter les jambes. Je n'ose imaginer quel tableau je lui offre en me livrant ainsi à lui. Cette idée m'effleure à peine qu'elle s'évanouit aussi sec quand il pose ses mains sur mes hanches.

Il se penche au-dessus de mon corps et murmure à mon oreille :

— On a déjà fait des tas de trucs ensemble. Je t'ai initiée à certains jeux. Cette fois, je dirige, mais tu dois m'arrêter si quelque chose te dérange ou te fait souffrir. C'est une nouvelle expérience, mais j'ai envie de te faire découvrir ce qu'on peut faire quand les derniers tabous s'envolent.

Mon corps tremble parce que je sais très bien de quoi il parle. Comme toujours, il me donne la possibilité de tout arrêter. Je suis maîtresse du jeu et c'est pour cette raison que je le laisse toujours faire ce dont il a envie. Et cette fois ne fait pas exception.

— J'ai envie de toi, Cam. Je veux te pousser toujours plus loin, jusqu'à ta reddition entière et consentie. D'abord ton corps, susurre-t-il en faisant glisser son ongle dans mon dos. Puis ton cœur, ajoute-t-il en raffermissant sa prise sur mes hanches.

La pression de ses doigts marque ma peau tandis que son sexe accentue sa pression entre mes fesses.

— Tu as déjà tout ça, réponds-je avec impatience.

La frustration est là, croissante, depuis qu'il m'a laissée aux portes de la jouissance. Je tente de me déhancher pour obtenir un frottement. Il me suffirait de tellement peu pour basculer ! Je suis presque sûre qu'un souffle d'air serait suffisant.

— Peut-être, ajoute-t-il, pourtant je veux tout ce qui te reste, le bon comme le mauvais, jusqu'à ton âme. Je n'accepterai pas moins que ce que je te donne.

On a beau être au beau milieu d'une séance de sexe débridé, ses paroles font leur chemin dans mon esprit et me transportent. Il se penche à nouveau sur moi et affirme une nouvelle fois tout contre mon oreille :

— Parce que oui, je t'aime à ce point !

Il empoigne ma queue de cheval et m'oblige à tourner la tête dans sa direction, avant de poser ses lèvres sur les miennes. Son baiser est dur, exigeant et prend tout. Il n'admet aucune dérobade, aucun doute. Je suis à lui et il le revendique.

Tandis qu'une de ses mains agace la pointe de mon sein, la seconde a glissé le long de mes hanches pour retourner jusqu'à mon sexe. Oh mon Dieu ! Je suis si proche ! Pourtant, il ne me donne toujours pas assez pour me faire basculer. Les secondes défilent et la tension atteint un seuil où je ferais presque n'importe quoi pour ne pas imploser. Si elle augmente encore, je vais m'embraser spontanément.

Mon corps demande grâce, mes jambes tremblent. C'est insoutenable. Il me possède et fait de moi ce qu'il veut. À la seconde où ses caresses se font plus aventureuses, je sais que je suis perdue.

Il appuie doucement sur le seul endroit qu'il n'a encore jamais possédé. Si je me crispe quelques instants en sentant cette intrusion inédite, les mots doux qu'il me murmure à l'oreille apaisent vite mes appréhensions. En même temps, il peut bien faire de moi ce qu'il veut, j'accepte tout et n'importe quoi, du moment qu'il met fin à cette tension insoutenable.

Si la première pénétration, au travers du petit anneau étroit, provoque une petite brûlure, elle est vite remplacée par d'autres perceptions, toutes plus insensées les unes que les autres. Mon corps s'habitue étonnamment vite à cette nouvelle expérience et en réclame plus. Mes sens sont accaparés par son doigt puis le second, entièrement concentrés sur la barrière interdite.

En un instant, l'expérience hors du commun que nous partagions est devenue autre chose d'incroyable, de vital. Je suis assaillie de toutes parts, avilie, soumise. Pourtant, je ne me suis jamais sentie plus vivante, plus en accord avec moi-même.

C'est un truc invraisemblable de penser qu'il est capable de jouer avec mon corps, aussi aisément qu'un musicien avec son instrument. Il le possède, l'alimente, l'attise pour, qu'à la fin, rien d'autre que lui n'existe.

Il a la mainmise sur mon corps, mon esprit. Et à la seconde où il me murmure qu'il m'aime, je dépose les armes et m'envole.

À partir de là, tout n'est qu'un amas de faits auxquels je ne comprends plus grand-chose. J'ai vaguement conscience qu'il me pénètre en douceur, lentement, sans précipitation.

Il est d'une telle délicatesse, malgré son évidente fébrilité, que les désagréments se transforment vite en chaleur. Un brasier intense qui se consume en une flambée incandescente.

S'il prend possession de mon corps, c'est à mon âme qu'il vient de s'enchaîner. Notre plaisir n'en finit jamais, nous dépasse, nous submerge. C'est une guerre des sens, où nous laissons nos corps ravagés gagner, annihiler tout le reste.

Je lui offre le moindre de mes souffles, chaque battement. Il me donne ce qu'il est, ce qu'il a. La passion nous unit, alimentant le feu sans fin, qui nous marque à jamais. Si nos cœurs s'accordent, en battant au même rythme déraisonnable, nos corps imbriqués se lient pour ne former qu'une entité, un tout.

Tandis que j'accepte cette évidence, les vagues tensions insoutenables se succèdent, et me ravagent encore et encore. Je ferme les yeux, submergée. Mon cœur est prêt à traverser mes côtes, ma respiration est haletante et mon corps est couvert de sueur. Or, je ne prête attention à rien de tout cela.

Il ne reste que lui, son souffle heurté et les bruits saccadés de nos corps humides qui s'entrechoquent et son odeur de musc qui inonde ce qui me reste de conscience.

À l'instant où je renonce à réfléchir, je me tends tout entière. Il hurle mon nom et un deuxième orgasme me terrasse. Mon monde s'arrête. L'extase balaye tout sur son passage, les murs de l'appartement se vaporisent et ne me laissent rien à quoi me raccrocher. Alors je tombe. Je tombe du haut d'une falaise, sans peur, sans doute. Je suis juste heureuse. Je suis à lui, irrémédiablement.

Lorsque je reprends conscience, je cligne des paupières pour me retrouver assise au milieu du lit d'hôpital, le corps en nage, les mains tremblantes. En transe, je suis encore habitée par la fièvre de l'expérience incroyable que je viens de vivre.

Mon regard cherche le sien parce que je sais qu'il est là. Il ne peut en être autrement. Je pourrais en douter, après tout d'habitude, chaque fois que nous avons rêvé l'un de l'autre, nous étions séparés. Pourtant cette fois, c'est différent. Tout est différent. Plus intense. Plus tangible. J'ai perdu la maîtrise de chaque sens volontairement. J'ai contrôlé ma déchéance, rendant cette communion presque mystique.

Lorsque nos regards se croisent, j'ai la certitude qu'il a vécu la même chose. Le bleu de ses iris a laissé place à des pupilles d'ébène, captivantes, qui me dévisagent avec abnégation.

Nous nous fixons longtemps sans rien dire. Notre communion n'a nul besoin de paroles, elles sont superflues.

Je finis par frissonner et il se lève pour me rejoindre. Je lui tends la main, enfin libérée de son carcan de plastique. Elle est encore œdématiée, mais de moins en moins douloureuse. Puis en grimaçant légèrement, j'essaie de m'installer sur le flanc le moins atteint pour lui laisser la place. Quand j'ai enfin trouvé une position supportable, il s'installe face à moi, dans la même position. Le lit est étroit, mais peu importe. Nous avons besoin de cette proximité.

Nous nous observons toujours, lorsqu'il lâche, les yeux pétillants :

— Turquoise donc…

Ça n'a rien d'une question, c'est une simple affirmation, confirmant l'évidence. La part rationnelle de mon cerveau a beau trouver ce lien incroyable, impossible, les faits sont là. Nous sommes enchaînés l'un à l'autre, bien au-delà de la vraisemblance. Il est mon tout et je suis le sien. Et les paroles fantasmées de Betsy prennent vraiment tout leur sens.

— Turquoise, réponds-je en lui rendant son sourire.

En un mot, tout est dit.

La chambre est toujours plongée dans la pénombre et l'aube n'est pas encore prête à se montrer, pourtant je n'ai plus sommeil. J'ai juste besoin que la magie se poursuive encore quelques heures. Malheureusement, dans ses yeux, je la vois lentement disparaître au profit de la réalité, des doutes, des difficultés qu'il affronte seul depuis des jours.

Quand la paix s'est tout à fait évaporée, il murmure, conscient que je me suis déjà calquée sur son humeur :

— Il y a des choses dont je dois te parler !

J'opine, parce que je le savais avant même qu'il n'ouvre la bouche.

— Le jour où tu as été… agressée, murmure-t-il avec

difficulté, comme si même le fait d'y repenser lui était douloureux.

Il s'éclaircit la gorge et poursuit, même s'il a du mal à faire disparaître l'expression de sa souffrance que ce souvenir a fait émerger.

— Amanda m'a rendu visite.

Rien que d'entendre son prénom suffit à raviver ma jalousie. Mon sentiment doit être évident parce que ses lèvres esquissent un semblant de sourire, qui n'atteint pourtant pas ses yeux.

— Qu'est-ce qu'elle te voulait cette fois ?

Il déglutit et détourne le regard. Sans l'avoir exprimé, je connais déjà sa réponse.

— Moi, c'est moi qu'elle veut.

Ma poitrine se crispe avant que mon cœur ne s'agite et s'engage dans une folle cavalcade.

— Avec tout ce qui nous est arrivé ces derniers temps, je n'ai pas eu l'occasion de te parler des difficultés que je rencontre avec mon entreprise.

Je fronce les sourcils parce que je ne vois pas le rapport entre les deux. Son air soucieux m'effraie, alors je me tais pour le laisser poursuivre.

— Tu sais déjà que plusieurs investisseurs m'ont laissé tomber.

— Quel rapport ? ne puis-je m'empêcher de l'interrompre.

Ses yeux m'implorent de le laisser poursuivre, alors je ronge mon frein, en secouant la tête pour l'inciter à continuer.

— L'un d'entre eux n'a pourtant pas lâché prise. J'avoue que j'étais bien trop heureux de conserver son soutien pour m'interroger sur ses motivations. J'ai eu tort. J'aurais dû me poser des questions. Peut-être aurais-je pu anticiper ses attaques ? Pour ma défense, c'est mon plus ancien et fidèle mécène alors j'ai simplement cru en ma chance.

L'évidence du lien entre le problème et Amanda m'apparaît d'un coup. Quand je pose la question, ma voix est devenue sinistre, parce que je devine aisément la réponse :

— Qui est ce bienfaiteur ?

— Amanda.

Sa révélation tombe comme un couperet, parce qu'il y a toujours un gouffre entre le suspecter et l'entendre. J'ai l'impression d'avoir reçu un coup de poing dans la poitrine. Mille questions s'entrechoquent tandis que j'essaie déjà d'estimer les retombées.

Il enchaîne, mais nous savons tous les deux que j'ai plus ou moins saisi ce qui va suivre. J'ai bien trop d'imagination et connais trop bien la nature humaine pour me faire des illusions.

— Je n'en savais rien, je te le jure, reprend-il avec sincérité. Jamais je ne l'aurais liée sciemment à mon entreprise. Elle a investi à mon insu en utilisant des sociétés-écrans. Je pense qu'à l'époque, elle cherchait juste à m'aider et à m'offrir ce dont j'avais besoin pour me développer. Elle me connaît trop bien et sait pertinemment que je ne l'aurais jamais laissée m'aider. Alors elle l'a fait de façon moins évidente. J'ai mis, sans même le soupçonner, le premier pied dans l'engrenage.

La suite ne se fait pas attendre et chacun de ses mots me rapproche du dénouement inévitable. J'ai entrevu ce dont Amanda est capable, je ne doute pas une seconde qu'elle a su parfaitement tirer parti de son avantage.

— Il y a quelques mois, il est arrivé quelque chose de grave dans sa vie, à la suite de quoi elle a commencé à perdre les pédales. Ce qui devait être une aide s'est alors transformée en nœud coulant me liant à elle indubitablement.

La douleur qu'exprime son regard me transperce de part en part, elle a beau se dissimuler derrière un soupçon de regret, je la vois aussi clairement que s'il la criait.

J'aimerais le soulager, l'inciter à se livrer, mais ce serait une erreur. Il cache une part de l'histoire et même si j'ai la conviction que c'est important, il ne me dira rien. Pour l'encourager à poursuivre, j'efface, du bout des doigts, le pli qui barre son front, et caresse sa joue. En réponse, comme pour me remercier, il penche la tête pour accentuer le contact avec ma main.

Quand il reprend, sa détresse et sa vulnérabilité m'ébranlent bien plus que le feraient les plus impétueux accès de colère.

— Elle s'est mise en tête que nous allons faire notre vie ensemble. Elle est prête à tout pour me faire céder. Elle sait qu'en touchant à mon entreprise et à l'avenir de mes employés, elle a tous les atouts de son côté. Elle n'a aucune limite et agit de façon complètement irrationnelle. Elle est capable de tout et n'importe quoi.

Il termine sa tirade par la phrase qui m'achève.

— J'ai peur…

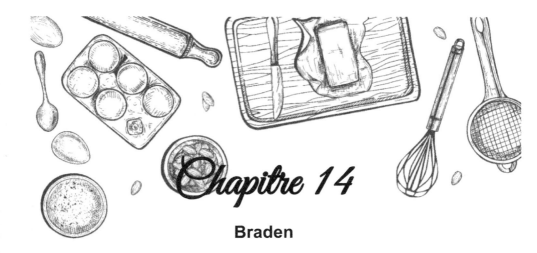

Chapitre 14

Braden

Son visage se décompose. Je sais qu'elle a compris. La situation est complexe et bien plus grave que je ne suis prêt à l'admettre à voix haute. J'aurais pu m'abstenir de lui avouer à quel point je suis terrifié. Mais quel intérêt de lui mentir ?

Je m'en veux déjà suffisamment de ne pas lui parler d'Adam. Je ne vois pas l'intérêt de la blesser plus qu'elle ne l'est déjà. Elle vient de perdre notre enfant, Adam est mourant et je doute que lui renvoyer à la figure une telle réalité soit vraiment très subtile de ma part. En plus, Ad représente le lien ténu qui existe entre Mandy et moi. Lien que je tente en vain d'atténuer, alors je préfère me taire et ne pas m'étendre sur le sujet.

Elle a compris que quelque chose cloche, que je ne lui dis pas tout, mais m'a tout de même apporté son réconfort. Elle est vraiment unique et je ne vois pas comment je pourrais vivre sans elle.

Je suis incapable de la perdre, j'en mourais à coup sûr. En

même temps, comment lui imposer le poids de mes responsabilités ? Mon entreprise a été ma vie. Comment pourrais-je sacrifier la sécurité de tous mes employés, même si c'est pour l'amour de ma vie ?

De toutes les choses qui m'effraient dans cette histoire, la perdre est bien la pire. Pourtant, elle est loin d'être la seule. Aussi surprenant que ça puisse paraître, vu le contexte, j'éprouve, toujours et encore, le besoin de protéger celle qui a été mon amie. Même si je n'éprouve plus que de la pitié pour elle, nous avons traversé trop de choses pour que son sort me laisse indifférent. Si l'on rajoute à cela l'avenir de mes employés et de leur famille, je suis pris dans un marasme sans nom. Comment me sortir de là, en préservant au mieux les intérêts de chacun ?

La situation pourrait se résumer ainsi. Si je tourne le dos à la femme que j'aime, j'en mourais. Si je choisis de mettre en danger mes employés, Ad et celle qui fut pendant tant d'années ma confidente et mon amie, je ne pourrais plus me regarder dans la glace. Sans compter que mon métier est une vraie passion, une part de moi. Comment puis-je faire un tel choix ?

J'ai beau me répéter depuis deux jours qu'il doit y avoir une solution, qu'il y en a toujours une. Je ne vois aucun dénouement heureux à cette sordide histoire. J'ai beau tourner et retourner le problème dans tous les sens, j'en arrive toujours aux mêmes conclusions. Amanda me tient par les « *Corones* », je n'ai aucune idée pour lui faire entendre raison et je ne vois pas comment je vais pouvoir m'en sortir sans devoir en payer le prix.

Pressé de la rassurer, j'essaie de lui expliquer ce que ma foldingue d'ex a prévu.

— Je crois qu'à ton arrivée elle a vraiment compris que je lui échappais pour de bon. Ça n'a été que la mèche qui fait déferler sa folie. Une sorte de détonateur. À partir de là, elle a complètement perdu les pédales. Maintenant, elle me menace de liquider mon entreprise si je ne cède pas.

Son air choqué me prend à la gorge. Ses yeux brillent d'une lueur douloureuse et sa souffrance fait écho à la mienne.

— Mais elle ne peut pas ! Elle n'a pas le droit !

— Elle le prend, sans vraiment me demander mon avis. Elle veut ce qu'elle ne peut avoir. Elle considère qu'en me dirigeant et en possédant mon entreprise, elle me possèdera moi.

— C'est complètement tordu comme raisonnement. Comment peut-elle prétendre t'aimer, en t'imposant un tel choix ? On n'achète pas les gens, bon sang !

— Je le sais, tu le sais. Mais cela fait si longtemps qu'elle agit ainsi qu'elle a oublié que l'on pouvait faire autrement. Même son ex-mari ne s'est jamais vraiment intéressé à celle qui se cache derrière ses millions.

Elle me regarde avec colère, parce qu'une fois encore, je défends mon ex-amie ; or il faut qu'elle comprenne quelque chose d'important.

— Je déteste ce qu'elle nous fait subir et même, parfois, je la hais tout court. Elle n'est pas foncièrement mauvaise, Jadde. Elle n'a jamais eu personne pour la guider et l'aider. Elle s'est construite seule, entourée d'inconnus qui n'étaient là que pour son argent et qui cherchaient avant tout à ne pas la contrarier. J'ai toujours été son exception. Je n'en ai jamais rien eu à faire du poids financier qu'elle représentait. Elle a juste fait ce qu'elle a appris : mettre ses millions dans la balance pour la faire pencher en sa faveur.

— Tu lui donnes raison ? Je ne comprends pas, Brad, elle te pourrit la vie, tente de nous séparer, et tu lui trouves des excuses ! répond-elle incrédule.

— Tu te trompes, Cam. Elle n'a aucune justification valable à mes yeux, mais elle n'est pas la seule à blâmer. Elle a été mon amie et à ce titre, je ne veux pas lui faire de mal, je suis en colère contre elle. Je voudrais même ne jamais l'avoir rencontrée, et je dois composer entre nos vies et la sienne. Je ne pourrais plus me regarder dans une glace si j'agissais comme elle le fait. L'accabler, lui faire du mal, ce n'est pas digne de nous. Je dois trouver une solution et elle implique peut-être que je cède du terrain.

— Lui donner ce qu'elle demande, te sacrifier, nous sacrifier ne peut pas être une solution. Pas après tout ce que nous avons traversé, murmure-t-elle, en baissant les yeux.

Je glisse ma main sous son menton pour affronter son regard, alors la digue qui retenait ses larmes se brise, et son chagrin ravage ce qu'il restait de paix dans mon cœur.

— Ma Cam, j'ai beau retourner la situation dans tous les sens, je ne vois aucune solution qui n'impliquera pas une part de sacrifice. Je t'aime plus que tout, mais je suis responsable de toutes ces personnes. Quel genre d'homme serais-je si je laissais de côté mes responsabilités parce que ça m'arrange ?

Les larmes, qui dévalent déjà ses joues, redoublent. J'aimerais lui dire que tout va s'arranger, mais je suis bien loin d'en être certain. J'embrasse ses pommettes blêmes, tentant, en vain, d'apaiser cette douleur, qui nous mine tous les deux. Lorsque je replonge mes yeux dans les siens, ils ont pris une expression furieuse que je déteste plus que tout.

— Explique-moi ce qu'elle t'impose exactement, murmure-t-elle, en ravalant ses sanglots.

Je lui explique tout, du contrat complètement dingue aux exigences encore plus farfelues sur notre mariage et autres aberrations du genre. Que pourrais-je faire d'autre ?

Si la colère brille dans ses yeux, elle est contrebalancée par la tristesse et la résignation.

— Je t'attendrai, finit-elle par dire, si bas que je dois tendre l'oreille.

Je m'apprête à l'interrompre, incapable d'entendre ce qu'elle se prépare à me dire, mais elle pose son index sur ma bouche, pour m'intimer de me taire.

— Laisse-moi finir, je t'en prie. Je suis prête à t'attendre si c'est ce que tu veux. Quoi qu'il arrive, et peu importe les droits qu'elle revendique ou ses menaces immondes, je suis à toi et le resterai tant que tu voudras de moi. Alors, même si t'imaginer avec elle me fend le cœur, je suis prête à te laisser le temps nécessaire pour que tu puisses préserver ce pour quoi tu t'es tant battu. Je t'aime aujourd'hui, et je t'aimerai encore plus demain. Cela ne dépend pas d'elle. Elle pourra bien faire ce qu'elle veut pour nous éloigner l'un de l'autre, la vérité est ici, affirme-t-elle en posant la main sur mon torse.

J'ai envie de hurler, de lui dire que nous ne devrions pas avoir à choisir, que notre amour ne devrait pas avoir à subir cette nouvelle épreuve. Pourtant, je me tais parce que la situation est si instable que le moindre doute, la moindre erreur de ma part pourrait tout faire basculer.

J'essuie les larmes qui s'attardent au coin de ses yeux, en l'embrassant, pour mieux lui cacher ma colère. Je refuse qu'elle ressente cette ambivalence affreuse que son geste m'inspire.

D'un côté, je me rends compte qu'elle m'aime au point de se sacrifier pour moi. Elle est prête à s'oublier, pour me permettre de sauver ce qui peut l'être.

D'un autre qu'elle soit prête à s'effacer, à m'attendre parce qu'elle pense que c'est ce dont j'ai besoin, ou ce que je souhaite me rend dingue. Comment pourrait-elle être plus loin de la vérité ? Pourquoi ne pas croire plus en moi, en nous ? Comment pourrais-je accepter un tel sacrifice ?

Je donnerais ma vie pour elle, elle m'offre la sienne et je donne à son cadeau sa juste valeur. Pourtant, jamais ô grand jamais, je ne lui demanderais une chose pareille. Le poids qui repose sur mes épaules s'accentue encore. Je dois trouver une solution et vite. L'échéance arrive à son terme dans quatre jours. À cette date fatidique, je vais devoir renoncer à une partie de moi, reste à savoir laquelle…

Désespéré, j'essaie de me concentrer sur l'instant, mes lèvres sur les siennes. La douceur de sa peau et son odeur unique me transportent toujours ailleurs. Je mets dans ce baiser tout l'amour que j'ai pour elle, ma déférence, mon respect, ma colère, autant que ma frustration. Elle me répond avec la même fougue, la même passion. Mes bras l'emprisonnent sans brusquerie, mais j'éprouve le besoin de la sentir tout contre moi, sa peau contre la mienne, ses gémissements étouffés par mes lèvres.

La fusion de nos corps à travers nos lèvres ressemble à l'ancre inébranlable qui me sauve de la dérive. J'ai besoin d'elle, comme j'ai besoin de respirer. Elle m'est vitale, indispensable.

Lorsque sa main encore gonflée se pose sur ma joue, et efface les larmes que je suis incapable de retenir, je resserre un peu plus mon étreinte. Je l'aime à en souffrir.

À bout de souffle, nous nous séparons, nos fronts se retrouvent et nos yeux se ferment. Notre communion est indescriptible parce qu'elle dépasse les mots. Son souffle s'accorde au mien. Ma paume se pose sur sa poitrine et elle imite mon geste. Et là, sous nos doigts, alors que le monde tente de nous séparer, que tout semble se liguer contre nous, nos cœurs chantent d'une même voix. Le chant de notre âme, le chant de l'amour ; un rythme saccadé et unique battant à l'unisson.

Le silence n'est troublé que par nos respirations qui s'apaisent doucement. Longtemps nous restons ainsi, nous imprégnant simplement l'un de l'autre, quoi qu'il arrive dans les jours à venir. Elle et moi ne formons qu'un, et cela est ma seule vérité.

Bien plus tard, quand le soleil vient lentement réchauffer la chambre, nous sommes interrompus par les soignants qui viennent s'occuper d'elle. Je me lève à contrecœur, l'embrasse de nouveau, avant de la laisser aux mains des professionnels qui s'impatientent. Je sors de la chambre en envoyant un message à Malcolm qui me répond, presque immédiatement, qu'il arrive.

De mon côté, je rejoins mon restaurant avec une douleur sourde dans les tripes, comment vais-je nous sortir de là ?

J'enclenche le pilotage automatique tout en réfléchissant à la situation dans son ensemble. Si je dois répondre à ses exigences ridicules, autant le faire en reprenant la main, et je sais très exactement à qui je dois faire appel pour cela.

Je cherche dans mes contacts un numéro particulier. Quand je lance l'appel, je sens ma détermination reprendre le dessus. Je n'ai aucune assurance qu'elle accepte de m'aider. Avant de renoncer, il me faut épuiser toutes mes options et cela commence par elle.

La sonnerie retentit dans le vide à deux reprises, jusqu'à ce qu'une voix familière me réponde avec un enthousiasme non feint.

— Monsieur Miller, quel plaisir de vous entendre…

Chapitre 15

Jadde

Quel est notre point de rupture ? Pourrons-nous affronter, sans vaciller, toutes ces épreuves qui semblent systématiquement se mettre sur notre route ? Nous sommes plus forts ensemble, mais est-ce que ce sera suffisant ?

Voilà autant de questions qui ne quittent pas mon esprit de la journée. Les heures passent, mais je ne parviens pas à trouver l'apaisement. Comment vais-je survivre à notre séparation inéluctable ? Je ne peux pas lui demander de choisir entre cette entreprise qu'il a construite à la sueur de son front, dans laquelle il a mis toute son énergie, sa passion, et moi. Ce serait injuste pour lui et indigne pour nous. Je n'ai donc pas d'autre choix que de m'effacer, au moins pour un temps.

Pourtant je ne compte pas m'enfuir. Je vais me battre avec mes armes. Je serai là, près de lui. Je pourrais ne pas nous mettre à la torture et m'éloigner, mais je suis bien trop égoïste pour ça. J'ai bien trop besoin de lui, de sa force, de son amour pour m'effacer. Je me sens revivre à ses côtés et même si nous devons partager un amour platonique pour qu'il puisse sauver ce qu'il a construit, je n'hésiterai pas une seconde. Les cinq ans à venir vont être une lente agonie, mais pour lui je suis prête à tout si cela signifie le garder dans ma vie.

J'ai envie d'arracher les yeux d'Amanda à la petite cuillère, de la confronter à cette torture atroce qu'elle inflige à Brad. Pourtant au fond de moi, bien loin derrière la rage, je la plains. Elle a beau tenter d'acheter les liens, ils seront éphémères, sans profondeur, et elle ne connaîtra jamais cet amour inconditionnel qui transcende tout. Je l'ai vécu une fois, j'ai aimé Jack profondément. Aujourd'hui, malgré toutes les difficultés que nous traversons, j'aime Braden plus que tout au monde. Il est celui qui correspond à celle que je suis devenue.

Le plus étrange dans tout ça, c'est que je réalise que j'ai suffisamment confiance en moi, en nous, pour affronter le pire. Avec Jack, tout mon monde était basé sur notre couple. Tout tournait autour de nous. Aujourd'hui, les choses sont différentes. Même si ma situation professionnelle n'a jamais été incertaine, que notre parcours est douloureusement semé d'embûches, je vis intensément chaque chose. À deux, nous sommes plus forts, mais c'est avant tout parce que je me sens plus solide que je ne l'ai jamais été.

Il a su réveiller en moi cette force incroyable que j'ignorais posséder, cette envie de vivre plus forte que tout. Et même si demain tout devait s'arrêter, je n'aurais aucun regret. Chaque seconde avec lui a été un concentré de bonheur. Même dans les pires instants, c'est notre amour qui nous a permis d'avancer. Je suis plus confiante, plus sûre de mes choix que je ne l'ai jamais été. Peu importe que nous devions faire preuve de patience, nous y arriverons ensemble.

Résolue, je laisse mon esprit divaguer. Les mois à venir vont être difficiles et je vais devoir me forger une carapace suffisante pour supporter la torture de le savoir avec elle. Pourtant, ça ne m'effraie pas ou plus, parce qu'il m'a donné la force.

D'autres vont vivre des trucs bien pires. Comme Meg qui va devoir user et abuser de courage pour parvenir à remarcher. D'ailleurs, en pensant à elle, il me vient l'envie, aussi soudaine qu'irrésistible, de lui parler. Ces dernières semaines n'ont été qu'une succession d'épreuves pour l'un comme pour l'autre. J'ai besoin de lui dire que, malgré tout ce que nous traversons, notre lien reste inébranlable et qu'elle peut s'appuyer dessus, si elle en ressent le besoin.

J'attrape le téléphone et compose son numéro. En attendant qu'elle me réponde, je sens les fourmis qui m'engourdissent les jambes. J'ai besoin de bouger. J'en ai marre de me languir dans ce fichu lit. Mon corps a beau être encore douloureux, si je reste enfermée ici, je vais devenir chèvre.

La sonnerie résonne toujours dans le vide, je suis prise de remords. J'aurais dû prendre sur moi et l'appeler plus tôt. Quand je bascule sur le répondeur, je raccroche et recommence. Là, je tombe directement sur le répondeur. Donc elle est dans sa chambre. D'accord, elle refuse de me parler. Je ne vais pas lui laisser le dernier mot, je vais l'avoir à l'usure. Je faisais déjà ainsi quand nous étions gosses. Je l'appelais jusqu'à ce qu'elle cède. Cette fois encore, après trois appels restés sans réponse, je reçois un texto qui me redonne le sourire.

[Putain, tu peux me lâcher les baskets et accepter que je n'aie

pas envie de parler ?]

Tu veux la jouer comme ça, Meghan, tu oublies que je ne suis pas du genre à faire ce qu'on me dit. Et encore moins quand je sais que tu te replies sur toi-même et que cela va à l'encontre de ton bien-être.

[Non !]

Elle me répond la seconde suivante :

[Tu ne veux pas me laisser en paix, c'est ça ? J'aurais dû couper mon portable.]

Je rigole toute seule. Meg sans portable… inconcevable !

[Non, je ne vais pas te laisser en paix, et tu n'as pas intérêt à l'éteindre sinon je ramène ma carcasse toute courbaturée et viens te botter les fesses.]

Elle réplique quelques secondes plus tard.

[Courbaturée ? Trop de folie de ton corps raconte !]

J'éclate de rire devant mon écran. Si elle savait !

[Rien à voir, c'est une longue histoire. Maintenant tout va bien.]

Bien entendu, je passe sous silence l'agression, elle n'a pas besoin de subir les détails sordides de mes mésaventures. Du coup, j'en viens au vrai sujet de conversation.

[Comment vas-tu ?]

[Si on me pose cette question une fois de plus, je hurle ! J'en ai marre de toutes ces conneries d'attention. Ils sont tous là à me poser cette fichue question et j'ai envie de leur arracher les yeux ! Tu ne vas pas t'y mettre toi aussi !]

J'imagine parfaitement à quel point elle doit leur en faire baver. Elle n'a jamais supporté d'être malade, alors clouée dans un lit, elle doit frôler le « pétage » de plomb.

[Tu ne m'as pas répondu...]

J'aurais dû parier sur sa réponse, j'étais certaine de gagner !

[Va te faire voir chez les Grecs !]

Je souris

[Tes expressions à la con et toi m'avez cruellement manqué.]

Je sais qu'elle s'amuse aussi quand elle m'envoie, en réplique quasi simultanée :

[☺]

[Trêve de plaisanteries ! ☺Tu vas me donner de tes nouvelles où il faut que je vienne ?]

[Ça va, ça va ! Ils en font des caisses parce que j'ai réussi à bouger un orteil ! Tu vois le genre ! Ridicule ! Il paraît que c'est le signe que l'œdème autour de ma moelle épinière régresse. Tu parles d'une connerie ! La seule chose que je vois, c'est que je ne sens plus rien en dessous de la ceinture et que je ne suis pas prête à remettre mes Louboutin ! C'est un merdier sans nom !]

Derrière son évidente nonchalance, je sens sa souffrance, mais je choisis de ne pas rebondir dessus. Je n'ai aucune solution pour l'aider dans ce domaine, alors autant alimenter son sourire, c'est toujours ça.

[Donc pas de talons aiguille, mais les strings c'est jouable ?]

[Bon sang ! Même ça, c'est compromis, pour l'instant j'ai droit à une sonde, mais dans les mois à venir, je vais devoir apprendre les autosondages en attendant de retrouver mes sensations ! Non, mais tu y crois toi ?! Ils ont l'air de penser que cela devrait s'améliorer, mais pour moi je dis que ça reste à voir. Le seul avantage, plus besoin de réfléchir si je vais prendre ou non un café avant de prendre la voiture ! C'est toujours ça de pris !]

La réalité est parfois difficile à encaisser et l'autodérision bien plus révélatrice que de longs discours.

[De mon côté, je n'aurai plus jamais à prendre de contraceptifs. Tranquille, plus de règles douloureuses et plus de sautes d'humeur. Je pourrai faire l'amour sans avoir à me protéger, et terminé l'angoisse des petits retards.]

C'est abrupt, mais réaliste, peu importe si l'écrire m'arrache une larme. Nous ne sommes pas en train de comparer nos maux pour savoir laquelle de nous deux est la plus à plaindre. Non, là, nous écoutons et comprenons la souffrance de l'autre, à notre façon en tout cas.

Je l'aime comme ma sœur, c'est terrible ce qu'elle traverse. Nous avons deux choix : pleurer sur notre malheur ou masquer la douleur et relever la tête. J'ai choisi le second, elle me dit à sa façon qu'elle fait la même chose et pour l'instant, c'est tout ce qui compte.

[Heureusement, mes mains fonctionnent parfaitement et ma bouche aussi, ça peut toujours servir !]

Je souris de nouveau, chassant loin le sentiment de malaise, qui grandissait devant son silence.

[Il n'y a vraiment que toi pour parler de sexe oral en de telles circonstances...]

195

[☺]

Une minute passe et je cherche comment relancer l'échange, quand je reçois un nouveau message :

[Tu vas venir me voir ? Tu comprends, j'ai besoin de savoir, parce que mon kiné n'a pas encore accepté qu'on m'amène faire les magasins. J'ai beau ne plus avoir que trois poils sur le caillou, il me faut trouver un foulard correct. Tu crois que tu peux faire ça pour moi ?]

Une nouvelle boule se loge dans ma gorge, mais comme la précédente, je me force à la contrôler.

[À la fin de mon shopping, tu en auras tellement que tu pourras les assortir à l'ensemble de ta garde-robe ! Et puis, quand ils vont repousser, tu vas être une sacrée bombe. J'ai lu quelque part qu'il faudrait qu'on le fasse une fois tous les dix ans ☺].

Notre échange se poursuit plus d'une demi-heure, sans fausses excuses, sans « tout va bien se passer » ou autres conneries du genre. Je suis heureuse de retrouver mon amie et chaque seconde de l'échange est un vrai régal. J'ai toujours apprécié son humour, surtout quand elle délaisse son côté politiquement correct.

Malgré notre humour potache, je suis parvenue à obtenir de vraies nouvelles. Sans rentrer dans le détail, elle m'a avoué à demi-mot que la visite régulière de Mick et Tim n'était pas anodine dans l'amélioration de ses humeurs. Évidemment, de son côté, elle ne me laisse pas me défiler. Elle est même parvenue à me faire avouer quelques détails plutôt intimes dont elle est toujours friande. Sans tomber dans le cru, l'évocation des sex-toys n'a rien de hors-sujet, et j'ai mal aux côtes d'avoir tant rigolé.

Quand elle met fin à la discussion pour sa dernière séance de torture de la journée, je me sens bien plus légère. Cet échange nous ressemble. Malgré les épreuves, notre complicité est intacte et j'en suis heureuse. C'est une vraie bouffée d'air pur qui m'a rendu l'énergie nécessaire pour tenter une balade un peu plus longue que la veille.

Tant bien que mal, je parviens à me mettre sur les jambes. Avec un peu d'entraînement, je suis presque certaine que cinq minutes au lieu de dix seront envisageables. J'admets que ce n'est pas brillant, mais la douleur ne passe pas en un claquement de doigts. Au repos, elle se fait à peine sentir, j'attends avec impatience le moment où ce sera la même chose en bougeant.

Je passe me rafraîchir dans la salle de bains, je me sens poisseuse, avec cette chaleur quasi étouffante. Pourtant, aujourd'hui le ciel est couvert et le temps à l'orage, mais la chaleur, elle, n'a pas diminué d'un pouce.

J'asperge mon visage d'eau froide et me délecte de mes mains mouillées qui glissent sur ma nuque. Bon sang, que c'est bon ! Je passe un coup de peigne dans mes cheveux qui ressemblent à un nid de poule. Je crois que je donnerais n'importe quoi pour une bonne douche. Mais bien entendu, les docteurs m'ont demandé d'attendre qu'ils aient retiré l'ensemble des pansements. Je dois prendre mon mal en patience.

Pas simple quand on a l'impression qu'on pue la transpiration à dix mètres. Je continue mon ravalement de façade en évitant soigneusement de croiser mon regard dans la glace. J'ai eu suffisamment d'émotions pour la journée sans avoir à revivre les flashbacks qui me pourrissent la tête.

Dans un sursaut de féminité, j'attrape mon sac sur la table de nuit, passe un peu de gloss et dessine au crayon le pourtour de mes yeux. Je tente même d'atténuer les hématomes autour de mon cou en me fiant plus à la douleur qu'à la vue.

Quand je juge que je dois avoir repris figure humaine, j'enfile une des robes légères que Braden a ramenées à l'hôpital. Par chance, il a eu la présence d'esprit de choisir uniquement des robes qui s'attachent par devant, me simplifiant grandement la tâche. Quel bonheur de retrouver son statut d'être humain et de ne plus être uniquement la malade avachie dans un lit !

Je suppose que c'est pour m'encourager que les infirmières m'ont libérée de mes chaînes en début de journée. Plus de perfusion, enfin !

En prévention, j'avale les deux comprimés d'antalgique qu'elles m'ont laissés à disposition. Fin prête, je m'apprête à sortir, quand des éclats de voix, dans le couloir, m'encouragent à accélérer le pas. Je n'ai besoin que d'une demi-seconde pour comprendre la situation.

Dos à moi, Malcolm barre le passage à une BB au comble de la rage. Rouge de colère, elle tape des pieds, comme un enfant colérique, et exige qu'on la laisse passer. Un lent sourire se dessine sur mes lèvres quand j'entends sa voix trembler et virer à l'aigu. Il ne m'est pas nécessaire de voir le visage de Malcolm pour imaginer son air impassible. Son corps parle pour lui, droit comme un « I », il a déployé sa carrure, dans toute sa largeur et campe sur ses appuis, sans montrer la moindre intention de bouger.

Si j'osais, j'éclaterais de rire en la voyant essayer de le pousser pour passer. Agacée, elle gesticule dans tous les sens, en vain.

Voyant qu'elle n'arrivera à rien, elle serre ses petits poings ridicules et frappe son torse, ce qui ne doit représenter pour lui qu'une simple caresse. Aucun des deux n'a encore remarqué ma présence et je suis à deux doigts de rebrousser chemin en le laissant la mettre dehors par la peau des fesses, quand leur échange m'en dissuade.

— Bon sang ! Arrêtez vos piaillements, c'est absolument insupportable ! clame mon garde du corps, ne faisant qu'encourager la blonde rouge de colère.

— Mais il me faut parler à madame Simmons, c'est important !

— Ce n'est pas en me caressant le torse que je vais accéder à votre demande !

Son teint vire au violet, outrée par les insinuations comiques de mon ami. Elle se retrouve à court de mots, bégayant à tout vent. Malgré son comportement détestable avec moi, je finis par la prendre en pitié et pose une main apaisante sur l'épaule de mon compagnon.

Il me regarde par-dessus l'épaule, et son regard amusé élargit mon sourire. Apparemment, torturer celle qui a été ma tortionnaire le divertit beaucoup. Je secoue la tête pour lui montrer que je ne suis pas dupe, et reporte mon attention sur la femme au tailleur chic, tirée à quatre épingles, qui me toise avec un regard qui glacerait la banquise.

— Il faut qu'on parle, lance-t-elle, d'un ton n'admettant pas de réplique.

Je hausse un sourcil, lui lançant par la même un message subliminal : « mais bien sûr, comme si j'avais quelque chose à vous dire ! »

— Je ne suis pas là pour vous causer des problèmes, affirme-t-elle avec une certaine réticence.

— C'est pourtant la seule chose que vous m'avez offerte jusque-là ! répliqué-je sans hésitation.

Elle a le bon sens de perdre un peu de sa superbe et de baisser la tête, gênée.

— Rien ne m'oblige à vous écouter.

— Nous avons un contrat !

— Rectification, nous *avions* un contrat. Meg n'a pas chômé depuis son réveil, et quand elle a appris votre comportement après son accident, elle m'a guidée pour les démarches et y mettre fin. C'est en cours de procédure et d'ici peu, je n'aurai plus aucun lien avec vous ou votre employeur.

J'exagère un peu l'avancée puisque nous n'en avons parlé que cet après-midi, mais elle n'a pas à le savoir.

— Je m'en doutais, murmure-t-elle en rentrant la tête dans les épaules. C'est pour cette raison que je suis là.

— Si vous comptez m'inciter à changer d'avis, vous vous fourrez le doigt dans…

Elle lève la main pour m'arrêter.

— Ce n'est pas mon intention.

Je penche la tête, surprise.

— Qu'est-ce que vous faites ici, alors ?

Elle pousse ses épaules en arrière, comme pour mettre en avant sa poitrine généreuse, ou pour se donner de l'assurance.

— Je suis venue vous prévenir…

Je prends un air perplexe et attends qu'elle poursuive. Comme elle se tait, je m'agace et lui renvoie avec brusquerie :

— Qu'est-ce que vous racontez, Alison ?

J'emploie volontairement son prénom parce que je sais que cela va l'agacer que j'établisse une telle proximité entre nous. Si j'ai réussi mon coup, elle n'en laisse rien paraître.

— Il ne vous laissera pas partir, il a jeté son dévolu sur vous et ne lâchera pas tant qu'il ne vous aura pas tout pris.

Pendant les quelques semaines où j'ai dû supporter sa présence, j'ai appris à déchiffrer son attitude. La plupart du temps, son arrogance masque grand nombre de ses sentiments. Pourtant, à cet instant, elle laisse transparaître une autre émotion. De la peur. Mais, elle disparaît si vite, que je me demande si je n'ai pas rêvé. Elle reprend son masque de supériorité, et un frisson glacé me traverse.

— De qui parlez-vous ? répliqué-je aussi sec.

Plutôt que de répondre, elle tourne les talons et s'apprête à partir, en lâchant, agacée :

— Je n'aurais pas dû venir.

— Pourquoi l'avoir fait ? lancé-je alors qu'elle n'a pas fait plus de deux pas et qu'elle n'a manifestement aucune intention de me répondre.

Je pourrais lui courir après, mais la vérité c'est que je ne suis pas mécontente qu'elle s'en aille. Contre toute attente, elle s'arrête, et lance, sans se retourner :

— Si je suis celle que je suis aujourd'hui, c'est par sa faute. Pour moi, les dés sont déjà pipés. Vous, il vous reste encore une chance de lui échapper. Fuyez sans vous retourner, fuyez tant qu'il en est encore temps, parce que s'il plante ses crocs en vous, vous n'aurez plus d'autre choix que de vous perdre.

Sur ses dires énigmatiques, elle reprend sa marche sans un regard en arrière. Elle s'engouffre dans l'ascenseur et son regard croise le mien au moment où les portes se referment. Si la défaite anime ses yeux perçants, un sourire étrange étire ses lèvres rouge vif.

C'est seulement quand les portes se referment que je reprends le souffle.

Que vient-il de se passer ? De qui parlait-elle ? Julius McLewis est la première personne qui me vient à l'esprit. Mais il n'est pas le seul. Il y a Alek, même si jusque-là il a été irréprochable. Mais peut-être est-ce quelqu'un d'autre dont j'ignore tout. Il y a tant de zones d'ombres dans ce qui m'est arrivé. Que sait-elle que j'ignore ? Suis-je réellement en danger ? De quelle sorte de menace s'agit-il ?

Je tourne mon regard vers mon garde du corps et son air sinistre me fait froid dans le dos. Qu'est-ce qui m'attend ? Ou plutôt, qu'est-ce qui nous guette encore ? Parce que, si elle dit vrai, je ne me fais aucune illusion, mon entourage n'est pas plus en sécurité.

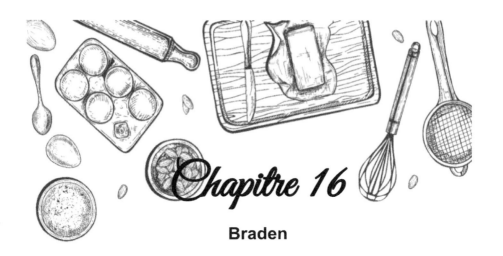

Chapitre 16

Braden

Quatre jours plus tard

Le moment de tous les dangers est déjà là. J'ai l'impression que les derniers jours viennent de passer en un clin d'œil. Je suis dans le couloir de l'hôpital, marchant de long en large, pour tenter de calmer l'angoisse qui me perfore l'estomac. Dire que je suis anxieux est un doux euphémisme. Chaque cellule de mon corps est à la limite de la rupture. Les maux de tête me martèlent les tempes en continu depuis que j'ai pris ma décision.

J'ai fait mon choix.

Même si j'ignore comment je vais survivre après ça, je dois m'y tenir. Dans ma poche, l'alliance me brûle et pèse des tonnes. C'est la pire décision que je n'ai jamais eue à prendre. Comment puis-je trancher entre mon cœur et mon âme ? C'est un dilemme impossible à résoudre, parce que, quoi qu'il arrive, je vais perdre un bout de moi dans l'histoire.

Ai-je vraiment un autre choix que de me sacrifier ?

J'avale la boule qui m'obstrue la gorge en permanence et croise le regard de Jadde en train de rassembler ce qui reste de ses affaires.

La douleur qui torture ses yeux verts est le reflet exact de celle qui brûle dans les miens. C'est un renoncement monstrueux, mais penser que j'avais le choix n'était qu'une illusion. Je détourne la tête, pour lui épargner ma terreur. Elle en a bien assez de la sienne. Que va-t-il advenir de nous ensuite ?

Si seulement nous avions pu ralentir le temps ! Prolonger encore un peu les heures que nous avons passées en silence, nos regards rivés l'un à l'autre.

Nous avons engrangé un maximum de sensations pour pouvoir survivre à la suite. Je me suis repu de son odeur délicieuse, détaillant mille fois chaque note particulière qui la caractérise.

J'ai gravé dans ma mémoire chaque nuance de ses pupilles, chaque paillette d'or qui danse dans ses iris quand ses émotions deviennent trop fortes. Je me suis amusé de sa manie adorable de se mordre l'intérieur de la joue quand elle veut parler, mais qu'elle ne trouve pas les mots pour le faire. Même ses petites ridules au coin des yeux, signant les années qu'elle a passé loin de moi, sont de douces caresses pour mes sens.

À chacun de nos baisers, l'urgence de suspendre le temps se faisait plus pressante. Maintenant, ressasser ces petits bonheurs perdus me torture sans relâche.

À bout de nerfs, je reprends ma marche anxieuse en rabâchant sans interruption : comment vais-je survivre à tout cela ? Aurai-je le courage d'aller jusqu'au bout ?

Alors que j'arrive au bout du couloir, une main sur mon épaule interrompt mon élan.

— Arrête de tourner en rond, gamin, tu es en train de creuser une tranchée dans le couloir ! En plus, tu me files le tournis.

Je le regarde, agacé, et me dégage d'un geste brusque. Je m'en veux immédiatement et son haussement de sourcils, façon inquisiteur, ne fait rien pour arranger les choses.

Suis-je vraiment obligé de reporter ma frustration et ma douleur sur lui ? Je contracte les mâchoires, de plus en plus crispé. Dans ces moments-là, on aimerait à la fois retenir le temps pour garder le présent, et l'accélérer pour que le lancement de la machine et le pire moment de ma vie soient déjà derrière moi.

Je marmonne un vague « désolé » et reprends ma course, hébété, jusqu'à ce que ma Jadde sorte, fin prête. « Ma Jadde », pourrais-je encore l'appeler ainsi dans quelques heures ?

J'accroche à nouveau ses yeux et j'essaie de m'imprégner de sa force et puiser dans son amour.

J'ai pris la bonne décision. C'est la seule chose à faire. J'espère qu'elle comprendra.

Peut-être que si je me le répète assez, je finirai par y croire.

Soucieux de réchauffer mon cœur douloureux, je passe mon bras autour de ses épaules quand elle arrive à ma hauteur, puis dépose un baiser sur sa tempe. Elle s'attarde sur mes lèvres plus longtemps que nécessaire et entoure ma taille de son bras. Dans sa proximité, mon monde se suspend. Nos corps se rapprochent, s'imprégnant l'un de l'autre. C'est tellement injuste que nous ayons à faire un tel sacrifice ! Pourquoi, chaque fois que l'on pense tenir le bonheur, il nous glisse entre les doigts ?

Malcolm nous fait redescendre sur terre en nous avertissant de sa voix de ténor :

— Il faut y aller, les enfants, on va passer par le parking sous-terrain. Ce matin, j'ai vu deux ou trois vautours qui guettaient votre sortie. Pas question de leur donner matière à alimenter leur merde, surtout avec ce que vous vous apprêtez à faire. On n'a pas besoin que vos photos fassent la une.

Je déglutis avec difficulté. L'énormité de ce que je m'apprête à faire me saute une nouvelle fois à la figure. Je m'oblige à avancer, entraînant Cam avec moi. Incapable de la lâcher, nous descendons les étages un à un dans un silence quasi total. Jadde marche lentement et réprime plusieurs fois une petite grimace. Je resserre mon étreinte et elle pose sa tête sur mon épaule.

Si seulement nous pouvions prolonger ces moments pour toujours ! Une fois encore j'engrange les sensations que sa proximité fait naître en moi. Je hume son odeur, me laisse bercer par sa respiration. J'ai besoin d'elle, elle fait partie de moi. Comment m'en passer ?

J'écarte cette douleur sourde qui me broie la poitrine et me force à avancer vers mon destin.

Arrivés à la voiture, un immense 4x4 noir métallisé, j'ouvre la portière et aide Jadde à monter. Malcolm a fait un choix judicieux. Le véhicule est suffisamment haut pour qu'elle n'ait pas à trop se baisser pour s'y glisser. Malgré nos précautions, elle serre les dents quand il faut attacher sa ceinture. Je fais le tour et m'installe à ses côtés. D'habitude, j'aurais probablement pris le siège avant pour éviter l'effet chauffeur, mais je suis incapable de m'éloigner d'elle.

Elle reprend sa place dans mes bras et la voiture démarre. Le molosse a poussé le vice en choisissant une voiture aux vitres teintées. Dans d'autres circonstances, j'aurais trouvé ces précautions ridicules, mais aujourd'hui, après tout ce que nous avons traversé, rien n'entre plus dans cette catégorie.

Le trajet dure une heure, et aucune parole n'est échangée. Jadde regarde sans cesse par la fenêtre, s'évertuant à me cacher sa douleur. J'aimerais pouvoir l'apaiser, je suis à l'origine de sa peine, et je suis totalement impuissant pour la soulager.

Quand la voiture s'arrête devant une immense tour, je ferme les yeux et serre les poings.

Je m'oblige à les rouvrir en entendant le sanglot étouffé de la femme que j'aime. Même si la voir souffrir m'est tout à fait insupportable, je reporte mon attention sur l'enseigne discrète à côté de la porte. Les mots, en lettres capitales, sont autant de plomb qui scelle notre destin :

« SIÈGE SOCIAL ET STUDIOS D'ENREGISTREMENT de la BRITISH BROADCASTING CORPORATION. »

La BBC…

La sueur dégouline le long de mon dos.

J'ai envie de vomir…

Oh mon Dieu ! Qu'est-ce que je m'apprête à faire ?...

Chapitre 17

Jadde

Si Amanda voulait me torturer en affichant sa victoire au monde, elle ne pouvait pas mieux s'y prendre. J'ai l'impression d'aller à l'abattoir, et la douleur de Braden ne fait qu'aggraver les choses. J'aurais aimé que ces derniers jours ne cessent jamais. Nous n'avons pas parlé de son choix, parce qu'il n'y en a pas vraiment un. Que valent notre passion, notre amour face à l'entreprise à laquelle il a consacré sa vie ?

Je suis injuste de simplifier la situation de cette façon. Ce n'est pas sa société qui pèse lourd dans la balance, mais les employés qui œuvrent pour la faire vivre. Il est responsable de chacun d'entre eux tant pour leur sécurité financière que pour leur assurance maladie qui dépend de sa décision.

Si je m'étais résolue à le confronter à un tel choix, je n'aurais plus jamais été capable d'affronter mon image dans la glace.

Pour le rassurer et le soutenir, je lui ai promis de l'attendre. Qu'aurais-je pu faire d'autre ? Sans lui mentir, aucun homme ne trouvera grâce à mes yeux, après lui. Jamais ! Comment pourrait-il en être autrement d'ailleurs ? Les deux hommes de ma vie, ces frères séparés dès leur naissance, ont ce petit quelque chose qui les rend inoubliables.

J'étais prête à subir la souffrance de le croiser tous les jours, sans jamais pouvoir nous toucher. J'aurais pu y survivre, mais c'était avant d'apprendre que même l'option de nous voir nous avait été retirée. Amanda a veillé à nous la prendre.

Remarque, elle n'a pas tout à fait tort, même avec toute notre volonté, nous aurions fini par succomber. Ce lien qui nous unit est si intense qu'il transforme chaque effleurement en caresse, chaque œillade en coulée de lave qui nous échauffe les veines. Comment aurions-nous pu supporter cinq ans sans nous toucher, sans nous embrasser ? Au moins, la coupure franche limitera la torture. Je partirai en veillant sur notre amour le temps qu'il sera à elle.

En disparaissant, j'éviterai de nous torturer encore et encore… C'est mieux pour tout le monde. Après tout, il va être marié à une autre. Comment pourrais-je être le témoin de leur relation ? Rien que d'imaginer Braden la tenant dans ses bras me foudroie sur place, alors en être l'observatrice impuissante… Pourtant, j'étais prête à le subir juste pour être avec lui.

J'ai cru que j'allais défaillir quand il m'a montré le contrat. Cette folle est allée jusqu'à programmer la fréquence de leurs ébats. C'est ignoble. Comment peut-on agir ainsi, surtout quand cela concerne une personne que l'on prétend aimer ? Je n'arrive pas à comprendre. Pour moi, aimer c'est faire passer l'autre et le « nous » avant soi. C'est consacrer son énergie à rendre l'autre heureux. C'est lui offrir les clefs de la paix de l'âme et tout faire pour lui rendre la vie plus belle, quitte à s'effacer, le laisser partir ou se sacrifier. On est bien loin de cette dynamique dans l'esprit tortueux de cette bonne femme.

Elle ignore ce qu'aimer veut dire. Elle cherche juste à avilir, dominer, comme si posséder l'autre lui permettait d'exister, d'avoir de l'importance. Pour être bien certaine qu'il n'y aura aucun retour possible, tout en affirmant sa supériorité, elle lui impose cette atroce mise en scène. En me choisissant pour cible, elle veut nous blesser, mais aussi m'écraser comme un vulgaire moustique. Elle espère probablement qu'en me ridiculisant aux yeux du monde il ne pourra pas revenir vers moi, au risque de se discréditer. C'est complètement tordu, mais parfaitement efficace.

Pourtant, quoi qu'il arrive, il n'est pas question que je lui donne cette satisfaction. Même si c'est mon dernier acte de bravoure, elle n'aura pas cette fierté. C'est tout ce qu'il me reste pour faire face. Intérieurement, je me fais la promesse qu'une fois que j'aurai franchi la porte de la tour de verre, je ne verserai plus une seule larme, et surtout pas face à elle. Je suis forte, plus forte que je ne l'ai jamais été, et je suis capable de relever la tête pour l'affronter. J'essuie rageusement les dernières traces de ma faiblesse. Je dois être courageuse pour lui. Il en a besoin. Je vais lui rendre sa liberté et lui donner la possibilité d'être heureux, même si c'est loin de moi. Ce sera mon dernier cadeau, la preuve ultime de mon amour.

Incapable d'affronter Brad, même si je sens ses yeux braqués sur moi, je concentre mon attention sur la paroi de verre qui nous fait face. Elle reflète notre image, notre lien, notre union, tout ce que je vais devoir laisser derrière moi. Alors je détourne le regard une fois de plus. Je refuse qu'il comprenne à quel point sans lui, rien n'aura plus la même importance. Je n'ai pas le droit de lui faire ça, alors qu'il se sacrifie pour d'autres. Il fait ce qui est juste, même si cela nous laisse sur le carreau.

Amanda a l'ascendant dans la situation, et j'ai beau la haïr de tout mon être, ça ne changera pas grand-chose.

Je prends une grande bouffée d'air et affiche le visage factice de détermination. Il doit me sentir forte pour s'appuyer sur moi. Même si chaque pas me brise, je dois m'atteler à ne rien laisser paraître.

Je ne lui en veux pas d'avoir fait ce choix, c'est Amanda la seule coupable. Elle a si finement joué, le laissant pieds et poings liés. Elle profite de son ascendant.

Pourtant, à bien y réfléchir, derrière ma haine féroce, j'ai presque pitié d'elle. Elle aura beau l'avoir physiquement, son cœur, lui, ne sera jamais à elle, quelle que soit la suite qu'ils donneront à leur histoire.

Quelque peu rassérénée par ce vœu pieux, je décide qu'il est temps d'affronter nos démons. D'un pas résolu, j'ouvre la marche vers notre incontournable destin. Il a besoin de moi, de ma force et j'ai bien l'intention de lui donner tout ce qu'il me reste. Même si chaque pas me brise, je m'attelle à maîtriser le moindre de mes tremblements. La tête haute, les épaules en arrière, j'avance en l'entraînant dans mon sillage, sans défaillir. Même la douleur n'a plus de prise sur moi. J'éteins mes émotions comme je le ferais d'un interrupteur.

Il a pris la bonne décision, voilà la seule pensée sur laquelle je dois me concentrer.

Seul mon rythme cardiaque semble résolu à faire de la résistance. Il a décidé de n'en faire qu'à sa tête et s'accélère, s'opposant au calme maîtrisé que je m'impose. Peu importe… Je m'exhorte à avancer, sans laisser transparaître la moindre faille, j'essaie vraiment de toute mes forces. Je me répète en boucle que j'en suis capable, pour lui.

Comme si, malgré tout Braden avait senti ma détresse, il attrape ma main. Nous montons les quelques marches qui nous séparent de l'entrée, sans qu'il me relâche. Il raffermit même sa prise comme pour trouver la force d'avancer dans notre union. Nos pas sont lents, mais résolus quand nous rejoignons l'équipe de sécurité qui joue les poireaux devant l'entrée.

Je suis d'ailleurs assez surprise par un tel déploiement, même s'il s'agit des studios d'un des plus gros groupes audiovisuels du monde. Entre les quatre agents qui gardent l'entrée et les deux gorilles à l'intérieur du bâtiment qui nous font subir la fouille au corps, je pense que même un commando réfléchirait sérieusement avant de tenter une incursion.

Il nous faut dix minutes pour passer les différents contrôles. Puis nous sommes orientés vers une hôtesse d'accueil qui sera notre guide. C'est en tout cas ce qu'elle nous dit, quand nous arrivons à sa hauteur.

Je devrais être impressionnée d'entrer dans les bureaux de l'une des plus grosses firmes audiovisuelles du monde. Cependant, je remarque à peine la richesse des lieux. L'open-space qui sert de hall d'entrée est grandiose. D'un côté à l'autre, tout n'est que bois précieux et marbre de haute facture. Mais je reste totalement hermétique. Rien du glamour ou de la noblesse n'arrive à apaiser l'amertume qui me consume de l'intérieur.

La seule chose qui m'obsède, c'est que dans moins d'une heure, je vais devoir renoncer au seul homme capable de me rendre heureuse.

Je prends une nouvelle inspiration lorsque nous atteignons les sous-sols où sont regroupés une partie des studios d'enregistrement. Nous poursuivons ma pénitence pour atteindre le plateau sur lequel il doit faire son annonce. Tandis que je rejoins mon purgatoire, j'ai l'estomac aux bords des lèvres, et la bile me brûle vive.

À mesure que nous avançons, nous traversons des décors différents, mais je ne les vois pas vraiment. Ils ne sont que des bords flous aux allures d'enfer, que j'oublie aussitôt traversés. Mes jambes brûlent de fatigue, mais surtout de ce désir viscéral de faire demi-tour. Mais même si tout mon corps se révolte, je ne flanche pas.

Je me raccroche à ce fil invisible pour continuer à avancer, coûte que coûte. Quand apparaît le plateau d'enregistrement, je le regarde avec un espèce d'hébétement ridicule. Comment en est-on arrivé là ? Puis-je réellement le laisser faire ça ? Je le regarde, le corps tendu.

À ce moment précis, je brûle de m'enfuir, déchirée entre ma tête raisonnable et mon cœur qui saigne. Tout en moi se révolte. Pourtant, je laisse mes jambes, en mode automatique, poursuivre leur route en tentant vainement de me cramponner au filet fragile de ma raison.

Je serre les poings jusqu'à sentir mes mains me brûler de douleur et je serre encore plus fort.

Il a besoin de moi, de mon soutien, il faut que je sois forte pour lui. Voilà le mantra du moment, encore et encore, jusqu'à m'en persuader, mais il ne faudrait qu'un rien pour que je cède. C'est tellement difficile.

Alors, cherchant à me raccrocher à du concret plutôt qu'à mon esprit dévasté, je me concentre sur la pièce. Elle est immense. Elle représente l'illusion dans tout ce qu'elle a de plus détestable. Au centre du panorama, le plateau, point de mire de toutes les attentions.

Si l'on fait abstraction des dizaines de petites fourmis affairées à leur tâche, des centaines de mètres de câbles, des caméras et des perches de sons, le tout sur un fond vert, on pourrait presque trouver le salon sympathique. Les scénaristes ont disposé deux grands canapés crème, côte à côte, devant une petite table, sur laquelle sont déjà disposées des boissons. Face à eux, deux fauteuils assortis. Le sol est recouvert d'un immense tapis dans les tons gris, à poils longs, ce qui renforce l'effet cocooning.

Toute cette mise en scène me donne la nausée. Qu'est-ce que je fais ici ? Une nouvelle fois, je suis tentée de tourner le dos, de rebrousser chemin. Partir, sans me retourner, pour ne pas assister, impuissante, à mon exécution. Mais la main de Brad fermement entrelacée à la mienne m'en dissuade, et je repousse mes pensées aussi loin que possible. Repousser mes émotions qui tentent de revenir en surface me demande déjà de puiser dans mes réserves d'énergie. Alors je reste là, stoïque, vide.

Quand une jolie rousse, le sourire aux lèvres, vient à notre rencontre, je l'observe. Ses yeux lumineux et son expression sincère me tirent quelque peu de ma léthargie.

— Monsieur Miller ! lance-t-elle avec enthousiasme.

— Mademoiselle Foussette, heureux de vous revoir, répond mon compagnon avec une certaine réserve qui passe apparemment inaperçue aux yeux de la jeune femme.

Malgré tout, il paraît heureux de la voir, ce qui me pousse à l'observer avec plus d'attention tandis qu'elle nous tend la main avec une assurance un peu surjouée.

Son corps svelte est mis en valeur par un tailleur-pantalon de créateur. Il épouse parfaitement ses formes harmonieuses. Ses cheveux flamboyants, coiffés avec soin, sont remontés en chignon compliqué sur le haut de sa tête. J'ai beau avoir fait attention à ma présentation, je me sens immédiatement négligée. L'air de rien, je tire sur ma tunique vert pâle comme pour la rendre plus présentable. Ridicule !

Loin de mes considérations, elle m'adresse un regard chaleureux, avec une pointe d'envie, en voyant nos mains toujours jointes. Étrangement, son aveu de faiblesse me rassérène presque, enfin jusqu'à ce que la raison de ma présence me revienne en mémoire.

De son côté, elle reprend très vite contenance et dissimule ses émotions derrière un sourire de façade savamment étudié. Elle échange quelques mots avec mon compagnon, sans se départir de sa bonne humeur.

Si Brad est toujours aussi tendu, je ne pense pas qu'une autre que moi le remarque. Il joue parfaitement l'interlocuteur décontracté et sûr de lui. Je n'écoute leur échange que d'une oreille distraite. Je suis bien trop occupée à faire taire les battements de mon cœur qui se font de plus en plus violents, dans ma poitrine.

C'est la question de Braden qui m'oblige à me concentrer.

— Est-elle arrivée ?

— Non, mais cela ne saurait tarder. Je vais d'ailleurs laisser l'équipe vous préparer, pour le plateau.

— Merci de votre aide, Jessica.

Le passage à son prénom n'échappe à personne et elle lui adresse un signe de tête imperceptible en réponse, puis s'éloigne. Même si la jeune femme est toujours restée à la distance professionnelle, je sens entre eux une certaine intimité qui piquerait presque ma jalousie. Enfin, si Brad laissait le moindre doute sur notre lien réel.

Dès que mademoiselle Foussette s'éloigne, les équipes d'ingénierie du son et les maquilleuses se mettent en œuvre pour nous préparer pour la suite. Brad se retrouve contraint de me lâcher la main et m'adresse un regard désolé en s'éloignant. La minute suivante, assise devant un miroir, je lutte contre les éternuements, quand la maquilleuse s'affaire autour de moi, entre poudre et pinceau.

Les minutes suivantes, l'effervescence autour du plateau s'intensifie et on vient nous parer de micros qu'ils fixent sur la poitrine. On me manipule comme une poupée de chiffon en m'adressant à peine la parole et plutôt que de me rebeller, je me résigne un peu plus encore. Décidément, toute cette mascarade est un vrai calvaire.

S'ensuit un épisode grotesque avec la coiffeuse qui tente courageusement de mettre un peu d'ordre dans mes cheveux. Heureusement, elle est suffisamment professionnelle pour ne rien laisser paraître.

Les minutes s'égrènent dans un paradoxe troublant, partagées entre la fébrilité ambiante et cette lenteur exaspérante, qui accompagnent toujours les pires moments de l'existence. Puis, la voilà. La maîtresse de cérémonie. Celle que je hais plus que tout.

À l'instant où cette pimbêche fait son apparition, un vent polaire souffle sur le plateau.

L'empressement ambiant s'accroît.

Mon souffle se coupe.

J'essaie de reprendre une inspiration.

Avant de croiser ses yeux perçants, plein d'arrogance et ma tentative échoue lamentablement.

Elle affiche sa suffisance et son air le plus victorieux et ça me broie les tripes.

Quand elle s'avance dans ma direction, je dois me contraindre à l'immobilité. Je me suis juré de ne rien lâcher et je m'y tiendrai.

Quand elle arrive à ma hauteur, j'amorce un geste pour lui faire face, mais la douleur aidant, je suis trop lente. Grande dame, elle interrompt mon geste d'une main ferme sur mon épaule. Pas besoin d'avoir un doctorat en psychologie pour comprendre que c'est sa façon de me remettre à ma place.

— Ne vous donnez pas cette peine, argue-t-elle en me toisant de toute sa hauteur.

Elle me domine avec l'assurance de celle qui sait que la partie est déjà jouée et qu'elle l'a remportée haut la main. Pourtant, j'affronte son regard et me dégage de sa prise pour lui faire face. Si ce geste, plus prompt, me tire un élancement vif dans les côtes, je retiens ma grimace par pure fierté.

— Jadde, quel plaisir de vous revoir ! lâche-t-elle avec un sourire mesquin.

— Amanda, rétorqué-je sur le même ton, m'abstenant de lui

rendre la pareille. Jouer les hypocrites, ce n'est définitivement pas pour moi. Je préfèrerais cent fois me faire arracher les ongles des orteils, un par un plutôt que d'avoir à la croiser !

— Qui aurait cru que nous nous recroiserions dans de telles circonstances ?

Je crispe les mâchoires. Elle a tout orchestré et elle vient me narguer. Bon sang ! Je ne pensais pas que l'on puisse détester quelqu'un à ce point.

— Vous êtes ridicule, qu'est-ce que vous cherchez à faire ? l'attaqué-je sans réfléchir. Asseoir votre victoire si vilement gagnée ?

Immédiatement après, je me mords la langue, je doute que lui montrer ma colère soit la meilleure stratégie !

— Pour qu'il y ait victoire, il faut qu'il y ait bataille, réplique-t-elle. Or, je ne m'engage que pour gagner.

Je rigole avec une note d'hystérie, lui volant un haussement de sourcil étonné.

— Je crois que Corneille disait « à vaincre sans péril, on triomphe sans gloire », alors épargnez-moi vos sarcasmes idiots et passez votre chemin.

Elle se rapproche de moi, nous laissant à quelques centimètres l'une de l'autre et réplique avec véhémence.

— Qu'importe la gloire, ce qui compte c'est la finalité. Je vous écraserai toujours ! rétorque-t-elle en détachant chaque mot pour appuyer ses paroles.

— Si l'illusion de victoire peut vous satisfaire, ricané-je en réponse.

Piquée au vif, elle me regarde avec pitié.

— Il est à moi, je ne vois pas en quoi c'est une illusion.

— C'en est une, quand il le fait par obligation et non par envie. Vous aurez peut-être sa présence, mais son cœur, lui, sera chaque seconde avec le mien.

— Foutaise ! Vous croyez vraiment qu'il pensera à vous quand il me baisera, qu'il glissera sa queue entre mes cuisses ? Ne soyez pas si crédule, très chère, un homme pense avec son sexe, rien d'autre. Alors que restera-t-il de vous quand il hurlera mon nom ?

Chacun de ses mots est un venin brûlant et je dois faire appel à tout mon self-control pour ne pas lui coller une baffe monumentale. Je doute que me faire arrêter pour coups et blessures soit vraiment la meilleure idée du jour. Je m'oblige à répondre un ton plus bas, sans cacher mon dépit.

— Quand bien même vous auriez raison, avoué-je en déglutissant douloureusement. Il vient vers vous sous la contrainte. On n'achète pas l'amour.

— Vous êtes pitoyable, ma pauvre ! raille-t-elle avec un sourire caustique. J'ai des arguments imparables pour qu'un nous existe et perdure, comme notre enfant par exemple !

Elle m'aurait mis son poing dans le ventre, elle n'aurait pas été plus efficace. Je vacille sous l'impact qui résonne à l'intérieur de mon ventre. Mes yeux cherchent automatiquement ceux de Braden et ce que j'y lis me brise. Il a beau être à l'autre bout de la pièce, il transpire la culpabilité. Amanda, parfaitement consciente d'avoir tapé dans le mille, rajoute d'un ton moqueur, apparemment ravie de m'achever.

— Nous allons enfin être une famille, notre fils, Braden et

moi. Vous n'avez pas votre place. J'espère que vous aurez l'intelligence de vous retirer sans esclandre.

Voilà donc l'objectif de sa démarche : s'assurer que je ne viendrai pas troubler leur petite famille parfaite.

— Votre fils… murmuré-je en posant ma main sur mes lèvres pour retenir un sanglot.

À cet instant, la douleur est si vive qu'elle me broie de l'intérieur m'empêchant de respirer. Mes yeux sont toujours fixés sur Brad, qui est trop loin pour avoir entendu les paroles d'Amanda, mais dont l'air inquiet me tétanise.

Dit-elle vrai ? Si c'est le cas, comment a-t-il pu me cacher un truc pareil ? Qui est-il ? Pourquoi ne jamais m'en avoir parlé ? Plus douloureux encore, pourquoi rester avec moi ? Moi, la demi-femme qui ne pourrait jamais lui offrir le bonheur d'être père. M'aurait-il menti ? Toute notre histoire n'est-elle qu'un leurre ?

Il doit deviner que quelque chose cloche, parce que sans prendre la peine de s'excuser, il traverse la pièce en courant. Mes jambes pèsent des tonnes et je tremble, prise de vertiges. La seule raison qui m'empêche de m'enfuir, ce sont ses yeux bleus hypnotiques plongés dans les miens.

Pour ne pas m'effondrer, je m'appuie de toutes mes forces, sur le dossier du fauteuil installé devant la coiffeuse.

— Amanda, fait-il claquer dans l'air quand il arrive à portée de voix, avec ce qu'il faut de menace pour qu'elle se retourne dans un geste.

— Braden, mon chéri.

Son attention se reporte immédiatement sur moi, lourde de menaces, quand elle constate que les yeux de Brad sont braqués dans ma direction. Mais je le remarque à peine, toujours concentrée sur l'homme que j'aime.

— Jadde ? m'interroge-t-il, visiblement inquiet.

— Ton fils… murmuré-je, incapable de dire autre chose.

Il me regarde avec intensité cherchant visiblement à savoir de quoi je parle. Il détache ses yeux des miens pour reporter son attention sur elle.

De son côté, elle me dévisage toujours avec cette supériorité étouffante qui me transperce. Mes pupilles affolées passent de l'un à l'autre pour tenter de trouver des réponses, une explication. Qu'ai-je manqué ? Me serais-je trompée ? Pourrait-il m'avoir menti ?

Chapitre 18

Braden

Je mets plusieurs secondes à traverser la pièce. Plusieurs secondes interminables pendant lesquelles je vois le doute s'installer dans ses pupilles gorgées d'adrénaline.

J'aurais dû intervenir plus tôt, venir m'interposer entre elles dès qu'Amanda s'est approchée, mais je sais Jadde parfaitement capable de se défendre. Alors j'ai attendu.

Mon instinct protecteur m'a pourtant incité à ne pas la quitter des yeux. Quand son visage s'est décomposé et qu'elle a cherché des réponses dans ma direction, ce fut aussi violent que si j'avais été percuté par un train à grande vitesse. J'ai couru pour la rejoindre, au mépris de toutes les règles de sécurité des plateaux, sans penser aux conséquences de ma réaction pour la suite. Je devais la soutenir, lui apporter mon aide. C'était ma seule priorité.

À mon arrivée, j'ai tenté de stopper mon ex, de l'avertir qu'elle prenait un vrai risque en s'en prenant à Cam, mais c'est à peine si elle a réagi. Je l'ai entendue évoquer mon fils.

Surpris, j'ai d'abord pensé à l'enfant que nous avons perdu. Sa réaction paniquée et sa fêlure évidente m'ont fait douter. Puis j'ai entraperçu l'attitude suffisante d'Amanda et le lien s'est fait. Une chape de culpabilité s'abat alors sur mes épaules. Une fois encore, Amanda utilise tous les moyens pour s'insinuer entre nous. Elle lui parle d'Adam, s'en servant sans vergogne pour mettre Jadde à terre. Je n'en reviens pas qu'elle en arrive à de telles extrémités ! Pourquoi suis-je encore surpris de sa bassesse ?

Une micro seconde plus tard, je croise son rictus pervers et comprends qu'elle sait pour la fausse couche de Jadde. J'ignore de quelle façon elle s'y est prise, mais elle a appris pour sa stérilité. Elle utilise cette information pour prendre l'avantage et je la hais plus que tout pour cette raison.

La scène semble se jouer au ralenti. Je reporte mon regard sur la femme que j'aime, percevant sa douleur et sa blessure face à mon silence. Même si j'ai tu l'existence d'Ad pour la protéger, à cet instant, elle ne voit que ma trahison. Je le sais, je le sens.

Seulement voilà, pour l'instant, j'ai les mains liées, alors je tente de rassurer Jadde, tout en conservant à l'esprit que nous sommes, sur un plateau de télévision, entourés de journalistes qui se feraient un plaisir de mettre Adam en première page.

— Jadde, l'interpellé-je en bougeant simplement les lèvres sans qu'un son de sorte de ma bouche.

Elle semble le voir et accroche mon regard. Elle est blessée, en colère. Même si son attitude de repli me fait mal, je ne lui jette pas la pierre. J'ai eu tort de me taire.

En même temps, le doute de ses traits me blesse. Croit-elle vraiment que si j'avais un enfant je le lui aurais caché ?

Quand je reprends la parole, je m'adresse à Amanda tout en défiant Cam de me faire suffisamment confiance pour lâcher prise.

— J'ai beau adorer Adam, ce n'est pas mon fils, mais le tien.

— Ce n'est qu'une question de terminologie, affirme mon ex, avec une pointe d'agacement. Tu étais là le jour de l'accouchement, tu l'as tenu dans tes bras quand il a poussé ses premiers cris. Tu m'as accompagnée pour tous les rendez-vous importants, et plus important que tout, tu l'aimes. Alors la question de sang est ridicule. Tu es son père, même si tu t'en défends. Les choses vont changer. Nous allons enfin reformer une famille. Plus jamais nous ne serons séparés.

Jadde semble enfin comprendre la supercherie, même si l'expression trahie ne disparaît pas totalement.

Alors que je m'apprête à répondre, je suis interrompu dans mon élan par une main qui se pose sur mon épaule.

Je tourne les yeux vers Malcolm qui se tient juste derrière moi. Son regard déterminé me ramène à l'instant. La situation pourrait rapidement s'envenimer et se compliquer encore si je ne me contrôle pas.

Il sait tout. Hier, alors que je relisais pour la centième fois cet affreux contrat, je lui ai révélé toute l'histoire et mes intentions. Il m'a écouté, choqué, pour conclure par une phrase que je n'oublierai jamais : « Toutes les bonnes décisions demandent leurs lots de sacrifice ».

Puis, avant de partir, la tête basse, il m'a dit qu'il ferait tout son possible pour m'aider. Et c'est exactement ce qu'il fait à cet instant, en m'empêchant de m'emporter. J'obtempère à sa demande silencieuse et serre les dents en m'obligeant à relâcher mes poings blanchis par la colère.

Jadde nous regarde sans comprendre. Pour l'instant, je ne peux rien faire, pas encore, pas maintenant, peut-être jamais.

Chapitre 19

Jadde

Un sentiment passe dans le regard de Braden et je me retrouve face à un choix. Dois-je le croire, lui faire confiance et accepter de ne pas tout savoir, de lâcher prise, juste parce que ses yeux me supplient de le faire ? Ou, au contraire, suivre mon instinct de préservation et creuser, en exigeant des réponses, pour contrôler ce qui peut encore l'être ?

Le poids des non-dits pèse sur mes épaules, pourtant même si ma raison me mène vers la dispute, mon cœur lui repousse mes hésitations. J'ai confiance en lui. Après toutes ces épreuves que nous avons traversées côte à côte, comment pourrais-je douter de lui ?

Mon attention se reporte sur la peste qui me regarde avec son expression vindicative. Elle attend la moindre faille de ma part, pour s'y engouffrer. Elle a même l'air ravie de son petit coup d'éclat, elle est convaincue que je vais exploser. Pourtant, je me contente de la regarder, avec toute la pitié qu'elle m'inspire et je me détourne sans un mot.

J'ai le temps d'apercevoir une lueur de déception dans son regard transperçant. Je m'éloigne d'un pas déterminé pour rejoindre le plateau, comme si, subitement, il n'y avait que cela qui importait. Au passage, je pose ma main sur l'avant-bras de Braden en lui adressant une petite esquisse de sourire confiante, mais douloureuse. Peu importe la raison de son silence, il a fait un choix et je l'accepte. Après tout, il s'apprête à me quitter pour elle alors qu'ai-je à perdre ?

Je marche d'un pas lent jusqu'au centre de la pièce, tandis que la souffrance me vrille le corps. Je sais bien que malgré tous mes efforts je ressemble à un condamné qui avance vers l'échafaud.

Je ferme les yeux, une demi-seconde, avant de m'asseoir sur l'un des canapés que m'indique l'équipe technique. Le corps aussi douloureux que l'âme, ma poitrine se serre et je retiens un geignement d'abattement.

Droite comme un « I », je m'oblige à relever la tête et à faire taire les battements qui pulsent dans mes tempes. Peu après, le reste de la scène se met en place. Amanda est installée sur le second canapé pendant que mademoiselle Foussette et Braden s'installent côte à côte sur les fauteuils.

La reine des glaces, comme un Satan du haut de son trône, continue à dominer son monde du regard. Sa prestance et son assurance l'entourent d'une aura de certitude aveuglante. Elle rayonne littéralement. Tandis que j'ai la sensation abominable de n'être que le simulacre de moi-même.

L'éclat aveuglant du soleil contre la pâle lueur de l'ombre, je n'ai pas la moindre chance.

Le plateau se vide rapidement, ne laissant plus sur place qu'une poignée de professionnels. Je ne m'en étonne pas vraiment, habituée à ce genre d'artifice. Quand le silence se fait, je ne peux plus reculer. Le précipice va s'ouvrir sous mes pieds et plus rien ne pourra me retenir de m'écraser.

L'interview commence et j'ai l'impression que mon cœur comme mon souffle restent en suspens. L'heure fatidique est venue. Dans quelques secondes, mon monde et mon cœur vont se briser de concert.

— C'est avec plaisir que j'accueille aujourd'hui le chef le plus couru et titré de l'est des États-Unis. Sa présence sur un plateau de télévision est déjà exceptionnelle et c'est un honneur qu'il m'ait choisie pour l'interviewer. Merci d'avoir accepté mon invitation, Braden.

La jeune journaliste ne paraît pas aussi à l'aise à l'écran que l'on pourrait s'y attendre, mais elle donne relativement bien le change. Elle sourit à mon compagnon en croisant et décroisant ses mains pour masquer ses petits tremblements. Pour un peu, j'aurais envie de lui apporter un anxiolytique.

— Merci à vous de m'avoir invité, répond Brad avec une certaine tension.

Elle attrape ses feuilles, comme pour se donner contenance, et commence son monologue par un petit rappel sur son parcours professionnel. Elle parle de sa réussite, du rêve américain dans toute sa splendeur, elle n'hésite pas à mettre en avant les critiques les plus élogieuses de ses paires et malgré la situation, mon cœur se gonfle de fierté. Vu la façon dont elle évoque ses talents prodigieux pour l'art culinaire, je suis certaine qu'elle y a déjà goûté.

J'écoute Brad lui répondre avec attention. Comme toujours, même dans ces circonstances dramatiques, il s'illumine de l'intérieur quand il parle de son art. Il met son équipe en avant, ne s'attribuant que peu de mérite sur la réussite de son entreprise. J'aime cette capacité qu'il a de mettre les autres en avant alors que personne n'est dupe. S'il a réussi, c'est uniquement parce qu'il a un talent de dingue et un esprit visionnaire. À sa façon, il est un peu magicien.

À l'écouter parler ainsi, je pourrais presque oublier les circonstances, enfin si la Reine des glaces ne s'acharnait pas sur l'accoudoir du canapé avec impatience.

Braden, fidèle à lui-même, n'a aucun effort à fournir pour subjuguer l'assemblée. Chaque femme du plateau est suspendue à ses lèvres et je jurerais entendre les soupirs d'envie quand il passe négligemment sa langue sur ses lèvres sèches. Il ne fait pourtant rien pour alimenter l'admiration, il est lui-même et c'est suffisant.

Je sors de mon état hypnotique quand la jeune femme lance les premières hostilités.

— Vous n'êtes pas un habitué des plateaux de télévision, pourquoi avoir accepté notre invitation ?

— Vous avez raison, je suis bien plus dans mon élément derrière des fourneaux que sur un plateau. Mais j'ai une requête spéciale à formuler pour une femme exceptionnelle et je voulais rendre cette prière inoubliable.

Ces paroles, comme de l'acide, me rongent de l'intérieur. Je sais pertinemment que ce n'est qu'une mascarade, pourtant chaque mot me blesse, sans commune mesure. S'il est mal à l'aise, je ne m'en rends compte que parce qu'il évite sciemment de regarder dans notre direction. La garce sur le canapé d'à côté se rengorge déjà. Elle se pavane et j'ai des envies de meurtre.

— Elle en a de la chance, se contente de répondre la journaliste, en rosissant légèrement.

La jeune femme laisse passer une seconde de silence avant de poursuivre avec détermination.

— C'est pour cette raison que vous invitez ces deux femmes ?

— Exactement, s'amuse-t-il avec humour.

— Deux ? N'y en aurait-il pas une de trop ?

Braden lui sourit, mais la gaieté n'atteint pas ses yeux.

— Assurément ! Et croyez bien que je ne repartirai au bras que de l'une d'entre elles.

Brad n'a pas l'air vraiment surpris de la question pour le moins indiscrète de la journaliste. Auraient-ils préparé un scénario crédible pour expliquer notre présence ici ? Quand la journaliste poursuit, mes espoirs de ne pas attirer l'attention sur moi s'envolent en fumée.

— Si vous me le permettez, je voudrais prendre le temps de les présenter.

Il opine et elle se lance sans attendre :

— À ma droite, j'ai l'honneur d'accueillir Amanda Walkins, jeune héritière de l'empire WD Entreprises.

La garce lui adresse un signe de tête, assorti d'un sourire de façade, apparemment agacée que la journaliste lui fasse perdre son temps.

— À ma gauche, j'ai le plaisir de recevoir miss Simmons, jeune virtuose des mots, venue tout droit de France pour nous faire découvrir son univers littéraire d'une rare richesse. Je ne devrais pas le dire, mais je suis une grande fan.

Je m'amuse sous cape, reconnaissante de sa diversion. Sa

candeur est rafraîchissante même si pour être honnête, je préfèrerais me jeter du haut d'un pont plutôt que d'être ici.

Amanda bouillonne et cela rend la jeune femme plus sympathique encore. De plus en plus agacée, mon adversaire retient de justesse une moue dédaigneuse.

Indifférente, la journaliste poursuit son interview, sans se laisser distraire par la mauvaise humeur de ma voisine.

— Nous sommes curieuses, Braden, pourquoi avoir choisi une telle mise en scène ?

Il ferme les yeux comme pour se donner du courage et braque le regard dans notre direction. Ses yeux passent de l'une à l'autre en s'attardant sur les miens. Puis il se lève sans répondre…

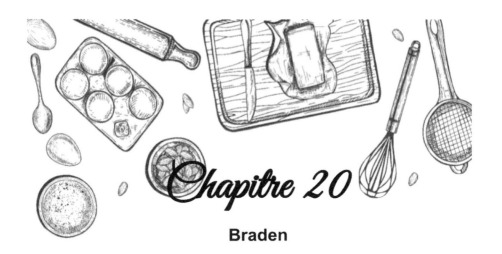

Chapitre 20

Braden

C'est maintenant que tout se joue. Je m'approche pour faire face à ces deux femmes, qui représentent à la fois mon passé, mon présent et mon futur. Je me déteste pour ce que je vais faire, mais ai-je vraiment le choix ?

Je contourne la table basse vers la droite, j'ai le cœur qui bat à tout rompre. Je m'arrête devant Amanda, dont le sourire félin s'étire avec une satisfaction perverse. Je la regarde dans les yeux. Elle est belle. Elle l'a toujours été. Sa beauté parfaite ne m'a jamais vraiment ému, pourtant ses formes gracieuses et son regard insondable m'ont toujours paru familiers. Longtemps, j'ai vu en elle, une amie, une compagne de route, une confidente.

Elle était là à la mort de ma mère, elle m'a épaulé, soutenu alors que tous les autres attendaient de moi que je leur offre ma force. D'une certaine façon, elle a été à l'image du troisième pied d'un chevalet, elle m'a empêché de m'effondrer. J'ai aimé celle qu'elle était ; Mandy, l'amie fidèle, la gardienne de mes douloureux secrets. Celle que j'ai toujours été incapable de tenir à l'écart de ma vie. L'arrivée d'Adam n'ayant fait que renforcer notre interdépendance.

Nos destins sont liés. C'est aussi évident, notre affection est ancrée en moi, même si aujourd'hui, après tout ce qu'elle a fait, j'aimerais m'en défendre. Elle a perdu les pédales, cherchant par tous les moyens à sauver ce qu'elle prend pour de l'amour. Et j'ai parfaitement conscience qu'elle n'agit que par désespoir.

Mais tout cela est définitivement terminé. Elle va devoir assumer, même si cela signifie que la confronter m'obligera à m'abandonner en partie. Je déteste ce qu'elle me force à faire, ce qu'elle m'oblige à devenir, mais je ne serai pas son pantin, j'en suis incapable.

Notre échange silencieux dure plusieurs secondes. À mesure que le temps s'égrène, son sourire vacille et vire progressivement en un rictus douloureux puis en colère, quand je la délaisse tout à fait.

Mon corps, attiré comme un aimant par Cam, s'avance déjà vers elle. Ses yeux douloureux et pleins d'incompréhension croisent les miens. Elle ne saisit pas ce qu'il se passe et c'est bien normal. J'ai tout fait pour qu'elle ne se doute pas, une seule seconde, de la suite.

J'ai besoin de marquer définitivement son esprit, qu'elle comprenne que jamais je ne serai capable de vivre sans elle.

Je suis déterminé à délaisser celui que j'ai été pour me reconstruire à ses côtés, à accepter l'inacceptable, juste parce que je l'aime.

Je fais un pas de plus dans sa direction, oubliant tout. Ne

laissant que nous et ce choix couru d'avance. Pour moi, ça a toujours été une évidence, je lui appartiens corps, cœur et âme. Rien ni personne ne pourra changer cela.

Sans jamais détourner les yeux, je tombe à genoux. Si j'entends le cri horrifié d'Amanda, il s'estompe comme le plateau de tournage et tous ses occupants. Ne reste qu'elle et moi, immergés dans notre bulle.

— Jadde, mon amour. Je fais ce choix aujourd'hui parce que j'ai la certitude absolue que je me suis réveillé d'une longue et fade agonie quand tu es apparue dans ma vie. Aujourd'hui, aussi incompréhensible que cela puisse paraître, je serais incapable de respirer sans ta présence. J'ai failli te perdre deux fois et, jamais, je ne souhaite renouveler l'expérience. Alors si t'aimer demande que je me déleste d'une partie de celui que j'étais, je le fais, sans la moindre réserve et sans hésitation.

Les yeux pleins de larmes, elle pose sa main sur ses lèvres pour étouffer un sanglot. Son autre main est posée sur ses jambes, serrée en un poing blanchi par ses émotions contenues. Je pose ma main sur la sienne, qui se relâche automatiquement et nos doigts s'entrelacent.

— Je ferai de toi ma femme, peut-être pas demain, ni dans un mois, ni même dans un an. Mais tu le deviendras parce que c'est écrit, aussi sûrement que notre rencontre ne doit rien au hasard.

Je passe la main dans ma poche pour sortir l'écrin que j'ai conservé précieusement depuis la mort de ma mère. La première larme s'échappe quand je l'ouvre. J'ignore comment, mais ma mère savait. Elle soupçonnait que mon destin n'aurait rien d'ordinaire, que mon âme n'appartiendrait définitivement qu'à une seule femme.

Elle me l'avait dit, sans prononcer le moindre mot, juste en m'offrant ce cadeau, dont je n'ai vraiment compris le sens qu'en rencontrant ma moitié.

D'une main tremblante, Jadde passe ses doigts sur le bracelet de platine dans son écrin de soie. Si le maillon du jonc est tout simple, le motif qui l'orne l'est beaucoup moins. Un attrape-rêve un peu particulier parce qu'en son centre s'épanouit une petite fleur de camélia.

— Je ne te le demande pas aujourd'hui, mais je t'en fais la promesse. Aussi sûrement que le soleil se lève le matin, qu'une journée se termine pour offrir la place à une autre, que le temps défile sans que nous n'ayons aucune emprise dessus, tu deviendras mon épouse, la mère de nos enfants.

Ses yeux s'emplissent de larmes et ma voix se fait plus rauque quand je termine ma tirade.

— Ma Cam, mon amour. Je veux que tu comprennes que mon choix n'est pas un sacrifice, juste une évidence. S'il ne doit te rester qu'une seule certitude, c'est que je t'aime plus que ma propre vie.

Ses larmes s'intensifient et je passe ma main sur sa joue pour les effacer. Elle me regarde dans les yeux, submergée par l'émotion et penche la tête pour accentuer la pression de mes doigts…

Chapitre 21

Jadde

La raison voudrait que je lui réponde, que je dise quelque chose, que peut-être je proteste. Je mesure parfaitement ce que m'aimer, envers et contre tout, lui demande d'abandonner. Il m'offre tout ce qu'il est, sans restriction, sans réserve. Je sais que je devrais parler, pourtant rien de ce que je pourrais dire ne sera à la hauteur de l'émotion qui enfle dans ma poitrine. Mais cela n'a pas d'importance, parce que dans le silence des mots, les yeux dans les yeux, je lui avoue que je l'aime de la même façon.

Sa main sur ma joue devient mon ancrage et signe ma rémission. La confiance absolue que je lis dans ses yeux me livre les dernières réponses. Tant que nous serons ensemble, nous lutterons, nous avancerons, sans jamais faiblir. Il a choisi notre couple, en toute connaissance de cause, maintenant il me demande que nous nous dressions ensemble pour affronter les conséquences. Comment pourrais-je le laisser tomber ?

Le monde extérieur n'existe plus. Il ne reste que nous, notre univers, nos choix et notre amour. Pourtant, nous n'avons pas le temps de nous remettre de nos émotions qu'un hurlement strident nous sort de notre transe. La détresse, la violence du cri me transpercent de part en part.

— Tu ne peux pas ! Tu n'as pas le droit ! Je ne te laisserai pas partir ! J'ai le contrôle ! J'ai toujours le contrôle ! Tu n'es pas en position de la choisir !

Amanda hurle en renversant la table qui s'échoue lamentablement à plus d'un mètre de là, son visage déformé par la colère. Elle n'est plus l'éternelle souveraine, sûre d'elle, et maîtresse de ses gestes. Ne reste que la femme blessée et trahie.

— Tu ne peux pas me laisser, j'ai le pouvoir de te briser, affirme-t-elle, accusatrice en braquant une liasse de papier dans notre direction. Chaque choix, je l'ai fait pour nous, pour le futur de notre famille. Tu veux anéantir tous mes efforts pour une amourette de passage. Elle n'est rien, un moustique insignifiant, une pseudo-écrivaine de pacotille, une saltimbanque.

Elle va et vient en vociférant. Ses yeux me mitraillent et si elle avait une arme sous la main, je serais déjà en train d'agoniser, criblée de balles. Braden se relève, sans lâcher ma main, pour affronter une Amanda hystérique. Son corps est tendu, mais étrangement serein. Il est assuré que je ne vais pas lâcher, que je vais le suivre, quoiqu'il arrive et cela semble lui suffire.

— Jadde est ma clef et non le nœud du problème. Tu vis dans un monde où tout n'est qu'apparence, possession, paillettes et poudre aux yeux. Tu es passée complètement à côté de la force et la valeur des sentiments. Tu ne peux pas posséder les gens à la seule force de ton argent, annonce-t-il sans ménagement. L'amour, l'attention, l'affection, le respect ne s'achètent pas.

Il détache chaque mot pour les lui cracher à la figure avec une véhémence brutale. Elle s'arrête face à lui et je vois dans ses yeux qu'elle dérape. Un rempart s'effondre.

— C'EST FAUX ! Tout n'est qu'une affaire d'influence et d'argent. Tout s'achète, tout se monnaye ! Il suffit d'y mettre le prix !

Il secoue la tête, affrontant sa colère, sans tiquer. Quand elle poursuit, un courant glacial traverse mes veines. Bon sang ! Mais qu'a-t-elle fait ?

— Après tout ce que j'ai fait pour t'avoir ! Tous les risques que j'ai pris ! Je ne te laisserai pas partir. Jamais ! Tu crois que je vais hésiter à démanteler ton entreprise ? Je vais tout te prendre, il ne restera rien. Et tu reviendras vers moi, en rampant pour que je te reprenne. Ta salope ne résistera pas bien longtemps quand vous serez sous les ponts.

Aussi rageuse qu'elle, je me lève, oubliant jusqu'à la douleur de mes côtes. Je suis tellement en colère contre cette folle furieuse que si Brad ne me passait pas une main autour de la taille pour me retenir, elle aurait reçu depuis longtemps une gifle monumentale, à la hauteur de ma rage. Au lieu de quoi, Braden m'enferme dans l'étau de ses bras et lui rétorque avec conviction :

— Cela n'arrivera jamais. Même du haut de tes millions, tu n'as pas le pouvoir de décider à ma place. Quoi qu'il arrive, je ne reviendrai pas, tu es allée trop loin, cette fois.

— Allée trop loin ? ricane-t-elle avec folie. Tu es loin d'imaginer jusqu'où je suis prête à aller. J'ai déjà franchi toutes les limites, et je serai prête à recommencer !

D'un geste rageur, elle fait signe que nous sommes bien loin d'imaginer ce qu'elle est capable de faire, puis elle poursuit en vociférant toujours comme une dingue.

— Penses-tu vraiment que je vais me contenter d'un non ? Ta vie dépend de moi, ton monde tourne autour de notre famille et tu voudrais que je renonce ? JAMAIS !

Elle rit, hystérique, tandis que chacun de ses mots me percute de plein fouet. Je me tourne vers Braden, m'attendant à voir le reflet de mes propres émotions : la douleur, la colère, le doute. Sauf qu'il ne laisse transparaître rien d'autre qu'une impassibilité froide qui me fait frissonner. L'évidence me frappe. Il savait. Quand a-t-il compris qu'elle orchestrait ses déboires ?

Un vague malaise me secoue, tandis que son silence se prolonge. J'essaie de rester impassible et de faire front à ses côtés. Sentant la tension le faire trembler, je me libère de son étreinte pour me placer à ses côtés joignant à nouveau nos mains. Il emmêle nos doigts et reprend d'une voix rauque et accusatrice, qui me ferait presque peur :

— C'est pour cette raison que tu as acculé la famille Douglas. Tu voulais me contrôler en passant par ma sœur. Remarque, orchestrer leur rencontre fortuite et s'arranger pour que Mila tombe sous son charme, c'était un coup de maître.

Si le visage de la Reine des glaces pâlit, c'est le seul signe visible de son malaise. D'autant que sa légère réaction est rapidement contrebalancée par un sourire sardonique. Pourtant mon compagnon ne recule pas et se fait de plus en plus accusateur, déployant sa plaidoirie. Il n'a pas besoin de crier parce que chacune de ses paroles atteint leur but, sans difficulté.

— J'ignorais que tu étais capable, au mépris de toute morale, d'aller jusqu'à faire disparaître des malversations, ou des dettes pour avoir la main mise sur l'entreprise de son père. Les faire chanter, c'est pitoyable, lâche-t-il avec dédain. Après c'était un jeu d'enfant, n'est-ce pas ?

Abasourdie, je passe de l'un à l'autre avec incrédulité.

Plutôt que nier, elle éclate à nouveau de rire, comme si se retrouver confrontée à ses méfaits ne l'atteignait pas.

— Le faire chanter, tout de suite les grands mots ! J'ai simplement su lui ouvrir les yeux sur nos intérêts communs, voilà tout. Je n'avais pas prévu que les enfants Miller puissent être, à ce point, irrésistibles. Il a fallu que ce crétin tombe dans les filets de ta sœur. Mais j'ai été suffisamment habile pour que, malgré ce petit contretemps, la finalité reste la même. Tu es à moi ! Tu l'as toujours été et le seras toujours !

Je dois lutter, de toutes mes forces, pour ne pas décrocher un uppercut à cette garce manipulatrice, sans foi ni loi. Sans se démonter, il réattaque, la poussant à bout. On pourrait presque croire qu'il cherche à la faire sortir de ses gonds.

— Décider d'appartenir à quelqu'un ne peut être qu'une démarche librement consentie. La liberté est un sentiment que personne ne peut contrôler. Alors non, quoi que tu t'acharnes à faire, je ne t'appartiens pas et ça ne sera jamais le cas.

Enragée, elle se met à hurler :

— FOUTAISE ! JE NE RENONCERAI PAS ! TU NE M'ABANDONNERAS PAS ! PAS TOI ! JE TE L'INTERDIS !

Implacable, Braden ne tient pas compte de la note anéantie qui transperce sa voix et continue à la pousser dans ses retranchements.

— Si tu es si sûre de toi, pourquoi m'avoir empêché de prendre des nouvelles d'Adam ?

Je passe de l'un à l'autre sans comprendre de qui ils parlent, jusqu'à ce qu'elle réplique.

— Quel meilleur moyen pour te faire réagir que d'utiliser notre fils ?

Braden serre les dents, et réplique sèchement tandis que ma douloureuse incertitude refait surface. Comme s'il le sentait, il resserre fermement sa prise et caresse mon poignet de son pouce.

— Ton fils ! J'ai beau adorer Adam, il ne sera jamais que ton enfant.

Elle balaye l'argument d'un signe de main comme la première fois, pensant certainement que sa remarque est insignifiante. Pourtant c'est loin d'être le cas, je le sens. Lorsqu'elle reprend, les éclairs de violences balayent ses pupilles :

— Donc tu vas sacrifier tout ce pour quoi tu as si durement gagné, pour elle ?

Le dédain dans sa voix est évident, mais il ne m'atteint pas vraiment. Je la regarde, intensément, la voyant pour la première fois pour ce qu'elle est : une femme blessée, seule et désespérée. Ma colère reflue pour laisser place à un sentiment nouveau à mi-chemin entre la pitié et la compassion.

Il me regarde avant de répondre et me sourit, m'affirmant ainsi qu'il n'a pas le moindre doute.

— Si c'est le prix à payer, je n'aurai pas la moindre hésitation. Mais ça n'arrivera pas.

— Douterais-tu de ma détermination ? réplique-t-elle avec virulence.

— Non, mais de ton côté, tu as sous-estimé ton adversaire.

— Qu'est… qu'est-ce que tu as fait ? murmure-t-elle avec une assurance de plus en plus vacillante.

Comme, je me pose la même question, je reporte mon attention sur mon homme, qui lui regarde le monstre de suffisance, pâlir à vue d'œil. Bien qu'il ne se soit pas départi de sa tension, sa détermination est de plus en plus palpable.

— J'ai pris mes dispositions pour protéger les intérêts de mes collaborateurs.

— Oh mon Dieu ! lâché-je avec inquiétude.

Dans mon esprit, c'est le chaos. Jusqu'à quel point a-t-il dû se sacrifier pour moi, pour nous ? Suspendue à ses lèvres, je retiens mon souffle.

— J'ai revendu mes parts à mes seconds. Je ne suis officiellement plus le patron, mais un simple actionnaire. Ainsi ils bénéficient toujours de ma renommée, sans l'ingérence de mes erreurs.

Je suis incapable de retenir une acclamation horrifiée. Il a renoncé à ses rêves pour nous. Passée de patron à un simple spectateur, est une lourde rançon pour m'aimer.

Face à nous, la furie passe du blanc au rouge cramoisi. Quand elle explose, le peu de raison, qui lui restait, a disparu. Seule perdure sa folie. La femme vengeresse, celle qui n'a plus rien à perdre, fait exploser les dernières barrières. Elle veut l'atteindre et ne reculera devant rien pour y parvenir.

— Parce que tu crois que ça va m'arrêter ? J'ai toujours ma place d'investisseur et je vais les virer un par un. Je vais prendre un malin plaisir à te priver de tout, que tu sois dans l'entreprise, ou non, n'y change rien.

Braden serre les dents. S'il avait espéré qu'en se retirant, en renonçant à une partie de sa vie, il les protégerait. Il s'est clairement fait des illusions.

— Je vais tout te prendre, il ne te restera plus rien, jusqu'à ce que tu me reviennes. Tu ne seras jamais tranquille. Je te veux et je t'aurais, peu importe le temps que cela prendra.

L'affrontement fait rage entre les deux adversaires et mon souffle court s'accorde à merveille avec la tension crépitant alentour. La guerre des nerfs bat son plein, opposant David à Goliath. Malheureusement, je ne suis pas certaine qu'à la fin de la bataille le monstre sortira vaincu. L'air devient irrespirable. Aucun d'eux ne veut céder le moindre centimètre de terrain. Chacun campe fermement sur ses positions, se tenant prêt à bondir jusqu'à ce qu'une voix grave, sortie de nulle part, nous ramène lieu et place.

— Que cela cesse ! Je crois que vous vous êtes suffisamment donnés en spectacle !

Si je sursaute, Amanda secoue la tête comme pour sortir d'une transe et blêmit la seconde suivante. Son regard papillonne alentour, et ses lèvres s'ouvrent en un rictus surpris. La fureur s'estompe jusqu'à disparaître. Puis elle se retourne avec une lenteur exagérée, vers l'origine de la voix.

C'est seulement à cet instant que je réalise, mortifiée, que nous venons de nous ridiculiser devant des milliers de téléspectateurs.

Chapitre 22

Braden

Cette voix, je la reconnaîtrais entre mille, et je suis loin d'être le seul. J'ai beau ne l'avoir rencontré que lors de rares occasions, sa présence n'est jamais une bonne idée. Sauf que cette fois, j'en suis à l'origine.

Le corps d'Amanda se crispe et elle s'accorde un temps pour recomposer le masque qu'elle affiche habituellement en toutes circonstances.

Quand elle est certaine d'avoir contenu sa fureur, elle se tourne progressivement, non sans nous avoir, une dernière fois, fusillés du regard.

À l'autre bout du plateau, notre nouvel invité s'impatiente, en attendant que nous reportions notre attention sur sa présence.

Cela doit faire au moins deux ans que je ne l'ai pas vu. Et je dois avouer qu'il ne m'avait vraiment pas manqué. Ses cheveux n'ont rien perdu de leur superbe, malgré les tempes grisonnantes de sa soixantaine bien entamée. Son visage, par contre, a subi de plein fouet l'outrage du temps. Ses rides marquées sont la représentation visible de ses années de travail acharné, sans le moindre moment de répit. Il fait partie de ces riches qui n'ont de cesse de gagner toujours plus. Il bosse cent trente heures par semaine et le temps qu'il reste, il fait du relationnel. C'est un bourreau de travail qui n'a qu'un but dans la vie : étendre son empire et son influence.

Les pattes-d'oie qui entourent ses yeux se plissent en me scrutant avec attention. Il ne m'aime pas et c'est réciproque. Il n'a jamais rien compris aux liens qui m'unissaient à sa fille. Mon père a beau être très à l'aise, financièrement, il ne joue pourtant pas dans la même catégorie et moi encore moins. Il n'accorde même pas un regard à Jadde et m'adresse une moue dédaigneuse.

— Père, se contente de dire Amanda en affrontant son patriarche du regard.

Même si son corps affiche une certaine assurance, personne n'est dupe, elle n'en mène pas large !

Elle vient d'avouer à demi-mot qu'elle a trahi, trompé, flirté et dépassé les limites, le tout devant témoins. Même si sa famille a une énorme influence, ils ne pourront pas éviter le scandale. Il émoussera l'entreprise du père et pour lui, c'est inacceptable. C'est sur cette corde sensible que j'ai décidé de jouer pour mettre une fin définitive à toute cette histoire.

— N'as-tu donc rien appris ? lâche le vieux Walkins, les dents serrées.

— Mais Père !

— Tais-toi, l'apostrophe-t-il de nouveau. Laisse-nous parler entre adultes. Tu agis comme une enfant capricieuse, qu'à cela ne tienne, je vais te traiter comme telle !

L'affront est immense ! Il lui aurait mis une paire de baffes en public qu'il n'aurait pas eu plus d'effet. Elle a beau le détester pour toutes ses absences et son indifférence, il reste son père et même si elle refuse de l'admettre, elle a passé sa vie à tenter d'obtenir son approbation.

Elle baisse la tête, laissant deviner Mandy derrière son apparence de garce insensible. La Reine des glaces fond comme un esquimau en plein désert. Piteuse, elle suit le geste de son père qui la somme, silencieusement, de s'avancer vers la sortie. Les épaules basses, le corps défait, elle n'est déjà plus que l'ombre d'elle-même. C'est ça, l'effet Jason Walkins.

Je jette un coup d'œil à Jadde, les yeux écarquillés, qui ne comprend rien à la situation.

Je resserre ma main sur la sienne pour qu'elle relève les yeux. Dans le silence de notre échange, je lui demande de se taire, de me laisser parler, de me faire confiance une fois encore. Avec un sourire mal assuré, elle acquiesce, en réponse. J'ai besoin de tout mon sang froid, pour la suite. Faire sortir Amanda de ses gonds était loin d'être la phase la plus incertaine de mon plan. Le combat de coqs qui va suivre, par contre...

Si j'ai fait venir le père d'Amanda, c'est parce qu'il est le seul à avoir les moyens de mettre un point final à cette histoire. Sauf que ma garce d'ex n'est pas devenue ainsi sans raison, les paroles qu'il me lance ensuite en sont la parfaite représentation.

— Cette histoire n'est qu'une absurdité sans nom ! affirme-t-il, en me scrutant, d'un air faussement neutre. Nous sommes tous d'accord pour admettre que ma fille n'est pas dans son état normal. Dans la mesure où vous avez orchestré toute cette histoire d'émission pour me prouver vos accusations et que vous n'êtes parvenu à obtenir que de vagues affirmations, restons-en là. Je n'ai pas de temps à perdre avec ce genre de « fadaises ».

Le culot de cet homme est incroyable, presque aussi impressionnant que son aplomb. Comme si c'était une chose entendue, il s'avance vers la sortie suivant les pas de sa fille qui a déjà rejoint l'entrée, sans un regard en arrière.

— Non !

Il arrête sa progression et se retourne d'un geste vif, dans ma direction.

— Je vous demande pardon ?

— J'ai dit *NON*, ça ne me convient pas et rien ne se passera comme vous venez de l'énoncer.

— Vous n'êtes pas en situation d'imposer quoi que ce soit !

— Détrompez-vous !

— J'avais votre parole que rien de ce qui allait se passer ici ne serait réellement filmé ! Sans enregistrement, pas de preuve, aussi l'affaire est close, rétorque-t-il les yeux étrécis de colère. Mais peut-être que votre parole a autant de valeur que votre médiocre réussite.

Je serre les dents, sous l'attaque directe, et réplique sans rien laisser paraître de l'impact de ses insinuations.

— Je n'ai qu'une parole et j'ai tenu ma promesse. Rien n'a été enregistré. Mais cela ne signifie pas pour autant que je ne peux pas témoigner. Vous ne pouvez acheter mon silence comme vous l'avez fait pour les participants de cette mascarade.

— La manipulation est un art dangereux, monsieur Miller.

— Que j'ai appris auprès des meilleurs, riposté-je aussi sec.

— Vous êtes parti pris dans cette histoire, votre parole n'a légalement aucune valeur.

— Elle en aura, croyez-moi, surtout si je mets sur le tapis les preuves dont je dispose.

Je lui laisse quelques secondes, pour bien intégrer mes paroles, avant de rajouter pour enfoncer le clou.

— Et croyez bien que je n'hésiterai pas une seconde à faire éclater le scandale si notre discussion n'aboutit pas à une réponse acceptable.

— Vous bluffez.

— Vous en êtes bien certain ?

— Si vous disposiez de telles preuves, vous auriez déjà tout dévoilé ou m'auriez jeté vos exigences, à la figure.

— J'ai de bonnes raisons de ne pas l'avoir fait.

Il me dévisage, essayant de comprendre ce que je tais et attend que j'enchaîne, mais je n'en fais rien. Je ne suis pas à sa botte, je ne l'ai jamais été et je ne veux surtout jamais le devenir.

Sa fille a investi dans mon entreprise, sous couvert de sociétés-écrans, en soi, c'est déjà une malversation. Si l'on rajoute à cela la mise en danger volontaire d'autrui en commanditant l'accident sur le chantier de mon dernier restaurant, elle est bonne pour la prison. Et encore, je passe aussi sous silence ses chantages, manipulations en tout genre. C'est trop, beaucoup trop même, pour qu'on n'agisse pas. Et si j'en crois le pli soucieux qui marque légèrement son front, il en est parfaitement conscient.

— Je pourrais vous briser !

— Probablement, réponds-je avec sérieux, mais vous ne le

ferez pas. Pas si vous tenez un tant soit peu à l'avenir de votre fille.

Cette fois, c'est lui qui serre les mâchoires. Je n'en ai rien à foutre de son opinion. Il peut bien se mordre la langue au sang si ça l'amuse, il est temps qu'il assume ses responsabilités.

— Qu'est-ce que vous voulez ?

— Que vous laissiez mes employés tranquilles, que vous vous retiriez du capital d'ici cinq ans. Cela vous laisse largement le temps d'avoir un retour sur investissement et de vous remplir les poches en compensation de votre désistement. Mais ce n'est pas tout.

Il plisse le front, apparemment étonné par mes revendications.

— Vous devrez aussi faire suivre Amanda, elle a besoin d'aide et vous vous êtes suffisamment voilé la face en la laissant agir comme bon lui semblait. Si Adam est malade, l'état de Mandy ne risque pas d'aller vers…

Il me coupe en levant la main.

— L'enfant est mort.

L'information lâchée froidement me coupe le souffle. Ad mort, c'est comme un coup de tonnerre qui me brise en deux. J'ai beau ne pas avoir pu profiter de sa présence comme je l'aurais voulu, j'aimais ce gosse. La violence de l'annonce, combinée à celle de la réalité, me percute rudement et sans la présence de Cam à mes côtés, j'aurais reculé sous l'impact.

Comment peut-il parler de son petit-fils de la sorte ? Sa froideur et son indifférence me blessent presque autant que l'annonce. Sonné, je ne peux m'empêcher de lui rétorquer avec virulence.

— Comment pouvez-vous annoncer une telle chose sans éprouver la moindre émotion ? C'est votre petit-fils, bon sang !

— Ce bâtard arriéré n'a aucun lien avec moi !

— C'est l'enfant de votre fille ! affirmé-je aussi sec, en me retenant, avec difficulté, de lui coller une droite.

Son stoïcisme et son inhumanité me sidèrent.

— Je ne m'étendrai pas sur ce sujet avec vous. Mais pour moi, c'est un problème enfin réglé, c'est tout ce qu'il y a savoir.

Malcolm que je n'avais pas remarqué jusque-là vient s'interposer physiquement entre nous et franchement, il fait bien. Je hais ce type ! Je pense que je n'ai jamais détesté quelqu'un avec autant de hargne. S'il était le seul dans cette histoire, je n'aurais, aucune hésitation, à le traîner dans la boue.

Notre garde du corps me lance un regard d'avertissement qui m'énerve et m'apaise tout autant. Je dois faire preuve de retenue, la situation implique trop de personnes, pour que je laisse mon aversion pour ce type tout faire capoter. Les enjeux sont importants et c'est maintenant que tout se joue.

— Amanda a besoin d'aide ! craché-je d'un ton résolu.

Une nouvelle fois, il semble étonné que je revienne sur le sujet de la discussion sans lui balancer ses quatre vérités. C'est un connard, il n'en vaut même pas la peine.

— Sur ce point, au moins, nous sommes d'accord.

J'opine et poursuis.

— Je ne veux plus jamais avoir affaire à votre famille, autant dans la vie, que dans les affaires.

— Ça me convient parfaitement. Mais qu'est-ce qui me prouve que vous n'allez pas me poignarder, dès que j'aurai le dos tourné ?

— Rien, mais je n'ai aucune raison de le faire, tant que je n'ai à subir aucune ingérence de votre part ou de la sienne.

Une lueur d'intelligence calculatrice traverse ses yeux impénétrables, si similaires à ceux de sa fille.

— Ma contrepartie sera simple, vous devrez aller au bout de votre démarche de vente de votre entreprise.

Si j'avais eu la moindre illusion de pouvoir m'en sortir indemne, elle s'envole à cet instant.

— Pourquoi tenez-vous tant à me retirer du tableau ?

— C'est ma condition ! Elle est non négociable ! Et je n'ai pas à m'expliquer !

La boule dans ma gorge se resserre. J'ai tellement travaillé pour en arriver là. Et voilà que tout est balayé en moins d'une heure. Même si je m'y étais préparé, la pilule reste difficile à avaler. Je savais que c'était l'une des possibilités et je suis prêt à en assumer le prix si ça peut me permettre d'être avec Jadde en toute liberté.

Mes employés sont en sécurité et mon entreprise est pérenne, je peux difficilement demander plus. Si je dois consentir à un tel sacrifice, je suis prêt à le faire.

Nous nous affrontons du regard un long moment, en réfléchissant déjà à la suite. J'ai parfaitement compris que je n'obtiendrais rien de plus. Je finis par acquiescer avec réticence. Il n'en faut pas plus pour que son air suffisant s'affiche à nouveau.

— Mes avocats contacteront les vôtres dans la journée, je ne tiens pas à ce que cette histoire tire en longueur.

Au moment où je pense qu'il va tourner les talons, il se tourne vers moi et rajoute :

— C'est dommage que vous n'ayez pas plus d'ambition, nous aurions pu faire de grandes choses ensemble.

Il n'attend pas la réponse qui me brûle les lèvres, « plutôt crever, connard ! », et s'avance vers la sortie en me laissant aussi vide qu'une coquille d'escargot sans son gastéropode.

Je regarde ce monstre de suffisance s'éloigner et pour la première fois de ma vie, je ne sais pas vraiment comment gérer la situation. Jusque-là, j'ai toujours eu un but, un objectif vers lequel tendre. Là il ne me reste rien. Je me sens vide, épuisé et démuni. J'avais beau m'être préparé à la conclusion, après avoir livré bataille, je suis submergé. Et si ce n'était pas suffisant, la mort d'Adam m'a achevé.

Maintenant, je comprends la facilité avec laquelle j'ai fait sortir Amanda de ses gonds. Je m'en veux presque de l'avoir poussée à bout aujourd'hui. Mais la culpabilité est étouffée par la vague de colère à cause de ses manigances. Noyé par le flot ininterrompu d'émotions, je parviens à reprendre pied lorsque Jadde pose sa main sur ma nuque dans un geste apaisant.

Mes yeux rencontrent les siens douloureux et inquiets. Plongé dans ses iris émeraude, vert contre bleu, j'ai la conviction d'avoir pris la bonne décision.

Je la laisse m'enlacer pour m'apporter le réconfort qu'elle est la seule à pouvoir m'offrir. Elle me serre fort dans ses bras et je me gorge d'elle. Son contact fait taire les sentiments violents qui se pressent dans ma tête. Elle est mon salut, ma liberté, mon rempart contre l'effondrement.

— Je suis désolée, tellement désolée, Brad, murmure-t-elle dans mon cou.

La compassion dans sa voix et son corps se fondant contre le mien anéantissent mes dernières défenses. Je lâche prise et me laisse aller dans ses bras, une fois de plus.

Chapitre 23

Jadde

Il s'accroche à moi comme un sacrifié à son dernier sursaut de vie. Je suis triste, j'ai la sensation que tout est de ma faute. En entrant dans l'équation, je l'ai obligé à choisir entre sa passion et notre amour. Même si les événements se sont précipités contre ma volonté, j'ai été le détonateur, celle par qui le malheur arrive. J'ai mis le feu aux poudres, précipitant les incidents et cadenassant la toile infernale tissée autour de lui.

Sans moi, je doute qu'Amanda ait refermée son piège aussi précipitamment et peut-être aurait-il eu le temps de voir l'attaque arriver et de s'y préparer. Peut-être, si notre lien n'avait pas pesé dans la balance, aurait-il pu accepter ses conditions et serait toujours à la tête de l'entreprise qu'il a bâtie de ses mains. Ma seule présence a changé la donne et quoique je fasse rien ne pourra changer ce fait.

Malgré tout, je ne me nourrirai pas de « si », pas question d'extrapoler ou de laisser ma culpabilité m'étouffer. Je l'aime et je n'ai pas l'intention de m'en excuser.

Égoïstement, je suis heureuse que nous n'ayons plus jamais à croiser sa garce d'ex. Il y a encore quelques heures, je me préparais à affronter le vide de son absence, alors ce serait malhonnête que de prétendre que je n'éprouve pas, une once de bonheur, à l'enlacer de la sorte.

Malgré tout, sa détresse et ses incertitudes me transpercent sans commune mesure. J'imagine très bien dans quels sens partent ses pensées et toutes ces émotions que j'ai vu danser dans ses yeux, avant de le serrer contre mon cou. Il vient de perdre une partie de lui dans la bataille et même avec toute ma volonté et mon amour, je ne peux la lui rendre.

Pourtant, j'ai foi en lui, en sa capacité à rebondir. Je crois en son talent, en son aptitude à faire rêver au travers des sens, tandis que je m'y attèle à travers les mots.

Il est l'action tandis que je représente la réflexion, le Yin et Yang.

Aussi complémentaires que dépendants l'un de l'autre.

Parfaits ensemble.

Deux faces d'un même monde, indissociables, mais nécessaires pour un juste équilibre.

Voilà ma réalité.

Et puis, il y a ce gamin. Ce gosse que je n'ai pas connu, mais qui semble avoir su le toucher en plein cœur. Avant même qu'il puisse prendre son envol, le destin lui a coupé les ailes.

Je sais qu'il pense à lui, aussi sûrement que moi.

Mille et une questions restent en suspens, toutes le concernent. Pourtant refusant qu'il me parle de lui sous le feu de mes questions, je les fais taire. Il m'en parlera s'il le souhaite, s'il en a besoin. Je refuse qu'il le fasse pour amoindrir mes propres insécurités. D'une certaine façon, s'il me parlait de lui pour de mauvaises raisons, cela reviendrait à trahir sa mémoire, l'affection qu'il lui portait.

Je resserre mon étreinte, un peu plus, en réalisant que malgré tout ce qu'Amanda nous a fait, lui a fait, il n'a pu s'empêcher de la protéger. En ami fidèle et malgré sa rancœur à son égard, il n'a pas hésité à l'inclure dans les conditions de son silence. Même si d'une certaine façon, savoir qu'il tient assez à elle pour ça m'agace, je ne peux m'empêcher de l'admirer et d'en éprouver une certaine fierté. Elle ne le saura probablement jamais, mais jusqu'au bout, il a respecté leur amitié et c'est une qualité qui m'émeut, tant elle est rare. J'ai lu un jour, chez une de mes auteures favorites, Lily Haime, que « l'amitié est une forme d'amour », cette idée ne pouvait pas être plus appropriée qu'aujourd'hui.

Nous restons ainsi, dans les bras l'un de l'autre, cherchant à nous soutenir autant qu'à être soutenus. C'est une épreuve de plus, un fil supplémentaire qui nous relie l'un à l'autre. Unis dans l'adversité pour toujours et à jamais.

Un raclement de gorge, derrière nous, nous sépare. Nous nous retournons pour faire face à madame Foussette le rouge aux joues. Elle évite de croiser notre regard et je lui en suis reconnaissante. Brad essuie ses yeux, gêné, et s'adresse à elle d'une voix calme, mais lasse :

— Merci d'avoir joué le jeu, Jessica, vous avez été parfaite.

— Je suis heureuse d'avoir pu vous aider et je vous devais bien ça. Sans vous, nous n'aurions pas eu un tel remplaçant. Logan est aussi à l'aise devant les fourneaux que face aux caméras. Et je sais très bien que sans votre intervention, il n'aurait jamais accepté.

— Je vous en prie, c'était la moindre des choses, je vous suis redevable, alors si un jour vous avez besoin, n'hésitez pas. Vous m'avez vraiment été d'un grand secours en organisant tout ceci en si peu de temps.

— En fait, vous pouvez faire quelque chose pour moi et nous serons quittes.

Brad semble un peu surpris par la demande et à vrai dire moi aussi.

— Je vous écoute, répond-il avec une note d'incertitude.

— Acceptez cet enregistrement, juste au cas où, lui dit-elle en lui tendant un CD.

— Je ne peux…

Elle l'arrête d'un geste et reprend avec douceur.

— Il n'y a pas d'autres preuves de votre passage et de ce qui s'est passé ici. Nous n'avons d'ailleurs jamais eu cette conversation. Mais gardez-le, juste au cas où…

Comme il continue à secouer la tête en signe de dénégation, elle rajoute avec conviction :

— Je n'ai aucune confiance en lui et j'ai détesté chacune de ses paroles, alors que vous êtes resté égal à vous-même. Je n'ai rien pu faire pour empêcher ce qui est arrivé, je trouve ça si injuste ! En plus, vous ne manquez pas à votre parole puisque c'est moi la responsable.

Elle attrape son avant-bras et lui glisse le CD dans la main.

— S'il vous plaît.

Son regard suppliant a raison de mes réticences.

— Tu ne rompras pas ta promesse, dis-je à sa place. Je suis la seule à n'avoir rien promis à quiconque, c'est donc moi qui dois le récupérer. Merci de votre aide, Jessica, nous ne l'oublierons pas.

Elle me sourit et cette fois affronte mon regard.

— Ce n'est vraiment rien, je vous souhaite tous mes vœux de bonheur.

— Merci, répliqué-je en me forçant à sourire.

— Maintenant, sans vouloir vous jeter dehors, je vais devoir vous raccompagner pour ne pas éveiller les soupçons de la direction. Ils ont accepté de nous prêter le plateau, sous prétexte d'un bout d'essai, mais vu les renforts de sécurité avec la présence de monsieur Walkins, cela risque de ne pas paraître crédible bien longtemps.

Nous opinons derechef et notre trio rejoint l'ascenseur. Vient le départ. Toujours tendus et silencieux, nous remercions la jeune femme, une nouvelle fois, en nous avançant vers l'extérieur du bâtiment. Si je n'avais que de vagues souvenirs du chemin pour rejoindre le plateau, c'est encore pire au retour. Concentrée sur Brad toujours silencieux, j'en oublie le reste, pour ne regarder que lui, sa main dans la mienne et sa moue triste.

Malcolm nous a devancés et nous attend à quelques mètres de l'entrée avec la voiture.

Je regarde le bâtiment qui s'éloigne lentement. Le goût doux et amer qui me reste en bouche marque la page douloureuse qui se tourne. Amanda, ses ingérences et son fils sont désormais derrière nous. Maintenant à nous de vivre avec les conséquences.

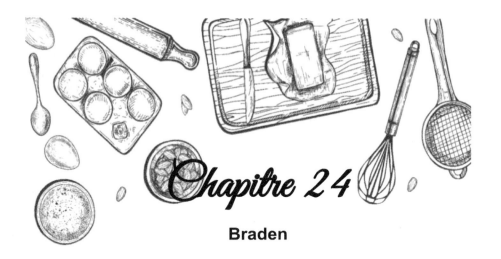

Chapitre 24

Braden

Le trajet se passe en silence et je leur en suis reconnaissant. Je ressasse ces derniers mois pour comprendre comment nous avons pu en arriver là. Plus rien ne sera comme avant désormais et je vais devoir avancer dans le brouillard.

Perdu dans mes pensées, je ne réalise pas tout de suite que Malcolm qui s'est naturellement installé au volant ne se dirige pas du tout vers l'appartement.

— Où va-t-on ? demandé-je, pour rompre le silence.

— J'ai pensé que Jadde aurait peut-être besoin d'une transition entre l'hôpital et le lieu de l'agression et je me suis permis de réserver l'hôtel pour cette nuit.

Immédiatement je m'en veux, j'aurais dû m'en préoccuper sauf que cela ne m'a même pas traversé l'esprit. Je me mords l'intérieur de la lèvre jusqu'au sang. Non, mais quel con ! C'est la main de Cam et son sourire rassurant qui apaisent un peu ma culpabilité.

Elle jette ensuite un regard reconnaissant à son ami et reporte son attention sur le paysage qui défile au ralenti à travers la fenêtre. Même si elle semble absorbée par sa contemplation, je sens la tension contenue qu'elle tente de cacher. D'habitude, j'aurais tenté de la distraire de lui faire oublier cet épisode, mais pour l'instant j'en suis incapable.

Dans le rétro, je croise le regard inquiet et plein de reproches de Malcolm. Mais je n'en tiens pas compte. J'ai déjà bien assez de choses à gérer, dans mon esprit, sans avoir à m'occuper des états d'âme des autres. Le trajet se passe dans cet état de tension contenue à couper au couteau.

Une heure plus tard, après avoir traversé Brooklyn Bridge qui surplombe l'East River, nous atteignons notre destination. Le quartier a été réhabilité ces dernières années et l'entrepôt devant lequel nous nous garons fait presque tache avec les pavillons avoisinants.

Je surprends le même regard surpris dans les yeux de Cam, mais nous nous abstenons de tout commentaire, pas vraiment enclins à lancer la discussion.

Quand le volet roulant s'ouvre, nous atterrissons sur un garage qui sert apparemment d'antichambre. Malcolm referme le portail derrière nous et traverse la grande pièce de part en part d'un pas vif. Lorsqu'il parvient devant le mur opposé, il bascule un tableau, redresse un outil et une petite trappe s'ouvre pour laisser apparaître un petit clavier numérique. Il compose un code, se penche en avant et une lumière bleutée parcourt sa rétine.

Outch ! On est où là ? Dans un film de James Bond ?

Nous le regardons faire, abasourdis. Quand un clic discret

nous fait tourner la tête vers une armoire qui s'est décalée du mur, je crois que je suis entré dans la quatrième dimension. Nous le rejoignons, alors qu'il entre dans une pièce adjacente.

Sa seule réplique, devant nos visages stupéfaits, s'apparente à un grognement suivi de près par :

— On n'est jamais trop prudent.

Mais nous ne sommes pas vraiment au bout de nos surprises. Le lieu dans lequel nous entrons, après avoir descendu une bonne trentaine de marches, est juste ahurissant. Vu l'incursion en sous-sol, je m'attendais à entrer dans une grotte et c'est en partie vrai. Ici, les murs sont en roche brute polie, discrètement protégés par une paroi vitrifiée pour laisser à la matière la possibilité de déployer son éclat.

Sous terre, on s'attend à devenir claustrophobe, mais c'était sans compter sur ce lieu époustouflant baigné de lumière.

Au centre de la pièce, un puits de lumière qui par des effets de miroir illumine l'ensemble. Si l'on fait abstraction de l'absence de fenêtre, on pourrait presque se croire en bord de mer, bercé par la douce lumière d'un mois de juillet, la fraîcheur en prime.

La lumière est juste waouh ! Le reste de la pièce me laisse tout autant sur les fesses. Les mecs ne sont pas censés s'extasier sur des décors et je finis par croire qu'être amoureux m'a refroidi le cerveau quand je me prends à détailler ce petit bijou de technologie.

Ici, tout est un subtil mélange entre high-tech et désuétude. C'est totalement incongru, mais j'y adhère immédiatement. La bouche grande ouverte de Cam est probablement le parfait reflet de mon visage. Décidément, ce mec est vraiment une énigme.

Comme nous restons comme deux ronds de frites, à l'entrée en scrutant chaque détail, Malcolm nous regarde en fronçant les sourcils.

— Bon sang, mec, ta maison est juste incroyable !

En réponse, il hausse les épaules comme si l'on ne se trouvait pas dans le repère secret de Batman.

Il interrompt notre contemplation en lançant à haute voix.

— Pupuce ! Tu es là ?

Jadde et moi échangeons un regard avant d'éclater de rire. Je ne sais pas pourquoi, mais je pense que nous nous étions imaginé Malcolm comme un être asexué. Je sais qu'il a perdu sa famille il y a longtemps et dans mon esprit il n'avait jamais refait sa vie.

Sans nous prêter attention, pensant probablement que l'on se moque du sobriquet plutôt ridicule, il s'avance vers une pièce adjacente.

Étrangement, le garde du corps semble parfaitement à sa place dans ce décor, alors que sa carrure impressionnante rend la plupart des lieux beaucoup plus petits.

L'espace est immense, au moins soixante-dix mètres carrés sans la moindre cloison. Les espaces sont seulement définis par quatre énormes colonnes qui coupent la pièce et renforcent probablement la structure, au centre, la cuisine entourée par des ilots de bois brut. Pour exploiter un maximum la lumière, ils ont choisi des teintes très claires et des surfaces réfléchissantes.

Le reste est découpé par zone de couleur, c'est assez ingénieux d'ailleurs. Le salon et le billard, qui sont des coins plutôt intimistes sont peints dans des couleurs plus sombres tandis que la salle à manger et le petit bar sont blancs et mis en valeur dans la pièce. C'est improbable et pourtant…

Mais je m'arrache vite à la contemplation, quand je vois arriver la « pupuce » en question. Si je m'attendais à ça !

Chapitre 25

Jadde

Quand la déesse brune entre dans la pièce, je crois que je dois ressembler à un poisson qu'on a sorti de son bocal. Ouvrant et fermant la bouche en alternance. Je sais que je suis parfaitement ridicule. Mais « Pupuce » est la dernière personne que je m'attendais à croiser ici. Remarque, je ne prévoyais rien du tout en arrivant dans ce garage trop propre pour être honnête.

La jeune femme nous regarde avec un sourire façon ultra white qui contraste de façon détonante avec sa peau bronzée. Si je l'ai trouvée superbe en tenue d'infirmière, elle est carrément à tomber en civil.

Elle a l'air de s'amuser comme une petite folle en nous regardant complètement éberlués. Son sourire s'étire jusqu'aux oreilles, révélant un piercing sur la première molaire, que je n'avais jamais remarqué.

— Lucinda ? dis-je, hébétée.

— Qui d'autre ? rigole-t-elle. Sauf bien sûr si vous faites partie de ces personnes pour qui tous les noirs se ressemblent.

Un rire sonore lui échappe et mon amusement botte les fesses à mon expression ahurie.

— Je… je ne comprends pas, murmure Braden plus pour lui-même que pour nous.

— Désolée pour ce subterfuge, mais le patron, dit-elle en désignant Malcolm, m'a demandé de jouer les infiltrés. Pour ce faire, j'ai dû passer incognito. Désolée pour le mensonge, enfin pas vraiment désolée en fait. C'était très drôle de vous secouer les puces.

Brad ouvre la bouche, puis la referme ne sachant pas quoi dire. Elle poursuit ses explications, toujours aussi hilare.

— Je devais vous garder à l'œil et éviter l'invasion des paparazzis. Puis en se tournant vers moi elle rajoute, et puis je devais m'arranger pour mettre ce con de Mc Lewis à la porte. Ce « connard arrogant » se croit tout permis parce qu'il a du pognon. Mais je m'emporte… Heureuse de vous revoir dans de meilleures circonstances et sans rancune, affirme-t-elle un sourire contagieux aux lèvres.

Elle tend la main vers Brad qui la regarde de travers. Il observe sa main puis son visage et renouvelle l'opération à deux ou trois reprises. Si je commence à me sentir un peu mal à l'aise, elle n'a pas l'air de s'en formaliser.

— Il y en a qui sont morts comme ça ! affirme-t-elle sarcastique. Arrêtez de jouer les imbéciles, j'étais là pour votre sécurité !

Il finit par attraper sa paume, mais plutôt que de la serrer, il l'attire dans ses bras. Il ferme son poing et lui gratte la tête avec vigueur comme on le ferait avec un enfant récalcitrant. Elle rigole de plus belle, tentant en vain de se débattre. Brad, un sourire barrant le visage, lui demande en la relâchant.

— Tu es infirmière au moins ?

— En fait non, mais je suis doctoresse, ça compense.

— Ho bon sang ! Je t'ai vraiment prise pour une de ses infirmières revêches et mal embouchées qui se vengent sur leur patient, conclut-il en riant plus fort, tandis qu'elle prend un air outré face à ses paroles moqueuses.

— Je n'étais pas si horrible !

— Pire, tu veux dire !

Et voilà comment nous sommes passés des larmes aux rires en moins de dix minutes.

Le reste de l'après-midi est centré sur la jeune femme, qui nous explique, comment elle en est venue à seconder Malcolm dans ses contrats. Juste pour emmerder Braden, Lucinda nous promet mille séances de torture, dont elle a le secret, si nous révélons leur collaboration secrète. Mais la confiance règne au sein du petit groupe et personne n'est vraiment inquiet.

Si j'avais senti la complicité des deux railleurs lors de leurs précédentes rencontres, j'étais bien loin d'avoir tout vu. Lucinda et Brad s'entendent comme chien et chat, mais se cherchent comme deux siamois. Elle le chahute, il encaisse et la tourmente, sans discontinuer.

— Comment as-tu réussi à te faire passer pour une infirmière, tu es aussi douce qu'une ortie.

Elle lui tire la langue, en répliquant avec humour.

— Qui peut le plus, peut le moins ! Et je n'y suis pour rien si tu es un casse-pied de première, plus têtu qu'un troupeau de lamas et en tout juste moins baveux… Quoiqu'à la réflexion…

Je les écoute, simplement heureuse de ce petit intermède

bienvenu. La journée a été rude et les jours précédents l'étaient tout autant. Aussi, après avoir avalé l'une des meilleures pizzas que je n'ai jamais goûtées, qui a donné lieu à une heure d'affrontement intensif sur la meilleure technique à utiliser, je prends congé pour la nuit.

Étonnamment, Braden me laisse m'avancer la première en me promettant de me rejoindre avant que je ne m'endorme. Promesse qu'il sera incapable de tenir, parce qu'à peine débarbouillée, j'enfile mon pyjama et me couche me laissant embarquer quasi immédiatement dans les bras de Morphée.

Il faut dire que c'est la première fois, depuis plusieurs semaines que je me sens totalement en sécurité. Plus aucune menace ne plane au-dessus de nos têtes et même les vagues attaques de la toxique BB sont incapables de noircir le tableau.

Quand je rejoins mon monde inconscient, la situation est presque idyllique. Le calme, la plage et l'océan à perte de vue. Je suis seule, mais ça ne me dérange pas vraiment. Assise dans le sable, le menton posé sur mes genoux et les bras autour de mes jambes, je profite de la quiétude du moment. Le vent du large souffle doucement, atténuant l'air moite. Il soulève mes cheveux indisciplinés qui voltigent un peu dans tous les sens. Tandis que l'embrun marin me chatouille les narines.

Je ferme les yeux pour apprécier chaque sensation, indépendamment les unes des autres, jusqu'à ce que l'écume chatouille mes pieds. Surprise, je les rouvre. Je n'avais pas réalisé que j'étais si près du bord. J'essaie de reculer, mais mes muscles sont comme cloués au sol. Je m'intime au calme, sentant une sensation étouffante oppresser ma poitrine. Mais rien n'y fait, parce que l'eau monte à une vitesse impressionnante. Bientôt ma robe est trempée jusqu'à la taille et je n'arrive toujours pas à bouger.

La panique monte en flèche, mais je ne parviens même pas à me débattre. Lorsque l'eau atteint mon menton, mon corps se libère enfin, pour mieux être aspiré par l'océan. J'ai beau nager, nager, rien n'y fait. Il m'emporte, me heurte, m'étouffe, presse sur mon thorax comme un poids mort sur mes poumons m'empêchant de retrouver mon souffle.

L'océan m'avale dans son antre, tout entière, et je suis incapable de lutter. J'avale tasse sur tasse. Je suis submergée, engloutie. La lutte est inégale, parce que j'ai beau me débattre, cracher, repousser, les vagues reviennent toujours et je sombre. La surface s'éloigne. Mes poumons me brûlent, l'eau veut entrer dans mon corps, mais je lutte de toutes mes forces pour ne pas la laisser faire. Peu à peu, l'air finit par me manquer, s'échappant à mesure que l'océan le remplace.

Lorsque la dernière bulle d'oxygène me fuit, j'ai conscience que c'est la fin. La mort est là tout près, il me suffirait de tendre le bras pour l'atteindre, sauf que l'effort semble surhumain. Alors, je laisse doucement le néant effacer mes pensées. Mes mots me quittent, puis mes souvenirs les suivent, je les sens sombrer dans le néant, tous sauf un.

Le regard noir guette ma chute, s'amusant de ma douleur, jouissant de moi comme une minuscule marionnette.

Mais je n'ai pas peur, je suis juste à bout de force, et lâche prise, sous les rires moqueurs qui résonnent dans ma tête.

À l'instant où je vais définitivement perdre connaissance, et sombrer dans le néant noir et sans consistance, deux bras s'enroulent autour de ma taille et m'entraînent vers la surface. Je bats des cils, en reprenant mon souffle. Je tousse, presque surprise de ne pas sentir le sel me brûler les poumons.

Étendue dans la chambre, en nage, tremblante, je mets plusieurs secondes à sortir de ma torpeur. C'est l'odeur rassurante de Braden, m'entourant de toutes parts, qui finit par apaiser mon souffle haletant.

Oh mon Dieu ! Ce n'était qu'un rêve…

Même si j'ai repris pied dans la réalité, je mets un temps fou, pour maîtriser les mouvements anarchiques de mon cœur. Je tente de repousser le plus loin possible, cette angoisse sourde qui m'étreint la poitrine. Ces yeux noirs me hantent sans cesse. Toujours fébrile, même si l'adrénaline a reflué depuis longtemps, je me réfugie dans les bras sécurisants de mon compagnon. M'installant avec précaution, je me love contre lui pour tenter de me rendormir parce qu'il n'est que deux heures du matin. Je finis par y parvenir au petit matin. Aussi, rien d'étonnant à ce que le réveil soit affreusement difficile.

Je me lève au bout de dix minutes, le corps endolori et de mauvais poil. J'avance jusqu'à la pièce principale où ils sont tous déjà installés devant une tasse d'or noir. Rien que l'odeur m'enivre. J'ai besoin de ma dose. C'est une vraie urgence.

Sans dire bonjour à aucun d'entre eux, je m'assois à table le regard suppliant. Braden et Malcolm semblent lire dans mes pensées, mais Lucinda les devance avec un sourire suffisant. Elle ajoute ce qu'il faut de sucre et de lait pour le rendre goûteux et me tend la tasse.

J'avale le contenu, par petites gorgées, me délectant de sa saveur et m'étire, doucement, pour tenter de me remettre en place les idées. C'est seulement à ce moment-là que je réalise qu'un silence écrasant pèse sur la pièce.

— Bonjour tout le monde, lancé-je pour tenter d'amorcer la conversation.

Des grommellements peu amènes me répondent. D'accord, ce n'est pas gagné ! Seule l'énergique Lucinda m'offre un nouveau sourire, avant de replonger le nez dans sa tasse de café. Ouch ! Que se passe-t-il encore ?

— Braden ?

Il me regarde dans les yeux, pour la première fois depuis que je suis arrivée et son visage n'a rien de serein.

— Tu as reçu un message sur le portable de Malcolm.

— D'accord et quel est le problème ?

— C'est ton cher ami Alek McLewis.

Je ne comprends pas vraiment la tournure de la conversation, et encore moins le son caustique qu'il utilise.

— Ami n'est pas le mot que j'aurais utilisé le concernant, me contenté-je de répliquer avec un léger agacement.

— Qu'aurais-tu choisi alors ?

Nos amis détournent le regard et je sens la colère grimper en flèche. M'emmerder au réveil avec ce type, a légèrement tendance à m'irriter. Je serre machinalement la base de mon nez alors que je sens poindre une migraine de tous les diables. Génial ! La journée va être merveilleuse !

— Je doute que mettre nos hôtes mal à l'aise pour une scène de jalousie, aussi burlesque qu'infondée, soit vraiment la meilleure technique pour obtenir une réponse.

— Pourtant, j'aimerais comprendre pourquoi ce connard évoque la douceur et l'odeur de ta peau comme je cite « une obsession, qui lorsqu'on y a goûté devient si addictive qu'on ne pense qu'à recommencer ».

J'éclate de rire, je suis incapable de me retenir. Cette crise est à la limite du surréalisme. Il plisse le front visiblement de plus en plus agacé. Mon Dieu ! Il a l'air d'un ado boudeur. Après tout ce que nous avons traversé, il me saute dessus dès le réveil, pour une de crise de mâle dominant. C'est tellement… tellement… Normal, bon sang ! N'a-t-il toujours pas compris ? C'est si ridicule que je suis incapable de me contenir et mon fou rire s'accentue. J'ai l'air d'une dingue, mais je suis incapable de me retenir. Je me tiens les côtes douloureuses et ris à en perdre le souffle.

Lorsque je parviens enfin à me calmer, j'essuie les larmes qui mouillent mes yeux. Pour une fois, elles n'ont rien à voir avec une quelconque tristesse.

— Bon sang que c'est cliché et parfaitement idiot. Tu en as conscience, n'est-ce pas ?

Il se renfrogne, apparemment pas vraiment satisfait de mon ton moqueur.

— Si je n'éprouvais pas exactement la même chose, à chaque fois que je t'embrasse, peut-être arriverais-je à trouver ça drôle, grogne-t-il les dents serrées.

Je secoue la tête et me rapproche de lui.

— Tu te laisses aveugler par ta jalousie, Brad. Il n'y a que toi et il n'y aura plus jamais que toi, lui avoué-je, sans la moindre hésitation.

— Alors, pourquoi ne pas m'avoir parlé de sa visite à l'hôpital ?

— Voilà donc le fond du problème. Que veux-tu entendre ? La version honnête ou celle où tu pourras faire sortir ce que tu as besoin de me dire.

Il lève les yeux au ciel, comme si ma réflexion était parfaitement idiote, mais je me tais, attendant sa réponse. Voyant mon silence se prolonger, il lâche en accrochant mon regard comme pour évaluer ma sincérité.

— La vérité, bien sûr !

— J'ai oublié tout simplement. Cela a tellement peu d'importance à mes yeux, que je n'ai pas pensé à t'en parler.

Il m'observe attendant certainement que je me justifie, sauf que je n'en ai pas du tout l'intention. Je n'ai rien de plus à en dire, donc soit il me croit et il accepte, soit nous allons avoir un sérieux problème.

Nous nous regardons en chiens de faïence. Il s'accroche à son comportement d'homme des cavernes, même si je décèle une pointe d'incertitude puis de culpabilité. Nous y voilà. Tu vas comprendre ou il faut que je te fasse un dessin.

C'est la sonnerie d'un portable qui rompt notre confrontation silencieuse. Je détourne le regard pour le chercher des yeux et m'aperçois que nous sommes seuls. Depuis combien de temps sont-ils sortis ?

Même si j'ai mon portable que depuis quelques jours, j'ai eu mille fois le temps à l'hôpital de personnaliser les sonneries et celle-là est l'une de mes préférées : *Jealous* de Labrinth. Une petite merveille que j'ai attribuée à ma mère.

Je traverse la pièce, un peu surprise que ce soit elle qui appelle. Je laisse mon compagnon à ses suspicions loufoques et attrape le combiné juste avant que la ligne ne bascule sur la messagerie.

— Maman ? Que me vaut ce plaisir ?

— Jadde ? C'est Mark.

Le ton de sa voix me file la chair de poule. Et je renouvelle ma question.

— Qu'est-ce qui se passe ?

— Elle va m'en vouloir à mort de t'appeler. Elle ne voulait pas t'avertir, mais…

— Mais quoi bon sang ! Parle-moi ! lui ordonné-je, de plus en plus inquiète.

— Elle est malade, Jadde, très malade même…

Oh mon Dieu ! Pas ça ! Pas elle ! Qu'est-ce qui se passe ?

Moi qui pensais être enfin sortie d'affaire, que va-t-il encore nous tomber dessus ? Les catastrophes ne s'arrêtent donc jamais ?

Je m'en veux immédiatement d'être aussi égoïste et demande en faisant taire l'angoisse qui me prend à la gorge :

— Explique-moi la situation.

— Je ne peux pas faire ça par téléphone. Elle m'avait fait promettre de ne pas te prévenir, mais elle est, tous les jours, un peu plus faible et tu as le droit d'avoir le choix.

— Je prends le premier avion.

— D'accord, dis-moi si je dois venir te chercher.

— Non, ne t'inquiète pas, je louerai une voiture. Meg s'est

chargée de faire rapatrier la mienne en notre absence. Je serai là, au plus tôt. Où est maman pour l'instant ?

— À la maison, elle a insisté pour ne pas rester enfermée dans un hosto. Elle a mis les infirmières dehors. Elle accepte même difficilement le docteur Létrier. Tu connais ta mère. Fière comme un paon, elle ne supporte pas l'idée de dépendre de quelqu'un.

La question qui suit me brûle les lèvres, pas plus tôt formulée.

— À… à quoi dois-je m'attendre ?

Il hésite, déglutit bruyamment et finit par lâcher dans un filet de voix douloureux :

— Au pire.

Deux mots, qui brisent la vague d'espoir qui pouvait encore persister.

Je ravale un sanglot quand Braden, alerté par mes réponses, passe son bras autour de ma taille.

— J'arrive dès que je peux. Ne lui dis rien, d'accord, je lui ferai la surprise.

— Très bien.

Il marque un temps de silence, avant d'ajouter.

— Merci de rentrer.

Comment pourrait-il en être autrement ? pensé-je avec un sarcasme irrité !

Une fois encore, des millions de questions se mettent à tourbillonner dans ma tête.

Oh mon Dieu ! Maman !

Pourquoi ne m'as-tu rien dit ? Comment vas-tu ? Pourquoi avoir refusé que je sois à ses côtés ?

Je ravale mes interrogations bouillonnantes, pour me

contenter de le remercier d'être passé outre sa promesse et de m'avoir laissé le choix… Quand je raccroche, je lâche le téléphone qui atterrit au sol dans un fracas terrifiant.

Le bras de Brad, toujours autour de ma taille, m'empêche de suivre le même chemin quand mes jambes se dérobent.

Chapitre 26

Braden

Douze longues heures sont passées depuis que nous avons reçu le coup de téléphone de son beau-père. Et pas mal de choses ont dérapé, pendant ce court laps de temps. Il faut dire que les événements se sont précipités, sans que je ne puisse avoir le moindre contrôle dessus.

Je n'ai pas su de suite de quoi il en retournait, mais j'ai compris que la situation était grave à sa façon d'accrocher mon t-shirt pendant qu'elle échangeait des nouvelles avec son beau-père. Elle n'a mis que quelques secondes à se reprendre après l'appel. Ensuite, comme habitée d'une détermination frénétique, elle a ramassé son portable et a commencé à pianoter dessus, pour réserver un vol de retour.

Plus tard, alors qu'elle s'agitait dans tous les sens et rejoignait la chambre pour rassembler ses affaires, elle m'a tout raconté. Et là, je crois que j'ai disjoncté. Sans explication, je me suis retranché derrière un masque tendu et distant.

Pourquoi ?

Parce que je suis un crétin fini et un putain de trouillard. Quand elle m'a expliqué la situation, l'ensemble du tableau a fait étrangement écho avec ma propre histoire et j'ai perdu pied. Je ne vois pas d'autres explications. Trop fier pour admettre ouvertement ma faiblesse, j'ai reculé, incapable de faire face aux sentiments terrifiants qui partaient dans tous les sens dans ma tête.

Les images du passé ont défilé devant mes yeux. Toutes ces terribles sensations que je m'étais évertuée à refouler, pendant des années, m'ont sauté au visage, me coupant le souffle. Et quoi que j'en dise, je n'étais pas du tout préparé à les laisser ressurgir.

Suffocant, j'ai lutté, pour les éloigner, en vain. Tout y était des relents de désinfectant qui me brûlaient les narines, aux bruits des bippers qui marquaient chaque minute, comme un prisonnier dans l'antichambre de la mort. Mais, s'il n'y avait que ces images, j'aurais pu faire face. Je l'avais fait d'ailleurs, en accompagnant Jadde, il y a encore quelques semaines. J'avais à peine fait cas de cet aspect en centrant toute mon attention sur elle.

Sauf que les violents flashs, qui ont suivi, ont faibli ma volonté, et j'ai ployé comme un lâche. Il faut dire que leur étonnante minutie était terrifiante : ma mère dépérissant à vue d'œil sur son lit aseptisé ; les cernes noirs encadrant ses yeux devenus trop grands pour son visage amaigri ; son corps minuscule disparaissant sous les draps rêches ; ses grimaces de douleur quand elle pensait que personne ne la voyait.

Pire que tout, *l'espoir* auquel on s'accroche de toutes ses forces. J'étais pourtant adulte, mais j'ai cru, jusqu'à la dernière seconde au mirage d'un miracle.

Puis vient la délivrance, celle qui vous soulage autant qu'elle vous brise, après des mois de souffrances atroces quand son sourire finit par se figer et que ses yeux vitreux se ferment à jamais.

Toutes ses images s'enchaînaient en boucle dans ma tête, annihilant mon bon sens et me laissant mort de trouille. Non ! Je ne pouvais pas revivre ça, j'en étais incapable. Alors rien que d'y penser, mon cœur semblait transpercer ma cage thoracique. Impossible d'affronter cette douleur et les stigmates de mon passé, dans les yeux torturés de celle que j'aime. C'est tellement pire que de le vivre soi-même. Je ne peux pas, je n'en suis pas capable. C'est au-dessus de mes forces.

C'est ainsi que malgré tout l'amour que j'ai pour Cam, j'ai utilisé la première excuse qui se présentait pour ne pas l'accompagner. Et maintenant, que je la vois à travers la vitre d'embarquement avec Malcolm qui ne la lâche pas d'une semelle, je me sens comme un crétin et je ne pense qu'à une chose : lui courir après.

Pourtant, je ne le fais pas. Je ne peux simplement pas. J'ai bien trop peur pour ça. De rage, je glisse ma main dans mes cheveux et les tire avec violence. Bon sang ! Qu'est-ce que je fais ici à la regarder partir, alors que je devrais être avec elle ? J'ai honte de jouer les poules mouillées, mais j'ai besoin de quelques jours pour trouver la force de l'accompagner correctement. Là, je ne ferais qu'être un poids et elle n'a clairement pas besoin de ça.

Le plus douloureux dans cette situation, c'est qu'elle a eu l'air déçue, mais elle n'a pas insisté pour autant. Son empathie et son acceptation face à ma faiblesse, sans heurt, sans négociation, sans cri, me laissent un goût âcre dans la gorge. J'aurais peut-être surmonté ma peur panique, si elle me l'avait demandé. Sûrement même. Mais elle ne l'a pas fait.

En même temps, je sais parfaitement ce que je cherche à faire en pensant un truc pareil. « Repousser mes responsabilités est plus facile que de les affronter ». Ce n'est tellement pas moi... pourtant, malgré mon envie, mon besoin d'elle, son besoin de moi, je reste là, la regardant s'éloigner apathique.

Quand elle passe la porte d'embarquement, sans un regard en arrière, un affreux goût de définitif me prend aux tripes. Avec tout ce que nous avons déjà dû affronter, toutes nos promesses, tout notre amour, pourquoi ne suis-je pas dans cet avion, avec elle ?

Bien après le décollage, je reste encore à attendre un signe qui ne viendra jamais. Entouré d'une foule d'inconnus, je finis par me sentir oppressé et je sors presque en courant du terminal, ce qui me vaut une série d'injures dans toutes les langues imaginables. Lorsque je sens l'air étouffant de l'extérieur me brûler, le visage, la seule idée qui me vient est de me jeter dans le travail pour oublier ma lâcheté, mon égoïsme, mes faiblesses.

Sauf que même pour ça, j'ai pieds et poings liés. Alors que je cherchais une porte de sortie pour ne pas traverser l'Atlantique, j'ai reçu un mail. Il venait des avocats de Walkins. Rien que d'y penser, j'en ai la nausée. Il s'agissait de l'arrangement que nous avions évoqué la veille, énoncé par écrit, auquel ce connard a ajouté une clause non négociable et à effet immédiat. Elle prévoit, entre autres, que si j'interviens d'une quelconque façon dans mon ancienne entreprise, il liquidera tout, sans le moindre état d'âme.

De plus, pour gagner sur les deux tableaux, il oblige mes anciens collaborateurs à conserver le nom et l'esprit que j'y ai insufflé. En gros, il exploite mon nom, ma renommée, et brime la créativité de mes partenaires, qui, s'ils veulent conserver leur capital, n'ont pas d'autre choix que de capituler.

Lié par contrat, je me retrouve enchaîné, au bon vouloir de cette ordure et ça me met la rage. Je pourrais ne pas signer, mais le scandale l'égratignerait à peine, tandis qu'il n'hésiterait pas à détruire la vie de toutes ces personnes qui dépendent désormais de lui. Je suis contraint d'entrer dans le jeu, pour les protéger. Je n'ai rien fait de répréhensible et pourtant c'est moi le dindon de la farce. Je regretterais presque de ne pas lui avoir collé un pain quand j'en avais l'occasion. Il avait raison, je ne suis pas à la hauteur de ce maître de la perfidie. J'aurais dû être plus prévoyant pour la suite, mais manipuler, tricher et exploiter n'a jamais été mon nerf de guerre. Je suis novice dans ce domaine, et je me suis fait avoir comme un bleu.

Perdu dans mes pensées, je prends le premier taxi pour rejoindre mon appartement. Je grimpe les deux étages dans un brouillard indicible, furieux contre moi-même et le reste du monde. Bordel je n'ai qu'une envie, enfiler mes baskets et partir me vider la tête. Mais bien sûr, le destin n'en fait qu'à sa tête.

Je glisse la clef dans la serrure et un malaise glaçant me traverse en constatant que la porte n'est pas fermée à clef. L'aurais-je oublié ? Je me revois l'avant-veille, excité autant qu'inquiet, quitter l'appartement avant de rejoindre Jadde à l'hôpital. Est-il possible que j'aie omis de claver le verrou ? Peut-être ou pas…

Quand j'ouvre la porte en grand, la réponse me saute aux yeux. Un bordel monumental jonche désormais le sol et j'ai un mouvement de recul en réalisant que mon appartement a été visité.

Ho bon sang ! Ça ne s'arrête donc jamais… Un frisson glacé me parcourt. Je ferme les yeux tentant de contrôler les mouvements anarchiques de mon palpitant qui viennent de s'emballer. À ce rythme, je vais finir par faire un infarctus avant l'âge. Je passe les deux mains sur mon visage qui finissent dans mes cheveux. Merde, je n'en peux plus ! Je me force à rester calme, parce que là je n'ai qu'une seule envie, c'est me retourner et frapper le mur comme un punching-ball, mais je doute que me briser la main me soit d'une quelconque utilité.

Quand ma respiration retrouve un semblant de calme, je rouvre les yeux pour observer les dégâts. Franchement, c'est la merde ! Apparemment, le visiteur n'a pas été vraiment ravi de ne rien trouver de valeur dans mon pied-à-terre et pour se venger a décidé de s'acharner sur nos affaires.

Les quelques fringues de Jadde et les miennes sont artistiquement déchiquetées et couvre le carrelage tout fraîchement installé. Oh bordel ! À cet instant, je remercie le ciel que Jadde ne soit pas là pour assister au spectacle désolant. Cet appartement est déjà bien suffisamment chargé de souvenirs désagréables, nul besoin d'en rajouter.

Totalement absorbé par ce tableau affligeant, je n'entends pas les enjambées précipitées qui sortent de la chambre. C'est un hurlement strident qui me sort de ma torpeur.

Pourquoi n'ai-je pas pensé que le cambrioleur pouvait être encore ici ? Je me tourne d'un bloc pour découvrir Mila, la main sur la poitrine, blanche comme un cachet d'aspirine.

— Bon sang ! Mais que tu es bête, tu ne pouvais pas t'annoncer, me crie ma sœur. J'ai cru que c'était le responsable du carnage qui revenait finir son œuvre ! J'ai eu la peur de ma vie.

— Désolé, je ne pensais pas avoir besoin de m'annoncer dans ma propre maison ! contré-je avec sarcasme. Je te ferais remarquer que la logique voudrait que ce soit qui toi qui m'expliques ta présence, non ?

— Tu es un imbécile, dit-elle visiblement encore sous le choc. Tu m'as foutu une trouille bleue. Et pour répondre à ta question, j'en avais marre que tu te décides à arrêter de faire la tronche, alors je suis venue te secouer les puces !

— Honnêtement, ce n'est vraiment pas le jour, Mila !

— Aïe ! Ça a au moins le mérite d'être clair ! réplique-t-elle en esquissant une moue blessée.

Plutôt que de se démonter, comme l'auraient fait la plupart des gens, elle continue le visage moqueur, tentant visiblement de renouer le dialogue.

— Elle t'a plaqué, elle s'est rendu compte que tu n'étais qu'un crétin décérébré, trop têtu pour admettre que tout le monde fait des erreurs.

— Non ! Mais tu n'es pas vraiment loin de la réalité, admets-je à contrecœur. Et pour ton information, l'idiot t'emmerde, espèce de garce mythomane en cloque jusqu'aux yeux !

Elle me regarde, les yeux pétillants d'humour, et je poursuis en l'observant des pieds à la tête.

— Bon sang, mais je ne t'ai pas vue depuis quoi… un mois ! Tu as avalé un ballon de baudruche ou quoi ?

— Tu sais ce qu'il te dit le ballon de baudruche ! Sans rire, tu t'attendais à quoi ! Je suis enceinte de cinq mois, encore heureux qu'on le remarque !

— C'est clair que là, c'est difficile de te manquer ! Et tu arrives encore à bouger avec un ventre pareil !

— Mais ! claque-t-elle, vexée en frappant mon épaule de ses minuscules poings. Tu es vraiment un con arrogant, sans une once de savoir-vivre ! Tu ne sais pas qu'on affirme aux femmes enceintes qu'elles sont belles, même si leur ventre « énorme » les fait ressembler à un cachalot échoué sans le jet d'eau.

Évidemment, j'éclate de rire, devant sa mine renfrognée.

— Mais je n'ai jamais dit que tu n'étais pas belle, juste que tu avais un ventre ÉNORME.

Elle me frappe le biceps une deuxième fois, avant de me tirer la langue et de se jeter dans mes bras, la seconde suivante. Je la soulève et la serre contre moi, heureux de la retrouver.

— Merde ! Espèce de couillon, tu m'as affreusement manqué !

— Toi aussi Tia, toi aussi…

Et voilà, comment un mois de rancune, de silence et de colère est réduit à néant en moins de deux minutes.

Un peu plus tard, alors que je la repose enfin sur ses pieds, je fais mine de me masser le dos comme si je venais de porter une charge énorme, juste pour la faire rager. Bien sûr, je récolte une tape railleuse sur l'arrière de la tête et nous éclatons de rire.

Je m'éloigne d'un pas pour la regarder. Elle n'a pas vraiment changé, à l'exception peut-être de son ventre rebondi qui embellit encore sa jolie silhouette. Elle est magnifique. Elle a ramené ses cheveux en une tresse, sur le côté droit de sa nuque, ses pommettes rebondies lui donnent toujours cet air poupon que j'adore. Pourtant, de petits cernes plus foncés encadrent ses jolis yeux turquoise. Elle a l'air fatiguée, épuisée même.

Protecteur et un peu inquiet de la trouver si pâle, je m'avance dans la pièce pour dégager le canapé et lui permettre de s'asseoir, mais elle m'arrête d'un geste.

— Ne touche à rien, quand j'ai vu la porte de ton appartement entrouverte, j'ai téléphoné à Gérald, murmure-t-elle en rougissant légèrement.

Sa gêne évidente me pousse à m'interroger sur la véritable relation qu'ils entretiennent, mais elle poursuit rapidement comme pour me détourner de mes questions.

— Il a insisté pour que je l'attende à l'extérieur, « en sécurité », dit-elle en mimant les guillemets. Gé va sûrement me passer un savon, parce que je suis rentrée quand même.

Elle hausse les épaules l'air de dire que ça n'a pas d'importance, je lève un sourcil en réponse et la regarde triturer ses mains avec anxiété.

— Pourquoi ?

— Je voulais être certaine que tu allais bien, répond-elle comme si ma question était parfaitement idiote, le visage encore barré d'inquiétude.

Elle se reprend très vite, et tente un sourire rassurant pas très convaincant.

— Gérald arrive avec une équipe pour relever les preuves éventuelles. Mais ça ne devrait pas poser de problème, que tu vérifies qu'il ne te manque pas quelque chose, si tu ne touches à rien.

J'opine prenant conscience des implications, puis grimace en réalisant que ma sœur a fait preuve de bien plus de présence d'esprit que moi. Suis-je à ce point hors réalité, pour ne même pas penser à joindre la police ? Ou suis-je si peu soucieux de ma sécurité pour négliger les règles de base ? J'aurais dû m'interroger sur l'hypothétique présence de l'ordure qui a fait ce massacre, dès que j'ai réalisé que l'appart avait été visité. Mais cela ne m'a même pas traversé l'esprit. Qu'est-ce qui me prend sans rire !

Le seul aspect positif, de cette sale histoire, c'est que le cambrioleur est certainement reparti la besace vide. Il faut dire qu'avec tous les événements de ces derniers temps, je n'ai pas eu le temps d'apporter beaucoup d'effets personnels ici.

Pourtant, même si l'individu n'a rien emporté, je ne peux pas contrôler la sensation dérangeante qu'on a violé notre intimité. C'est un peu comme si je n'étais plus vraiment chez moi. Cette impression désagréable me file des frissons et s'accentue à mesure que je constate l'étendue des dégâts.

Tout a été retourné, vidé, dépecé. Celui qui a fait ça ne cherchait pas qu'un truc à voler, il voulait nous attaquer directement. Si son but est de nous atteindre et que nous nous sentions en danger, je dois dire que je ne m'y serais pas pris autrement. Il a fait grimper la tension d'un cran supplémentaire.

Est-ce le but ? Ou est-ce simplement moi qui deviens complètement parano ?

Je poursuis mon inspection passant de pièce en pièce, la boule au ventre. Après avoir examiné le salon, le bureau et la salle de bain, je termine par la chambre. Bizarrement, la pièce est en désordre, mais beaucoup moins que les autres. Les draps ont été arrachés et balancés par terre, les coussins éventrés. Quelques fringues déchirées sont éparpillées par terre. On a l'impression que l'agresseur a fouillé à la hâte les tiroirs et comme il n'a rien trouvé, s'est vengé sur ce qu'il trouvait.

Une seule chose dénote avec ce désordre ambiant.

Un élément que le voleur a pris soin de mettre en évidence.

Le tableau.

Posé au milieu du lit.

Pour attirer l'œil dès qu'on rentre.

Comme si la peinture était montrée du doigt, dans le chaos ambiant.

C'est une œuvre assez étrange qui a été offerte à Jadde par son futur ex-patron, et qu'elle a conservée parce qu'elle la trouvait étrangement familière. À plusieurs reprises, je l'ai vue la contempler, sans jamais vraiment l'évoquer…

Pour la première fois, je le regarde vraiment.

La tristesse qu'elle exprime est assez perturbante. J'ai souvent eu l'occasion, quand j'étais jeune, de croiser des artistes peintres et de discuter avec eux de l'interprétation, qu'ils donnaient à chacune de leur toile. Ici, j'ai la sensation que même si la solitude, le manque, le vide est l'idée la plus évidente. L'artiste a choisi de nous offrir un aperçu de la détresse quand l'être aimé disparaît. C'est en tout cas ce que je ressens en la regardant.

Ce désert silencieux aride et sans vie me donne juste envie de prendre l'auteur dans mes bras et lui faire voir autre chose pour le guider vers la lumière. Je ne sais même pas pourquoi je pense à cela. Ça n'a aucun sens. Je repousse mon étrange mélancolie, et regarde, presque malgré moi, la signature presque illisible. Je suis presque certain que c'est « A. Davinton », mais « Davidson » pourrait aussi être correct.

C'est ma sœur, qui me coupe dans mon élan, alors que j'allais l'attraper pour mieux l'inspecter. Je lève les yeux vers elle, délaissant mes sombres pensées.

— Alors ? Ils ont volé quelque chose ?

— Je n'ai rien vu, mais ça ne veut rien dire. Jadde avait peut-être laissé quelques trucs importants pour elle. Elle est partie, sans repasser par ici. Du coup, je n'en suis pas certain, même si j'en doute. Je lui ai apporté la plupart de ses affaires à l'hôpital. Aussi, à part peut-être ce tableau…

Elle m'interrompt d'un geste.

— Je suis désolée pour ce qui est arrivé à Jadde, Gérald m'a raconté dans quel état il t'a trouvé. J'ai voulu venir te soutenir plus tôt, mais j'ai pensé que ce n'était pas le moment de réapparaître et de régler nos histoires.

— J'aurais probablement été odieux et je t'aurais envoyé sur les roses, comme je l'ai fait avec toutes les personnes qui ont essayé de m'approcher. N'aie aucun regret, tu as fait ce qu'il fallait, répliqué-je en toute sincérité.

Elle me sourit, timidement.

— Pourquoi n'est-elle pas avec toi alors ?

Je déglutis en détournant le regard mal à l'aise.

— Son beau-père lui a demandé de rentrer en France.

— Et elle ne t'a pas proposé de la suivre ?

— C'est moi qui ai refusé, ou plutôt c'est moi qui ai trouvé une excuse pour ne pas l'accompagner.

Ma sœur ouvre des yeux grands comme des soucoupes et répond stupéfaite.

— Là, j'ai un peu de mal à te suivre grand frère ?

Je cherche une façon simple, mais pas trop engageante de me justifier, mais je ne trouve rien de convaincant. Rien de vraiment étonnant, puisqu'à mesure que les heures passent, je prends conscience de l'énormité de mon erreur. Même si pour l'instant, je me sens toujours incapable de sauter dans le premier avion pour la rejoindre.

— Apparemment, sa mère est malade… très malade.

Je la regarde bien en face pour qu'elle comprenne, tout ce que je suis incapable d'exprimer. Elle m'observe, incrédule. Puis, la lumière se fait dans son esprit et ses traits se transforment en un millième de seconde.

— Oh Braden ! murmure-t-elle en contournant le lit pour me prendre à nouveau dans ses bras.

— Tu n'as pas… elle n'est pas…

Je l'éloigne et l'arrête les paumes en l'air pour la faire taire.

— Je ne peux tout simplement pas revivre ça, Mila.

— Si tu le peux, et tu vas le faire. Pour elle, pour vous, mais surtout pour toi.

Elle l'affirme, mais je secoue la tête d'un air buté. Sans en tenir compte, elle poursuit avec une douceur.

— Tu as été si fort quand maman est morte, t'interdisant de pleurer et assumant toutes les responsabilités. Papa et moi, nous sommes presque entièrement reposés sur toi, parce que tu étais le seul à garder la tête hors de l'eau. Je savais que nous avions tort, mais nous n'avons pas pu, pas su faire différemment.

Elle se rapproche à nouveau et passe la main sur ma joue. Ce geste plus qu'un autre m'atteint en pleine poitrine. Ma mère faisait le même, quand elle voulait avoir toute mon attention.

— Tu étais si fort, alors que j'ai passé des journées entières à la pleurer, toi tu n'as pas versé une seule larme. Pourtant j'ai vu à quel point c'était difficile pour toi de la laisser partir. Tu t'es retranché derrière ta colère, elle t'a permis de faire face. Aujourd'hui, tu dois accepter ce qui s'est passé, Brad. C'est la vie, son heure était simplement venue.

Les larmes me brûlent la gorge, alors je détourne la tête. Mila a beau être pétrie de bonnes intentions, perdre ma mère dans de telles souffrances me paraît toujours aussi injuste. Elle ne méritait pas ça. Elle est partie beaucoup trop tôt, alors qu'elle avait encore des milliers de choses à vivre. Elle aurait dû rencontrer Jadde, apprendre à la connaître, surjouer les mères protectrices, tout en l'adoptant dans la minute. Elle aurait dû pouvoir justifier son silence sur mes origines, tout en m'assurant que les liens de sang n'avaient aucune importance. Elle m'aurait offert cet amour inconditionnel, ce soutien sans faille que seule une mère peut donner à son enfant. Pourtant, elle n'aurait quand même pas hésité à me botter les fesses en me traitant d'idiot, en me voyant agir comme une vraie poule mouillée. Malheureusement, elle n'a jamais eu l'occasion de faire tout cela, parce qu'on me l'a enlevée et je suis toujours incapable de l'accepter.

Ma sœur poursuit sa petite tirade, sans tenir compte de la tension ambiante qui s'épaissit. Je sais qu'elle a raison, mais je ne suis pas, pour autant, prêt à lui céder.

— Les personnes naissent, vivent et meurent, c'est le cycle naturel des choses. Comment pourrions-nous apprécier la vie à sa juste valeur si elle était sans fin ? C'est cette approche inéluctable, cette fin non programmée qui donne une telle valeur à tous nos petits plaisirs.

Elle s'arrête, me voyant secouer la tête, parce que même si je sais tout cela, je ne veux pas entendre ce genre de choses, je ne peux pas. Elle se tait, et se détourne pour rejoindre la fenêtre à quelques pas de là.

Le silence dure longtemps. Chacun de nous, perdu dans ses pensées, ses souvenirs et sa vision personnelle de notre passé. Quand elle reprend, en se tournant dans ma direction, sa voix s'est faite sereine et plus déterminée que jamais.

— Elle était heureuse, tu sais.

— Je ne vois pas comment elle pouvait vraiment l'être. Elle souffrait le martyre et n'était plus que l'ombre d'elle-même.

— Elle l'était pourtant. Elle avait accepté son destin, pour elle, ce n'était pas une fin. Elle était convaincue qu'elle continuerait à vivre à travers nous, à travers ce qu'elle nous avait appris, elle était si fière de ce que nous accomplissions, des personnes que nous étions devenues. Crois-tu vraiment que tu respectes son héritage en agissant comme un lâche ?

Ne sachant pas quoi répondre, je me contente de regarder

ailleurs, une fois encore. Ma mère serait déçue de me voir fuir mes responsabilités, parce que j'ai trop peur de ce que la situation va me faire ressentir, cette impuissance, cette douleur fulgurante que l'on ne peut pas contrôler. Ce sentiment de perte est encore bien trop ancré, dans mon esprit et dans mon cœur, pour que je passe outre.

— Elle me manque, chaque jour. Pourtant, chaque fois que je m'apprête à baisser les bras, je pense à elle, à la force qui lui a fallu pour supporter tous ces traitements pour rester quelques jours de plus avec nous. J'entends les conseils qu'elle m'aurait donnés et je sens sa présence réconfortante.

Je connais cette sensation et par le passé j'ai souvent ressenti la même chose, cependant je me tais toujours incapable de dire quoi que ce soit.

— Braden, autorise-toi à exprimer ta douleur et laisse maman te guider comme elle l'a toujours fait. C'est la plus belle preuve d'amour que tu peux lui offrir. Arrête de lutter contre l'incontrôlable et affronte comme tu l'as toujours fait avec courage et volonté.

J'ai tellement peur de me laisser submerger par ce manque, cette douleur qui parfois me foudroie et laisse un vide impossible à combler, même des années plus tard. Quand elle reprend, elle ne retient plus ses larmes et chacune d'elles fait écho au vide qui me vrille le ventre.

— Aujourd'hui, il n'est plus question de tes peurs, mais de la détresse de la femme que tu aimes et elle a besoin de toi. Je pense qu'elle a eu largement sa part de deuil, dans sa vie. Avoir une épaule sur laquelle se reposer l'aidera à affronter les épreuves qui

l'attendent. Et puis Brad, tu vaux bien mieux que jouer les
fuyards dégonflés.

Chapitre 27

Jadde

Je prends l'avion dans un état second tout en étant douloureusement consciente de ce qui m'attend à l'arrivée. Tout me semble irréel, inconsistant. Même les turbulences et le décollage chaotique ne m'offrent pas un dérivatif suffisant pour sortir de ma torpeur. Comment est-ce possible ? Ça ne peut être qu'un mauvais rêve, un cauchemar. Et si c'était vrai ? Pourquoi ma mère ne m'a-t-elle pas prévenue ? Elle a toujours été protectrice, mais de là, à tout affronter seule, cela semble exagéré, même pour elle.

Tandis que les questions se succèdent, j'essaie de me rassurer en me disant que Mark, inquiet, s'est peut-être montré exagérément alarmiste. Des milliers de « peut-être » se bousculent, sans jamais entrevoir de réponse, et ça me terrifie. Parce que là, il n'y a pas de réponse, il n'y a pas de solution, il n'y a pas de contrôle, que me restera-t-il alors à quoi me raccrocher ?

Je me repasse en boucle la conversation avec mon beau père,

l'attitude de ma mère ces derniers mois, son silence, son absence, sa retenue, ses désistements. Et l'évidence me frappe. Quel que soit son état, il y a truc qui ne colle pas, c'est une certitude.

Rongé par la culpabilité, je me fustige, sans cesse. J'aurais dû me rendre compte, plus tôt que quelque chose clochait. J'aurais dû être plus présente, plus attentive, mais j'ai été tellement centrée sur Brad et moi-même, que tout le reste a été relégué au second plan, elle comprise. J'ai honte d'avoir été si égoïste.

Si seulement…

J'écoute mon voisin d'une oreille distraite parce que ce parfait inconnu s'est mis en tête, qu'il devait absolument me faire la conversation. J'ai envie de lui arracher la langue, et de la lui faire avaler. Pourtant, je souris d'un air affable, sans jamais répondre. Le vol dure une éternité. Perdue dans mes sombres humeurs, j'ai l'impression atroce que le destin m'en veut et que cette cascade d'horreur n'en finira jamais.

Et comme si ce n'était pas suffisant ce blablateur qui poursuit son monologue me met les nerfs en pelote. J'en viens à regretter le voyage en première classe de l'allée, mais j'étais tellement pressée, que j'ai réservé le vol, en validant les premières places disponibles. Impossible de se plaindre. Et ce même si je me retrouve assise, à côté d'un emmerdeur, plutôt qu'avec mon taciturne Malcolm, qui est relégué à trois rangées derrière.

Épuisée, inquiète, je retrouve ma vieille manie de me ronger les ongles, et à ce rythme, en arrivant, il ne me restera que des moignons. J'ai l'impression, qu'il me faut dix fois plus de temps pour retourner en France, qu'il m'en a fallu pour m'en éloigner. Rien ne va, même le confort douteux du charter laisse à désirer, mais ça m'est bien égal. Je me contrefous de tout à une seule exception près : ma mère.

C'est faux bien entendu. Je ne me moque pas de Brad, non plus, mais il n'est pas là. La seule personne qui serait parvenue à maintenir mon attention, à me distraire un peu de ma terrifiante réalité, a choisi de ne pas m'accompagner.

Mais comment pourrais-je l'en blâmer ? Il ne m'a fallu qu'une demi-seconde pour déchiffrer la peur dans ses pupilles, qui avaient instantanément viré au noir ébène. Dès lors j'ai su très exactement ce qui allait suivre. Il ne pouvait pas, et j'arrive à le comprendre, même si cela signifie pour moi faire face seule.

Je ne peux même pas lui en vouloir, et pourtant je mentirai en disant que je ne suis pas déçue. Il a préféré s'épargner le remake de son passé. Je sais à quel point, il a souffert quand sa mère est morte. Je ne peux pas lui imposer de retraverser une telle épreuve. C'est d'ailleurs, la raison pour laquelle, je n'ai pas insisté pour qu'il me suive. C'est aussi pour cela que j'ai quitté l'aéroport, sans un regard en arrière. En plongeant mes yeux dans les siens, j'aurais fini par le supplier de m'accompagner, et il aurait cédé.

Seulement, cela aurait été du pur égoïsme, et je ne peux pas lui imposer ça. J'ai conscience que certaines démarches demandent d'être entreprises en solitaire. Il ne doit pas me rejoindre parce que j'en ai besoin, mais parce qu'il choisit de le faire. Nous avons tous les deux des démons à affronter, avant de pouvoir faire front ensemble. C'est une de mes rares certitudes.

Pourtant, là tout de suite, alors que j'arrive enfin devant la maison de ma mère, que la terreur me coupe le souffle, je rêverais de me nicher dans ses bras, bien à l'abri du monde.

Je m'oblige à prendre une grande inspiration, alors que je jette un coup d'œil à Malcolm, qui n'a pas décroché un mot depuis notre départ.

Se sentant observé, il détourne son attention de la bâtisse et plonge son regard dans le mien, avant de m'offrir un sourire encourageant. Son soutien est comme un point d'ancrage, même s'il est tout juste suffisant pour redorer ma détermination. À la seule force de la volonté, j'ouvre la portière et sors du véhicule qu'il a loué, pour nous, à l'aéroport.

— Je vais t'attendre dans la voiture, Jadde.

Je le regarde distraitement et opine, sans répondre. Même si j'adore Malcolm, ce n'est pas vraiment de lui dont j'ai besoin à mes côtés. Pourtant je lui serai éternellement reconnaissante de m'avoir accompagnée.

J'avance d'un pas, aussi déterminé qu'hésitant, vers la porte en pin massif. Même sans avoir vu ma mère, je sais qu'il y a un problème. Un simple coup d'œil aux abords de la villa est un indicateur plus que suffisant. Si les parterres de fleurs autour de la maison sont propres, ils sont loin d'être aussi soignés que d'habitude. La barrière couverte de lierre n'est toujours pas visible, mais les feuilles flétries ne manquent pas. Et rien que cela, ça ne lui ressemble pas.

Ses magnifiques rosiers sont envahis par les mauvaises herbes. On a l'impression que la nature prend sa revanche sur les excentricités de ma mère. Elle aurait été parfaitement dans son élément dans les grands parcs de Versailles, taillant au millimètre près la moindre brindille. Alors en voyant les pissenlits côtoyer les « sweet love[1] », j'ai un pincement dans la poitrine.

Réaliser que la vie continue malgré tout me tirerait presque un sourire. Enfin, si seulement je ne devinais pas d'instinct que la suite m'en ôterait l'envie pour les mois à venir.

Faisant taire, une fois de plus, mes sombres idées, je frappe doucement à la porte. Ma mère a besoin de moi, même si elle ne le sait pas encore. Alors je vais faire face, parce que ce n'est pas en m'apitoyant sur un hypothétique futur difficile que je vais pouvoir l'aider.

Quelques secondes plus tard, la porte s'ouvre sur un Mark, le regard hagard et l'air épuisé.

— Jadde, ma chérie. Tu as fait vite, murmure-t-il avec un soulagement visible.

Pour toute réponse, je le serre dans mes bras, avec affection. Je réalise que je ne l'ai pas vu, depuis plusieurs mois et que même si nous n'avons jamais été très proches, je suis contente qu'il soit là.

— Où est-elle ? l'interrogé-je en relâchant mon étreinte.

Si sa mine s'est légèrement illuminée en me voyant, son air obscur reprend immédiatement le dessus.

— Je l'ai obligé à aller se reposer. Elle est tellement faible, si tu voyais, c'est tout juste si elle a l'énergie pour se lever.

— Pourquoi n'est-elle pas à l'hôpital ?

Un éclair de colère traverse brièvement ses traits marqués et il répond avec un mélange d'agacement et d'admiration.

— Elle refuse de rester cloîtrée dans un lit d'hôpital, malgré

---

[1] Rosier à grandes fleurs très parfumées, d'un blanc nacré aux reflets rosés.

les recommandations du médecin. Tu connais ta mère plus têtue qu'une mule, quand elle a une idée en tête, impossible de l'en faire démordre.

Je peux difficilement lui donner tort sur ce point. La meilleure preuve, je l'ai interrogée pendant des années pour tenter d'en savoir un peu plus sur mes origines, sans qu'elle ne lâche jamais rien. Quand enfin, elle a fini par m'avouer quelques bribes, elle a choisi la veille de mon départ pour l'outre Atlantique, gardant une fois de plus le contrôle et m'empêchant de poser plus de questions.

— Comment va-t-elle ? demandé-je, tandis que nous nous installons à la table de la cuisine.

Il détourne le regard et se relève, alors qu'il vient tout juste de s'asseoir.

— Tu veux un café ? me demande-t-il en réponse.

J'acquiesce et il s'affaire pendant deux minutes, laissant le silence pesant s'éterniser et faire grimper en flèche ma peur, chaque seconde un peu plus. Quand il rejoint la table, sa mine terreuse répond à ma question bien mieux que ne le feraient de longs discours. Pourtant j'insiste. J'ai besoin de l'entendre, je sais que c'est un mal nécessaire. Parfois pour réussir à avancer, il faut être terrassé juste avant. Même si pour l'instant, imaginer la suite me paraît dénué de sens, je sais que la vie continuera, quelle que soit sa réponse.

— Comme va-t-elle ? renouvelé-je.

Il plonge son regard dans le mien, et avec une voix où transpire la douleur, il murmure :

— Elle lutte de toutes ses forces, avec toute son énergie.

Mais…

Je déglutis appréhendant la suite, même si je la devine depuis l'instant où il m'a téléphoné.

— Mais ?

— À part un miracle, elle ne sortira pas vainqueur de cette bataille. Elle va mourir Jadde.

Il appuie sur ses paroles comme pour tenter de prendre lui-même conscience de cette évidence.

J'étouffe un sanglot, en posant la main sur mes lèvres. J'avais beau le soupçonner, m'y être mentalement préparer, la violence de l'annonce me frappe comme un coup de tonnerre.

— Il doit bien exister un moyen, quelque chose qu'ils n'auraient pas encore essayé, glapis-je douloureusement.

La colère que j'avais subrepticement vue passer sur son visage, tout à l'heure, réapparaît intacte et brûlante.

— Ils ont tout tenté, durant des mois entiers, elle a lutté seule sans jamais m'en parler. Elle a subi chimio et radiothérapie en silence. Je suis là tellement rarement, qu'elle n'a eu aucun mal à nous le dissimuler. Elle a fait un malaise, quelques jours après ton départ. Du coup, les pompiers m'ont contacté, alors qu'elle était inconsciente. Sans cela, jamais nous n'aurions appris la vérité. Je m'en veux tellement de n'avoir rien vu venir. Rien compris de ses silences et ses absences répétées. Elle a préféré nous tenir à l'écart et affronter toutes ces épreuves, seule.

Le souffle court, je laisse mes émotions déborder, dernière faiblesse, me dis-je, la dernière que je m'autorise avant de la voir, tenté-je de justifier. Je m'étais promis d'être forte, mais là c'est trop, beaucoup trop.

Enfonçant le clou, il ajoute comme pour faire taire mes derniers espoirs.

— Ils ont décidé de suspendre les thérapeutiques, elle est trop faible pour tenter autre chose et elle ne le veut pas. Elle ne mange presque rien, et vomit le peu qu'elle arrive à avaler. Elle n'est plus que l'ombre d'elle-même.

Si sa colère reste palpable, son sentiment d'impuissance l'est tout autant. S'il y a bien une chose dont je suis certaine à son sujet, c'est qu'il aime ma mère, infiniment. La voir souffrir doit être aussi horrible pour lui que ça le sera pour moi.

Dans un geste de réconfort, je pose ma main sur la sienne sans pour autant parler. En même temps, que pourrais-je lui dire ? Nous sommes démunis.

Tandis que près d'une heure plus tard, je m'apprête à rejoindre la chambre de ma mère, les mots de Mark résonnent dans ma tête encore et encore. « Elle ne sortira pas victorieuse de cette bataille, elle va mourir », accentuant chaque seconde la plaie béante de mon cœur.

Chapitre 28

Angélina

Assise dans mon lit depuis que j'ai trouvé la force de le faire, j'essaie de dissimuler mon état de fatigue extrême, à grand renfort de fond de teint. Si seulement j'avais eu un peu plus de temps, j'aurais pu… Je secoue la tête dépitée, rien ne sert de ressasser, les choses sont ainsi, je vais devoir faire avec.

Heureusement, j'ai percé Mark à jour presque immédiatement quand il l'a prévenue. Il a toujours été incapable de me dissimuler quoi que ce soit. Du coup, j'ai pu minimiser les dégâts physiques de cette saleté, enfin autant qu'il est possible avec vingt kilos de moins et une hémoglobine au ras des pâquerettes. Je ne veux pas qu'elle garde cette image, décharnée de sa mère. J'aurais même préféré qu'elle ne me voie pas du tout, quitte à me passer de sa présence.

Quand j'ai entendu sa voix dans l'entrée, j'ai lâché une bordée de jurons, dans mon esprit tout au moins. Les vieilles habitudes de maman ont la vie dure. J'étais certaine qu'à la minute où elle serait au courant, elle lâcherait tout ce qu'elle était en train de construire pour me rejoindre. Ridicule ! Comme si j'avais besoin d'être entourée de leur tristesse. Je n'ai toujours voulu que le meilleur pour elle. À cause de mes erreurs, elle a dû grandir sans père et j'ai tenté d'y pallier pour qu'elle en souffre le moins possible.

Beaucoup d'amour, de la confiance, être là quand elle en avait besoin, tel était mon unique objectif. En plus, pour lier le tout, j'ai tenté de lui offrir des rêves et de lui donner les moyens de les réaliser, et puis des rires, beaucoup de rires avec une bonne dose de complicité. Tout cet arsenal dans le seul but de compenser mes zones d'ombre et mes silences. Atténuer ma noirceur, en lui donnant un maximum de lumière.

J'aurais fait n'importe quoi pour elle et c'est encore le cas. Elle est devenue ma vie à la minute où elle a vu le jour. J'ai tout sacrifié pour elle, tout abandonné pour la protéger. Et je n'aurais pas hésité une seconde si j'avais dû recommencer.

Je n'ai aucun regret, en ce qui la concerne en tout cas, parce que si j'ai fait mon possible pour la rendre heureuse, elle m'a rendu chaque attention, chaque sacrifice, au centuple. J'ai de la chance d'avoir eu une fille comme elle et je remercie le ciel de me l'avoir envoyée.

Sans elle, je n'aurais jamais trouvé la force de continuer sans Moony. Malgré les années, malgré Mark, penser à Jerry me brûle toujours autant la poitrine. Il me manque tant et la seule idée de le rejoindre, apaise la douleur de la quitter. Je sais qu'il est bientôt l'heure, je le sens.

J'aurais aimé partir, sans heurt, sans larme. Pour autant, j'ai parfaitement conscience que choisir de me taire était un acte purement égoïste. Mais la voir souffrir va être la pire des tortures. Sans compter que tous les mots qu'elle va se contraindre à me dire, n'apaiseront pas vraiment la douleur de mon départ.

Elle veut être là, me dire au revoir, me dire qu'elle m'aime. Mais je sais tout cela. Alors, pour la première fois de ma vie, j'aurais aimé être nombriliste et nous préserver toutes les deux de cette séparation larmoyante et inutile.

Je suis même un peu en colère contre Mark, de nous imposer ça, même si cela partait d'une bonne intention. J'essaie de me rassurer en me disant qu'elle acceptera peut-être mieux la situation, si elle constate, à quel point je suis prête et sereine pour cette ultime étape. Elle ne me fait plus peur, depuis longtemps.

Au fond, je sais que j'aurais simplement aimé les préserver de cette bataille que je savais perdue d'avance. Bien avant la pose du diagnostic, je sentais que cette fois, la maladie remporterait la bataille. Ce n'est pas comme si nous ne nous étions jamais affrontées.

J'étais adolescente lorsque la maladie a croisé ma route pour la première fois. Ils m'ont diagnostiqué une leucémie. À l'époque, il n'y avait pas tous ces traitements et je me demande encore comment j'en suis sortie indemne. Me remémorer ce passé chaotique, me tirerait presque un sourire. J'ai parfois l'impression qu'il s'agissait d'une autre vie. Tout était tellement terne et morne avant Moony, sa passion dévorante, son affection démesurée pour tout ce que la vie a à offrir, sa bonne humeur et son amour inconditionnel. C'est LA rencontre d'une vie, celle qui transforme les braises étouffées en foyer incandescent en un claquement de doigts. Celle qui modifie notre vision du monde, d'un simple battement de cil. Il a été celui par qui tout commence et tout se termine. Mon tout.

Y penser me tire un sourire, mais il s'efface vite, quand mes pensées vagabondent vers ma seconde rechute qui a été de loin la pire. Alors que j'avais baissé la garde et que je parvenais enfin à supporter son absence, j'ai ressenti les premiers symptômes. Ce n'est pas comme si je ne les avais pas reconnus. Chaque crampe, chaque sensation de lassitude extrême, chaque palpitation marquaient mon âme comme autant de coups de poignard. Ça ne pouvait pas être possible. Pas après tant d'années. Pas alors que je sortais enfin la tête de l'eau. Jadde devait avoir une quinzaine d'années, et pour nous offrir une vie décente, je cumulais deux boulots. Alors quand le couperet est tombé, ça a été une sacrée pilule à avaler. J'ai dû mettre en standby mes jobs, sans pour autant qu'elle ne s'en rende compte. Comme aujourd'hui, je refusais qu'elle joue les garde-malades. Ce n'est pas son rôle et jamais je n'accepterais un truc pareil. Alors j'ai lutté de toutes mes forces, usant de mille subterfuges pour duper sa vigilance. Au fond de moi je savais que je vaincrais, il ne pouvait en être autrement. J'avais la plus belle des motivations, ma fille, ma Jadde.

Malgré mon envie et ma force, j'ai eu plus d'une fois besoin d'aide et la mère de Sofia m'a sortie de périodes compliquées, en palliant et justifiant mes absences répétées. Au pire moment, elle prenait le relais, sans discuter, et préservait mon secret coûte que coûte.

Je doute que ma fille n'ait soupçonné quoi que ce soit et c'était très bien ainsi. Sofia, par contre… Pourtant, pour protéger Jadde, en pleine période de doute et de rébellion, elle s'est tue. Elle a eu raison de respecter mon choix parce qu'ainsi j'ai épargné des souffrances et des inquiétudes bien inutiles à la prunelle de mes yeux.

Une nouvelle fois, j'ai gagné mon combat, même si j'y ai laissé quelques plumes, mais quelle importance, tant que je la protégeais.

Cela me semble si loin, aujourd'hui, et la situation est tellement différente, tout comme le mal qui me ronge d'ailleurs. Je sens ce monstre à tentacules qui s'étend chaque jour un peu plus fourbe, belliqueux. Même si, j'avais eu la moindre chance d'y réchapper, vu mes antécédents, les thérapeutiques envisageables étaient quasi inexistantes. Le plus ironique dans cette histoire, les traitements qui m'ont sauvée des années plus tôt sont à l'origine de ma situation. La moelle est guérie, mais mon foie, lui, n'a pas résisté aux traitements au long court. Triste ironie !

Je secoue la tête, tentant de chasser les restes de regrets. Ils ne servent à rien d'autre qu'à ternir les souvenirs et je n'ai plus de temps à perdre. C'est bientôt l'heure de partir et je veux consacrer mon énergie à autre chose qu'à ressasser l'inchangeable.

La voix de ma fille qui discute avec Mark me maintient éveillée et je me concentre dessus pour ne pas me laisser aller au sommeil. Sa présence aura au moins un côté positif, à défaut de me faciliter la tâche, je vais au moins pouvoir lui avouer la vérité. Tous ces non-dits dérangeants, insensés qu'il va simplement falloir qu'elle accepte. J'ai toujours dû les garder sous silence, mais elle a le droit de savoir d'où elle vient avant que je disparaisse.

Demain, alors que je ne serai plus là, ces révélations seront sa seule protection. En lui donnant les explications de ses origines, je lui offre les clefs pesantes de sa sécurité. D'une certaine façon, cet enchaînement de circonstances est presque parfait. Elle aurait obtenu certaines réponses dans le double de la lettre, que le notaire doit lui remettre à ma mort. Mais elle mérite de tout entendre de ma bouche, même si je sais d'avance que me taire m'aurait épargné de lire la déception dans ses grands yeux expressifs. Cela aurait simplifié les choses pour moi, mais pas du tout pour elle. Je dois affronter mes échecs et mes erreurs, une dernière fois.

Quoi qu'il arrive, elle fera face. Elle est forte, bien plus qu'elle ne le pense. Elle comprendra, j'en suis sûre et après je pourrais m'éteindre en paix…

Mark ne sait rien. Il ignore tout de mon passé et c'est bien mieux ainsi. Quel intérêt y aurait-il à lui briser le cœur à quelques heures de mon départ ? D'une certaine façon, j'ai toujours pensé que j'étais injuste avec lui. Il est amoureux d'un fantôme, d'une chimère. Et j'aurais aimé avoir le courage de le repousser, quand il a voulu se faire une place dans ma vie. C'est un mec bien et il ne mérite pas de découvrir que nous vivons dans le mensonge depuis toujours. Je refuse de lui laisser penser que je n'ai jamais eu une affection sincère pour lui. Peu importe si je ne l'aimais pas comme j'ai aimé Jerry. Personne ne pouvait rivaliser avec lui. J'en ai parfaitement conscience et ça m'attriste, même si je ne peux rien y faire.

L'heure de vérité est arrivée, je l'entends déjà grimper dans le couloir. Je m'arme de courage et parfais la mise en scène, visant à lui laisser le meilleur souvenir possible. Malgré tout, je vois le choc dans ses yeux quand elle rentre, et je me dis que j'aurais vraiment aimé lui épargner le pire.

— Ma chérie, je suis heureuse de te voir, mais qu'est-ce que tu fais là ?

Elle me regarde incrédule, tout en s'avançant vers le lit. Je sais pourquoi elle est ici, mais je joue les imbéciles pour évaluer ce qu'elle sait déjà.

— Pourquoi ne m'as-tu rien dit ? m'accuse-t-elle sans préambule.

D'accord, elle sait tout, enfin elle pense tout savoir, ça me permettra d'aller droit au but.

— Viens t'installer près de moi, murmuré-je en tapotant le lit.

Elle obtempère, et s'assoit à mes côtés, mais elle est encore trop loin, j'ai tellement froid, je lui demande de se coucher et de poser sa tête sur ma poitrine. Quelle importance si son poids rend ma respiration plus laborieuse ? J'aime la sentir ainsi. Elle me rappelle la position qu'elle adoptait enfant, quand elle avait besoin de réconfort. Cette fois, c'est moi qui en éprouve l'irrépressible envie. Alors, sentant probablement l'impériosité de ma demande, elle s'exécute sans discuter et se love contre mon flanc.

Je rassemble mes derniers souffles de hardiesse et commence en éludant sa question parce qu'elle est sans importance. C'est mon choix, voilà tout. À user le dernier souffle de vie, autant que ce soit pour quelque chose qui en vaille la peine. Je ne réfléchis pas vraiment, je laisse les mots couler, je me suis imaginé la scène si souvent…

Je tente de parler d'une voix claire et sereine. Je sais que j'échoue lamentablement, mais maintenir les apparences me demande déjà beaucoup trop d'énergie.

— Je suis née en janvier mille neuf cent cinquante-quatre et non en en avril mille neuf cent cinquante-six comme tu l'as toujours pensé. Mon véritable nom est Monica Damitson et je suis née au Nebraska au centre des États-Unis.

— Maman, gémit-elle en tentant de relever la tête, mais je la retiens et elle se laisse faire.

— Chut, ma chérie, ce n'est que le début du voyage. Tu comprendras mes choix, laisse-moi parler. C'est important.

Je sais pertinemment que je lui demande une vraie profession de foi. Toute ma vie, toute la sienne ne sont qu'un immense mensonge, que j'ai forgé et façonné, quand j'ai fui mon passé pour la préserver. Mais il faut bien commencer quelque part alors… autant commencer l'histoire par le début.

— Mes parents sont morts quand j'avais quatorze ans, dans un banal accident de voiture. Ils ont été de bons parents aimants et attentifs, même s'ils n'étaient pas vraiment prévoyants. Je me souviens encore assez clairement de mon enfance et mon début d'adolescence. J'ai été heureuse, insouciante et rêveuse. Surtout rêveuse, en tout cas jusqu'à ce que ce premier drame me ramène sur terre.

Je me tais quelques secondes pour reprendre mon souffle, ma fille est crispée dans mes bras, mais comment lui en vouloir… ? Quand je reprends, je me racle la gorge pour effacer le voile de fatigue, j'aurai mille fois le temps de me reposer dans quelques heures. Une goutte de sueur dévale mon dos, tandis que la douleur me guette prête à m'accabler.

— Dans mon malheur, j'ai eu de la chance, je suppose, parce que la sœur de ma mère a accepté de s'occuper de moi. Comme elle vivait à Chicago, j'ai dû quitter mon Nebraska natal pour la rejoindre. Même si son point de chute était dans cette grande ville, c'était surtout un globetrotteur, qui m'a fait découvrir mille et une de ses passions. La peinture, l'art sous toutes ses formes, la poésie, la beauté, tout cela je le lui dois.

Je souris, en y pensant ça fait des siècles…

— Nous n'avions qu'une petite dizaine d'années d'écart et elle a été une amie bien plus qu'une mère. Comment élever une adolescente quand on est soit même une grande enfant ? Sa vie, un peu dissolue, n'était faite que de frasques et fêtes et j'ai fait pas mal d'expériences à l'époque, enfin jusqu'à ce que je tombe malade.

Même si je n'ai pas l'intention de m'étendre sur le sujet, cette étape fut déterminante, alors je ne peux malheureusement pas éviter de l'évoquer.

— À ce moment-là, le maigre capital que mes parents m'avaient laissé à leur mort a fondu comme neige au soleil et ma tante a dû trouver un boulot stable pour payer les frais médicaux exorbitants. Elle s'est posée et a fait tout ce qu'il fallait pour me sortir de là. Certains de ses choix sont discutables, mais sans elle et sa détermination inébranlable, nous ne serions pas là. Quand la maladie a été derrière moi, après des mois et des mois de faiblesse et d'acharnement, ma tante était déjà allée trop loin dans ses choix pour pouvoir revenir en arrière.

Me souvenir que j'étais à l'origine de sa déchéance était une de ces blessures qui ne cicatrisent jamais. Seule face à ma maladie, sans ressource, elle a du faire face à des dépenses énormes. Certains se seraient retrouvés à la rue pour bien moins. Elle a choisi la solution du fric rapide, même si ça signifiait se perdre. Il n'est pas nécessaire qu'elle découvre cette histoire sordide. Ça ternirait la dévotion dont a fait preuve Renée et c'est inconcevable.

— Elle m'a toujours tenue le plus éloignée possible de ce pan de sa vie. Bien que je soupçonnais qu'elle ne me disait pas tout, ce n'est que des années plus tard que j'ai compris l'étendue de ses sacrifices. Dès que j'ai été en âge, elle m'a encouragée à m'émanciper et à développer mon penchant marqué pour l'art. J'ai obtenu une bourse d'études et j'ai poursuivi le cursus vers B.F.A (Bachelor of Fine Arts). Je bénéficiais de suffisamment d'aide pour subvenir aux plus gros de mes besoins et ma formation me donnait accès à un large réseau de galeries d'art. J'étais invitée à des vernissages et je m'épanouissais pleinement dans ce domaine. J'ai même eu la chance de vendre quelques toiles ce qui m'aidait à être totalement autonome.

Je garde un souvenir attendri de cette époque, et ma voix s'en ressent. Jadde, toujours couchée sur ma poitrine, s'est un peu détendue, et écoute avec attention chacune de mes paroles. Je suis certaine qu'elle se demande pourquoi je ne lui ai jamais parlé de tout cela. Mais elle va vite le comprendre, parce que j'en arrive au tournant décisif. Ma voix se fait pâteuse et lourde, à mesure que j'avance dans mon récit. Une fois encore je me racle la gorge et avale une lampée du verre resté sur ma table de chevet.

— Même si ma vie, jusque-là, avait été marquée par quelques drames, j'avais eu la chance d'être protégée et choyée. À New

York, dans le prestigieux Art institutes Roosevelt, je me retrouvais vraiment seule pour la première fois, livrée à moi-même, sans personne pour me guider. Sans être naïve, j'étais plutôt confiante et je ne voyais pas le mal quand un de ces amateurs d'art me couvrait de mille attentions. Il était charismatique, possessif et richissime. Je n'avais pas besoin d'être devin pour comprendre qu'il me voulait, mais je pensais garder suffisamment le contrôle de notre relation pour conserver ma liberté.

Une quinte de toux douloureuse me coupe dans mon élan et il me faut plusieurs minutes pour reprendre mon souffle. Parler de cette époque, de cet homme est encore plus difficile que je ne le craignais, même si j'essaie d'étouffer les frissons d'appréhension qui me parcourent.

Jadde s'est relevée et me regarde avec inquiétude. Je tends le bras pour avaler une nouvelle gorgée d'eau, en faisant mine de ne pas remarquer ses yeux bien plus brillants que d'habitude. Je lui fais signe que tout va bien et l'encourage à reprendre sa place après m'être réinstallée dans une position un peu plus confortable.

L'effort m'a épuisé et mon corps douloureux se rappelle à mon bon souvenir. Le moindre geste me fait grincer des dents, mais ce n'est rien par rapport à la douleur que je ressens en lisant l'incrédulité et la tristesse sur le visage défait de ma fille.

Même si elle se réinstalle, elle préfère me faire face. Le fait qu'elle choisisse de s'éloigner physiquement de moi, ne m'échappe pas, seulement dans de telles circonstances comment pourrais-je lui en vouloir ? Elle découvre ses origines à l'aube de ma mort. Et la pauvre, elle est loin d'avoir tout entendu. Je lui souris, et me contente d'accepter en poursuivant mon histoire avec douceur.

— C'est aussi à cette époque que j'ai rencontré ton père, Jerry Simon Moons.

Ces yeux s'agrandissent et elle entrecroise ses mains sur ses cuisses, en les triturant, comme lorsqu'elle était enfant et que le stress prenait le pas sur le reste.

— La première fois que je l'ai vu, il était en grande discussion avec mon mécène. Ils semblaient bien se connaître. Ils discutaient avec animation et une franche camaraderie. Si j'appréciais le premier pour son soutien, l'attirance avec le second fut immédiate. Une étincelle brûlante et réciproque s'est allumée, à l'instant où j'ai croisé son regard émeraude. Le même que le tien, lui assuré-je en plongeant de nouveau dans mes souvenirs. Il était comme la mélodie qui nous colle à la peau pour devenir une évidence. Mon évidence.

J'aimerais lui raconter cet amour magnifique, lui faire comprendre à quel point nous nous étions aimés. Mais la larme qui dévale sa joue me retient. Elle souffre parce qu'elle ne comprend pas le silence que je me suis imposé toutes ces années, les non-dits, les milliers de questions sans réponses… Tout cela lui fait mal et je ne peux que la comprendre. J'éprouve le besoin de la rassurer envers et contre tout.

— Si tu ne dois être certaine que d'une chose, c'est que nous nous sommes aimés à la folie et que tu n'as rien d'un accident. L'un comme l'autre, nous désirions fonder une famille et tu as été le plus beau cadeau que la vie nous ait offert.

Je vois bien qu'elle cherche à réconcilier notre vie avec ce passé si étranger pour elle. Un élancement de douleur me traverse la poitrine et je serre les poings. Pour juguler cette terrible souffrance, je clos mes paupières un instant.

Quand je les rouvre, elle est assise sur le fauteuil à mes côtés. Je ne l'ai pas sentie bouger. Mon absence a-t-elle duré longtemps ? Je laisse de côté mes réflexions futiles et replonge la tête la première dans notre histoire, parce qu'il faut absolument qu'elle sache.

— Nous nous aimions tellement, que nous avions occulté toutes les chaînes qui étaient censées nous retenir. La première et la pire d'entre elles, son associé qui n'était autre que mon protecteur. Si de mon côté, j'avais toujours eu la sensation que les limites étaient claires, il est vite apparu qu'elles ne l'étaient que pour moi. Jerry connaissait bien son partenaire d'affaires et je pense qu'il a tenté de me protéger à la minute où je suis entrée dans sa vie. Même si j'ignorais tout de ses affaires, j'ai assez vite compris qu'on ne devenait pas aussi riche que lui, sans se salir les mains. En plus, j'étais plutôt mal placée pour le juger dans la mesure où, de mon côté, ma famille n'était pas irréprochable. Alors je n'ai même pas tiqué quand il m'a demandé de garder notre relation secrète. Avec le recul, je pense qu'il aurait pu me faire accepter n'importe quoi.

Mes lèvres s'étirent une nouvelle fois aux souvenirs heureux de la période, qui même si elle avait été trop brève et parsemée de difficultés, reste encore aujourd'hui la plus heureuse de ma vie.

— Les mois ont passé et notre amour s'est épanoui en

catimini. À l'extérieur de notre bulle, il en était tout autre. L'homme qui tenait les rênes de nos vies était bien décidé à avoir ce qu'il considérait comme un dû : moi. Tandis que j'aurais voulu passer, chaque heure, de chaque jour avec ton père, notre bourreau m'accaparait tous les jours un peu plus, s'infiltrant dans chaque sphère de ma vie, insidieusement, patiemment.

Rien que de repenser à ces moments, je frissonne sans vraiment m'en rendre compte. Tout avait été si sournois, si calculé que je n'avais réalisé la situation que lorsqu'il était déjà trop tard.

— Plus je le repoussais, plus il se faisait insistant. Allant jusqu'à officialiser notre relation, alors que je m'étais toujours refusée à lui. De plus en plus acculée, ne pouvant justifier pourquoi je me montrais si distante, il piquait des colères terribles et me terrifiait. Sans ton père, j'aurais cédé juste pour qu'il me foute la paix, mais je tenais bon. J'ai tenté à plusieurs reprises de rompre notre partenariat pour me libérer, mais ce monstre ne l'entendait pas de cette oreille. En vil manipulateur, il jouait ma vie, sur son grand échiquier, abattant une à une ses cartes pour m'empêcher de fuir, allant jusqu'à menacer Renée, pervertir la vérité, dissimuler…

Perdue dans mes souvenirs, je ne la regarde plus vraiment. Cela fait si longtemps que je garde cette histoire enfouie en moi, que je me laisse happer par la violence des sensations de l'époque.

— Si ça n'avait tenu qu'à moi, je me serais échappée de la cage dorée dans laquelle il tentait de m'enfermer. Malheureusement, Jerry, lui, n'avait pas une telle latitude et partir, sans lui, était inenvisageable. Mon bourreau s'était assuré que ses partenaires ne puissent pas le trahir, sans risquer de plonger avec lui. J'étais terrifié à l'idée que tout puise basculer d'une minute à l'autre. Jerry pensait maîtriser la situation parce qu'il avait lui aussi pris ses précautions. C'était à celui qui serait le plus doué pour doubler l'autre.

En pensant à la suite, j'ai du mal à retenir l'émotion toujours aussi intense, malgré les années. Je me tais, tentant encore de comprendre pourquoi j'avais craqué, la culpabilité m'étreignant comme une seconde peau.

Devant la persistance de mon silence, ma fille, me caresse doucement la main pour m'encourager à poursuivre. Mais comment puis-je lui dire qu'elle a grandi sans père à cause de moi ? Que j'ai tué l'homme de ma vie ? Comment admettre que sans ma faiblesse et ma satanée fierté, nous aurions eu une vie bien différente.

— Que s'est-il passé, maman ? Qu'a-t-il bien pu arriver pour que tu décides de tout laisser derrière toi ?

— Pardon ma chérie, si tu savais comme je suis désolée de ne pas avoir été assez forte pour affronter cette soirée, ce jour maudit.

Une larme m'échappe, puis une autre. Elles se mettent à barrer mes joues comme autant d'aiguilles qui me lacèrent le cœur. Malgré les années, l'émotion est toujours aussi vive, aussi brûlante, aussi accablante.

— Moony avait enfin décidé que la situation avait assez duré. Après des mois de clandestinité, imaginer vivre notre amour au grand jour, nous donnait des ailes. Je voyais enfin le bout du tunnel et c'est tout ce qui comptait. Le monstre qui me menaçait, depuis des mois, allait être jeté en prison. Jerry avait passé un accord avec les autorités, il était prêt à témoigner contre son partenaire d'affaires moyennant l'immunité et notre entrée dans le programme de protection des témoins.

Tout était organisé, il ne restait qu'à remettre les documents compromettants qu'il avait accumulés durant des années. Mon seul rôle dans l'histoire était de jouer le jeu et de faire comme si de rien n'était. Mon ancien protecteur m'avait donné rendez-vous à son appartement, en vue d'un énième vernissage. Cela n'avait rien d'inhabituel, alors je ne me suis pas méfiée. Il aimait penser qu'il lui suffisait d'exiger pour obtenir et c'était vrai pour presque tout à une exception près : moi.

Les souvenirs de cette nuit maudite me font hoqueter. J'appuie ma tête sur l'oreiller, essayant de faire taire cette sensation de fatigue qui me terrasse. Mes douleurs sont de plus en plus violentes. Sachant que Jadde arrivait, j'ai refusé de prendre les traitements analgésiques que les médecins m'ont prescrits. Mais, même sans ma dose, mon corps déborde d'antalgiques et parler m'épuise. Je dois me concentrer chaque seconde pour rester lucide. Malgré mes efforts, je sens bien que même si dans mon esprit le discours semble se tenir, il est probablement lent et décousu pour elle.

Jadde pressent que la suite est difficile, elle se rapproche comme pour me donner la force qui semble me fuir chaque seconde un peu plus. Je ferme les yeux, une minute, une heure, je ne saurais dire. Malgré l'adrénaline des souvenirs, je me sens si lasse, que le temps devient éphémère.

— Quand je suis entrée, dans l'appartement grand standing, il était assis sur le canapé, un verre à la main, reprends-je dans un souffle alors que mes yeux restent désespérément fermés.

Ma voix n'est plus qu'un filet, mais c'est le mieux que je puisse faire pour l'instant.

— Je me souviens avec précision de la moindre seconde. Son regard obsidienne suivait le moindre de mes gestes et je me sentais mal à l'aise. J'étais pressée d'en finir et de m'éloigner de ses yeux perçants. Toutes les fibres de mon corps m'avaient hurlé de fuir, dès l'instant où j'étais entrée dans le grand salon. Pourtant, je savais que si je cédais à ma peur, je ferais capoter le plan et mettrais Jerry en danger. Il n'en était évidemment pas question.

Je me souvenais de la façon dont il m'avait regardé avec cette possessivité et ce désir brutal. L'instant fatidique, où comme un rapace, il s'était jeté sur moi. Je n'avais rien oublié de sa violence, de ses gestes brusques, de la façon dont il m'avait acculée contre le mur pour prendre ce qu'il avait décidé d'avoir. Je me rappelais avec une précision frôlant la folie, de ses mains infâmes se glissant partout sur moi, en moi, de ses halètements déchaînés, de son haleine mélange de whisky de menthe. Je sens encore parfois son souffle, ses mains qui enserrent ma gorge, m'empêchant de reprendre mon souffle. Je m'étais débattue, luttant, griffant, frappant, mais au lieu de le déstabiliser, ça semblait l'exciter encore plus.

Alors j'avais tenté les menaces, tempêtant, hurlant que je révélerai au monde entier son vrai visage. Je dévoilerai ce viol qui devenait comme une conclusion inévitable, de seconde en seconde. Il n'avait même pas frémi, me regardant comme une bête curieuse avant d'éclater d'un rire moqueur. Un son sinistre, qui hante, encore aujourd'hui, mes pires cauchemars. Un bruit monstrueux, qui m'avait brisé presque autant que ses gestes.

Folle de terreur, désespérée, j'avais cherché une issue, une porte de sortie. Je n'étais plus vraiment moi-même, lorsque j'avais prononcé la phrase de trop. Celle qui lui révélait qu'il allait payer pour ses crimes. À l'instant où les mots avaient franchi mes lèvres, je savais que je venais de sceller mon destin. Il ne lui fallut pas plus d'une seconde, pour comprendre l'origine de la menace, et moins d'une minute pour régler le problème. Alors que je n'ai pas eu assez d'une vie pour regretter mon indiscrétion.

J'étais incapable de taire ma culpabilité, parce qu'encore aujourd'hui, elle me rongeait comme de l'acide. Quelques mots avaient suffi pour anéantir mon futur et mes fantasmes d'avenir, parce qu'ils avaient alerté le monstre sur les intentions de son associé. Quelques lettres avaient suffi pour lui donner l'avantage et me conduire à ma perte.

Le plus pitoyable, pensé-je avec cynisme, c'est que mes paroles ne l'avaient même pas arrêté. Il avait pris tout ce qu'il voulait, m'imposant sa volonté, faisant de moi sa catin brisée et apeurée. Il m'avait violée, mais ça ne lui suffisait pas. Il me voulait, à lui, enchaînée, parce que je le lui avais refusé, mais pas seulement. Bien plus tard, j'ai compris que pour ce monstre, posséder était la seule façon d'aimer.

Je ne peux pas à me résoudre à livrer les détails les plus sordides de cette soirée. Alors je poursuis mon récit, restant la plus évasive possible, tout en tentant de masquer le dégoût pour moi-même, que j'éprouve encore aujourd'hui. Si seulement j'avais été plus forte…

— J'ai bataillé de toutes mes forces, mais je n'ai pas pu empêcher cette soirée à tourner au cauchemar. Je ne vais pas t'expliquer comment ni pourquoi j'en suis venue à menacer mon bourreau. Sans le vouloir, en tentant de le faire plier et de sauver ma fierté, j'ai trahi ton père et ses intentions. Par ma faute, Jerry a trouvé la mort dans un suicide qui n'avait rien de volontaire. Je suis à l'origine de sa mort, c'est ma faute. Tu comprends ce que je te dis. JE SUIS RESPONSABLE DE LA MORT DE TON PÈRE. Je ne l'ai pas poussé dans le vide, mais c'est tout comme.

Son regard horrifié est largement mérité et je détourne les yeux, incapable d'affronter le reflet de cette culpabilité qui me ronge depuis toujours. Quand je reprends mon épuisant monologue, ma voix est atone. Je m'oblige à poursuivre en dissimulant ma douleur. J'ai tout perdu cette nuit-là, tout, sauf ma fille et sans elle, je n'aurais jamais trouvé la force de me relever.

— Après cette soirée, rien n'a plus jamais été pareil. Mon univers était vide, sans vie, sans lumière. J'errais dans un enfer perpétuel, je ne me battais plus, j'étais à bout de force, dépourvue de perspectives, je me délitais cherchant à atteindre la fin inéluctable aussi vite que possible. Rongée par les remords, je me laissais mourir à petit feu.

Je pleure, me rappelant l'enfer des deux mois suivants.

— Il était parvenu à ses fins : je dépendais totalement de son bon vouloir, je n'avais plus aucun libre arbitre. Je n'avais pas d'argent, pas de possibilité d'avenir, personne à qui me raccrocher, plus de famille, plus d'amis. Il avait tissé si habilement sa toile autour de moi, qu'il ne me restait que deux choix : accepter ou mourir. Comme je préférais crever que de rester sa catin, je me laissais sombrer en espérant qu'ainsi je finirais par trouver la paix. J'étais lâche, incapable de faire le nécessaire pour rejoindre ton père.

Une nouvelle quinte de toux plus violente que la précédente m'interrompt. Je tousse et tousse encore, crachant du sang, dans le mouchoir que je tiens étroitement dans ma paume. Bien entendu, je m'empresse de le dissimuler et puise, dans ce qu'il me reste d'énergie pour lui raconter la fin de mon histoire, le début de la nôtre.

— Je perdais du poids à vue d'œil et je vomissais tout ce que j'avalais. Me voir dépérir a fini par l'inquiéter, je suppose qu'il voulait garder son jouet en bon état pour l'user à loisir. Il m'a donc obligée à consulter un médecin. Dans un sursaut d'obstination, j'ai refusé de me laisser examiner par quelqu'un d'autre que le docteur de famille qui me suivait depuis que nous avions rejoint New York. Vu mes antécédents, c'était justifiable et il a fini par obtempérer. Je connaissais suffisamment le vieil homme qui nous avait reçus, pour qu'il sente, de suite, qu'il y avait un problème. Sous prétexte d'effectuer des examens intimes, il a obligé mon bourreau à attendre dans la pièce voisine. Bien que furieux, il s'est exécuté me jetant un regard lourd d'avertissements. Cet idiot pensait-il encore que j'avais quelque chose à perdre ?

Le souvenir de cette journée restera à jamais gravé dans ma

mémoire. C'est un de ces moments où l'on a conscience que notre vie va irrémédiablement être transformée. Encore aujourd'hui presque trente ans plus tard, je m'en souviens avec autant de clarté que le jour où ma vie a basculé. L'existence est étrange parfois, c'est quand on touche le fond qu'elle nous donne l'impulsion pour rebondir.

— Le généraliste, à quelques mois de la retraite, a tenté de savoir ce qui se tramait, mais j'avais peur pour lui, alors je me suis tue. Je lui ai simplement parlé de mon manque d'appétit, mes vomissements, ma perte de poids… Au vu des symptômes, il n'a pas fallu au docteur Paterson, plus d'une minute pour soupçonner que j'étais enceinte. Ce qui a été rapidement confirmé par le test urinaire qu'il m'a obligé à réaliser. Je n'en revenais pas, comment était-ce possible ? Comment un enfant pouvait-il choisir ce moment pour apparaître dans mon monde ?

Je n'aborderai pas avec elle, l'angoisse qui n'a duré qu'une demi-seconde concernant la paternité. Aussi étrange que cela puisse paraître, dès que la question m'a traversé l'esprit, elle s'est évanouie. À cet instant, c'était mon bébé et celui de personne d'autre. Lorsque je poursuis, mes larmes se sont taries et un simulacre de sourire étire à nouveau mes lèvres aux souvenirs du vieux médecin qui nous a probablement sauvé la vie.

— Le bon médecin a fait bien plus pour moi, que m'offrir le diagnostic du plus beau cadeau de mon existence. Il ne m'a pas contredite quand j'ai annoncé la date approximative de la grossesse. Alors que selon toute vraisemblance au vu de la date de mes dernières règles, elle était beaucoup plus ancienne. Le monstre a vu là, la preuve ultime de sa possession et m'a couvée de mille attentions les semaines qui ont suivi. Cela a été sa seule erreur, son trop-plein de suffisance, parce que pendant qu'il se pavanait en m'affichant comme sa propriété, je me préparais dans l'ombre.

La fatigue devient presque insurmontable. Si j'ai l'impression d'avoir raconté mon récit d'une traite, la lumière vacillante du jour me prouve le contraire. Depuis combien de temps tenté-je de lui donner les clefs de notre passé ? Deux heures ? Trois peut-être ? Un jour ?

Avant son arrivée, j'étais pressée que le temps défile, maintenant j'espérais juste en avoir suffisamment pour finir.

Pour la centième fois de la journée, je passe ma langue pâteuse sur mes lèvres crevassées. Si seulement cette chimio n'avait pas offert une magnifique porte ouverte à toutes les mycoses et autres plaisirs du genre, qui ont élu domicile le long de mon tube digestif. Peu importe, c'est ma pénitence, je peux le supporter. Tout est bientôt terminé.

C'est la voix inquiète de ma fille qui me tire de mes réflexions. C'est terrible de sentir fuir ses idées, comme les minutes, qui nous restent à vivre. Je lutte pour retrouver un semblant de concentration et rassemble ce qu'il me reste d'énergie pour lui adresser une moue rassurante. Au vu de son visage attristé, je ne dois pas être très convaincante.

— Tu devrais te reposer un peu maman. Tu as l'air épuisé.

Quel doux euphémisme, ai-je envie de lui répondre, je n'en ai pas la force, alors je ferme les yeux. Quand je les rouvre, la nuit est tombée. Jadde est toujours assise sur le fauteuil, tout près du lit. Elle somnole, la tête appuyée sur ses bras, mais l'énergie me manque alors je referme les paupières.

Un instant plus tard, la douleur me vrille la tête. Elle est si terrible qu'elle me tire du sommeil, me laissant éblouie sous la lueur du jour. Combien d'heures ai-je dormi ?

J'essaie de détendre mes cervicales en balançant mon crâne de droite à gauche. Mais, ça ne fait qu'accentuer cet affreux tamtam qui se joue de mes sens. Mon corps me fait souffrir, mes talons me brûlent à force de rester immobiles dans la même position. Mes fesses ne sont pas forcément en meilleur état.

Je tends la main vers le tiroir et attrape la Vicodine® que j'ai toujours à portée. Je tremble et la douleur me rend terriblement maladroite. Il me faut apaiser ces beuglements insupportables où je vais devenir folle. Oh mon Dieu ! Faites que cette douleur s'arrête, que je cesse enfin d'avoir mal, que je parte, que je disparaisse pour ne plus rien ressentir ! Alors que la moitié du flacon se renverse, une main se pose sur la mienne et la voix apaisante de ma fille me ramène à la réalité.

— Laisse-moi faire maman, je vais t'aider.

Je lève les yeux vers elle. Son visage s'est fait compatissant et elle libère le flacon de mes mains. Elle me tend deux comprimés que je pose immédiatement sur ma langue. Je ferme presque aussitôt les yeux comme pour aider les traitements à agir plus vite.

C'est un linge frais posé sur mon front qui me fait les rouvrir. Je cligne des yeux, plusieurs fois. La douleur s'est apaisée et même si je me sens épuisée, j'ai retrouvé un semblant d'énergie. Mes perceptions sont complètement aléatoires. Il me semble que la seconde précédente, ma fille me rafraîchissait alors qu'elle a eu apparemment le temps de se changer et qu'elle semble complètement absorbée par ses pensées depuis une éternité. Jadde, les yeux par la fenêtre, regarde à l'extérieur et sursaute quand je l'appelle.

— Ma chérie, articulé-je avec difficulté.

Elle se tourne dans ma direction en s'avançant déjà vers le lit.

— Maman, murmure-t-elle.

Elle se jette presque dans mes bras, me tirant une grimace qu'elle ne voit pas.

— J'ai cru, j'ai cru… pleure-t-elle dans mes bras.

— Que j'étais morte, terminé-je pour elle. Non, ma chérie, mais c'est pour bientôt mon cœur, faisant redoubler ses sanglots.

Je passe les doigts dans ses magnifiques cheveux qui me rappellent ce que j'arborais encore, il y a quelques semaines. Aujourd'hui, je n'ai qu'un crâne rasé et je suis bien trop épuisée pour le dissimiler derrière un foulard ou un de ces postiches ridicules.

Elle relève ses yeux larmoyants vers moi.

— Pourquoi avoir renoncé ? Pourquoi cesser de te battre ? glapit-elle, un soupçon d'accusation dans la voix.

— Il y a des batailles qui ne servent à rien, ma chérie. J'ai bien vécu, j'ai été plus heureuse que la plupart des gens. Je t'ai accompagnée là où je devais te conduire, tu es prête pour poursuivre le chemin sans moi. Je serai toujours à tes côtés ici, lui montré-je en lui caressant une nouvelle fois la tête, et là, en effleurant son cœur. Mais avant de partir, affirmé-je, j'ai encore des choses à te dire.

Si j'avais su qu'ouvrir les vannes me rendrait intarissable, aurais-je trouvé le courage de parler plus tôt ? En réponse, elle secoue la tête d'un air buté.

— Non, il faut que tu te reposes, tu as besoin de…

— Ça suffit ! la coupé-je en tentant d'y mettre une once d'autorité, même si j'échoue lamentablement. Dormir, je vais avoir l'éternité pour le faire. Laisse-moi partager avec toi une dernière information, juste quelques mots encore et ensuite tu me parleras de ce garçon qui a transporté ton cœur.

Elle ouvre ses yeux immenses et je souris.

— Pensais-tu vraiment que je passerais à côté de l'apaisement des démons qui te détruisaient à petit feu ? Croyais-tu que je pourrais ignorer le bracelet qui s'affiche fièrement à ton poignet ? Mais ma puce, je suis mourante, pas aveugle.

Ses lèvres s'étirent en une mimique qu'elle voudrait heureuse, mais c'est un échec cuisant.

Des oiseaux chantent à l'extérieur et je me laisse happer par la brise légère qui soulève les rideaux. Je suis bercée doucement par le plaisir simple d'avoir ma fille dans mes bras, de sentir, le doux embrun des pins qui embaume toujours mon petit coin de paradis.

De la fenêtre, j'aperçois les plateaux du Larzac à quelques kilomètres. Vastes étendues désertiques soumises aux aléas des éléments. Ce paysage, magnifiquement ravagé, s'oppose à l'abondance du pourtour de la maison. Ici, il n'y a que vertes prairies et luxuriantes forêts qui semblent narguer les plaines sans fin qui les entourent. Une oasis verdoyante dans un désert brûlé par l'inclémence des éléments. Ma maison, mon chez-moi.

J'ai toujours vu ce paradoxe comme une douce poésie, la

beauté côtoyant la désolation, le vert face à l'ocre des végétations brûlées par le soleil et le manque d'eau. C'est le pays que j'ai choisi, mon pays d'adoption. La France. Ma terre d'exil, celle qui a su apaiser les tourments de mon âme et m'offrir la paix tant convoitée.

Ici, pas de grandes tours, pas de pollution, juste le piaillement répété des oiseaux, le vent, les nuages, les étoiles, les montagnes belles et majestueuses plongeant d'autorité vers des gorges encaissées. L'abrupt contre la douceur. Encore un paradoxe qui parle à l'artiste en moi.

— Je suis morte, pensé-je à voix haute et je suis déjà au paradis, souris-je avec amusement.

Mais à en croire ma fille qui se crispe, cela n'amuse que moi… mais qu'importe.

— Quand je serai partie, tu trouveras les réponses qu'il te manque dans l'atelier. Sous le buffet, dans le renfoncement de la cloison, je t'ai laissé une lettre et des papiers. Je suis morte depuis longtemps aux yeux de mon bourreau, mais trop de précautions valent mieux que pas du tout alors… Prends ces papiers et pars sans te retourner. Ne reviens pas ici, va vivre ta vie. Ne retourne pas non plus dans ce chalet qui a abrité ton passé. Rien ne sert de ressasser, il faut avancer, ma chérie. Je t'aime plus que ma vie, tu as été mon moteur, la force qui m'a toujours fait relever la tête. Chaque seconde passée dans ton ombre a été le plus beau cadeau du monde. Ton père aurait été si fier de toi. Il t'aurait tellement aimé…

Je ferme les yeux pour retenir cette dernière larme inutile.

Dans mon esprit résonne la douce mélodie de la fin « je suis bientôt là Moony, tu m'as attendue si longtemps, quelques minutes de plus ou de moins, quelle différence quand on a l'éternité… »

— Parle-moi de ton cœur, ma chérie, raconte à ta mère comment ce jeune homme a réussi à le faire chanter et à donner à ton âme cette lumière éblouissante qui t'illumine de l'intérieur.

Je n'ai plus l'énergie de la regarder, mais je l'écoute, entendant derrière ses paroles chevrotantes, la douce mélodie de son bonheur. Malgré ses larmes et ses sanglots étouffés, dans chaque mot je sais, je sens qu'il lui a offert cette symphonie, que je suis si impatiente d'enfin retrouver.

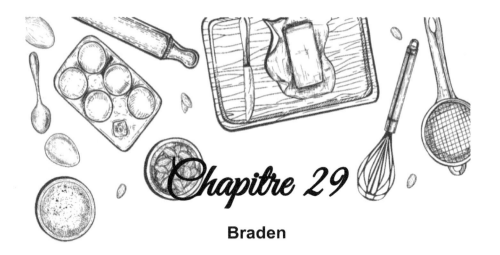

Chapitre 29

Braden

Je suis heureux d'avoir retrouvé Mila. Quand elle a eu fini de me traiter d'imbécile et que nous avons poussé notre échange par-delà nos erreurs respectives, elle m'a parlé de papa. Il se remet difficilement de notre altercation et elle l'a rarement vu aussi renfermé. Quelques jours après notre dispute, il a tout raconté à ma sœur, qui l'a foutu à la porte. Tous ses mensonges, ces déceptions, tout ce gâchis pour rien !

À la différence de Mila, qui est retournée vers lui dès le lendemain, je ne lui ai toujours pas reparlé. Têtu et rancunier comme je suis, mon mutisme aurait pu durer des mois. Seulement, en reparlant avec ma sœur, j'ai réalisé que ce n'est pas ce que je veux. Incontestablement, voir Cam confrontée à la maladie et la mort, a remis en perspective mon attitude. Il est évident que mon introspection y est d'ailleurs plus ou moins liée. Cette remise en question a suscité pas mal d'interrogations. Les plus dérangeantes restaient dans mon esprit comme une mélodie entêtante, que l'on ne parvient pas à occulter. Comment aurais-je agi à sa place ? Qui suis-je pour le critiquer ? Pour comprendre ses choix et ses limites ?

Bien entendu, je n'ai toujours pas digéré ses mensonges, mais je commence à entrevoir pourquoi il a choisi de se taire. Comment avouer à son fils qu'il vit dans le mensonge, depuis toujours ? Que personne ne l'a jamais désiré et qu'on s'est occupé de lui par obligation et non par choix ? Ça aurait été dévastateur et je ne vois pas comment j'aurais pu grandir sereinement dans un tel contexte.

L'acculer pour ses silences est d'autant plus injuste, qu'il n'a jamais marqué de différence entre ma sœur et moi. Il nous a accompagnés, soutenus, encouragés, aimés de la même façon. Même si c'était de façon complètement dysfonctionnelle depuis la mort de maman.

Et puis, je dois lui reconnaître que même si nos contacts se soldent toujours par un rapport de force, ils n'ont pas été vains. Plus d'une fois, il m'a guidé, m'obligeant à me poser les bonnes questions. À sa façon, il m'a aidé parce qu'il m'a montré mes failles, mes contradictions, les frontières de mon raisonnement et quelle meilleure façon d'apprendre que d'être confronté à ses erreurs. C'est certainement maladroit, et souvent indélicat, mais sans aucun doute nécessaire.

En prenant du recul, j'ai juste réalisé que mon père a agi avec ce qu'il est, ses faiblesses et ses propres doutes. C'est injuste de ma part de le lui reprocher, alors qu'une fois encore, ses actes n'ont eu pour seul but de me protéger. Il a fait des erreurs, mais qui n'en fait pas ? Je dois arrêter de les lui reprocher, j'ai déjà perdu trop de temps avec des rancunes inutiles. Aujourd'hui si je veux trouver la paix, un équilibre, il me suffit simplement de l'accepter pour ce qu'il n'est rien de plus. Un père imparfait, à moitié détruit par la mort de sa moitié, dur, rigide, mais aimant et soutenant malgré tout.

J'ai, depuis longtemps, pardonné son silence à la femme exceptionnelle qui m'a tout appris. Peu importe ce que disent nos gènes, elle est la seule mère que je n'aurai jamais. Elle était là quand j'étais malade, lorsque je faisais des cauchemars ou que j'avais peur du noir. Elle m'a soutenu contre vents et marées, elle m'aimait.

Alors je dois faire de même pour lui, il ne mérite pas moins. Par respect pour tous les sacrifices que mes parents ont consentis pour nous ; parce que même eux ne sont pas parfaits et peuvent faire des erreurs ; j'ai décidé d'aller de l'avant et de ne plus regarder en arrière en admettant et acceptant que cela fait simplement partie de mon histoire, mais que cela ne me définit pas pour autant.

Aussi l'évidence s'est imposée, je dois faire la paix avec mon père.

Parler pendant des heures de ce que l'on ressent, c'est un truc de nanas. Les mâles alpha ne font pas ça et nous encore moins. Nous n'avons jamais su comment nous parler, comment communiquer autrement qu'en nous opposant. Alors je décide qu'il est peut-être temps d'agir simplement, comme je le ferais avec n'importe qui d'autre, c'est peut-être ça la clef. Pas de jugement, pas d'attente, seulement deux mecs qui se retrouvent autour d'une bière, grognent, râlent, voire se mettent un pain sur la gueule pour faire bonne mesure.

Cette solution me paraît bien plus tentante qu'une confrontation à cœur ouvert ! Soyons clairs, j'ai beau assumer mes émotions, la plupart du temps en tout cas, j'ai eu assez de sentimentalisme pour toute une vie. Résolu, je prends mon portable et pianote un message simple et efficace, sans la moindre hésitation.

[Papa, je viens de découvrir que le café, en face du restaurant, sert de la Black Douglas[2] et qu'en plus ils ont une superbe table de billard, tu m'y rejoins ?]

Comme j'ai dû quitter l'appartement pour laisser Gé et ses collègues œuvrer en paix et que Mila a rejoint son faux jeton de compagnon, je patiente devant l'immeuble en passant d'une jambe sur l'autre avec une certaine impatience. Heureusement, elle ne tarde pas à apparaître.

Papa : Quoi, maintenant ?

Moi : Pourquoi pas ?

Papa : Peut-être parce qu'il y en a qui bossent à 15 h 30. Tu ne travailles pas d'ailleurs ?

Moi : Longue histoire

---

[2] Bière écossaise peu répandue aux États-Unis.

Papa : Dans une demi-heure ?

Moi : Je t'y attends

Papa : Ça marche, prépare-toi à être tourné en ridicule par ton vieux père, enfin peut-être que pour m'excuser, je te laisserai gagner.

Moi : Pas question, je t'aurais à la régulière.

Papa : Ça serait une première

Moi : Il faut un commencement à tout.

Papa : C'est sûr, à tout et... merci !

C'est étrange, parce que cet échange pourrait sembler anodin aux yeux de n'importe qui. Mais quand on connaît nos rapports plus que tendus, notre absence quasi totale de communication, et notre incapacité à mettre des mots sur nos émotions, ça ressemble presque à une déclaration d'amour. Je souris sans le vouloir, satisfait d'avoir fait le premier pas.

Plus je réfléchis, plus je suis convaincu d'avoir pris la bonne décision. Il ne l'aurait jamais fait, parce qu'il ne sait pas comment s'y prendre. Entre les diktats d'ancien marin, profondément enracinés dans ses veines, une aura d'autoritarisme comme seconde nature, le tout chez un homme « paralysé » des sentiments, il n'a pas les armes pour faire mieux. Mais il apprendra et je peux l'y aider en faisant la moitié du chemin. Nous avons besoin l'un de l'autre, aujourd'hui plus que jamais.

Si pour tout un chacun, le mec est une créature assez simple. S'il dit blanc, il pense blanc et il agit blanc. Je sais parfaitement, en côtoyant mon père, que même dans le blanc, il y a des subtilités, des nuances. Il est certain que notre chromosome Y, nous interdit d'exprimer tout haut toutes ces sensations déroutantes. C'est encore plus vrai, pour ce père, que l'on pourrait difficilement imaginer plus rigide.

Alors, armé de mon trop-plein de testostérone, je me dis qu'il va me falloir pas mal de courage pour parler avec lui à visage découvert. Cette pudeur, cette incapacité à exprimer simplement ce que nous ressentons, nous vaut la plus complète incompréhension.

J'ai parfaitement conscience qu'aller de l'avant passe par oublier ma rancœur et c'est exactement ce que je vais m'atteler à faire. En plus, alors que ma vie, à l'image d'un bateau, prend l'eau de tous les côtés, j'ai besoin de mon père, de ses conseils et de l'ancrage qu'il représente. Je n'ai aucun doute sur mes choix, mais son regard et son soutien ne seront pas de trop quand tout part à vau-l'eau. J'ai besoin de l'entendre me dire qu'en protégeant mes employés, j'ai fait preuve de courage et non de lâcheté. Comprendra-t-il mes choix ? Admettra-t-il que parfois renoncer et s'oublier demande bien plus de courage, que se battre, même si cela va l'encontre de tout ce qu'il m'a appris ?

Je me souviens, même si je ne connais pas tous les détails, que mon père a fait des choix difficiles, au sein de son entreprise.

Pourtant, il s'est toujours relevé, plus fort après chaque épreuve. Suis-je fait du même bois ? Suis-je capable d'apprendre de mes erreurs, de repartir de zéro ?

Je sais que j'ai eu raison de faire passer le bien-être et la sécurité de mes employés avant tout le reste. Mon père aurait fait pareil, j'en suis convaincu.

Ses conseils, même dispensés avec raideur et maladresse, m'ont évité pas mal de déconvenues à une époque. Même si j'étais, jusque-là, bien trop amer, pour l'admettre.

J'avance dans la rue d'un pas anxieux. La perspective de la rencontre avec mon paternel m'inquiète un peu, mais le véritable cataclysme est ailleurs. Jadde n'a pas appelé, et même si je sais qu'elle est occupée et que j'ai choisi sciemment de ne pas l'accompagner, ne pas savoir comment elle va est particulièrement éprouvant. Du coup, j'ai contacté Malcolm et la situation est bien pire que nous le pensions.

Sa mère est mourante. Si j'espérais avoir quelques jours pour me retourner et la rejoindre, je me suis planté. Du coup, parce que j'ai conscience d'avoir paniqué et que se laisser guider par la peur n'est jamais une bonne idée ; que rester loin de Cam est inenvisageable, je vais la rejoindre.

Avec cette décision, je fais disparaître les derniers remparts que j'avais érigés pour me protéger de la douleur de mon passé. Pour elle, je suis prêt à me mettre à nu, en danger une fois encore.

Elle est le détonateur.

Celle, qui fait tout exploser pour mieux me reconstruire à ses côtés.

Elle est le fichu point de suture à chacune de mes blessures.

Elle reconstruit ce qui se brise pour nous rendre plus forts, parce que notre union forme ce tout qui m'avait toujours manqué.

À vrai dire, je me sens même honteux, d'avoir fui ainsi. Mes peurs semblent tellement dérisoires, au regard de ce qu'elle est en train de traverser. Je suis un imbécile, et si je le pouvais, je m'enverrais mon poing dans la figure. Juste histoire de remettre mes idées à leur place.

Remarque, vu les réponses cinglantes de son garde du corps, je pense que je ne dois pas être le seul à avoir la main qui le démange. Même si comme à son habitude, plutôt que de me rentrer dedans avec des mots, il s'est contenté de me jeter un regard mauvais, aussi évocateur qu'un long discours. Mais c'est de l'histoire ancienne, maintenant je suis prêt. Il m'aura fallu vingt-quatre heures pour retrouver mes esprits, pourtant j'ai quand même l'impression de l'avoir trahie en la laissant affronter seule cette épreuve douloureuse.

Dans moins d'une journée, je serai à ses côtés et nous ferons face. Ce retard aura au moins le mérite de rassembler le peu d'affaires en l'état qui restaient à l'appartement. Ainsi, nous pourrons rester là-bas, aussi longtemps qu'elle en aura besoin.

Ce n'est pas comme si mes obligations professionnelles me retenaient ici, pensé-je amer. Je n'ai même plus le droit de m'approcher de mon entreprise et rester à proximité me rend bien trop furieux. Mais ce n'est plus la priorité du moment. J'aurais tout le temps, demain, de repartir, reconstruire, renaître sur les cendres de mon ancienne vie.

Lorsque j'arrive devant mon restaurant, enfin mon ancien restaurant, Phil est en train de fermer les portes et s'apprête à partir. Je reste de l'autre côté du trottoir, comme si je ne me sentais plus en droit de le rejoindre.

Le quaterback aux doigts de fée se tourne dans ma direction et m'aperçoit. Ni une ni deux, il traverse et me rejoint à grandes enjambées.

— Salut, lance-t-il avec un enthousiasme légèrement surjoué.

— Salut, Phil, comment ça se passe ?

— Super, tu avais bien amorcé la dynamique et très bien choisi nos collaborateurs. Ils font bloc derrière moi pour respecter ta marque de fabrique.

— Maintiens le cap, j'ai confiance en tes qualités de chef.

— Plusieurs d'entre eux m'ont quand même demandé quand tu revenais.

— Que leur as-tu dit ?

— J'ai conservé la version officielle, tu as pris des vacances pour une période indéterminée, mais aucun d'eux n'a vraiment eu l'air convaincu.

— Tu les convaincras, tu as les épaules pour prendre la suite.

— Puis-je te parler en toute honnêteté ? me demande-t-il en réponse.

J'opine, parce que je ne vois pas pourquoi je lui refuserais alors qu'il fait partie de la solution.

— Même si je te suis super reconnaissant de la confiance que tu m'accordes, franchement Braden, j'ai quitté mon Texas pour bosser avec toi. Ça me fait sacrément chier que ce connard t'ait mis hors-jeu.

Je lui souris, même si le goût âcre du gâchis ne me quitte pas une seconde.

— Sois patient, tu te souviens de ce que nous avons décidé. Tu tiens la barque, et je ne lâche pas l'affaire, affirmé-je avec une conviction que j'espère convaincante.

Je sais très bien que les chances que je récupère mon poste sont quasiment nulles. Mais l'ensemble de mes collaborateurs a eu une réaction similaire. Comment les en blâmer ? Ils ont l'impression que je les abandonne, alors que je me suis au contraire sacrifié pour qu'ils conservent leur poste. Bien entendu, aucun des employés ne connaît véritablement le fin mot de l'histoire. Le salopard de Walkins s'est assuré qu'il en reste ainsi avec sa satanée clause de confidentialité !

Il semble sur le point de me dire quelque chose puis se ravise à la dernière seconde.

— Qu'est-ce qui se passe ? demandé-je le voyant toujours hésiter.

— Ce n'est probablement rien, mais avec toutes les conneries que tu viens de traverser, je préfère t'en parler quand même. Hier matin, alors que nous étions en pleine préparation, un type bizarre est passé, au restaurant. Il a insisté pour rencontrer le patron. Comme pour l'instant, c'est moi, dit-il avec une grimace, je l'ai rejoint. À mon arrivée, il m'a détaillé des pieds à la tête.

— Et ?... Que t'a-t-il dit ?

—Le truc étrange, c'est qu'il m'a regardé, pendant au moins trente secondes, avec un agacement manifeste et il est ressorti sans un mot.

Je fronce les sourcils, les gens sont vraiment étranges parfois, mais là, c'est trop bizarre.

— Il ressemblait à quoi ?

— Je dirais un mètre quatre-vingt-quinze, la grosse cinquantaine. Après, je ne pourrais pas t'en dire beaucoup plus, il portait un jeans et un tee quelconque. Je n'ai pas pu voir ses yeux qu'il cachait derrière des lunettes teintées et une casquette des Giants sur le crâne. Il n'avait pas l'air net. Je ne sais pas un truc dans son attitude, une assurance, comme si le monde lui appartenait. Franchement, il « en écrasait » et je suis certain qu'il ne doit pas se contenter de soulever de la fonte. Après je ne t'en aurais même pas parlé, si je ne l'avais pas croisé de nouveau ce matin. On aurait dit qu'il guettait quelqu'un.

— Tu l'as revu depuis ?

— Non, il s'est barré, quand j'ai regardé dans sa direction.

— Tu fais gaffe à toi, lui dis-je non sans une certaine inquiétude. Il m'est arrivé trop de trucs ces derniers temps pour que vous preniez votre sécurité à la légère.

— Je te retourne le compliment, Brad, franchement il a une tronche qui ne me revient pas.

J'opine, un peu plus tendu encore. Quelques minutes plus tard, en le regardant partir, je n'arrive pas à me défaire de l'impression dérangeante qu'il y a un truc qui m'échappe.

Bien plus tard dans la soirée, je retourne à l'appartement après avoir longuement discuté avec mon père. Je crois que c'est la première fois que nos échanges ne finissent pas en pugilat. Nous avons parlé, à demi-mot dans un premier temps. Et puis, la bière aidant, nous sommes parvenus à nous entendre.

Il a accepté mes paroles, il m'a écouté et m'a expliqué autant que possible ses choix. Mais ce qui m'a le plus touché, ce sont ses paroles d'encouragements, quand j'ai évoqué ma situation.

C'est con, à plus de trente ans je ne devrais plus avoir besoin de l'approbation paternelle, pourtant les faits sont là. Chacune de ses paroles était comme un baume apaisant sur mon égo meurtri. Ça ne l'a pas empêché de me mettre la raclée du siècle au billard. Bordel, malgré tous mes efforts j'étais minable !

Malgré mon égo mis à mal, j'ai apprécié chaque minute que nous avons partagée, les meilleures depuis la mort de maman.

Il est dix-huit heures trente et je suis en route pour l'appartement. J'y passe rapidement pour récupérer nos affaires avant de prendre la direction de l'aéroport. Je vais envoyer un message à Bob, le taximan fou de reggae, ça me détendra suffisamment pour amorcer le départ pour la France avec plus de sérénité. Juste avant d'atteindre la porte de l'immeuble, une voix m'interpelle :

— Monsieur Miller ?

Je me retourne par réflexe. Sans savoir comment, la seconde suivante, je suis au sol, une seringue plantée dans la carotide. La tête enfoncée dans le bitume, les mains bloquées dans le dos, mon corps s'engourdit à vue d'œil, je ne comprends pas ce qui m'arrive. Avant de sombrer, une voix rauque s'exclame au-dessus de moi.

— Désolé mon gars, ça n'a rien de personnel.

Bordel de merde ! Je n'ai pas le temps de finir de formuler ma pensée que je sombre déjà en plein trou noir…

Chapitre 30

Jadde

Ma mère somnole, toujours allongée dans son lit.

L'infirmière nous fait sortir une demi-heure matin et soir, pour lui faire un brin de toilette.

À part ces intermèdes, je n'ai pas quitté sa chambre, depuis mon arrivée, il y a cinq jours. Je passe chaque seconde avec elle, chaque minute à profiter du même air que le sien, à m'imprégner de sa présence, à admirer son sourire, même s'il se dessine avec de plus en plus de difficulté.

L'infirmière nous a plusieurs fois laissé entendre que c'est la fin et que peut-être elle serait mieux prise en charge à l'hôpital. Elle a de plus en plus de mal à respirer et je vois bien que ses douleurs s'intensifient aussi. Pourtant, après en avoir longuement débattu avec Mark et ma mère, elle restera à la maison. Elle refuse de mourir entre des murs impersonnels.

Mourir… Ce mot me brûle à vif. C'est terrible de penser qu'à travers ces quelques lettres, on exprime un état permanent. Son absence. La douleur abyssale qui va suivre et le vide qu'elle va laisser. Il suffit qu'on dise ces six lettres et on sait, on imagine, on compatit, mais je refuse tout cela. J'ai juste envie de me révolter. Pourquoi elle ? Pourquoi maintenant ? Pourquoi encore cette épreuve ? Je veux juste être monstrueusement égoïste et la garder encore une minute, une heure, une journée, une semaine, un mois, une année…

Ma mère, ma seule constante depuis toujours. Le seul rempart immuable, quelles que soient ses erreurs, ses failles et son passé. Je refuse d'imaginer ma vie sans elle, je ne veux pas apprendre à composer avec son absence. J'ai juste envie qu'elle reste là encore, pour toujours.

Ne m'abandonne pas maman, ai-je envie de hurler, ne me laisse pas. Je ne sais pas comment faire sans toi.

Je ne peux pas y penser, je ne suis pas prête. Comment peut-on l'être ? C'est comme si les parois de mon cœur se distendaient de seconde en seconde. À chacune de ses grimaces, à chaque halètement, à chaque toux, l'épaisseur de la paroi s'amenuise et se rapproche du point de rupture. On devine l'imminence de la catastrophe. On sait que ce n'est qu'une question de temps, pour que tout cède et qu'on se noie tout entier dans son propre sang. Et on lutte, pour ne pas s'essouffler, s'étouffer avant l'heure. Ne pas beugler notre manque alors qu'elle est encore là, sans vraiment l'être, endormie dans son linceul. J'ai mal, peut-être pas autant qu'elle, pas de la même façon, mais je souffre et mes côtes meurtries ne sont qu'une simple caresse à côté de cette violente torpeur qui me brise.

Mais par amour pour elle, on garde ses hurlements, cette souffrance accablante et écrasante qui nous brisera indubitablement. Devrais-je y être habituée ? Ce n'est pas comme si la vie ne m'avait pas privée de tous ceux que j'aime. Même Braden n'est pas là, et m'abandonne à mon sort.

Mes amis ne peuvent rien pour moi, personne ne pourra rien pour moi. Juste ma mère, encore pour une année, un mois, une semaine, une journée, une minute. Reste avec moi !

Je veux la garder, prendre soin d'elle, la protéger. Mais même ça, elle me le refuse. Elle m'a empêchée d'être là pendant la maladie, quand ses jambes ne la portaient déjà plus pour avancer, lorsqu'elle vomissait jusqu'à ses tripes. À vouloir me préserver, elle m'a privée du peu de réconfort que la soulager m'aurait offert.

Le pire, c'est cette colère, cette fureur face à sa sérénité. J'ai besoin de sentir en elle, l'écho de la souffrance de notre séparation. Mais je reste sur ma faim. Elle n'a pas peur. Elle est paisible et veut que je la suive dans cette voie. Elle est prête s'acharne-t-elle à me dire, mais moi NON, je ne le suis pas. Je ne veux pas l'être. S'il vous plaît, oh mon Dieu ! Laissez-la-moi encore un peu, prié-je sans discontinuer.

Elle remue ses jambes frêles et décharnées, dans son lit devenu mille fois trop grand pour elle, et j'efface rageusement les larmes qui se sont, de nouveau, échappées.

Je ne fais que ça : pleurer.

De rage, autant que de douleur.

La Jadde courageuse et héroïque, s'est fait la malle depuis longtemps, mais je tente de contenir ce chagrin terrassant. J'essaie de lui épargner la tristesse de me voir brisée et j'essuie le sel de mes joues. Peut-être trouverai-je une once de courage, plus tard ? Pour l'instant, je préfère mille fois écouter les battements de son cœur collé à mon oreille.

Pam, pam… Pam, pam… Pam, pam… Le rythme est plus

irrégulier, les pauses se font de plus en plus longues. Son cœur comme son corps est à bout de souffle, mais il bat, encore… Son thorax se soulève, laborieusement, mais elle respire toujours et chaque inspiration est une petite victoire. Minuscule bonheur dans la lutte contre la mort. Cette salope, voleuse d'âme, qui la guette au coin de la porte.

Elle prend une inspiration plus forte que les autres et je relève la tête.

— Tu es encore là, ma chérie, murmure-t-elle, sans ouvrir les yeux.

Je sens sa note de reproche, et mon cœur se serre.

— Où voudrais-tu que je sois ? rétorqué-je un peu sèchement.

En réponse, elle lève laborieusement la main pour me caresser les cheveux. Je ne sais pas si elle cherche à atténuer ses paroles ou à faire taire la douleur qu'elle perçoit, sans que j'aie besoin de l'exprimer.

— J'aimerais que tu vives, plutôt que de rester ici à contrôler ta colère, ta douleur et mes battements de cœur comme si tu pouvais les retenir. Hurle, va courir, fais sortir cette peine qui t'intoxique. Respire ma chérie, respire.

Je ne suis même pas surprise qu'elle sache exactement dans quel état d'esprit je suis. Ma mère a toujours su lire entre les lignes.

— Mais, je ne voudrais être nulle part ailleurs qu'avec toi.

— Honnêtement ma chérie, tu serais mieux partout ailleurs. Et pour tout te dire, j'aimerais être un peu seule. Je ressens ta tension et ta souffrance jusque dans mes tripes et j'en souffre autant que toi.

Je suis un peu blessée qu'elle veuille m'éloigner, même si je sais parfaitement qu'elle a raison. Je bougonne, sans cesse, ces deux derniers jours. Je suis tellement en colère, frustrée, sous tension que je pourrais exploser à la moindre étincelle.

— Maman… tenté-je

Mais elle me coupe dans mon élan.

— Non, ma chérie, je t'aime plus que tout, mais je veux être seule, maintenant. Allez, va faire un tour, l'infirmière sera là, d'une minute à l'autre. Va prendre le temps de souffler.

Elle me dit tout cela d'un ton suppliant et même si c'est la dernière chose que je souhaite, je m'exécute. Je l'embrasse sur la joue, la serre dans mes bras longtemps et me force à lui sourire avant de sortir.

Quand j'arrive en bas des escaliers, j'aperçois Mark au fond du jardin en train de ramasser quelques fruits. Il m'a dit qu'il serait absent le reste de l'après-midi et je suppose que ma mère a dû l'envoyer distribuer les fruits de leur verger, pour ne pas les laisser périr. La maison est d'un calme surréaliste. On a l'impression que l'on veille déjà la mort et je frissonne.

Je jette un coup d'œil à l'étage, regrettant déjà de m'être éloignée, et plutôt que de tourner comme un lion en cage, je décide de sortir un moment dans le jardin.

L'air chaud réchauffe presque immédiatement mon corps épuisé. Ma mère a raison, tout vaut mieux que de supplier la moindre seconde en devenir. Je prends une grande inspiration pour m'oxygéner et détendre chacun de mes muscles tendus et ferme les yeux. Je m'oblige à avancer même si je n'ai déjà qu'une seule envie, la rejoindre.

Pas après pas, je m'éloigne et traverse l'immense prairie qui mène au verger. La douceur du vent, le crissement des feuilles et le chant des oiseaux radoucissent légèrement mon humeur. Maintenant que la chaleur de la fin d'après-midi lèche ma peau, j'admets, même si c'est à contrecœur, que ma mère a eu raison. C'est agréable, doux et salvateur. Ça m'offre une note de réconfort dans le brouillard de ma peine.

Une fois encore, je regrette l'absence et le silence de Brad. Malcolm m'a averti qu'il devait arriver, il y a trois jours et je l'attendais avec impatience. Quand mon ami n'a pas vu Brad à l'aéroport, il s'est inquiété. Pas moi. Je comprends qu'il ait préféré ne pas venir. Revivre une telle souffrance est un vrai calvaire, même si j'aurais donné n'importe quoi pour avoir le réconfort de ses bras.

Malcolm restant Malcom, inquiet et protecteur, a quand même décidé de faire un aller-retour outre-Atlantique pour partir à sa recherche. Je ne l'ai pas retenu. J'ai beau l'adorer, je n'ai envie de voir personne…

D'ailleurs en pensant à Malcolm, je me demande encore pour quelles obscures raisons, il reste à mes côtés, alors que le danger est écarté. Peu importe, à vrai dire. Plus rien n'a d'importance à mes yeux. J'ai juste besoin de m'abrutir les sens et m'anesthésier à coup de parfums entêtants de roses et d'iris. Arrêter de réfléchir, suspendre la douleur qui me lacère la poitrine. Faire taire ces émotions qui m'étouffent.

Mark me voit arriver et me sourit, puis sans un mot, il retourne vers la maison, en donnant l'impression qu'il porte le monde sur ses épaules. Un instant plus tard, sa voiture démarre, je la regarde partir, et je me laisse tomber dans le champ fraîchement tondu.

Deux heures durant, couchée dans l'herbe, les yeux fermés, je me concentre sur l'air qui remplit mes poumons, sur le bruissement du vent dans les feuilles. Je m'oblige à remplir mes poumons d'air et l'expulse. Je respire. Une inspiration après l'autre, je reprends mon souffle, je m'enivre de la nature, de sa force, de sa beauté… parce que je sais pertinemment ce qui m'attend.

La fracture dans ma poitrine m'a dit tout ce que je devais savoir… parce que dans les heures qui viennent je vais me briser. La vie va continuer, c'est dans l'ordre des choses, mais mon âme restera, à tout jamais mutilée.

Chapitre 31

Angélina

Deux heures plus tôt.

J'ai enfin réussi à l'éloigner. J'avais besoin qu'elle se reprenne avant d'affronter la suite. Je ne la reverrai pas, je le sais. Je suis plus que prête, alors je vais enfin pouvoir me laisser aller et cesser de lutter pour qu'elle n'assiste pas à ce dernier souffle. J'ai consciencieusement gardé ce qui m'est nécessaire pour m'éteindre sans heurt. Un cocktail létal parfait pour mourir et le rejoindre.

J'ai demandé ce matin à l'infirmière de passer plus tard. Je crois qu'elle sait, mais elle a simplement acquiescé en me souriant avec douceur. Choisir l'heure de sa mort est un luxe que chacun devrait avoir. Certains s'insurgeraient de m'entendre dire une chose pareille, nous mourons quand l'heure est venue… Quelle blague ! La faucheuse est bien plus vicieuse, elle se pointe la plupart du temps, quand on ne l'attend pas, mais je ne pourrirai pas dans mon lit. Je refuse de sentir la mort quand je partirai. Alors j'ai fait mon choix.

J'attrape la dizaine de comprimés de morphine et les deux

barbituriques. J'ai une demi-heure pour qu'ils agissent. Trente minutes avant de partir en douceur.

Je remplis mon verre d'eau avec un sursaut d'énergie en inspirant doucement. Je tremble, mais ça n'a rien à voir avec la peur. Je suis décidée, prête, presque impatiente.

À l'instant où je vais avaler la première pilule, la porte s'ouvre, sans douceur. Mon cœur manque un battement quand je découvre la large stature qui me fait face.

Est-ce une hallucination ? La personne que je déteste le plus au monde se tient-elle vraiment en face de moi ?

Il me regarde perfide et un lent sourire satisfait étire doucement ses lèvres.

— MO-NI-CA, murmure-t-il avec cette voix glaciale et autoritaire dont il est incapable de se défaire.

Un froid glacé me parcourt tandis que ma main stupéfaite lâche les comprimés pour se poser sur ma bouche. Pour accentuer l'effet dramatique, il détache de façon presque comique chaque syllabe. Il insiste sur ce prénom oublié depuis longtemps mes origines, mon passé.

— Qu'est-ce... qu'est-ce que tu fais là ? Comment nous as-tu retrouvés ? frissonné-je, terrifiée.

Il rigole. Ce monstre se met à rire alors que d'un seul coup j'ai envie de hurler, me terrer, disparaître.

— Je gagne toujours, tu devrais le savoir mieux que personne.

Mon cœur bat si vite, qu'il hurle à mes tempes.

— C'est impossible, m'échiné-je, tu ne peux pas être réel, tu me crois morte, tu ne peux pas être là.

Il avance, d'un pas de prédateur, dans ma direction.

— Oh crois-moi, Petite Chose, affirme-t-il d'un air dédaigneux, je suis tout ce qu'il y a de plus réel.

Sa voix est un concentré de violence et de fureur, à peine contenue. Il s'approche de moi et je recule, le plus loin possible. Malheureusement, je ne suis pas assez rapide. Avant que j'aie réussi à me mettre hors de portée, sa main enserre déjà mon cou.

— J'ai le droit de vie ou de mort sur toi. Tu es à moi, tu l'as toujours été. Cela fait des jours que j'attends le moment propice pour te faire payer ta fuite. Tu es rarement seule. Mais la patience paie toujours et tu sais que j'ai les moyens de te faire surveiller.

J'essaie de lui faire lâcher prise, me débattant, mettant ce qu'il me reste d'énergie dans la bataille, alors qu'il s'amuse de me voir réduite à une simple poupée de chiffon. Quelle ironie, il y a cinq minutes, j'étais prête à mettre fin à mes jours, sans l'ombre d'un doute. Et maintenant, je donnerais tout pour quelques heures encore.

— Comment… tenté-je de lui demander pour gagner quelques secondes encore.

Sa vanité n'a d'égale que sa suffisance et c'est la seule corde qu'il reste encore à ma disposition.

Trop heureux de montrer sa supériorité, il relâche un peu sa prise, laissant entrer une goulée d'air brûlant dans mes poumons.

— Je t'ai vraiment crue morte, enfin jusqu'à que j'entende parler de ta splendide fille. Quand j'ai vu sa photo, j'ai su… et dire que je t'ai pleurée des années.

L'entendre parler de Jadde, me coupe le souffle.

— Laisse-la en dehors de cette histoire, elle n'a rien à voir là-dedans.

Son rire sinistre retentit de nouveau et je tremble plus violemment.

— Au contraire ! Elle est la clef. Sa mère m'a échappé, mais je ne laisserai pas la fille faire pareil. Vous n'êtes que des pantins entre mes mains. Je décide, je possède.

— Mais pourquoi fais-tu ça ? pleurniché-je.

— C'est évident, non ? Je t'ai vraiment aimée, Monica. Tu étais une fleur délicate, belle comme un coucher de soleil.

Tu es incapable d'aimer, pensé-je, mais je me dispense bien de le lui dire. Tu ne sais que posséder, soumettre à ta volonté, imposer, ça n'a rien à voir avec l'amour.

Ses yeux obsidiennes me transpercent. Chaque parole ensuite jette mon corps dans un bain d'acide.

— Mais tu m'as trahi, tu t'es enfuie en te faisant passer pour morte. C'était très finement jouer de ta part, je dois te l'accorder. Quand j'ai découvert la vérité, chaque personne qui t'était venue en aide a payé sa déloyauté de sa vie. Un à un, j'ai fait éliminer ses traîtres. Mais pour toi, bien sûr, je me déplace en personne. Pas question qu'un autre décide de ton dernier souffle. Je me réserve ce plaisir.

Son regard est fou. Il me dévisage en penchant légèrement sa tête sur la gauche. Il s'amuse à faire durer l'attente, il jouit de mes angoisses, se nourrit de ma terreur.

— C'est moi que tu hais, parce que je t'ai trahi, Jadde n'a rien à voir avec tout ce gâchis, redis-je à bout de souffle. Tue-moi, fais-moi payer mon audace, punis-moi, mais laisse Jadde en dehors de ça.

— Tss, tss, tss, mais tu vas payer, Petite Chose insignifiante.

N'aie aucune inquiétude, je m'occuperai bien d'elle. Notre soi-disant fille, je la baiserai comme je l'ai fait avec toi. Pourquoi me limiterais-je à une, puisque j'ai les moyens d'avoir les deux ? Encore quelques réglages, faire taire l'insignifiant parasite qui lui tourne autour et elle sera à ma merci. La machine est en marche et ce n'est plus qu'une question de jours…

Mon cœur suffoque déjà, ma fille, ma chérie, si seulement je pouvais le tuer, lui enfoncer un couteau en pleine poitrine. Le faire hurler de douleur, le voir agoniser. Mais non, je suis là, terrifiée, tremblante et sans force.

Sa main puante se pose sur ma bouche et mon nez tandis que de l'autre il m'empêche de me débattre. Très vite, je suffoque, incapable de bouger, morte avant même d'avoir poussé mon dernier souffle.

Il passe son pouce sur ma joue avant d'ajouter avec nostalgie.

— Ta peau est toujours aussi douce, même sans tes magnifiques cheveux, tu as toujours cette beauté naturelle que toutes les femmes t'enviaient. J'aurais mis le monde à tes pieds si tu me l'avais demandé. Maintenant, il est l'heure, douce Monica, de payer ta dette, dit-il en attrapant le coussin à sa portée.

L'énergie me fait défaut avant même qu'il ait refermé son piège sur mon visage. J'agonise. Je voudrais hurler, mais sa paume m'en empêche.

— Le *silence*, susurre-t-il en pressant le coussin. Tu m'as quitté sans un bruit, m'as maintenu dans l'ignorance, aujourd'hui tu partiras sans faire de vague.

Il intensifie la pression de son piège. Je me débats, cherchant désespérément à me libérer. Mais la lutte est vaine. Je ne faisais déjà pas le poids, il y a trente ans, en pleine santé, alors comment le pourrais-je, quand je ne suis plus que l'ombre de moi-même ?

Je l'entends chuchoter, près de mon oreille, alors que j'ai perdu la lutte et le dernier sursaut de vie me quitte.

— Là, Petite Chose, il ne faudrait pas laisser de marque sur ta jolie peau. Tu seras la perfection jusque dans la mort…

Une larme m'échappe tandis que je ferme les yeux, vaincue. Je sombre dans le néant, sans lumière blanche, sans flashback. C'est juste le néant, le vide, l'infini.

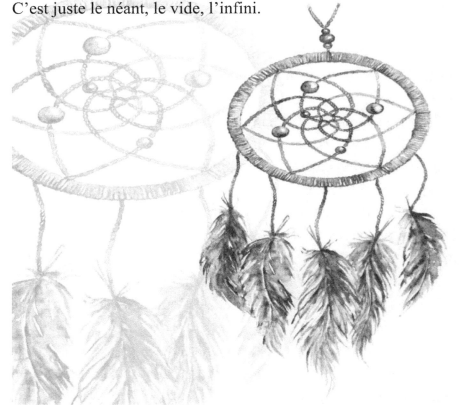

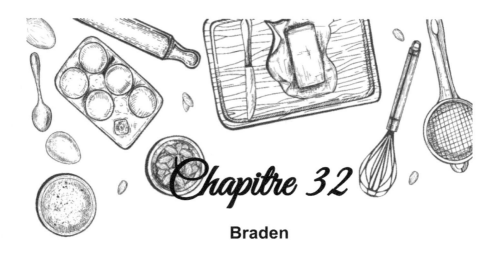

Chapitre 32

Braden

Lorsque je rouvre les yeux, je suis allongé dans le lit de l'appartement. Soixante-douze heures viennent de s'écouler et j'ai encore du mal à réaliser, la situation… Mais pour l'heure, une seule chose me préoccupe : les coups assourdissants qui emplissent l'appartement.

Bon sang ! Qui a acheté un marteau piqueur !

Je me lève avec difficulté, manquant de m'étaler à deux ou trois reprises. Instable, je me raccroche à toutes les surfaces à proximité. Quand j'atteins enfin le salon, je trouve Gé et Malcolm en train de retourner de fond en comble la pièce toujours saccagée.

— Hé, les gars, qu'est-ce que vous foutez ? lancé-je alors qu'ils me tournent tous les deux le dos.

Ils font volteface. Plusieurs événements se produisent simultanément. Tandis que je peine à conserver mon équilibre, leur visage exprime une multitude d'émotions. Leur stupéfaction est vite remplacée par l'incrédulité puis la colère.

Je suis tellement shooté que tout me parvient au ralenti. Lorsque Malcolm s'élance vers moi, je l'observe sans comprendre.

— Espèce de petit con ! Minable ! Tu ne la mérites pas, connard ! Tu te bourres la gueule alors qu'elle affronte seule les difficultés ! Tu n'es qu'une petite merde, crache-t-il en me décrochant un uppercut direct dans la mâchoire.

Je n'ai même pas le temps de me défendre ou de répondre, quand son poing me percute une seconde fois dans l'estomac.

Bon sang ! Je ne l'avais pas vu venir celui-là !

Plié en deux, j'essaie de reprendre mon souffle pour leur expliquer qu'ils se trompent. Mais entre ces saletés de drogue et les deux coups violents que je viens de recevoir, j'ai du mal à remettre mes idées en ordre.

Je jette un coup d'œil à Gé qui me toise avec la même agressivité. Malgré tout son ressentiment, ce dernier s'interpose lorsque Mal tente de m'en coller une de plus.

— Ça suffit ! crie-t-il.

— Laisse-moi lui donner une bonne leçon ! Putain ! Tu ne l'as pas vu, pleurer du matin au soir, du soir au matin, espérer qu'à chaque bruit de porte, c'est lui qui la rejoignait. Et cette déception ! Je vais lui faire passer l'envie de l'abandonner pour aller se bourrer la gueule. Non, mais sérieusement !

Même si je suis dans la brume post anesthésique, il ne me faut qu'une seconde pour comprendre à qui il fait allusion et mon cœur se serre. Ma Cam, mon cœur, je ne t'ai pas abandonnée, comment le pourrais-je ?

Malcolm hurle à présent et pousse Gé pour m'attraper les cheveux, toujours hors de lui. Il prend ma tignasse à pleine main et je sais que si je n'agis pas, il va continuer son passage à tabac.

— Et nous, pauvres cons, on te cherche partout depuis deux jours, pensant que tu es peut-être en danger, alors que tu étais juste en train de t'abrutir. Putain, tu me dégouttes, j'ai juste envie de t'emplâtrer.

Je le coupe dans son élan en levant les mains devant moi, en signe d'apaisement.

— Tu veux bien m'en laisser placer une ?

Ma voix est pâteuse et haletante, même à mon oreille et ses yeux étincellent de fureur. Gé plonge son regard dans le mien et même si j'ai du mal, malgré les coups, à sortir complètement du brouillard, je ne cille pas. Je ne baisse pas la tête, je n'ai rien à me reprocher et surtout pas de m'être plongé dans un paradis artificiel pour la fuir.

Il pose une main apaisante sur l'épaule de son ami.

— Laisse-le parler, Mal.

Ce dernier, toujours tendu, me lâche avec dédain, sans desserrer les poings pour autant.

— Explique-toi, putain ! Parce que là, je suis à deux doigts d'exploser la tête ! crie-t-il alors que je tarde à parler, cherchant désespérément à retrouver mon souffle.

Il n'y est pas allé de main morte, ce crétin. Je cherche un moyen de me justifier, sans pour autant lui révéler quoi que ce soit.

Comme je ne trouve rien d'intelligent à dire et que je ne m'attendais certainement pas à un tel accueil, je l'interroge sur le seul sujet qui m'intéresse, plutôt que de répondre à ses questions.

— Comment va-t-elle ?

Il me jette un regard mauvais, repris par mon meilleur ami.

— Si ça avait la moindre importance pour toi, tu serais avec elle, plutôt que d'être là, seul, comme un gros connard égoïste.

Voyant mon regard viré en quelque chose de plus sombre, il finit par répondre sur un ton de plus en plus défiant.

— Mal ! Elle va même super mal. Comment veux-tu qu'il en soit autrement alors que sa mère est en train de mourir, espèce de lâche !

Je déglutis avec difficulté, tandis que la douleur, dans ma poitrine, qui ne m'a pas quittée depuis son départ, s'intensifie encore. Je ferme les yeux, pour ne pas ployer sous la violence de la peine qui me broie à l'intérieur.

— Gé, peux-tu appeler l'aéroport, pour savoir les horaires du prochain avion pour la France ?

Mon ton est volontairement autoritaire, celui que je n'utilise que lorsque la situation est grave et que je suis à bout. Nous le savons tous les deux. Ce n'est pas la première fois que je l'emploie ces derniers mois, mais même si je le vois hésiter, il ne bouge pas. Je réitère, en détachant chaque mot, tout en haussant, le ton.

— Gé, peux-tu, s'il te plaît, appeler l'aéroport pour connaître les horaires du prochain avion pour la France ?

Ses yeux passent du garde du corps à moi, incertains. Malcolm est si rouge de fureur, que je m'attends à voir de la fumée sortir de ses oreilles.

Il finit par opiner, non sans m'avoir lancé un regard aussi

défiant qu'incrédule.

— Maintenant, dis-je sur un ton n'admettant pas de réplique, je vais rejoindre ma chambre pour récupérer les quelques affaires encore en état. Ensuite, je tenterai de transformer le billet d'avion que je n'ai pas pu honorer pour accélérer mon embarquement. Je vais aussi récupérer mon passeport. Soit tu m'accompagnes, soit tu restes là, mais il n'est pas question que je perde une minute de plus avec vos conneries.

Il m'observe perplexe.

Eh oui mon gars ! Je n'ai pas l'intention de te dire quoi que ce soit, que ça te plaise ou non, c'est la même chose. Il retrouve rapidement ses esprits et me lance haineux.

— Crois-tu vraiment que je vais me contenter de ton silence ?

— Oui, non seulement, tu vas le faire et sans poser de question en plus, répliqué-je aussi sec.

Sa colère revient au galop et pour toute réponse, je lui tends mes poignets marqués, puis d'un geste volontairement lent, pour qu'il n'y voie aucune de menace, je lui montre la minuscule incision derrière mon oreille.

Son visage se décompose et ses poings fermés retombent mollement le long de corps dépité.

Connard !

Pas besoin de lui dire, à quel point, il était loin de la vérité ! Il l'a compris tout seul, comme un grand !

Comme si j'étais le genre de lâche à aller me bourrer la gueule en attendant que les choses passent.

Bordel de merde ! Je bous et si je n'étais pas encore sonné par ces putains d'anesthésiques, je n'hésiterais pas à lui coller un pain dans la gueule ! Juste pour faire taire la fureur qui me vrille le ventre.

Sans un mot ni un regard de plus pour lui, je tourne le dos, les mains tremblantes de rage contenue et m'applique à rassembler les sacs qui m'attendent bien sagement dans un coin de la pièce. Gérald me rejoint et attrape une des valises.

Quand j'atteins la porte, j'adresse un regard lourd de sens à mon ami. J'ai pleinement conscience que c'est la dernière fois que je le croise. Pas d'effusion, pas d'embrassade, un simple échange silencieux. Son expression est inquiète et je doute qu'il comprenne tout ce que je tente de lui dire, sans un mot. Je le remercie d'avoir toujours été là, d'avoir été un soutien sans faille. De m'avoir aidé, encouragé et aimé comme un frère.

Mais plutôt que de lui exprimer tout cela, de lui demander de prendre soin de ma sœur, de mon père et de lui, je me contente de lui demander.

— À quelle heure ?

— Il décolle dans trois heures.

— On n'a pas une minute à perdre alors, allons-y.

Il acquiesce en silence et passe la porte. Il ne m'attend pas sur le palier, il descend directement les étages pour rejoindre sa voiture de service, probablement garée n'importe comment en bas. Sans me retourner, je quitte mon appartement en sentant la présence de Malcolm, juste derrière moi.

Lorsque nous arrivons, quelques secondes plus tard, dans le hall d'entrée, il pose sa main sur mon épaule avec compassion. C'est un peu tard, ai-je envie de lui rétorquer.

Ses iris flamboient de regrets, mais l'échange reste pourtant muet. Il s'excuse, sans un mot, pour son coup d'éclat, pour la tournure que vont prendre les choses, pour tout ce que je vais devoir laisser derrière moi, ma vie, ma famille. J'ignore ce qu'il pense vraiment, pour lui c'est certainement un mélange de tout cela, mais cela m'est égal désormais. Ma priorité est ailleurs : la retrouver, rien d'autre ne compte.

Nous rejoignons Gé, qui s'est déjà glissé derrière le volant. En regardant les rues surpeuplées de Manhattan, j'ai un coup au cœur sachant que désormais aucun retour en arrière n'est possible. J'ai fait un choix, et même si j'avance vers une destinée funeste, que rien ni personne ne pourra empêcher, je n'ai pas peur, parce que je serai avec elle pour toujours et à jamais.

Chapitre 33

Jadde

Lorsque j'arrive à la maison, je refuse de m'attarder sur le regard compatissant de l'infirmière, qui essaie vainement de m'arrêter. Ce qu'elle ignore, c'est que je suis déjà au courant. Je l'ai senti dans mes tripes, au bruit insupportable de mon cœur qui s'est brisé, il y a plus d'une heure maintenant. Il m'a fallu tout ce temps pour trouver la force de monter la rejoindre.

Je traverse la maison pour atteindre l'étage, passant devant Mark qui tente de me parler, mais je ne le vois pas, ne l'entends pas. Je ne m'étonne même pas qu'il soit déjà là, je suppose que les infirmières l'ont appelé. Je poursuis mon ascension, plongée dans une torpeur glacée. Je suis frigorifiée alors qu'il fait plus de trente degrés dehors.

Lorsque j'arrive en haut des escaliers, je vois sa chambre. Elle est fermée. La chambre de ma mère ne l'est jamais. Je n'ai qu'une envie, courir jusqu'à sa porte, pour l'ouvrir en grand comme elle l'aurait fait elle-même, pourtant je me retiens.

D'un pas mesuré, je m'avance dans le corridor. J'ai la sensation d'avoir des boulets de plusieurs tonnes, attachés aux chevilles, s'alourdissant à mesure que je progresse jusqu'à sa chambre. Lorsque j'arrive enfin, je prends une grande inspiration, pour calmer mon cœur qui palpite. Je suis pleinement consciente, que c'est la dernière image que je vais garder d'elle. Cette vision restera à jamais mon dernier souvenir, celui que je ne pourrai jamais effacer.

J'appuie sur la poignée, la tête baissée, me demandant s'il ne vaudrait pas mieux rebrousser chemin et m'enfuir à toutes jambes. Préserver coûte que coûte le souvenir de ses yeux pétillants, de ses lèvres rosées, son teint hâlé. Ne devrais-je pas conserver la sensation de tiédeur de sa peau et le bruit familier et apaisant de son cœur qui bat ? Le « pam, pam » apaisant qui calmait mes angoisses soulageait mes chagrins, tout en me donnant la force de relever la tête… Suis-je obligée de salir notre lien en la regardant livide et immobile dans ses draps satinés ?

J'ai beau être de plus en plus tentée par cette échappée, je ne peux pas m'y résoudre. J'ai besoin de vérifier si c'est vrai, si la douleur lancinante dans ma poitrine n'est pas le fruit de mon imagination. Alors après avoir soigneusement refermé la porte derrière moi, en m'appliquant à ne surtout pas regarder dans sa direction, j'avance lentement vers son linceul.

J'ai toutes les peines du monde à relever les yeux, espérant encore sottement, la retrouver souriante et heureuse tout en sachant que ce n'est que pure utopie.

Mais absolument rien n'aurait pu me préparer à la suite. Elle est bien là, le visage exsangue et les yeux clos. Elle a l'air apaisée, malgré ses lèvres bleuies légèrement retroussées. Son expression neutre, sans le moindre signe de souffrance, immobile, inerte me marque au fer rouge.

Mes jambes cèdent au pied son lit. Dans un geste désespéré, j'attrape sa main figée qui repose le long de son corps. Elle est froide et mon cœur s'accorde à son corps. Le froid se répand dans mes veines et je frissonne des pieds à la tête.

Oh mon Dieu ! Maman !

Tu n'es plus là.

Tu es vraiment partie.

Tu ne reviendras pas

Une douleur atroce me transperce la poitrine,

Pourquoi si tôt ? Pourquoi m'avoir laissée ? Comment vais-je survivre sans toi ? Comment… ?

Mes sanglots m'étranglent, mais les larmes se refusent à moi. Je ne peux pas, c'est impossible, insupportable. Je tiens ta main, mais tu ne réagis pas. Tu ne le feras plus jamais. Tu restes là, paralysée, sans vie, sans chaleur, sans paroles. Juste un silence, un insupportable silence.

Dans ce lit, tel un pantin désarticulé, tu es morne, pâle et raide sans cette âme qui te rendait solaire.

J'ai tellement mal. J'étouffe, j'ai envie de m'enfuir, mais je ne peux pas te lâcher, pas encore.

J'ai besoin de te retenir encore quelques secondes,

Quelques minutes.

Quelques heures.

Quand je regarde de nouveau ton visage, j'entrevois un petit arc en plastique que les infirmières ont placé dans ton cou pour laisser tes lèvres scellées. Je meurs d'envie de tout arracher, pour t'ôter ce demi-sourire fixé pour l'éternité.

Le poids de ton absence est déjà palpable. Je suis seule, orpheline. Aujourd'hui, je n'ai pas seulement perdu ma mère, mais aussi mon modèle, ma référence, mon ancre.

Je resserre ta main et pose ma tête sur ta poitrine immobile. Je donnerai n'importe quoi pour sentir tes doigts se glisser dans mes cheveux et me caresser tendrement. C'est insupportable d'imaginer que tu ne le feras jamais plus.

À l'idée que nous ne nous chamaillerons plus pour tout et n'importe quoi, mes lèvres se mettent à trembler, mes yeux se troublent et le nœud dans ma gorge se resserre. Je crois que je donnerais n'importe quoi pour que tu t'inquiètes encore une fois pour moi. J'accepterais même que tu cries, parce que tout vaut mieux que ton silence et ce vide atroce qui m'étreint la poitrine.

Je ne te retrouverai plus dans la cuisine, t'activant devant le fourneau pendant que j'admire la dextérité de chacun de tes gestes. Comment pourrais-je imaginer mon monde sans toi ? Alors que tu as œuvré, jour après jour, pour faire de moi celle que je suis.

Ma main s'agrippe à la tienne, et je lutte pour ne pas laisser déborder mes larmes même si elles m'étouffent. Si elles débordent, elles ne pourront plus jamais se tarir.

La pression monte, encore et encore, jusqu'à atteindre ce point de rupture tant redouté. Mais plutôt que d'exploser comme je l'avais tant craint, un rempart s'effondre et je lâche les trois mots que je n'ai jamais su te dire.

— Je t'aime, maman.

Si la première fois, les mots ne sont que murmures, très vite, ils se transforment en cris, en hurlements déchirants. Est-ce que tu les entends, maman, tous ces « je t'aime » éperdus qui me déchirent la gorge.

Savais-tu seulement à quel point tu comptais ?

Et tandis que je m'égosille toujours, je me maudis pour mon mutisme. Parce qu'une nouvelle fois, cette pudeur inutile ne laisse derrière elle qu'une montagne de regrets.

Anéantie, je répète inlassablement ces mots idiots, mais il est trop tard désormais, tu n'es plus là pour les entendre.

Mes hurlements ont dû alerter toute la maison, mais personne ne vient, ils me laissent tranquille. Je ne reconnais même plus ma voix, défigurée par la douleur. Elle aussi finit par s'éteindre, mais je n'en ai pas encore assez, alors je hurle dans ma tête. Je m'abandonne à cette tempête d'émotions, un panaché de noirceur, cette chute dans un puits sans fond.

Immobile, sans force, je m'enferme dans un mutisme salvateur. La seule chose qui importe, c'est ta main froide et inerte prisonnière de la mienne. Je voudrais tant te retenir.

Mark a tenté de nous séparer, mais je me suis raccrochée à toi. JE NE PEUX PAS LA QUITTER, ai-je eu envie de lui hurler. Pourtant je me suis tue, les yeux dans le vague, je me suis contentée de resserrer l'étau de mes bras autour de toi.

Le temps n'a plus de prise sur moi. Je ne suis pas idiote, je sens bien que ton corps se refroidit d'heure en heure. Mais ça ne change rien. Je n'ai pas la force de me relever, pas sans elle.

J'ai froid, et pas uniquement à cause de la climatisation poussée à fond dans la pièce pour pallier aux odeurs morbides. Je suis glacée à l'intérieur, rongée par le vide abyssal qui étreint ma poitrine. Mon corps est avachi, les jambes engourdies, et mon cœur en miettes. Je reste dans cet état second, où rien n'a plus d'importance, où le temps et l'espace n'ont pas vraiment cours.

Je ne reviens vraiment à moi que lorsque je sens un corps chaud se fondre derrière le mien. Je devrais réagir, mais je n'en ai plus la force. Alors je me laisse faire. Il m'enlace doucement, passant tendrement ses bras autour de ma taille et soulageant le poids de mon corps sur le sien. Il ne tente pas de m'éloigner d'elle, ne cherche pas à me réconforter par des mots creux. Il est juste là, pour m'offrir sa robustesse, son amour et son soutien.

La reconnaissance est le premier sentiment qui perce ma bulle. Savoir que malgré ses peurs, sa douleur, il est là, il m'a rejointe et m'offre sa force, ça m'émeut. Pourtant je laisse couler ce sentiment comme tous les autres. Je les écarte trop épuisée, vidée de substance pour vraiment les comprendre ou les analyser. Je sens juste sa force tranquille dans son étreinte presque douloureuse. Il ne trouble pas ma retraite, au contraire, la respecte, et semble la comprendre. Il se tient à mes côtés en sauveur, pour briser ce silence que je ne supporte plus.

Bercée par son souffle chaud dans mon cou et le battement régulier de son cœur faisant écho au mien, je ferme les yeux.

Une seconde ou une journée plus tard, je me réveille dans ma chambre, en sursaut. Allongée dans mon lit, que j'ai rejoint sans savoir comment, je suis perdue et me redresse d'un coup. Qu'est-ce que je fais ici ? Comment suis-je arrivée ?

Le corps chaud qui me retenait relâche doucement son étreinte et je tourne la tête pour le regarder. Brad est allongé, près de moi, me couvant d'un regard douloureux. Sa présence dans cette chambre, qui abrite tous mes souvenirs de jeunesse, associée à son air souffreteux ravive d'un seul coup mes souvenirs.

La douleur explose à nouveau dans ma poitrine, me coupant le souffle. J'appuie avec force sur mon cœur, qui ne semble plus savoir que faire pour se calmer. Quand il tend l'une de ses mains vers mon visage, une vague incompréhensible de colère m'engloutit.

Je repousse sa main, puis la seconde, toujours sur ma hanche et sors du lit, comme si sa seule présence avait le pouvoir de me brûler.

— Comment as-tu osé ? hurlé-je en avançant déjà vers la porte.

Sauf qu'il me rattrape avant que je ne l'atteigne. Il fait rempart de son corps, empêchant toute fuite. Il entoure mon poignet pour me calmer, et comprendre quelle mouche me pique. Furieuse, irrationnelle, je le dégage aussitôt.

— Qu'est-ce qui t'arrive ? m'interroge-t-il, incrédule.

Je l'affronte du regard, si mes yeux pouvaient lancer des éclairs, il serait au sol, foudroyé.

— Comment as-tu osé ? répété-je en hurlant comme une folle.

— Mais de quoi parles-tu ? m'affronte-t-il sans hausser le ton.

— Tu n'avais pas le droit ! lui reproché-je en pointant un doigt accusateur dans sa direction.

— Mais enfin, Cam, explique-toi, réplique-t-il de plus en plus sceptique, ne comprenant toujours pas où je veux en venir.

— Tu n'aurais pas dû m'éloigner de ma mère, elle a besoin de moi !

Je me rends bien compte que ce que j'affirme n'a aucun sens, mais ma colère est si vive que la logique n'a plus cours.

— Cam, enfin, tu t'étais endormie sur le corps sans vie de ta mère, tes jambes étaient endolories à force de rester repliée sous ton poids, je ne pouvais décemment pas te laisser ainsi, contre-t-il abasourdi.

— CE N'ÉTAIT PAS À TOI D'EN DÉCIDER !

— Jadde… tente-t-il de répondre.

Sans lui laisser le temps d'en placer une, je l'accuse cinglante.

— Tu as perdu ce droit… clamé-je avec virulence, sans la moindre once de doute.

La stupeur traverse son regard.

— Mais enfin… Jadde, je….

Voir la douleur de mon rejet dans ce regard déclenche l'avalanche, c'est comme un séisme ou une explosion dont sa douleur serait le détonateur.

— Tu m'as laissée seule, braillé-je. J'étais là, seule au monde, face à elle tandis que la maladie me la volait chaque seconde un peu plus. Je l'ai vue souffrir, se vider, j'ai vu cette étincelle de vie fondre pour me la prendre. Et toi où étais-tu pendant ce temps ? TU N'ÉTAIS PAS LÀ !

Je suis injuste, je le sais pertinemment, mais je suis incapable de me contrôler. La douleur m'étouffe, il faut qu'elle sorte, je ne peux pas faire autrement.

— JE TE DÉTESTE, tu m'as abandonnée, hurlé-je, en tapant son torse des poings. Je te déteste, répété-je, encore et encore en martelant ses pectoraux.

Je crie, je pleure en même temps. J'ai mal, tellement mal. Il faut que cette douleur s'arrête. C'est insupportable, inhumain.

Chaque parole se veut blessante. Je veux lui faire mal. Je veux qu'il souffre. J'ai besoin qu'il endure, parce que je n'en peux plus de porter ce poids seule. C'est égoïste, j'en ai conscience, mais je suis incapable de me raisonner.

Là, je suis seulement submergée par le manque et la peine, rien d'autre ne compte. Il me laisse le frapper sans réagir, sans s'éloigner. Je tape, tape et tape toujours, sans contrôle ni censure. Je m'épuise vite, mais continue. Lorsque mes poings et mon corps me brûlent, je ne m'arrête pas, je poursuis encore et toujours.

Je ne le regarde plus dans les yeux, j'en suis incapable. Je ne vois que cette hargne qui s'acharne à me coller à la peau. Quand mon corps s'effondre, vidé. Il me retient par la taille et se laisse tomber avec moi. Il me prend dans ses bras et pousse ma tête dans le creux de son cou.

— Pleure, ma Cam, laisse sortir tout ce que tu retiens, ne garde rien, mon cœur. Décharge-toi, laisse-moi porter avec toi le poids du vide. Je suis là, mon cœur, et je ne partirai plus nulle part.

Il me berce doucement tandis que chacune de ses paroles trouve un écho en moi. Mes sanglots redoublent. Toute la douleur, toute cette injustice, tous les manques, les moments importants auxquels elle n'assistera pas rejoignent cette impression de gâchis. Je maudis cette entité supérieure qui a décidé de me l'enlever bien trop tôt. Pourquoi a-t-il fallu qu'elle me quitte ?

Je n'étais pas prête.

Chapitre 34

Braden

Dire que je suis blessé par sa détresse est bien loin de la réalité. Chaque larme, chaque soupir, chaque sanglot me ravage. Elle semble brisée, comme si en perdant sa mère, elle s'était retranchée derrière des remparts où la douleur est seule maîtresse. Lointaine, inaccessible, elle s'est renfermée sur elle-même. Rien ni personne ne semble réussir à l'atteindre même si elle ne me repousse pas vraiment.

Je suis en France depuis quatre jours et à part l'épisode de la chambre, Jadde a dû me dire une dizaine de phrases. Elle est mutique, amorphe.

Plus elle se terre, plus elle est silencieuse, plus j'ai la sensation qu'elle me hurle de l'aider. Mais je ne sais pas comment faire, comment m'y prendre. Mes mots affectueux ne semblent pas la faire réagir, pas plus que ma tendresse. Mes paroles coulent sur elle, et quand j'essaie de dialoguer, elle me tourne, simplement, le dos. Je suis totalement démuni.

La seule chose qui me rassure, un peu, c'est que même Eddy et Sofia, qui nous ont rejoints, il y a deux jours, pour assister à l'enterrement, ne sont pas plus parvenus à la faire parler.

Même s'ils dorment chez les parents de Sofia, qui n'habitent pas loin, ils passent le plus clair de leur temps avec nous. Je vois bien qu'ils font leur possible pour détendre l'atmosphère, mais rien n'y fait.

Fatigué de la voir si fermée, je m'éclipse pour la troisième fois de l'après-midi, pour préparer du café, que personne ne boit. J'abandonne quelques minutes Eddy et sa compagne tendrement enlacés sur le canapé, tandis que Cam, les yeux dans le vague, regarde les montagnes d'un air absent.

La voix cassée du molosse blond me fait sursauter et je renverse la moitié du verre d'eau que je venais de me servir.

— Tu ne devrais pas la laisser faire !

Pas besoin d'être devin pour comprendre de qui il parle.

— Parce que tu crois qu'elle me laisse le choix ? riposté-je agacé.

— Oui, on a toujours le choix, toi tu la laisses faire.

Je me retourne pour lui faire face.

— Si tu es si doué, pourquoi n'agis-tu pas ? cinglé-je.

— Parce que contrairement à moi, toi, elle t'écoutera.

Je suis surpris qu'il pense cela, moi, j'en suis de moins en moins convaincu.

— C'est faux, j'essaie de lui parler, elle m'ignore.

— Alors, essaie plus fort.

— Franchement, tu m'emmerdes, d'accord. Je ne sais pas

comment réagir face à son silence. Je sais parer les coups, amortir les chocs, apaiser la violence, mais son mutisme, son apathie, je me sens impuissant à l'apaiser. Elle est tellement…

— Têtue, finit-il pour moi.

Dans ma tête, je dirais blessée, silencieuse tout autant que frustrante.

— Ce n'est pas l'adjectif que j'aurais choisi. Même si quand je la vois se renfermer comme une huître, persuadée que rien ni personne ne peut la comprendre, ce n'est pas si loin que ça de la réalité.

— Vous avez traversé tant de choses ensemble, ne la laisse pas te placer de l'autre côté du mur. Trouve un moyen de l'atteindre, tu es le seul à pouvoir le faire. Parfois, elle a besoin qu'on l'oblige à retirer ses œillères pour avancer.

— Je ne sais pas comment faire, Eddy, j'ai l'impression que c'est la goutte d'eau de trop. En quelques mois, nous avons tant perdu que, même moi, je me sens submergé. Alors comment pourrais-je lui demander de me laisser l'aider ?

Il me regarde avec compassion, mais quand il répond un peu plus tard, alors que je pense qu'il n'y a plus rien à dire, il me surprend par sa justesse

— Tu te trompes, Braden. Certes, je ne peux pas dire que la vie ait été tendre avec vous, mais admets aussi que sa contrepartie en vaut, largement, le coup. Et si tu as le moindre doute sur la valeur de ce qu'elle t'a donné, tu as raison, renonce, ça ne vaut pas la peine de se battre.

Plutôt que d'ajouter quoi que ce soit d'autre, il tourne les talons, non sans m'avoir donné une bourrasque virile sur l'épaule. Je le regarde s'éloigner et rejoindre sa compagne qui regarde Jadde d'un air dépité. A-t-elle tenté de lui parler ? Si j'en crois son air défait, c'est bien possible, et je doute que cela ait été couronné de succès.

Peu de temps après, nos deux amis prennent congé, laissant la maison dans un silence pesant. Mark est parti ce matin. Rester ici le tuait déjà à petit feu et il a préféré s'enfuir pour rejoindre son chantier à l'autre bout de la France. Comment le lui reprocher ? Avec son départ, le dernier palliatif à ma fantomatique petite amie s'est envolé, me laissant seul et un peu plus désœuvré.

Ne sachant que faire, je m'installe derrière les fourneaux pour un moment. Aucun de nous n'a vraiment d'appétit, mais nos corps ont besoin d'énergie, ce n'est pas en se laissant mourir de faim que nous allons avancer.

Elle ne me rejoint pas, mais à vrai dire, le contraire m'aurait surpris. Je dresse la table, retardant l'inévitable moment de la retrouver. Lorsque je prends conscience de cette affreuse vérité, je me serine intérieurement. Eddy a vu juste. Jadde et notre amour valent tous les sacrifices. Alors il n'est pas question qu'elle me laisse sur le bord de la route.

Mu d'une nouvelle énergie, j'ai envie de la rejoindre et de lui transmettre ce regain de force et d'enthousiasme. Et tous les moyens seront bons pour ça.

Pensant la trouver dans le salon, je traverse le couloir, pour découvrir la grande pièce dans la demi-pénombre, complètement vide. La soirée est déjà bien avancée, et ce côté de la maison n'est éclairé que par le clair de lune naissant. Où peut-elle bien être ?

Je monte à l'étage, passant de chambre en chambre, mais là

encore, je reviens bredouille. Alors je redescends, un peu inquiet. C'est le bruit d'un meuble qu'on déplace qui m'attire vers une pièce que je n'avais encore jamais remarquée. La porte est dissimulée des regards par un lourd rideau gris. Je ne me serais pas douté de sa présence sans le mince filet de lumière qui filtre par dessous.

En approchant, les bruits redoublent et je m'avance avec une certaine inquiétude. Qu'est-elle en train de faire ?

Je pousse légèrement la porte, juste de quoi y passer la tête et étouffe un rire en la voyant s'évertuer à mobiliser un énorme buffet.

— Tu veux un peu d'aide ? lui lancé-je en faisant involontairement grincer les gonds pour entrer.

Elle sursaute et s'empourpre légèrement. Elle opine en silence, mais sans se départir d'une légère esquisse qui illumine ses traits. Ça fait du bien de la voir sourire, même si ce n'est qu'un simulacre. Cela n'était pas arrivé depuis bien trop longtemps et ça m'avait vraiment manqué.

J'avance dans la pièce pour l'épauler. Le meuble pèse un âne mort, mais en nous y reprenant à deux fois, nous parvenons à le décoller largement du mur.

Elle passe derrière et pose un genou à terre. Je la vois regarder avec attention la cloison. Elle se penche, au plus près, posant presque son oreille sur le sol, tout en glissant sa main dans le léger interstice.

Je n'ai pas la moindre idée de ce qu'elle cherche, mais lorsqu'elle le trouve, son visage s'éclaire comme si elle venait de résoudre une énigme complexe. Elle ressort sa main avec une enveloppe.

Qu'est-ce qu'une lettre pouvait bien faire à cet endroit ? Je n'ai pas le temps de me poser la question, qu'elle s'assoit en se hâtant de l'ouvrir.

Elle en sort un courrier manuscrit sur une feuille légèrement jaunie. Elle est noircie d'une écriture soignée autant qu'il m'est possible de l'évaluer à cette distance. Elle caresse la page, comme si elle lui rappelait quelque chose ou quelqu'un de très important à ses yeux. J'ai presque l'impression d'être un intrus et j'hésite à partir, mais la curiosité est trop forte alors je lui demande doucement, comme pour ne pas troubler la bulle qui nous entoure.

— Qu'est-ce que c'est ?

Surprise, elle relève la tête, nul doute qu'elle eût déjà oublié ma présence.

Pour toute réponse, elle me tend la main pour que je la rejoigne. Ce que je fais sans attendre.

Je m'installe à côté d'elle, le dos appuyé contre la cloison, en attendant qu'elle s'explique, mais rien ne vient. Elle lit avec attention les lignes qui courent sur les feuilles, sans dire le moindre mot, puis tourne la page, toujours dans le silence. Je suis un peu mal à l'aise, parce que même si je suis curieux de savoir ce que contiennent ces pages, je ne les lirai que si elle m'y autorise.

J'ai juste entraperçu l'intitulé de la première page « ma fille adorée » ce qui ne laisse que peu de doute quant à l'identité de l'auteur.

Quand elle termine la première page, elle me tend la feuille, sans me regarder. Ce geste pourtant anodin me touche en plein cœur. C'est sa manière à elle de me dire que je suis à ma place. Par ce simple acte, elle affirme ne pas m'oublier même si elle ne parle pas forcément.

— Tu es certaine ? demandé-je, avant d'attraper la feuille.

Elle tourne les yeux dans ma direction et je vois briller ses yeux bien plus que d'ordinaire. Elle acquiesce et retourne à sa lecture muette.

Je la lâche des yeux à regret et reporte mon attention sur le courrier en commençant à lire :

« Ma fille adorée,

J'ignore si j'ai eu le courage de te raconter mon histoire hors du commun, de vive voix, mais si ce n'est pas le cas, je vais tout te dire. Tu m'en voudras probablement de ne pas t'avoir livré toutes ces choses avant de mourir, mais souviens-toi, ma chérie, que me taire avait pour unique but de te protéger.

Maintenant que je ne suis pas là pour le faire, il te faut les clefs pour y parvenir seule… »

Je tourne la tête vers Jadde qui continue sa lecture les joues baignées de larmes. Mon cœur se serre en la voyant si démunie. Absorbée par la lettre, elle ne remarque même pas que je la regarde et continue de lire inlassablement. À la fin de la seconde page, elle me la tend à nouveau, mais cette fois sans suspendre sa lecture.

J'ai du mal à me détacher de ses expressions, même si je me doute que les révélations de sa mère sont importantes. Ce qu'elle ignore, c'est que j'en sais déjà bien plus que je ne le voudrais.

Quand elle termine, son expression de sombre détermination me filerait presque des frissons, même si ses tremblements traduisent ses émotions à fleur de peau.

Elle détourne ses yeux de la lettre et m'observe avec attention. Puis d'une voix atone, alors que ses yeux me racontent une tout autre histoire, elle affirme :

— Nous sommes en danger.

Chapitre 35

Jadde

— Nous sommes en danger.

Choisir ce ton désincarné est la seule façon que j'ai de contrôler le déferlement d'émotions qui fait rage en moi. En réponse, je m'attendais à de l'étonnement, quelques questions, des pourquoi ou des peut-être, mais certainement pas à son acquiescement :

— Je sais, se contente-t-il de répliquer.

Je consens, impassible. Même si je suis surprise, je n'en laisse rien paraître et ne l'interroge pas. Quelle importance ? Il est évident, pour nous deux, que les questions ne sont plus à l'ordre du jour. Maintenant notre seule chance de nous sortir de là, c'est d'agir.

Pourtant, je ne peux m'empêcher de repenser à mes motivations avant d'entrer dans l'atelier. En choisissant de respecter le dernier souhait de ma mère, j'avais parfaitement conscience d'aller au-devant d'un passé noirâtre, et que mon regard sur ma vie en serait bouleversé. Mais je n'évaluais pas à quel point. C'est peut-être pour cette raison qu'il m'a fallu une semaine entière pour trouver le courage d'avancer vers mon destin.

Mes mains tremblent toujours, alors que mon regard passe

sans cesse de la lettre, que Brad tient dans ses mains, à son visage sans vraiment le voir. Je les frotte sur le tissu de mon short pour faire disparaître leur moiteur incontrôlable.

Les mots de ma mère dansent, sans cesse, dans mon esprit et répondent du tac au tac à chaque interrogation qui me traverse l'esprit. Je suis troublée parce que j'aurais pu écrire chacune de ses lignes, tant son histoire ressemble à s'y méprendre à un remake de la mienne. Ce trop-plein de coïncidences, de faits troublants, de similitudes me met en garde sur ce qui risque de m'arriver. C'est un avertissement.

Même si une partie des acteurs est différente, la conclusion se profile avec une saisissante et inéluctable netteté : la fuite, la lutte ou la mort. Trois options pour la même conclusion, je vais tout perdre. Le monstre implacable, dominateur et manipulateur qui m'épie s'amuse de ma paire de sept alors qu'il possède un carré d'as. Il tire des ficelles dans l'ombre, même si je ne saisis toujours pas ses motivations.

Si j'avais espéré que mettre un nom sur la menace la rendrait moins inquiétante, je me suis bercée d'illusions. Apprendre contre qui je me bats ouvre un gouffre, sans fond, devant mes pieds. Parce que je comprends, maintenant, que je ne lui échapperais pas. En tout cas, pas sans l'affronter dans un combat aux forces éminemment inégales.

Ma mère avait-elle conscience qu'en me donnant les clefs de mon passé, elle transformerait irrémédiablement ma vision du présent ? Le plus effrayant, c'est que sans le vouloir, elle a rendu mon futur encore plus incertain. L'avenir qui se profile n'a plus que des formes floues et mes certitudes disparaissent une à une.

Mes repères volent en éclats et je m'aperçois que celle que j'imaginais être n'est qu'une illusion. Ma vie est construite sur un leurre. Énorme. L'ironie du sort ne m'échappe pas en réalisant que j'ai un parcours étrangement similaire à celui de mon compagnon. Sauf que dans mon cas, ça va encore plus loin. Tout est faux, jusqu'à mon identité. Je suis née sous un nom adapté pour l'occasion.

Je suis un mensonge.

Je n'existe pas.

Pourtant, il est clair que j'ai bien mieux à faire que me laisser embarquer dans une crise existentielle. Je suis au pied du mur comme ma mère l'a été avant moi. Elle a dû faire des choix en conséquence. Bons ou mauvais, ce n'est qu'une question de point de vue. La seule chose que j'ai envie de retenir : elle a passé sa vie à me protéger.

Plus tard peut-être, pourrais-je me demander ce que tout cela signifie pour Jadde Simons. Celle que je croyais être. Cette inconnue…

Aujourd'hui, la priorité est de nous sortir de là sains et saufs, et d'appréhender l'avenir en fonction des perspectives que je veux lui donner. Suis-je capable de mettre à profit les erreurs de ma mère et son expérience ? J'essaie de m'en convaincre même si l'espoir s'amenuise, à mesure que je prends la mesure de ses révélations.

Désormais, je suis certaine de deux choses : la première, quoi que je fasse, où que je sois, je ne serai en sécurité nulle part. La seconde, la pire, toutes les personnes qui m'entourent et entravent les desseins de mon adversaire sont en danger. Il les écartera sans le moindre état d'âme, il a déjà commencé. Son fanatisme n'a aucune limite.

La meilleure preuve : n'a-t-il pas continué à nous chercher, alors qu'il nous pensait mortes ? Il est fou.

J'ai réalisé en lisant les mots de ma mère que le plus vicieux, dans cette sordide histoire, c'est que lorsqu'il a retrouvé notre trace, il n'a pas attaqué directement. Non, il a préféré nous observer, repérer nos faiblesses et a frappé, à couvert, trompant notre vigilance. Organisé, méthodique, il a tissé sa toile. Sans l'arrivée de Brad dans ma vie, je ne me serais aperçue que trop tard de la menace. Nul doute que je serai déjà totalement engluée dans l'univers qu'il a façonné pour moi, en brodant, patiemment, fil après fil. Il aime la traque. Je suis son gibier. Il fera tout pour obtenir ce qu'il convoite.

Braden, en détonateur inconscient, a contraint le monstre à modifier ses plans. Il n'a pas réussi à avoir totalement la main mise sur ma vie, mais nul doute qu'il va tenter d'y remédier. Il est peut-être même déjà trop tard.

Maintenant que je vois son œuvre dans son ensemble, j'ai peur, vraiment peur. Parce que la frontière ténue entre hasard et destin m'apparaît plus incertaine que jamais et j'ai l'affreuse sensation de n'être plus maîtresse de ma destinée. Tous mes choix ont été influencés par sa patte périclitant mon libre arbitre.

C'est à se demander si les choix de mon cœur n'ont jamais été ma seule richesse.

L'admettre sous-entend que jusqu'à présent, je n'ai été qu'un pantin dans son jeu pervers. Il bouge une pièce et je réagis en fonction comme un chef d'orchestre face à une cohorte de musiciens. Sauf que je n'ai jamais été mélomane et que je dois à tout prix, mettre fin à ce cercle dissonant. Dans le cas contraire, autant me rendre pieds et poings liés. La vraie question : quelles sont mes options ? Comment parvenir à rompre la toile si habilement étrécie ?

Sans le savoir, en gardant le silence, ma mère a servi le dessein de ce fou. Je n'ai rien vu venir. Aujourd'hui, elle tente de m'offrir les clefs de mon salut, mais serais-je capable de rompre mes chaînes même avec son aide ?

Elle a relaté avec une précision millimétrée son passif, sa fuite, sa façon de se cacher. Elle m'a donné son expérience comme dernier cadeau. En bonus, quelques preuves. Mais tout cela me paraît bien maigre quand j'entrevois l'ampleur de la bataille qui se profile.

J'observe les quelques documents qu'elle a joints à sa lettre, avec une certaine perplexité. Comment ce ramassis de chiffres indigestes va-t-il pouvoir m'être d'une quelconque utilité ? Des numéros, des lettres, quelques photos, le tout dans des enchaînements, sans queue ni tête, qui me paraissent aussi opaques qu'une nuit sans lune.

Je tends les papiers à Brad qui les regarde longuement, passant de l'un à l'autre de plus en plus rapidement.

Pendant qu'il les examine avec attention, les mots de ma mère s'impriment à l'encre indélébile dans mon esprit. Je ressens sa terreur, son émotion apeurée teintée de tristesse. Elle se sentait acculée, sans perspective d'avenir. Elle s'est exilée, repartant de zéro en laissant tout derrière elle.

Aux prises avec sa culpabilité, elle a dû apprendre à survivre avec l'idée monstrueuse, d'avoir entraîné la mort du seul homme qu'elle n'ait jamais aimé. Sans compter, sa peur constante et ses regrets. Je comprends chacun de ses sentiments, pire même, je les partage.

Sauf que je peux encore interférer sur une partie de ses points et protéger l'homme que j'aime de cette menace, même si cela signifie me briser pour y parvenir. Indifférent à mes pensées, il tourne et retourne les feuilles, pour recouper les informations dont il dispose.

— Mon Dieu ! Ta mère a rassemblé une quantité d'informations impressionnantes sur ce type, m'interrompt-il.

J'opine avant de lui répondre avec calme que je suis loin d'éprouver.

— C'est mon père, qui… enfin peu importe. Qu'est-ce que ça explique ? demandé-je en désignant les documents d'un signe de tête.

— Je ne comprends pas tout, certaines parties semblent « crypter ». Mais je suis certain que cela devrait grandement intéresser l'administration fiscale.

Je grimace parce que le fisc paraît bien ridicule compte tenu des multiples actes commandités de cette ordure. Comme s'il lisait dans mes pensées, il ajoute :

— Mais même avec ces documents, je doute qu'il soit vraiment inquiété.

Ma mère le savait-elle ? Si oui, pourquoi aurait-elle pris la peine de les conserver et de me les transmettre ? Les voyait-elle comme une sorte d'assurance ? Pourrais-je m'en servir ? Pourquoi avait-elle renoncé à une attaque frontale ? Pensait-elle avoir d'autres options ? Où avait-elle simplement choisi de renoncer à les utiliser pour me mettre en sécurité ?

Autant de questions qui resteront, sans réponses. Même si elle m'a raconté les grandes lignes de son parcours, elle n'a pas pris la peine de m'expliquer en quoi ces feuillets sont censés m'aider. Elle a préféré s'excuser pour son silence et justifier ses choix et sa vie de recluse. Comme si le fait d'avoir été violée, instrumentalisée, violentée, d'avoir été donnée en pâture pour servir les vils desseins de ce monstre, n'était pas suffisant pour s'enfuir. Prise au piège, sans aucun recours autre que quelques personnes assez folles pour l'aider, elle a fait le seul choix possible : tout abandonner en se faisant passer pour morte.

Puis, le temps est passé, elle s'est enfin crue sortie d'affaire. D'une certaine façon, je suis heureuse qu'elle n'ait jamais su à quel point, elle s'était fourvoyée.

Aujourd'hui, le combat a changé de main en devenant le mien. Le vil manipulateur, qui a brisé la vie de ma mère, semble désormais s'atteler à faire de même avec la mienne. Il y a tant de similitudes entre mon parcours et celui de ma mère que j'en ai des frissons dans le dos. Plus j'y réfléchis et plus je suis convaincue qu'il n'est pas étranger à mon agression. Le commanditaire peut-être. Que cherchait-il ? J'ai du mal à comprendre ce qu'il pensait en tirer. M'acculer ? Me rendre vulnérable ? M'obliger à lui demander de l'aide ?

C'est difficile d'imaginer qu'il me hait à ce point, comment peut-on être aussi calculateur et pervers ? D'autant qu'en admettant son comportement d'oiseau de proie, je me transforme irrémédiablement en cible mouvante. Et je ne suis pas la seule, chaque personne de mon entourage devient un potentiel dommage collatéral de son fanatisme aveugle. À commencer par Braden. Et rien que de l'imaginer un trou béant dans ma poitrine s'ouvre me plongeant dans un gouffre de terreur pure. Jamais ! Je n'y survivrai pas ! Je ferai tout mon possible pour le protéger de mon passé même si ça doit me briser de l'écarter.

Il n'a pas à combattre mes démons, il en a bien assez avec les siens. Je l'aime beaucoup trop pour le laisser s'exposer par ma faute. Je préfère le savoir loin de moi en vie que de risquer de le perdre. Je peux végéter sans sa présence, mais je ne lui survivrai pas, j'en suis incapable.

— Je vais partir, murmuré-je.

Son corps se tourne d'un bloc dans ma direction, mais je suis incapable d'affronter son regard alors, je regarde l'atelier de ma mère dans son ensemble. Il est encore rempli d'elle, de son odeur, de sa présence. Et ça me fait mal, parce que je sais que partir veut dire abandonner tout cela.

Mais la douleur est moindre, parce que j'ai appris à la dure que je n'avais aucunement besoin de bien matériel, pour repenser aux gens que j'aime. Les souvenirs sont dans mon esprit, dans mon cœur et personne ne pourra jamais m'en priver.

La vraie souffrance, c'est ce déchirement que je ressens en prononçant les paroles qui vont marquer un tournant dans notre futur. J'essaie de me persuader que c'est ce qu'il y a de mieux à faire. Que tout ce que je fais n'a qu'un seul but, un seul objectif : le protéger. Alors, forte de ma décision, j'essaie de prendre une voix plus assurée, et de lui rendre sa liberté, pour son bien, sa sécurité.

— La lettre de ma mère change beaucoup de choses. Je sais que je vais devoir l'affronter, et me battre pour pouvoir me libérer. Livrer cette bataille signifie que je vais devoir prendre un certain nombre de risques. Mon agression n'était qu'une forme d'avertissement, la partie visible de l'iceberg. Je sais désormais qu'il est capable de tout, j'en suis convaincue. Il ne s'arrêtera pas tant qu'il n'obtiendra pas ce qu'il désire. Si je veux un jour pouvoir vivre en sécurité, je dois mener cette guerre.

Il m'arrête d'un geste m'empêchant de poursuivre.

— Je sais ce que tu t'apprêtes à faire, me dit-il un ton plus bas, mais il n'en est pas question.

Je soupire, comme si je m'adressais à un enfant récalcitrant sans pour autant m'étonner, qu'il ait compris si rapidement où je voulais en venir.

— Je ne veux pas qu'il t'arrive quoi que ce soit. Ce n'est pas ta guerre.

Il secoue la tête pour me contredire.

— Bien sûr que si, puisque c'est la tienne.

— Je…

— Non ! s'agace-t-il. Ne me dis pas que tu n'as pas compris, pas après tout ce que nous avons traversé. Crois-tu une seule seconde que je serai capable de survivre sans toi ? Depuis l'instant où tu es entrée dans ma vie, tu es devenue la seule et unique personne pour laquelle, je n'hésiterai pas une seconde à tout sacrifier. Je renoncerai à tout, sans un regard en arrière, sans le moindre doute, sans le moindre regret. Je l'ai déjà fait et recommencerai autant de fois que ce sera nécessaire. Je serai là, quoi qu'il advienne, pour faire front à tes côtés. Juste toi et moi contre le reste du monde s'il le faut. Tu te souviens. Notre promesse.

Je me suis tournée vers lui sans vraiment l'avoir décidé. Comme Icare qui se tourne toujours vers son soleil, la lumière de sa vie. Je pose ma main sur sa joue, et la caresse tendrement du bout des doigts. Sa tête se penche pour accentuer ce subreptice contact.

— Comment pourrais-je supporter qu'il t'arrive quelque chose par ma faute ? J'en mourrai, je n'aurai pas la force de me relever, pas cette fois.

— Il ne nous arrivera rien, tant que nous serons ensemble, affirme-t-il, sans hésitation.

Je laisse retomber ma main et je sens la colère monter en moi, comme une vague déferlante, un tsunami.

— Tu n'en sais rien, lui hurlé-je nous surprenant tous les deux. Mon père pensait s'en sortir. Il était persuadé de pouvoir s'enfuir avec ma mère et vois où ça l'a menée ! Directement dans la tombe, crié-je me sentant bouillir.

Je me suis levée d'un geste, parce que sa proximité fait ployer mes résolutions. Je m'accroche à cette conviction de ne pas fléchir. Loin de moi, il s'en sortira sain et sauf. Voilà tout ce qui compte.

Il m'observe un moment, me scrute, alors que je l'affronte du regard. Je tente de cacher mes incertitudes tandis qu'il me jauge longtemps, faisant courir un chemin brûlant, sous son regard accusateur. Une ambiance électrique s'installe et le poids de la douleur dans ma poitrine s'intensifie.

Tandis que le silence s'étire en longueur, j'essaie de trouver les mots, pour lui expliquer cette peur qui me prend aux tripes quand je l'imagine à la place de mon père. Ce père, que je n'ai jamais connu, dont je n'ai entendu parler que récemment. Cet homme dont le destin a été brisé par sa conviction qu'il serait plus fort que tout, puisqu'il était guidé par l'amour. Cet illustre inconnu que ma mère était prête à suivre, sans hésitation. J'aimerais qu'il comprenne mon besoin impérieux, presque viscéral de le protéger contre cette menace que je porte en héritage. Entendra-t-il que tout vaut mieux que sa mort ?

Quand finalement, il se décide à reprendre, sa douceur habituelle, son intonation tendre a disparu. Il m'oppose son timbre rauque, autoritaire qui n'admet aucune concession, aucune réplique.

— Tu vas devoir faire un choix, Jadde, et c'est la dernière fois que j'admettrai tes doutes. Tu as beaucoup perdu, j'en ai conscience et je sais à quel point tu souffres encore. Mais la peur n'est pas bonne conseillère. Jamais. Crois-tu que me quitter parce que tu as trop peur de me perdre, soit la solution ? Penses-tu vraiment que ma place peut être autre part qu'à tes côtés ?

Je sais que ces questions sont pures rhétoriques et n'attendent pas vraiment de réponse. Il affirme, accuse bien plus qu'il n'interroge. Pour toute répartie, convaincue de mes choix, je garde obstinément mon regard fixé sur la dernière toile de ma mère qui restera à tout jamais inachevée.

— Nous sommes liés l'un à l'autre, bien au-delà de ce qu'il est humainement concevable, poursuit-il comme un grondement sourd. Ce lien inébranlable entre nous, cette connexion dépasse les limites de la raison. Peu importe les risques que nous prenons, nos désillusions, nos peurs, les épreuves qui nous attendent, du moment que nous sommes ensemble.

Je continue obstinément à refuser de l'affronter, sinon il saurait à quel point chacun de ses mots résonne en moi, criant de vérité. Ils tentent de se frayer un chemin dans mon esprit déjà en manque de lui.

Mais même ainsi, je ne peux me résoudre à rester, pas si cela signifie le mettre en danger. Perdue, terrifiée, je m'accroche à ma colère, contre ma mère, contre lui, contre ce monstre qui me terrorise, contre moi-même pour tenir cette décision qui nous condamne inéluctablement.

— Aujourd'hui, reprend-il avec une sincérité déchirante, à mes yeux, il n'y a plus de toi, plus de moi, il ne reste qu'un nous. Tout se conjugue à deux. Si tu as encore le moindre doute sur cette question, Cam, si tu penses encore que nous pouvons vivre l'un sans l'autre, alors pars, laisse-moi derrière, je ne te retiendrai pas.

Interloquée, je tourne la tête vers lui. Son regard océan me toise avec une déception qui me retourne l'estomac. Ne suis-je pas celle qui voulait partir une minute plus tôt ? Alors pourquoi ces paroles me blessent-elles autant ? À quoi m'attends-je au juste ? Une lutte acharnée ? De la colère ? De la fureur ? Tout, sauf cette intonation pleine de renonciation. Une fois encore sa réaction me prend de court.

— Tu as peur, je peux le comprendre. Et je t'avoue sans honte que je suis aussi terrifié que toi.

Sans me lâcher des yeux, il prend une pause comme pour donner plus de poids à ses paroles.

— Pourtant, ce n'est pas mourir qui m'effraie. Non, loin de là même ! Ma plus grande frayeur, c'est de vivre sans toi, sans nous. Maintenant que j'y ai goûté, je me sais incapable de m'en passer, ou d'accepter moins. Alors, je ne vais pas te retenir, parce que si tu doutes une seconde que je serais mieux sans ta présence, c'est que tu n'as toujours rien compris.

J'avale ma salive avec difficulté. Son regard est étrangement vide, comme s'il avait déjà baissé les armes. Et plus que les mots, c'est ce renoncement qui me fait vaciller.

— Sans compter qu'en choisissant de m'écarter, tu lui offres ce qu'il attend, nous séparer et briser un peu plus nos vies.

Il se lève à son tour, et s'avance déjà vers la porte, tandis que je le regarde s'éloigner, statufiée. Juste avant de sortir, il ajoute le coup de grâce, sur ce ton monocorde qui lui ressemble si peu.

— Et puis, même si tu choisis la lâcheté, aie au moins suffisamment de respect pour moi, pour m'épargner l'excuse bidon de vouloir me mettre à l'abri. La seule personne que tu cherches vraiment à protéger c'est toi et toi seule, parce que tu te penses incapable d'affronter une nouvelle disparition. Fuir n'a jamais facilité les choses, au contraire. Choisir de se battre ne signifie pas que tu dois le faire seule. Quoi que tu en penses, à deux nous sommes plus forts.

Sur ces paroles glaçantes et sans concession, il me plante là, hébétée. Je devrais le retenir, ou peut-être vaut-il mieux qu'il parte. Je ne sais pas, je ne sais plus.

Si j'ai raison alors pourquoi chacune de ses paroles trouve-t-elle écho en moi ? Suis-je aveuglée par ma douleur ? Trop de perte, trop de deuils me rendent-ils incapable de le laisser m'atteindre ? Qu'est-ce que je fuis après tout, lui ou moi ?

Chapitre 36

Braden

Mon Dieu ! Ce combat contre elle n'en finira donc jamais ? Chaque fois que je pense enfin avoir réussi à l'approcher, à l'apprivoiser, elle me fuit de plus belle. Un pas en avant deux en arrière. Je ne vois pas ce que je pourrais faire de plus pour la retenir, j'ai tout quitté pour elle, tout abandonné, et voilà qu'elle se retranche à nouveau derrière ses remparts.

Je ne peux pas la forcer à croire en nous, je n'ai pas les moyens de le faire. Même si après un tel rejet, j'éprouve le besoin de m'éloigner pour panser cette douleur violente dans ma poitrine, je me contente de ramasser mes affaires et de les déménager dans la chambre d'amis. Elle ne sait encore rien de ce qui se trame et si, il y a encore quelques heures, j'étais presque certain qu'elle me faisait suffisamment confiance pour me suivre sans hésiter, cette perspective semble d'un seul coup, beaucoup moins évidente.

Je n'ai pas disparu de la surface de la planète, pendant trois jours, sans raison. Elle peut bien vouloir me tenir éloigné de cette « guerre », j'y suis déjà impliqué jusqu'au cou. Aussi, même si j'ai besoin, pour notre relation au long terme, qu'elle fasse ce pas définitif vers moi et qu'elle arrête de fuir, je n'ai pas l'intention de disparaître du tableau. La laisser aux mains de ce psychopathe, sans la moindre défense, plutôt m'achever directement.

Je sais beaucoup plus de choses qu'elle ne le pense et la situation est bien plus complexe qu'elle ne l'imagine. Mais bien entendu, je ne peux rien lui dire, pas de suite, pas alors qu'elle est aux prises avec cette terreur qui la ronge, pas alors que tout son univers vacille en équilibre précaire au-dessus d'un gouffre sans fond.

Je l'ai rejointe en connaissance de cause, je sais ce que je fais et pourquoi je le fais. Maintenant, c'est à elle de faire le reste du chemin. Moi, j'ai posé toutes mes cartes en vue, elle a la main. Je suis épuisé. Je m'installe sur le lit, les mains derrière la nuque, dans une attitude décontractée que je suis loin de ressentir.

Chaque muscle me fait souffrir, comme si l'on m'avait passé à tabac et que chacun des coups m'atteignait encore et encore. Ma nuque est raide et même en l'étirant de droite à gauche ou de haut en bas, aucune tension ne disparaît.

Je regarde le plafond en écoutant le moindre bruit qui se répercute à l'infini dans la maison. C'est étrange de sentir l'aura de sa mère hanter les lieux. Elle est partout, mêlant son odeur à celle de ma Cam. L'image du lierre qui entoure la rose pour l'amener au zénith me traverse brièvement l'esprit. Belle plante rampante, solide, mais envahissante qui guide la douce et délicate beauté vers le soleil. La touffeur émeraude qui sublime l'éclat rubis, tout en tentant vainement de ne pas l'étouffer avec ses lourdes branches. Cette métaphore résonne, en moi, avec une étrange véracité.

Cette maison porte les stigmates d'une vie à se cacher. Je ne sais pas si Jadde s'en rend compte, mais il y a peu ou pas d'effet personnel. Quelques tableaux, peu de photos et les rares sont tous de Cam. Même si les passions de sa mère, sautent aux yeux, j'ai été frappé en voyant le côté impersonnel des lieux. Est-ce lié à sa mort ? C'est possible, mais j'en doute.

Cette froideur chirurgicale tranche tellement avec la beauté des environs. Je laisse mon esprit dériver vers ma nation : les États-Unis. C'est un pays magnifique. Je pensais, d'ailleurs en chauvin assumé, que toutes les beautés du monde y étaient plus ou moins représentées. Mais c'était une erreur, une de plus.

Ici, tout est différent. Nulle part ailleurs, je n'ai senti ce doux plaisir de vivre, cette nature verdoyante côtoyant sans peine la civilisation. Cette dernière, même si elle est incontournable, est capable de se faire discrète pour laisser de la place à mère Nature. Même le Viaduc, chef-d'œuvre architectural, a été pensé dans cette optique, se fondre coûte que coûte sans détonner avec la paix ambiante.

J'ai passé des heures à marcher dans cet espace pendant que Jadde, repliée sur elle-même, refusait de me laisser l'approcher. J'ai suivi les sentiers, longé les deux rivières et me suis gorgé de paysages à couper le souffle. Si la vie me l'avait permis ou m'en avait donné la possibilité, nous aurions été heureux ici, mais ce ne sera pas le cas. Une perte de plus dans la longue liste qui nous attend. Que nous restera-t-il au final ? Elle, moi, peut-être nous. Je n'en suis même pas certain. Je soupire, fatigué de me torturer l'esprit, depuis des jours, sans jamais obtenir de réponse.

Je suis distrait de mes tristes pensées par des pas lents dans l'escalier, comme si elle avançait en portant le poids du monde sur ses épaules. Il ne m'est pas nécessaire de la voir pour savoir que c'est elle. Elle a ce petit quelque chose, ce petit tout qui me la rend unique et les battements de mon cœur qui s'accélèrent ne s'y trompent pas non plus. Ma peau se couvre de chair de poule comme toujours à son approche. Comment va-t-elle réagir en me voyant absent ? Va-t-elle me chercher ? Me rejoindre peut-être ?

Je ne peux m'empêcher d'espérer, même si je suis vite ramené sur terre, par des sanglots étouffés. Rien de plus. Aucun pas dans le couloir, aucune porte que l'on ouvre avec inquiétude, aucun appel anxieux, rien d'autre que des larmes qui trouvent écho dans mes tripes. Si j'écoutais mon cœur, j'oublierais ma rancœur et la rejoindrais dans la minute pour la serrer dans mes bras, la protéger de tout, pour toujours. Mais je me retiens, cette fois je ne peux pas faire ça et je ne le ferai pas, même si j'en crève d'envie. Elle a déjà fait plusieurs pas, dans ma direction, se rétractant ensuite.

J'ai été patient, protecteur, compréhensif, attentif, mais ça n'est jamais suffisant. Nous en revenons toujours là, encore et encore, aurait-elle agi de la même façon face à Jack ? Aurait-elle choisi de l'abandonner pour le « protéger » ? Ou aurait-elle au contraire, trouvé le moyen de se battre à ses côtés ? Je ne suis sûr de rien, mais je ne peux pas m'empêcher de douter.

Elle m'a déjà tant donné, pourquoi je n'arrive pas à me sortir de la tête qu'elle aurait agi différemment avec l'autre. Ce frère que je ne connaîtrai jamais, mais dont je suis irrémédiablement jaloux. Avec lui, je suis certain qu'elle aurait relevé les manches et qu'ensemble ils auraient combattu. Pas elle et lui, mais eux, liés comme un bloc face au danger.

Malgré les épreuves, malgré notre histoire, je reste le second, celui qu'on choisit comme deuxième choix, en désespoir de cause. Je ne parviens plus à l'accepter, pas alors que j'ai mis ma vie à ses pieds, pas alors que j'ai renoncé à tout pour elle. J'ai besoin de ce pas définitif, pour qu'enfin je me libère de ce poids qui pèse sans cesse sur mes épaules.

Le silence revient près d'une heure plus tard, alors que mille fois j'ai dû m'accrocher au barreau du lit baldaquin pour m'empêcher de me lever. Seul le clignotement bleuté de la messagerie de mon téléphone trouble la noirceur ambiante. Mais je ne l'écoute pas, je sais déjà ce qu'il contient. Plus que soixante-douze heures et tout ce que nous avons disparaîtra. L'horloge parlante de ma conscience me le rappelle, heure après heure, qu'elle ne sait toujours rien…

Chapitre 37

Jadde

Ma nuit est courte et agitée, je me réveille sans cesse la main, cherchant désespérément sa chaleur pour réchauffer le froid qui me glace de l'intérieur. Chacune de ses paroles me percute encore et encore comme un chauffard qui achève le gibier après l'avoir percuté sur le bas de la route. A-t-il raison, suis-je trop lâche pour l'admettre ? Aurais-je agi différemment s'il avait été Jack ? Cette question n'a pas cessé de me torturer. Est-ce que Brad s'est posé la question ? Je ne sais pas, je ne suis plus sûre de rien.

C'est l'odeur du café qui finit par me tirer de ma léthargie. Elle m'offre un apaisement bienvenu et me réchauffe le cœur parce qu'elle me confirme que Brad ne s'est pas enfui. Hier, je n'ai pas trouvé le courage de vérifier. Je me sentais tellement épuisée et vulnérable que j'aurais été capable du pire s'il était parti. En désespoir de cause, je me suis raccrochée au doute comme une bouée salvatrice puissante dans le vieil adage « ce que tu ne sais pas ne peut pas te nuire ». Mon Dieu quelle trouillarde ! J'ai honte de moi.

Je ferme les yeux quelques secondes, avant de me forcer à

descendre les escaliers. Un peu de courage, Jadde ! Merde, tu es ridicule ! Pas après pas, je descends au rez-de-chaussée et m'oblige à ne m'arrêter que lorsque j'entre dans la cuisine. Je m'accoude à l'embrasure de la porte trouvant instantanément mon Adonis des yeux. De dos, il s'active devant la cuisinière de ma mère. A-t-il senti ma présence ? Si j'en crois son corps tendu, c'est fort probable. Pourtant, il ne dit rien et je ne trouve pas vraiment quoi dire non plus, alors je laisse s'installer un silence embarrassé.

À quoi pense-t-il ? Me maudit-il ? C'est ce que je ferais si j'étais à sa place. Tant de questions se bousculent dans ma tête, sans qu'aucune ne franchisse mes lèvres. L'incertitude, les doutes et l'amour se combattent sans relâche. Je devrais prendre mes distances pour tenter d'atténuer cette douleur indicible qui me transperce le ventre. Pourtant, je ne parviens pas à le quitter des yeux. Son dos large, sa stature dominante et ses épaules musclées solides. Lorsqu'il vous prend contre lui, le monde s'écroule, rien ne peut vraiment vous atteindre. Il veille sur nous, nous aime et nous donne sans compter allant sans cesse au-delà de ses limites pour nous offrir toujours plus. Suis-je vraiment capable de le laisser derrière moi ? D'affronter le monde sans lui ? Sans son amour ? Sans sa force tranquille ?

Je crois que c'est à ce moment-là que l'évidence me frappe. J'en suis incapable. Il est mon tout. Il s'est infiltré en moi aussi sûrement qu'une douce mélodie s'empare de notre âme quand elle nous atteint en plein cœur. Comment pourrais-je vivre sans lui, me passer de sa présence, sa chaleur, son amitié ? Parce qu'au fil des semaines, cet homme merveilleux que j'aime éperdument est aussi devenu mon meilleur ami, mon confident.

Notre lien instinctif va bien au-delà des mots trop souvent soumis à interprétation. Ils ne relatent jamais avec exactitude ce que nous aimerions transmettre à l'autre. Mais le cœur lui sait sans le moindre doute ce que l'esprit trop rationnel refuse d'admettre. Je l'aime et cela revêt aussi une part d'égoïsme. Il a raison, à deux, nous serons plus forts. Alors même si ma raison me dit que c'est une mauvaise idée, mon cœur lui n'a déjà plus aucun doute.

J'amorce un geste dans sa direction, quand la sonnette de la porte d'entrée me fait sursauter. Brad se tourne dans ma direction, apparemment aussi surpris que moi. Je n'attendais personne, Eddy et Sofia ne devaient pas repasser avant ce soir, Malcolm a pris une chambre en ville et Mark est à l'autre bout de la France.

Il s'interroge, tout autant si j'en crois son sourcil levé en une question muette. Je hausse les épaules en réponse. D'un même pas, nous rejoignons l'entrée. Lorsque la porte s'ouvre, une bourrasque d'air froid me fait frissonner. Je n'ai pas le temps d'être surprise par ce crachin glacé assez inhabituel en ce mois de septembre que ma tornade rousse à la coupe militaire m'offre un sourire éblouissant.

— Merde ! s'exclame-t-elle. Vous n'étiez pas en train de fricoter, au moins ! Vous avez mis un temps de dingue pour ouvrir. Je me les gèle, tu te secoues un peu, j'aimerais rentrer.

Sans plus de cérémonie, alors que je ne l'ai pas vue depuis presque deux mois et que la dernière fois que nous nous sommes croisées, elle était au plus mal, ma plus vieille amie fait un retour fracassant. Pas perturbée le moins du monde par mon air hébété, elle me pousse avec son fauteuil m'obligeant à reculer. Elle entre, sans se départir de son sourire désinvolte.

À la voir ainsi, manipuler son compagnon d'infortune avec tant d'aisance, il est difficile de concevoir, qu'il y a un peu moins de trois mois, elle s'envolait pour les États-Unis sur ses deux jambes. Il s'est passé tant de choses sur une si courte période que j'ai la sensation que les événements, de l'époque, appartenaient à une autre vie. Une existence morne où le manque de Jack prenait tout l'espace. J'admets, un peu honteuse, que même acculée, blessée, et effrayée, je ne me suis jamais sentie aussi vivante.

Je me suis redécouverte, sans limites, sans réserve, grâce à cette connexion étrange qui m'unit à Braden. J'irais même jusqu'à dire que dans l'adversité, je me suis révélée à moi-même.

Je ferme la porte pour faire face à mon amie, qui avance sans attendre d'invitation vers le salon. Il faut dire qu'elle a toujours été accueillie ici comme chez elle. Combien d'heures a-t-elle passées avec moi dans cette maison, profitant simplement d'un foyer où elle se sentait à sa place ? Loin, très loin même de l'impression dérangeante d'être une intruse indésirable dans sa propre maison. Sensation qu'elle ne connaissait malheureusement que trop bien.

Mon regard se reporte sur elle quand elle s'approche du canapé. Avec une agilité, assez hallucinante si on prend en compte qu'elle est sur ce fauteuil depuis seulement quelques semaines, elle se positionne juste à côté du fauteuil une place. Elle retire les cale-pieds et repousse celui côté fauteuil vers l'arrière. Elle prend appui sur les deux accoudoirs rigides et d'un geste assuré, transfère son corps d'un fauteuil à l'autre avant que je n'aie le temps d'esquisser le moindre geste. Puis elle réinstalle ses jambes avant de relever la tête et me dévisager avec une effronterie, me mettant au défi de réagir.

Comme de bien entendu, je suis bien trop fière d'elle et de son courage, pour le masquer derrière des banalités. Pour autant, pas question de minimiser son geste ou de faire comme si de rien n'était, nous sommes bien trop complices pour ça.

— Bon sang ! Le temps où j'étais obligée de t'ouvrir les boîtes de conserve parce que tu avais de la guimauve à la place des biceps est définitivement révolu.

Elle éclate d'un rire sans retenue et me voilà soulagée d'un immense poids que j'ignorais porter.

— Et encore, tu n'as rien vu ! Je suis devenue une vraie pro au bras de fer ! Même Mick et Tim ne m'arrivent pas à la cheville, plaisante-t-elle, sans gêne.

Et voilà comment en moins de deux, elle balaye les questions sur son état de santé et sa rééducation. En deux pas, je la rejoins et m'installe sur le canapé à proximité, je lève les yeux vers Braden qui nous regarde, puis nous sourit même si la lueur joyeuse n'atteint pas ses yeux. Notre échange silencieux ne dure que quelques secondes, avant qu'il ne se détourne en marmonnant en quittant la pièce :

— Je vais préparer du café, alors que nous savons tous les trois qu'il est déjà prêt depuis des heures.

Il s'éloigne laissant Meg, bien trop perspicace, passer de l'un à l'autre avec un regard interrogateur. Pourtant comme si elle sentait que ce n'était pas le moment, elle choisit un sujet de conversation plus neutre, même s'il est loin d'être anodin.

— Je suis désolée de ne pas être arrivée plus tôt, mais j'ai dû les menacer de les attaquer en justice, pour que mes geôliers acceptent de me libérer.

Je hoche la tête, compréhensive. Je ne lui en veux pas, comment le pourrais-je ? Ce serait plutôt mal venu, surtout depuis que j'ai acquis l'intime conviction que je suis, même indirectement, responsable de son accident. Certitude confirmée par les mots plus qu'explicites de ma mère, relatant les montagnes russes de son passé.

« Il s'est acharné à m'isoler, coupant un à un les liens que je pouvais avoir avec mon entourage. J'ai acquis la certitude qu'il n'a pas hésité à mentir, trahir, tuer pour y parvenir. Je n'en ai évidemment pas la preuve, mais ma tante Renée, par exemple, est morte d'une overdose. Cela n'a surpris personne, surtout pas la police. L'un d'entre eux, lorsque j'ai cherché à en savoir plus, n'a pas caché son dédain. Ces mots, comme un venin, restent gravés dans mon esprit, même après toutes ces années "qu'est-ce qui vous surprend avec la vie de dépravée qu'elle avait choisie ?

Je m'en étais étouffée de colère à l'époque, comprenant que personne n'irait chercher au-delà des apparences. Ce qu'il avait refusé d'entendre, c'est que malgré ses choix de vie discutables, elle n'avait jamais touché à la drogue. Pas une fois. Alors pourquoi aurait-elle choisi cette voie du jour au lendemain ? Mais, comme aujourd'hui, je n'ai aucune preuve concrète à leur opposer. Ne pas avoir lutté plus fort et cherché coûte que coûte le coupable restera l'un de mes plus gros regrets.

Je n'ai jamais eu la certitude qu'il s'agissait ou non d'un accident. Mais ce doute a rongé mon âme pendant des années. La seule chose évidente, c'est que ce « drôle » d'incident tombait à point nommé, pour servir les desseins de ce monstre de suffisance qui voulait la main mise sur ma vie. N'est-ce pas pratique, qu'elle disparaisse, comme tous ceux qui étaient susceptibles de m'aider à me sortir de là ? "

Soucieuse, de ne pas la mêler à cette sordide histoire plus qu'elle ne l'est déjà, je réponds avec une émotion que j'ai du mal à contenir.

— Ne te reproche rien, Meghan, nous savions tous que tu étais à nos côtés. Et honnêtement, c'est mieux que tu conserves le souvenir que tu avais d'elle. Elle aurait détesté que tu la voies si faible. Elle m'en a voulu à moi de jouer les garde-malades. Alors, imagine si ses deux filles de cœur s'étaient jointes à la danse morbide, qui s'est jouée ici, ces dernières semaines. Elle ne l'aurait pas supporté.

Ma voix s'étrangle en repensant au corps perclus de douleurs, son teint cadavérique et son visage rongé par la dénutrition. Elle était tellement loin de la femme qu'elle avait connue.

Posant une main sur la mienne, elle me sourit avec compassion.

— Peut-être, mais j'aurais vraiment aimé être présente, pour elle, pour toi.

— Merci, Meg, je sais à quel point tu aimais maman.

Ses yeux s'embuent et elle me sourit de ce sourire triste qui marque un peu plus la douleur sur ses traits.

— Elle va nous manquer, se contente-t-elle de murmurer.

En réponse, je la prends dans mes bras pour masquer les larmes que j'ai tant de mal à retenir. Elle sait parfaitement ce que l'on ressent à ma place. Je ne doute pas une seconde que la douleur qui m'étouffe, par moments, est aussi intense pour elle, qu'elle ne l'est pour moi. Après tout, même si elle ne l'admettra jamais ouvertement, ma mère a joué les mamans poules avec ma rouquine bien plus souvent que sa propre génitrice.

Je prends une grande inspiration, avant de m'éloigner, quand un raclement de gorge gêné nous interrompt.

Brad avance dans la pièce en prenant bien soin de ne pas nous regarder et pose un plateau avec des pancakes et des muffins. Mon ventre, soudain intéressé, émet un grondement sourd digne d'un coup de tonnerre dans une nuit d'été.

— Je vais faire un tour, nous dit-il sans vraiment s'adresser à l'une de nous.

J'opine et Meg fait de même en détournant le visage, probablement pour cacher ses yeux rouges et légèrement bouffis.

Il sort de la maison, quelques minutes plus tard, laissant derrière lui, un étrange silence. Je suis heureuse de voir mon amie, mais il s'est passé tant de choses ces derniers mois, que j'ai la sensation désagréable de ne plus être en « phase » avec elle. Un peu comme si elle avait loupé trop de choses pour me comprendre. Comme si tout ce que je devais désormais taire et lui cacher creusait un fossé difficile à franchir.

Je cherche un sujet anodin, qui ne nous fera pas marcher sur des charbons ardents. Nous avons tant de choses qui nous séparent désormais, tant de non-dits qui pèsent. J'aimerais retrouver ce passé pas si lointain où nous pouvions, sans crainte, être honnêtes l'une avec l'autre. Ne trouvant finalement rien de suffisamment neutre, j'opte pour le passé, pour rompre le silence cherchant à s'imposer entre nous.

— Tu te souviens de la fois où nous nous sommes perdues sur le Larzac ?

Elle penche la tête sur le côté, essayant de comprendre où je veux en venir.

— Comment pourrais-je l'oublier ? Tu t'étais obstinée à nous guider avec ta boussole qui avait perdu le nord et nous nous sommes tellement éloignées de la classe, qu'il leur a fallu plus de quatre heures pour nous retrouver.

Je grimace à ce souvenir.

— J'ai vraiment cru qu'on n'allait jamais nous récupérer, admet-elle avec un frisson.

— Tu paraissais pourtant si assurée, répliqué-je avec humour sachant très bien qu'elle n'avait pas arrêté de râler. Tu te plaignais d'avoir mal aux pieds, qu'il faisait trop chaud, qu'un moustique venait de te défigurer.

— Pour ma défense, souviens-toi que j'avais pris un coup de soleil mémorable et qu'il m'a fallu pas moins de quatre magnétiseurs pour m'arrêter le feu.

J'éclate de rire et elle me tire la langue. Puis, complices, nous souriions, nous remémorant l'anecdote dans sa globalité. Nous avions marché si longtemps, du haut de nos dix ans, que rien que d'y penser, j'en avais encore les jambes flageolantes.

— Te souviens-tu de la petite auberge où nous avions fini par atterrir ?

— Bien entendu, cet adorable faiseur de miracles nous a sauvés d'une mort lente et douloureuse, bouffées par des insectes gros comme le poing.

Je rigole.

— Tu n'as pas l'impression d'exagérer un peu ?

Elle écarte ma remarque d'un geste et poursuit d'un air rêveur.

— En plus, je n'ai jamais bu, depuis, un aussi délicieux chocolat chaud, rit-elle avec chaleur. Pourquoi évoques-tu cette histoire ? Maintenant, j'en ai l'eau à la bouche ! me reproche-t-elle, sans se départir de son air amusé.

Pourtant il s'estompe vite, quand elle regarde dans ma direction

— J'aimerais parfois y retourner, murmuré-je doucement. Tout était si simple, sans complication, sans secrets à préserver, sans mensonge.

Elle acquiesce, ses yeux étonnamment obscurcis.

— Parfois moi aussi, j'aimerais revenir en arrière en sachant ce que je sais aujourd'hui, se contente-t-elle de compléter.

— J'ai ma part de responsabilités dans ton accident, lâché-je, à brûle-pourpoint.

Elle me regarde d'abord surprise, puis elle secoue la tête pour affirmer le contraire.

— Tu n'étais pas au volant de cette foutue camionnette et tu n'es pas non plus celle qui a payé le conducteur que je sache.

J'écarquille les yeux, momentanément désarçonnée. Comment est-elle au courant alors que je viens tout juste de le comprendre ? Comme si elle comprenait ma question silencieuse, elle s'explique :

— J'ai eu une visite très intéressante. Un inspecteur de la criminelle est venu me poser des questions sur mes liens avec le chauffard. Alors, la déduction n'était pas bien compliquée à faire. Dans la mesure où je ne connaissais pas le conducteur du véhicule et que nous n'avions a priori aucun rapport direct… Que pourrait bien venir faire un inspecteur de la criminelle pour un banal accident de la route ?

J'opine incapable d'articuler la moindre parole.

— Alors non, tu n'es pas responsable, affirme-t-elle avec conviction, mais je serais très intéressée de savoir quelle saleté en est à l'origine, m'interroge-t-elle avec le plus grand sérieux.

Je secoue la tête préférant la laisser en dehors de ce combat. Elle hausse un sourcil, mais ne dit rien.

— Occupe-toi d'abord de reprendre des forces, c'est le plus important, lui intimé-je.

Une mimique ironique étire ses lèvres.

— Dit celle qui est si livide qu'elle paraît presque transparente et dont son air anxieux n'a d'égal que le silence mutique de son compagnon.

Bordel ce qu'elle peut être chiante parfois !

— En parlant de ton petit ami, la contré-je avec sarcasme tout en évitant consciencieusement de répondre. Où est ton « mari » ?

Ses pupilles s'étrécissent d'un coup et son côté harpie prête à mordre sort les crocs.

Quelques secondes passent dans un silence tendu, puis son attitude se transforme doucement, comme si elle reprenait le contrôle d'elle-même. Quand elle finit par répondre, son ton se fait sans appel.

— Sujet épineux, se contente-t-elle de lâcher me mettant presque au défi d'oser la questionner plus avant, ce que je me garde bien de faire.

— On est d'accord

— Donc, pour l'instant, évitons les compagnons, l'accident, le travail, affirme-t-elle en me jetant un coup d'œil.

— Ça commence à faire beaucoup, Meg.

Elle hausse les épaules, sans me regarder, fataliste.

— Je suppose que c'est la rançon des secrets.

— Peut-être.

Nous nous taisons et le calme s'étire doucement. Il n'a rien de gênant, il est serein, comme si notre proximité, notre ancienne complicité, même mise à mal par la vie, était suffisante. Nous laissons, l'une et l'autre, nos pensées vagabonder jusqu'à ce que j'affirme doucement.

— Tu m'as manqué.

Je la vois du coin de l'œil se tourner dans ma direction, mais je garde le regard fixé sur la vallée qui s'étend derrière la baie vitrée.

— Toi aussi.

Deux mots, pas un de plus, exprimant tout à la fois notre amitié, notre appartenance et notre lien indéfectible. Ces quelques lettres suffisent pour affirmer tout le reste. Quoi qu'il arrive dans le futur, ce lien restera, perdurera aujourd'hui et pour toujours.

Après avoir passé l'après-midi à mes côtés et avoir refusé mon hospitalité, en jetant des coups d'œil agacés à l'étage, elle a décidé de réserver une chambre dans un des petits hôtels de la ville.

Même si elle affirme qu'elle préfère nous laisser notre intimité, personne n'est dupe. Dépendre de quelqu'un, pour une personne aussi indépendante que Meg, est juste insupportable. Alors, imaginer qu'elle va devoir se faire porter pour passer d'un étage à l'autre, ou s'en remettre à quelqu'un parce que les lieux n'ont pas les équipements nécessaires pour son handicap, c'est juste impensable. Peut-être que si nous étions seules, elle aurait accepté de montrer ses faiblesses. Mais elle est bien trop fière pour laisser entrevoir cette facette à Braden.

Comme promis, nous nous sommes appliquées à éviter les sujets sensibles. Il faut dire que j'ai suffisamment de choses à taire, pour ne pas m'aventurer sur des terrains minés.

L'interrogation reste donc au point mort comme pas mal d'autres, jusqu'à l'arrivée du reste de l'équipe, Eddy, sa compagne et mon petit ami. Si je suis restée volontairement évasive, Sofia, par contre, aussi curieuse que d'habitude, n'a pas du tout l'intention de se contenter des non-dits. Elle veut obtenir des réponses. Elle tente de la questionner avec désinvolture, même si on la voit approcher à des kilomètres avec ses gros sabots.

— Alors, quand aurons-nous l'occasion de goûter à nouveau au talent culinaire du maître de la casserole ? interroge-t-elle Meghan.

En faisant référence au surnom que j'ai donné à Logan lors de notre première rencontre, elle essaie de paraître détachée, mais nous la connaissons trop bien pour nous laisser prendre. Nous lui jetons tous un regard peu amène qu'elle ignore superbement, en ajoutant à l'intention de Brad.

— Sans vouloir te vexer, bien sûr. Jadde lui a donné ce surnom avant d'avoir été témoin de ta suprématie culinaire quasi mystique.

Il sourit en secouant la tête, amusé. C'est un vrai sourire, le premier que je lui vois de la journée et cette constatation m'attriste, parce que je sais parfaitement que j'en suis responsable. Je détourne la tête pour reporter mon attention vers Meg, qui cherche visiblement la bonne façon de couper court à la discussion.

— Tu vas devoir t'en passer, finit-elle par avouer, dans un murmure.

Puis, elle cherche mon soutien pour que je la sorte de là. Elle pince les lèvres, les transformant en une ligne dure cherchant une faille pour contre-attaquer. Esquiver la question pour botter en touche, elle sait parfaitement s'y prendre et elle se demande comment faire, sans pour autant me mettre sur le gril. Comprenant ce qui se profile, je prends l'initiative et lance en m'adressant à Eddy resté silencieux.

— Tu ne devais pas rencontrer officiellement ta belle famille ? Comment ça s'est passé ?

Choisir de leur renvoyer la balle, la solution la plus diplomatique pour couper court. J'adresse un clin d'œil à Eddy qui comprend ma requête silencieuse. Il me sourit parce que nous savons tous les deux que je connais déjà l'anecdote qu'il ne va pas manquer de nous dévoiler. Elle est suffisamment amusante pour détendre l'ambiance, qui s'est considérablement alourdie.

Personne n'est idiot et ils ont tous saisi la diversion, mais l'acceptent. Meg retient un souffle de soulagement et Eddy se lance dans son récit à son image.

— Disons que la rencontre officielle s'est mieux passée que la première entrevue qui fut pour le moins… originale.

Sofia étouffe un rire et rajoute les yeux pétillants d'humour.

— C'est le moins que l'on puisse dire.

Nous savons toutes les trois qu'elle reviendra à l'assaut à la première occasion. Il faut dire que la fouineuse en elle ne risque pas de se satisfaire des maigres infos qu'elle a réussi à glaner. Mais elle est suffisamment intelligente pour comprendre qu'il y a un temps pour tout.

— La première rencontre originale ? l'interroge Meg avec le sourire du chat qui vient de repérer sa proie. Raconte-nous un peu, ce que madame Julianny a pu te faire comme misère.

On étouffe un rire sous cape, parce qu'à part Braden, nous connaissons tous parfaitement l'attitude déroutante et haute en couleur de Julia. En réponse, Eddy lève les yeux au ciel et commence en souriant jusqu'aux oreilles.

— J'étais sorti du boulot en avance pour faire une surprise à Sof. Elle était tellement contente de me voir, que nous avons fini nus en moins de deux minutes. En même temps, comment résister à ce corps d'Apollon, dit-il en gonflant exagérément les muscles de son torse déjà impressionnant.

Sofia s'empourpre, mais le regarde comme un dieu grec. Il poursuit, en nous adressant une moue entendue, face à notre mutisme, qu'il choisit d'interpréter comme un acquiescement silencieux.

— Donc nous voilà en pleine action, quand des bruits de pas dans le couloir de l'entrée et une voix chantante lance des « ma chérie ? » à tout vent, nous interrompt à un fil de la conclusion.

Il secoue la tête, encore dépité, et poursuit la lèvre supérieure s'étirant doucement.

— Si vous voulez une technique pour débander instantanément, c'est très efficace, affirme-t-il en s'adressant à Brad qui secoue la tête en masquant son sourire derrière son index.

— Bref, la seconde suivante, Sofia se jette sur ma chemise, au moment où sa mère ouvre la porte de la chambre. J'attrape le premier truc qui me tombe sous la main. Manque de bol c'était le petit haut pour le moins minimaliste de Sofia, avec des imprimés bizarres.

Il lève les mains devant les yeux furibonds de la belle Italienne

— Désolée ma puce, mais je préfère quand tu n'as rien du tout.

Elle lui fait une grimace, roussit de plus belle et ajoute à notre intention.

— Il parle du dos nu, version léopard que nous avons acheté ensemble.

Nous hochons simplement la tête et je retiens un rire connaissant la suite pour le moins édifiante.

— Donc, un peu mal à l'aise, quand même, je tente de dissimuler mon imposant « dieu du stade », dit-il en montrant la partie basse de son anatomie, derrière ce ridicule bout de tissu. Sa mère jette un coup d'œil dans la chambre, et je vois l'instant où ses yeux noisette croisent les miens. Un large panel d'émotions défile sur son visage pour se stopper sur la stupéfaction. Sauf que Julia ne se laisse jamais démonter, ou jamais longtemps. Alors plutôt que d'aboyer à tout vent, ou de lancer une remarque acerbe, elle prend son temps pour me détailler. Elle sourit d'un air appréciateur, se prépare à tourner les talons, probablement pour rejoindre la cuisine, mais se ravise à la dernière seconde. Elle désigne mon engin et d'une voix, qui me fait encore froid dans le dos, lance « une petite coupe ne serait pas de trop, je connais une bonne esthéticienne si ça vous intéresse ».

Tout le monde éclate de rire et chacun y va de sa remarque taquine pour accentuer l'effet comique, devant son air horrifié.

— Pas besoin de préciser que je préfèrerais encore me faire brûler le cul en enfer !

Les rires redoublent et nous nous installons sans plus y réfléchir sur les canapés, autour de la rouquine. Décidément, l'autodérision de mon molosse préféré est une vraie arme de destruction massive. Elle abat le moindre rempart de morosité et fait taire les doutes en une poignée de secondes.

Les échanges s'enchaînent avec cette note nostalgique qui transforme les bons et les mauvais souvenirs en instants impérissables. Nos rires sont bruyants, heureux. Notre complicité n'a rien perdu de sa superbe, malgré ces deux derniers mois, qui ont créé contre notre volonté, un gouffre entre nos univers. Notre amitié est évidente, nos liens sont toujours plus forts, même si désormais un océan nous sépare de ceux que nous étions.

Quoi qu'il en soit, cet interlude de normalité nous libère d'une partie de nos tensions. Nous rions, buvons en oubliant un peu de ce monde extérieur qui nous aspire d'habitude. Chacun, avec plus ou moins de retenue, partage ses tranches de vie pour alimenter cette ambiance légère.

Sofia légèrement pompette se laisse même emporter par la situation nous avouant mortifiée ses penchants, non-volontaires pour l'exhibition. Son compagnon, alimente le débat, d'un œil amusé et ne loupe pas une occasion de la taquiner. Leur échange complice est beau à voir et a quelque chose de rassurant.

Eddy tient sa beauté méditerranéenne entre ses jambes entrouvertes. Elle appuie son dos sur une de ses épaules de telle sorte que malgré sa position elle peut le regarder à loisir et nous faire face en même temps. Il passe négligemment son pouce sur le ventre légèrement dénudé de Sofia en effectuant de petits cercles répétitifs tandis qu'elle lui sourit avec amour.

Je suis heureuse pour eux, même si je ne peux réprimer une pointe de jalousie. Leur certitude, leur paix d'esprit sont si évidentes. Ils sont sereins, ont foi en l'avenir. Pourquoi n'avons-nous pas la même chance ? Pourquoi tant d'épreuves nous attendent encore ?

Le goût doux et âpre de l'amertume glisse sur la langue et je dévie le regard pour porter mon attention sur mon amant. Il me regarde aussi et nos regards s'accrochent. J'aimerais lui dire ce que j'ai sur le cœur, le rassurer. Voit-il à quel point je l'aime ? À quel point, je ferais n'importe quoi, juste pour le protéger ? Pourtant je me tais, je laisse mon silence parler à ma place. Ses iris bleus brillent de cette promesse muette que j'ai appris à reconnaître. Il me comprend, lit en moi.

Le monde autour de nous s'estompe, tandis que nous nous

dévisageons avec acceptation. Je m'excuse pour mes doutes et accepte les siens, son amertume, ses peurs, les miennes. Son besoin de moi, ma faim de lui, de son amour, de sa présence, de sa force, de ses certitudes. Je me nourris de tout cela et bien plus encore.

Quand nous nous sommes rencontrés, c'est la connexion physique presque palpable entre nos corps qui avait pris le pas sur la logique. Cette attirance organique est toujours, là, électrique, elle flotte dans l'air, nous enveloppe, mais ce n'est plus qu'un aspect de notre lien.

Ce que nous ressentons va bien au-delà, c'est devenu viscéral, vital, inébranlable. Cet attachement entre nous tient parfois du fil de soie pour, un instant plus tard, se transformer en un filon d'acier, en fonction des difficultés et de nos épreuves. Mais, quelle que soit la situation, il est toujours présent et transforme nos deux âmes esseulées en « nous ».

Il me fallait juste admettre qu'il avait raison : plus jamais l'un sans l'autre.

À la vie à la mort.

Juste lui et moi, unis pour l'éternité et même après.

Je lui souris et ses traits inquiets s'atténuent un peu plus. Les petites pattes-d'oie se plissent un peu plus, quand un doux sourire étire ses lèvres ourlées. Il est beau, il est même magnifique.

C'est l'un de ces échanges qui marquent notre esprit, un que l'on est incapable d'oublier. On se souvient de l'odeur, de la chaleur qui nous remplit la poitrine, de l'amour qui nous inonde. On serait presque capable de dessiner le visage de l'autre, les yeux fermés juste parce qu'on le grave dans notre esprit comme dans le marbre.

Il marque aussi le moment où les manques s'effacent, les poids s'allègent, les douleurs s'estompent et les peurs se muent en force. On réalise dans ces moments si rares et si précieux que les épreuves, au lieu de nous abattre, nous redonnent le courage de lutter plus fort encore. Elles font taire nos réticences et affirment nos rares certitudes.

J'ignore combien de temps nous restons ainsi à nous nourrir l'un de l'autre. Quand je reprends pied d'un coup de coude dans les côtes, le silence a remplacé le brouhaha des conversations.

— Lorsque vous aurez fini de vous bouffer des yeux, vous m'avertirez ! Bordel ! Ayez au moins pitié d'une pauvre célibataire, se lamente Meghan.

Quand elle réalise ce qu'elle vient de dire, elle lève les mains à nos intentions.

— N'essayez pas, je n'en parlerais pas même sous la torture.

Notre Italienne, désormais bien éméchée, lui adresse une moue boudeuse. Elle croise les bras sous sa poitrine pour se donner des airs revanchards, parce qu'elle s'apprêtait déjà à se lancer dans l'interrogatoire d'usage.

La rouquine ne tergiverse pas longtemps et éclate de rire devant son visage dépité.

— Il y a des choses qui ne changeront jamais, tu es et resteras curieuse comme une pie, affirme Meg entre deux gloussements.

C'est libérateur de la voir rire ainsi, comme si ce fauteuil et ce handicap omniprésent ne comptaient pas vraiment. Ne reste avec nous que la jeune femme enjouée, heureuse de vivre. L'invalidité et ses difficultés, ses pertes douloureuses ne sont plus au centre de son monde, mais reléguées dans les indésirables et les aléas auxquels elle est parfaitement capable de faire face. C'est Meg tout simplement. Mon amie, forte indépendante et dont le courage force l'exemple.

Nous aurions pu laisser le poids des secrets et des épreuves entraver nos retrouvailles, mais nous nous sommes recentrés sur l'essentiel : notre amitié. C'est notre force et rien ni personne ne pourra nous en priver. Même si la vie finit par nous séparer, nous serons toujours riches de ce que nous avons partagé. Nous pourrons trouver la force de nous relever encore et encore parce que nous connaissons la valeur de ce lien presque fraternel aussi puissant qu'inviolable.

Les heures passent, me laissant l'étrange sensation que nous tentons de retenir l'instant, de faire durer le plaisir. Sofia et Eddy continuent à nous amuser avec des anecdotes plus idiotes les unes que les autres. Pendant que Meg fait l'imbécile en nous racontant les péripéties de la rééducation version fauteuil. Certains en seraient peut-être gênés, mais elle ne laisse transparaître que son humour corrosif. Et nous rions et gloussons encore jusqu'à tard dans la nuit. Même Brad, pourtant en retrait, alimente la foire aux fous rires avec des catastrophes culinaires plutôt cocasses, alors que je leur offre mes boulettes orthographiques les plus mémorables en passant de « sex-appeal » au « sexe à pile » en un tour de main.

Quand ils nous quittent après de longues accolades, je me sens étrangement apaisée. Je sais que tout ira bien pour eux, quelle que soit la suite. La complicité de nos amoureux hauts en couleur fait chaud au cœur et je suis convaincue qu'ils sauront s'épauler.

Meg a beau être seule, elle est si solide et courageuse qu'elle relèvera la tête quoiqu'il arrive. Sa combativité, son assurance sont ses meilleures armes et elle fera face comme toujours. J'ai eu si peur que l'accident ait fait voler en éclat cette partie inébranlable de sa personnalité, cette inflexibilité, cette robustesse si indissociable de son tempérament de feu.

Alors voir réapparaître ma pétillante rouquine avec son esprit affuté et de son sarcasme indolent me conforte dans mes choix. Je dois m'éloigner et les protéger coûte que coûte. Les mettre en danger ce serait comme nous trahir. Ils seront avec moi où que je sois. Forte de cette conviction, je rejoins mon homme qui tourne comme un lion en cage, sous le clair de lune.

D'habitude, le sentir si fébrile m'aurait effrayée, tendue, mais je ne suis plus inquiète. Je suis sereine. Nous arriverons au bout du chemin, quel que soit le parcours ou même l'issue. Tant que nous serons ensemble, rien ne sera jamais insurmontable. Je reste donc là, immobile, appuyée sur le chambranle de la baie vitrée, à le regarder ruminer. J'attends patiemment qu'il se calme pour le rassurer.

— J'ai eu tort, lâche-t-il de but en blanc.

Je hausse un sourcil interrogateur, surprise.

Chapitre 38

Braden

Elle me regarde avec un apaisement et une confiance que j'ai rarement vue chez elle. Les rayons de la lune donnent à son corps un halo lumineux. On la croirait presque irréelle, une apparition divine venue là, pour nous rappeler à nous, simples mortels, que les anges existent et qu'une entité supérieure veille sur nous.

Elle est sublime et à chaque fois que je la regarde, mon cœur fait une embardée. Elle est si belle, si douce, si parfaite, juste faite pour moi.

— J'ai eu tort, répété-je.

Elle s'avance vers moi, avec douceur.

— En quoi ? murmure-t-elle en s'arrêtant à portée de bras en plongeant ses yeux rendus sombres par la faible luminosité.

— Jamais, je ne pourrai te laisser partir sans au moins essayer de te retenir. Et si ça ne suffit pas, j'essaierai encore et encore.

Elle sourit et ma poitrine rentre en combustion.

— Et si je pars quand même, répond-elle sans se départir de

son expression enjouée.

Est-ce qu'il s'agit d'une vraie question ?

— Je te poursuivrai, t'enchaînant à moi, s'il le faut.

— Ce n'est pas vraiment une idée déplaisante ?

— De me voir te poursuivre ou de t'enchaîner ?

— Les deux.

Cette fois, c'est moi qui prends des airs intéressés.

— Dois-je comprendre que tu n'as plus l'intention de partir ?

— Si, je vais partir…

Je m'apprête à parler, mais elle pose son index sur mes lèvres pour me faire taire.

— Mais plus jamais sans toi.

Elle m'adresse un sourire éblouissant et mon corps se détend instantanément.

— Fini de me fuir ?

— Il y a un type plutôt intelligent qui m'a dit un truc du genre « à deux on est toujours plus forts » et je dois avouer que c'est plutôt censé.

— Oui, ça a l'air d'un gars qui a tout compris, me rengorgé-je.

En réponse, elle secoue la tête, amusée. Curieux, je lui demande quand même.

— C'est ça qui t'a fait changer d'avis ?

— Non, j'ai juste réalisé que quoi qu'il arrive, je te suivrai ; je l'ai simplement accepté et cette simple affirmation m'a ouvert la voie.

J'ai beau ressentir la même chose, l'entendre le dire me fait mal. J'aimerais qu'elle soit heureuse avec ou sans moi. Mais la part égoïste de ma conscience comprend et se contente d'opiner avec vigueur.

Elle me regarde les yeux plongés dans les miens. Être si près d'elle, m'enivrer de son odeur, succomber à son regard brillant, réveille cette envie désespérée d'elle que j'ai fait taire ces dernières semaines.

Après son agression, les médecins nous ont déconseillé toutes stimulations sexuelles pendant un mois, ensuite, ils nous ont encouragés d'y aller en douceur.

Trois semaines que j'étouffe systématiquement mon besoin dévorant de la faire mienne.

Vingt jours que je mets ma libido en stand-by, ailleurs que dans mes rêves. Je n'aime qu'elle, n'ai envie que d'elle, ne suis attiré que par elle.

Cinq cent quatre heures que je n'ai pu alimenter la bête concupiscente qui pense à ma place quand je suis près d'elle.

Trente mille deux cent quarante minutes que je suis assailli sans interruption d'images de son corps dénudé dans mes bras dominateurs. J'ai imaginé mille façons de lui montrer avec nos corps à quel point je l'aime.

Plus d'un millier de secondes, sans échanger avec elle plus qu'un baiser et même là, je restais prudent, distant, préférant lui laisser le temps de prendre l'initiative.

Sauf que je n'en peux plus, et ses prunelles qui s'assombrissent me confirment que le temps de latence a assez duré. J'irai en douceur, nous ne sommes pas obligés d'aller jusqu'au bout. Elle a besoin de se réapproprier ce corps qui l'a trahie et moi j'ai juste besoin de l'aimer, d'affirmer qu'elle m'appartient et que je suis à elle, aujourd'hui et pour le reste de nos vies. Peu importe, où nous serons du moment que nous sommes ensemble.

J'attrape sa nuque d'un geste possessif en coinçant sa queue de cheval entre mes doigts et l'attire à moi. Je mets fin à la douceur et la peur de ne jamais la retrouver. Je prends possession de sa bouche, parce qu'elle est mienne et que c'est cette affirmation qui met le feu à mon aine. Ses lèvres se posent sur les miennes et je suis affamé. Ma langue prend sa bouche, comme un conquérant prend d'assaut son terrain à avilir sans hésitation, avec hardiesse.

Elle gémit contre mes lèvres, un grondement sourd, grisant quand son corps se love contre le mien. Je sais qu'elle a senti la réaction quasi immédiate de mon corps à son contact.

Notre échange n'a rien de doux. C'est rude, mais tellement bon. Bordel ! Je pourrais me fondre en elle, chaque seconde, je n'en aurais jamais assez.

Ma main glisse sous son haut et caresse avec possessivité sa peau soyeuse, en bas de ses reins. Je renforce ma prise en la soulevant d'un geste fluide. Elle entoure mes hanches de ses jambes et je me sens comme le roi du monde.

— J'ai tellement envie de toi, murmure-t-elle contre ma bouche et c'est l'écho exact de mes pensées.

Je voudrais la prendre dehors juste devant sa maison d'enfance. Entrer en elle pour lui ôter l'envie de me quitter, annihiler jusqu'à l'idée de se passer de moi, même une seconde. Je veux être son univers, comme elle est devenue le mien.

Elle et moi, moi et elle contre le monde entier, s'il le faut. Rien ne pourra me faire ployer si elle est là, je ne renoncerai pas, n'aurai peur de rien d'autres que de la perdre. Mon cœur, mon corps et mon âme sont à elle. Cette certitude me fait oublier mes rancœurs, les pertes que j'ai subies et que je vais encore devoir endurer.

Elle se retrouve appuyée contre le mur, avant même que j'aie réalisé ce que je faisais. Elle me fait perdre la tête et lève mes inhibitions.

— Je te veux, grogné-je, j'ai besoin de te sentir.

Elle frotte son bassin contre le mien avec indécence. Et je gémis pris dans la tourmente. Mon corps réclame, exige d'être assouvi et même si je le voulais, je serais incapable de garder mon sang-froid, encore moins, quand sa jupe me donne libre accès à sa superbe croupe.

Son string m'emmerde et je ne mets qu'une seconde pour faire disparaître ce ridicule bout de tissu qui me cachait la terre promise. Mes baisers sont presque frénétiques et je dévore son visage, ses épaules et la chute fantastique de son cou. Une main toujours dans ses cheveux, je bascule sa nuque pour me nourrir de sa peau délicate. Je laisse une traînée rouge irritée après le passage de mes joues mal rasées. Mais au lieu de me sentir coupable, ça satisfait la bête furieuse dans mon ventre. Je la marque, reprend contrôle sur ce qui m'appartient.

Je bande comme un dingue. J'ai mal. Mal de la désirer autant, d'être incapable de réfléchir correctement quand je suis avec elle. De ne jamais en avoir assez, de toujours en vouloir plus.

Emportée par la même exaltation, elle défait mon jeans, prend ma queue dans sa paume. À cet instant, je jure que je pourrais jouir rien que de la sentir chaude, brûlante, ardente autour de mon membre qui s'épanouit encore un peu plus sous ses caresses.

Elle bascule le bassin dans ma direction et je ne résiste pas. Ma main se glisse entre ses jambes. Caressant l'amas de chair qui la fait déjà cambrer de plaisir. Mon Dieu ! a-t-on déjà entendu un son plus doux que ces geignements de plaisir. Elle tourne la tête de droite à gauche encore et encore à mesure que je lui offre ce dont elle a besoin.

Sa main est toujours sur mon sexe, qu'elle gratifie de va-et-vient trop lents face à mon plaisir grandissant. Mais la sentir prête à succomber est le détonateur de ma propre satisfaction. Elle est si chaude, humide. Et son odeur, mon Dieu ! Je me gorge d'elle. Je hume cette touche de vanille mêlée à cette senteur subtile de camélias qui vaut tous les aphrodisiaques du monde.

Conscient de l'urgence de son besoin, j'accélère mes gestes, la cherche, la possède, sans la pénétrer pour autant. En fait, j'ai une autre idée en tête. Mes mains aventureuses explorent la seule zone de son corps qu'elle ne m'a pas encore offerte. Elle se raidit une demi-seconde, surprise, puis se détend presque aussitôt, acceptant tacitement mes douces attentions. L'anneau serré s'assouplit au rythme de mes assauts. Elle hoquète quand mes doigts passent enfin la barrière naturelle, je la sens défaillir. Je ralentis alors qu'elle m'enserre en elle, en continuant de caresser sa boule de plaisir.

— Oh mon Dieu ! gémit-elle alors que je reprends mes mouvements avec plus d'insistance. Son bassin qui s'était immobilisé sous l'intrusion reprend ses va-et-vient en s'arquant à ma rencontre. Je frémis sentant son plaisir comme s'il s'agissait du mien.

Ma main quitte sa nuque pour s'en prendre sans ménagement à sa poitrine tendue dans ma direction. Les boutons de son chemisier volent et je rabats le balconnet de son soutien-gorge pour prendre son téton dans la bouche. Elle se crispe et j'ignore qui d'elle ou moi émet un râle guttural.

La tension monte de seconde en seconde et j'accélère. Je donnerais n'importe quoi pour remplacer mes doigts en elle. Mais c'est un acte si intime que je ne la forcerai à rien. Comme si elle avait entendu mes pensées, elle geint :

— Je te veux en moi, tout de suite ! me presse-t-elle, impétueuse.

C'est comme si je me retrouvais devant un sapin de Noël. Elle m'offre l'intimité, sa première fois, c'est un cadeau ultime, unique que je compte bien savourer à sa juste valeur. Elle me donne la dernière parcelle de son corps que je n'avais pas marquée et dominée. Je ne réfléchis pas, je retire mes doigts et d'un coup de bassin, je prends leur place.

Pour m'immobiliser la seconde suivante. Bordel de merde, elle est si serrée, c'est comme si un poing m'enserrait le général déjà au garde-à-vous ! C'est si bandant que je dois étouffer un juron et fermer les yeux pour retenir l'orgasme qui menace d'arriver bien trop tôt.

Quand elle râle, n'en pouvant plus d'attendre, je relance mes assauts qui ne mettent pas longtemps à devenir totalement désordonnés. C'est violent et bestial. La recherche de l'assouvissement animal à l'état pur. Je glisse en elle, tandis qu'à chaque va-et-vient, elle me répond, me retient, m'enserre, me possède, me marque. C'est une expérience hallucinante, quasi mystique. Elle gémit, je geins. Ses doigts s'agrippent à mon dos devenu moite. Je sens le sel de sa peau sous ma langue qui trace des chemins de feu dans son cou.

Bon sang ! Que j'aime cette femme.

Je stimule toujours son clitoris de plus en plus tendu sous mon pouce quémandeur. Notre ardeur n'a d'égal que notre envie de l'autre.

J'ai appris à connaître ton corps ce que tu aimes, ce qui te fait vibrer. Je mords la base de ton cou juste comme tu aimes avant de passer ma langue te faisant clapir de plaisir.

La tension monte, monte et monte encore jusqu'à atteindre ce point de rupture où nous lâchons prise. Mon nez dans son cou, je m'immerge dans son coït en l'emportant dans le mien. Une osmose parfaite, un univers de jouissance pure. Rien n'existe d'autre que nos corps à moitié dénudés fondus l'un dans l'autre, nos respirations haletantes, nos peaux moites et nos cœurs exaltés battant la mesure dans une parfaite harmonie.

Il me faut un temps infini pour reprendre pied, et je me demande bien comment je me suis retrouvé sur le sol du salon. Nos membres sont entremêlés et j'ai du mal à déterminer à qui ils appartiennent. Elle est alanguie tout contre moi et je caresse distraitement sa peau tandis que la mienne est couverte de frissons qui n'ont rien à voir avec la fraîcheur qui entre par la baie vitrée restée ouverte.

Elle lève doucement sa tête cherchant mes yeux. Elle me sourit avec cet air de chatte assouvie qui vient de laper un bol de lait. Elle croise les bras sur mon torse et pose son menton dessus.

— C'était comment dire… ?

— Intense ? terminé-je pour elle

Elle secoue la tête et réplique.

— Plus que ça… j'allais dire parfait.

C'est un assez bon reflet de mes propres pensées. Sa mine satisfaite s'obscurcit légèrement, quand elle demande d'une petite voix, incertaine.

— Et maintenant ?

Je réponds en repoussant du bout du doigt la mèche de cheveux qui s'est échappée de sa queue de cheval, caressant sa joue au passage.

— Tu me fais confiance ?

Elle sourit et sans la moindre hésitation, répond avec cette moue presque juvénile qu'elle a toujours après l'amour.

— Bien entendu.

— J'ai peut-être une solution…

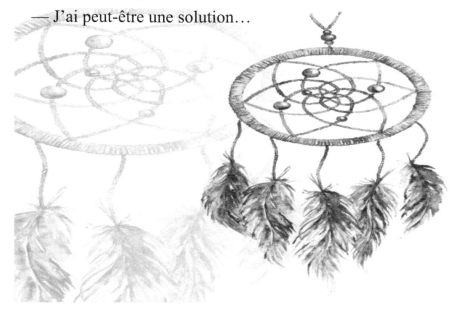

Chapitre 39

Jadde

Le surlendemain

— Tu es sûre que c'est la seule solution, me demande Meg pour la cinquième fois en moins d'une heure.

— Certaine, nous avons besoin de nous retrouver, de prendre du temps pour nous.

— Mais vous pourriez le faire ici ! insiste-t-elle avec agacement.

Je sais bien qu'elle a raison, mais les raisons qui nous poussent à nous éloigner, elle les découvrira bien assez tôt. En attendant, je dois prendre mes distances parce que plus nous serons loin d'eux, plus ils seront en sécurité.

Ce n'est pas suffisant, mais c'est la première étape. La suite ne sera pas plus simple, pourtant elle ne m'effraie plus.

— Tu sais parfaitement ce que je veux dire. N'est-ce pas toi qui as mis un océan entre l'homme que tu aimes et toi pour avancer ?

Elle se renfrogne avec agacement. Je sais parfaitement que c'est un coup bas, mais elle doit accepter notre départ et je ne cherche pas à la convaincre, juste à ce qu'elle respecte le destin que nous avons choisi. Sentant ma fébrilité, Brad vient entourer ma taille de son bras aussi protecteur qu'encourageant. Il m'embrasse sur la tempe et la réaction de mon amie ne se fait pas attendre.

— C'est de ta faute, l'incrimine-t-elle en pointant un doigt accusateur dans sa direction.

Il hausse un sourcil surpris par sa virulence. Je l'interromps dans ces divagations de plus en plus agacée.

— Pour la centième fois, il n'y est pour rien.

— Alors, pourquoi refuser de nous dire où vous partez ? Les Barbades c'est plutôt grand ?

Je souffle, exaspérée.

— Parce que nous avons besoin de nous couper du monde.

— Et si on a besoin de vous contacter en urgence.

— Stop ! Maintenant tu arrêtes, la seriner-je. Je ne te demande pas d'être d'accord, ni même d'approuver, encore moins de comprendre, juste d'accepter. Tu en sais déjà bien plus que nous voulions en dire. Alors, arrête avec cet interrogatoire.

Une larme coule sur sa joue et je la prends dans mes bras. Je déteste la voie que nous avons choisie, mais ça reste la meilleure solution pour les mettre en sécurité. Moins elles en sauront, mieux ce sera. C'est étrange de penser que c'est peut-être la dernière fois de ma vie que je la tiens dans mes bras.

Demain est incertain, l'instant suivant l'est tout autant. Je ne les embarquerai pas dans la bataille que nous nous apprêtons à livrer. J'ai fait ce qu'il faut pour les mettre en sécurité.

Je me blottis contre son corps crispé et lui murmure à l'oreille.

— Et puis, si je te manque trop, il te suffit de marcher sur les traces de notre passé et je ne serai jamais bien loin.

Je lui souris en m'écartant, alors qu'elle a refusé de me rendre mon étreinte, mécontente.

— Arrête de faire la tête, Meg, nous sommes amies depuis toujours, j'ai toujours respecté tes choix même si je n'étais pas forcément d'accord. Pour une fois, je te demande de faire pareil. Accepte mon besoin de m'éloigner, murmuré-je en la regardant dans les yeux.

Elle m'observe longtemps cherchant à découvrir ce que je lui cache.

Je m'agenouille pour être à sa hauteur et je lui dis ce que j'ai sur le cœur. J'ai mal dans la poitrine. Les quitter s'avère encore plus difficile que je l'avais imaginé, mais je ne renoncerai pas. Parce que c'est pour elle que je le fais et que les savoir en sécurité vaut bien tous les sacrifices.

— Je t'aime Meg.

— Je te déteste, me rétorque-t-elle aussi sec, avec sérieux. Je te déteste de donner un goût de définitif à un simple au revoir.

Je me force à sourire à travers les larmes que je n'arrive plus à contenir.

— Tu vas me manquer Meg

Elle ne répond pas, mais me serre dans ses bras.

Elle se contracte contre mon cou et moi aussi. Le nœud coulant autour de ma gorge se resserre et j'ai du mal à reprendre mon souffle. C'est comme si l'on comprimait mes poumons les empêchant de s'emplir complètement. Je savais que notre séparation serait difficile, mais pas à ce point.

Heureusement, j'ai déjà dit au revoir à Sofia dans la matinée.

Eddy et elle, même s'ils se sont montrés réticents, ont accepté notre choix. Il était évident que la tâche serait bien plus ardue avec la rouquine.

Brad, toujours debout à côté de moi, me caresse l'épaule dans un geste réconfortant. Il tente de me donner de la force et son courage pour m'éloigner de mon amie, ma sœur de cœur, ma complice. Même si nous avons toujours été proches, l'accident a noué un lien qui va bien au-delà. Aujourd'hui, je dois lui tourner le dos, m'éloigner sans me retourner et la laisser seule. C'est l'un des actes les plus difficiles que j'aie jamais eu à faire. Je me redresse en posant au passage un baiser sur ses joues baignées de larmes.

Elle a mis un de ses foulards qu'elle affectionne tant pour masquer le fin duvet qui repousse doucement sur sa tête c'est une image aussi douloureuse que porteuse d'espoir. La vie va continuer avec ou sans nous.

Je me réfugie dans les bras de mon amant qui me serre tout contre son torse en me guidant déjà vers la voiture de location garée à quelques mètres.

Je m'assois dans le véhicule, en jetant un dernier coup d'œil par-dessus mon épaule.

Assise sur son fauteuil, magnifique avec ses immenses créoles argentées pendues à ses oreilles, son regard perçant tentant de fixer les dernières images de mon départ, elle me dévisage.

 Sa robe, vert d'eau, met en valeur sa silhouette aussi gracile que majestueuse. Il y a toujours eu ce petit quelque chose chez elle qui la rendait unique, princière. Un port de tête, une aisance naturelle, une force intérieure, un mélange subtil de tout cela qui impose le respect. Elle survivra, m'intimé-je pour me rassurer. Elle, plus que toute autre, est capable, de tout surmonter.

Je tourne la tête pour regarder la route qui s'ouvre devant nous. Brad s'assoit sur le siège conducteur.

— Tu es prête ? me demande-t-il avec compassion.

J'ai envie de hurler que je ne le suis pas et que je ne le serai probablement jamais. Je plonge mes yeux dans les siens et ils me donnent la force de répondre.

— Oui, allons-y…

Même si je le prononce ces mots, les joues barrées de larmes.

Épilogue

Meghan

Je la regarde partir avec colère, il y a un truc qui cloche, mais je n'arrive pas à mettre le doigt dessus. Elle s'assoit à la place « du mort », alors que Braden contourne le véhicule pour rejoindre le volant. Elle me regarde avec un pâle sourire à travers la fenêtre encore ouverte. Ses joues sont couvertes de sillons de tristesse.

Ma gorge se resserre. Je lutte contre la sensation accablante qu'un poids pèse sur ma poitrine. Je retiens mes sanglots à la seule force de ma volonté. Il m'étouffe, m'oppresse, mais je ne pleurerai pas. Je ne verserai pas une larme, pas après tout ce que j'ai traversé.

— Plus jamais, m'encouragé-je à voix basse. Tu peux le faire, tu peux la laisser partir.

Le moteur se met en route. Il se penche pour l'embrasser sur la tempe et l'étau de la solitude se referme sur moi. Tu es partie, tu as fait un choix, assume, bordel ! Voilà les paroles qui passent en boucle dans ma tête, alors que la voiture s'avance déjà.

Là, si je le pouvais, je me lèverais de ce putain de fauteuil et courrais après la voiture pour la retenir en les contraignant à rester. Au lieu de quoi, je me mords l'intérieur de la joue jusqu'au sang pour étouffer un sanglot. Tout est bon pour détourner mon attention de la boule dans ma poitrine.

Il enclenche la première, ferme les vitres teintées probablement pour mettre la clim en route et s'avance. Je ne quitte pas le véhicule des yeux, mètre après mètre. Ils s'éloignent ne laissant derrière eux qu'une montagne de souvenirs et un immense vide.

La voiture tourne au coin de la rue, d'abord le capot, puis le corps, très vite je ne discerne plus que les feux arrières qui disparaissent aussi. Quand je dois me rendre à l'évidence, ils sont partis, la douleur est si vive que j'ai l'impression qu'on m'écorche vive. En réponse, je m'égosille, hurlant jusqu'à m'écorcher les cordes vocales tous ces mots que j'ai refusés de lui dire.

— Toi aussi, tu vas me manquer, je t'aime mon amie, ma sœur.

Mais mes cris ne franchissent pas mes lèvres, ils résonnent simplement dans ma tête, encore et encore comme une litanie. À chaque nouvelle répétition, ils me « tuent » un peu plus et mon cœur agonise.

La voiture n'est plus là et l'immense gouffre dans ma poitrine me brise en deux. Ma sœur, mon amie, une des seules personnes que j'ai laissées suffisamment m'approcher pour me briser, disparaît. Je ferme les yeux pour graver toutes ces images, ces minutes volées. Elle m'abandonne, elle aussi. J'ai mal, j'ai envie de crier, mais je garde tout enfoui à l'intérieur.

La seconde suivante, alors que je tente toujours de maîtriser la douleur, une énorme déflagration retentit tandis que le sol se met à trembler. Des vitres explosent, je me couvre la tête par réflexe. Tout en cherchant du regard ce qui a bien pu arriver. Autour de moi, pendant une micro seconde la violence du choc laisse place à un silence surréaliste.

Le « Bang » d'une seconde explosion retentit, ranimant la population alentour. C'est seulement à ce moment-là que je réalise que je me fraie un chemin en direction des cris.

J'atteins la rue voisine et reste pétrifiée. À la place du centre-ville qui a abrité mon enfance et mon adolescence, il ne reste plus que des véhicules en flamme et en son centre, au point zéro un chaos innommable. Une explosion. Une voiture littéralement démantelée. Explosée. Éparpillée. Dispersée.

Des gens courent dans tous les sens, choqués, hébétés… La déflagration a calciné tout dans un rayon de trente mètres. Mais je ne vois qu'une seule chose : la carcasse du véhicule de mes amis en proie aux flammes.

Soufflée.

Détruite comme mon cœur.

***

Quatre semaines plus tard

Ça fait un mois. Un putain de mois qu'à chaque fois que je ferme les yeux, j'entends cette détonation. Ce « Boum » monstrueux qui a ravagé le centre-ville, emportant avec lui la vie de mes deux amis. Deux corps, deux amants littéralement pulvérisés par la violence de l'explosion. Ne reste d'eux que cette odeur affreuse et monstrueuse de chairs brûlées, dont je n'arrive pas à me défaire. Rien que d'y penser, la bile me monte dans la gorge.

Quelques grammes de C4 et leur existence ne sont plus qu'un souvenir. Cela paraît invraisemblable. Une minute avant la déflagration, elle me serrait dans ses bras, me disait que j'allais lui manquer. L'instant suivant, elle avait disparu.

Comme ça, en un claquement de doigts.

Je n'arrive toujours pas à réaliser.

Un cauchemar.

Un délire éveillé.

Et comme si cette horrible réalité n'était pas suffisante, il m'a fallu répondre à un million de questions. Réexpliquer cent fois ce qui s'était passé dans les moindres détails. Ressasser la scène des milliers et des milliers de fois, comme si me réveiller en sursaut chaque nuit n'était pas suffisant.

Qui pouvait leur en vouloir ?

Pourquoi a-t-on trafiqué leur voiture avec une commande à distance ?

Leur connaissais-je des ennemis ?

Depuis quand étaient-ils ensemble ?

Pourquoi étaient-ils revenus en France ?

Où s'apprêtaient-ils à partir ?

Pourquoi ? Pourquoi ? Pourquoi ?...

Des questions, toujours des questions et tellement peu de

réponses. Comme si j'en savais quelque chose ! ai-je mille fois eu envie de leur hurler ! Bande d'incompétents ! Plutôt que de s'acharner encore et encore sur moi, vous feriez mieux de chercher le coupable.

Et pour compléter le tableau, comme si cela n'était pas suffisant, la police française et la police américaine se sont associées pour trouver les responsables. Il ne faudrait pas que l'attentat qui a causé la mort de deux des personnages en « vues » engendre un incident diplomatique.

BANDE DE CONNARDS INCAPABLES !!!

Tout ceci paraît tellement énorme, irréel, rien ni personne ne parvient à me faire reprendre pied.

La seule chose qui me rassure un peu, c'est qu'ils n'ont pas fait subir le même traitement à Eddy et Sofia. Elle est trop mal en point pour ça. Elle passe la moitié de ses journées à pleurer et l'autre, prostrée sur son canapé, dans les bras d'un Eddy aussi désespéré qu'elle.

Je ne parle même pas de Mila, la sœur de Braden, dont le ventre rivalise désormais avec un ballon de rugby, qui campe littéralement devant le centre des opérations, pour obtenir des réponses.

Personne n'a l'ombre d'une explication, et c'est plus frustrant que jamais, parce qu'on ne peut pas faire un deuil ou même l'amorcer, tant qu'on n'a pas désigné un responsable.

Alors les questions tournent en boucle encore et encore comme une musique de fond qui ne céderait jamais, un bourdonnement désagréable, un acouphène perpétuel. Pourquoi ? Qui ? Comment ? Elles ne me laisseront pas en paix tant qu'elles n'auront pas trouvé de réponses. J'en ai la certitude.

C'est pour ça que je suis ici, devant l'auberge où nous avons bu notre chocolat chaud, il y a vingt ans de ça.

Je me sens ridicule, parce que je sais d'avance que ce n'est pas ici que j'obtiendrai ce que je cherche : la rédemption et la paix d'esprit. Pourtant, je n'ai pas pu m'en empêcher. Elle est morte et je ferais mieux de l'accepter. Mais je n'y arrive pas. Je ne peux m'y résoudre. J'ai besoin de réponses à défaut d'espoir.

Pourtant, j'ai vu ces morceaux de cadavres. L'image de ces membres calcinés, éparpillés, hantera mes cauchemars jusqu'à mon dernier souffle. Mais rien n'y fait, c'est impossible.

J'essaie de me reprendre en tentant de chasser ces images et cette odeur de putréfaction. J'inspire, j'expire doucement pour apaiser les battements désordonnés de mon cœur qui pulse jusqu'à mes tempes. J'applique la technique de l'autruche, je suis très douée pour ça. Plutôt que d'affronter, je repousse et j'enferme les images et les sensations dans un casier au fond de mon esprit. Même si je sais pertinemment que je ne vais pas pouvoir faire ça indéfiniment. Pour l'instant, c'est ma seule alternative.

Quand mes mains ont cessé de trembler, que le calme est à peu près revenu, je réalise que je suis toujours assise dans le taxi. Le conducteur attend patiemment que je me décide à sortir, mais c'est plus compliqué que je m'y attendais.

Comme le compteur tourne, il ne fait aucun commentaire et il vaut mieux pour lui. Je n'ai ni la patience ni l'énergie pour lui répondre avec diplomatie et je n'ai pas envie de me retrouver coincée sur le Larzac, loin de toute civilisation avec un réseau de télécommunication plus que défaillant.

Si j'avais un tant soit peu réfléchi, j'aurais, peut-être, opté pour une autre option qu'un conducteur impersonnel. Je suis certaine qu'Eddy aurait été heureux de s'échapper, quelques heures, de leur enfer personnel pour me conduire ici. Pourtant, je trouve ma démarche tellement ridicule, que je n'ai pas pu m'y résoudre.

Depuis près d'un mois, je me repasse les paroles de Jadde en boucle et je me sens comme investie d'une mission.

— *Si je te manque trop, il te suffit de marcher sur les traces de notre passé et je ne serai jamais bien loin.*

Pourquoi cette phrase me paraît-elle si importante ? Est-ce que j'invente un sens caché à ses paroles parce que je n'arrive pas à accepter leur mort ? J'ai du mal à démêler mes sentiments. C'est un vrai sac de nœuds dans ma tête et mon sentiment de culpabilité n'arrange rien au micmac. Avec toutes ces conneries, j'ai de quoi alimenter une psychothérapie pour les vingt ans à venir. Sentiments de merde !

Pourtant, il n'y a pas que ça. J'ai cette sensation déroutante, dont je n'arrive pas à me défaire, qu'il y a un truc qui cloche. C'est pour ça que j'ai écouté ma crétine de conscience, pour ôter le dernier doute qu'il me restait et pouvoir avancer. Passer à autre chose et faire taire cette voix qui ne me quitte pas.

J'éprouve ce besoin pressant de me sentir proche d'elle, dans un lieu qui n'a pas été perverti par les forces de l'ordre. Ou alors j'analyse trop les choses et j'ai simplement envie de me donner du courage avant d'entrer dans le centre de rééducation fonctionnel.

C'est probablement un panaché de tout cela.

Comme je n'arrive pas à trouver une excuse valable pour m'abstenir et que le ridicule ne tue pas, je prends mon courage à deux mains pour sortir. Je demande au chauffeur de me faire passer le fauteuil qu'il a glissé dans le coffre.

— De suite, madame, s'empresse-t-il de répondre avec une forme de pitié.

Comme si j'en avais quelque chose à faire de sa mansuétude. RIDICULE ! Mais comme toujours, alors que dans ma tête ça hurle, je me contente de faire comme si je n'avais rien vu et le remercie d'un signe de tête.

— Puis-je vous aider ? demande-t-il en amorçant un geste.

Je l'arrête en le coupant dans son élan.

— Ça ira, réponds-je.

Plutôt crever la bouche ouverte que de laisser ce crétin me toucher. Je le gratifie d'un sourire enjôleur pour masquer le dégoût qu'il m'inspire.

J'ai toujours été très douée pour ça, cacher mes émotions, masquer mon dégoût, pervertir la vérité pour en sortir ce qui m'arrange. On apprend très tôt ce genre de choses quand il s'agit d'une question de survie.

J'ouvre le fauteuil d'un geste maîtrisé et le freine. J'installe mes jambes pour qu'elles suivent la manœuvre. Je place mes mains sur les accoudoirs, comme me l'a montré mille fois le kiné. À la simple force des bras, je passe d'un endroit à un autre en deux temps.

J'ai beau récupérer doucement les sensations dans mes jambes, elles restent bien trop frêles et les perceptions trop inconstantes pour leur faire confiance.

Je ne me plains pas, ça aurait pu être pire. L'espoir de remarcher un jour est au bout du chemin et je n'ai pas l'intention de finir avec des fesses aussi tannées que du cuir. Alors je vais faire ce qu'il faut pour récupérer ! La souffrance ne me fait pas peur et c'est tant mieux parce qu'on m'a dit que j'allais en chier. Cela me permettra peut-être d'arrêter de réfléchir.

La douleur combattant les obsessions. C'est un schéma que je maîtrise à la perfection. Ne pas penser, ne pas cogiter, contrôler, s'abrutir sous des tonnes de travail, se voiler la face et surtout, surtout agir. Voilà mon créneau.

Je congédie le chauffeur en lui tendant plus d'argent que nécessaire, histoire de couper court à une éventuelle protestation. Il me regarde monter la petite côte qui mène à la vieille bâtisse. À mi-chemin, j'entends la voiture démarrer et s'éloigner. Tant mieux, je n'aurais pas à supporter plus longtemps ses coups d'œil à la con.

Un peu plus loin, alors que j'atteins une petite plateforme, je m'arrête un instant pour reprendre mon souffle. La montée est raide et je suis en sueur ! Putain ! Je déteste être en nage. J'attrape une petite lingette que j'ai toujours à proximité et me rafraîchis un peu. L'illusion est un art que je cultive avec une certaine maîtrise. Mon chemisier en soie me colle à la peau, mais ce n'est pas le moment de m'en préoccuper.

Lorsque je me présente enfin devant l'entrée, je trouve porte close. Une vague de désespoir me prend à la gorge quand je lis la petite affiche épinglée dessus.

« FERMETURE DÉFINITIVE ».

Tout est vraiment fini !

Avec ces deux mots ridicules, mes rêves et mes espoirs sont réduits à néant…

À SUIVRE…

Bonus

Pourquoi pas… ?

Jack

Le 14 février 2015

Une fois encore, elle est assise devant ma photo les yeux dans le vague. Je n'en peux plus de la voir ressasser encore et encore notre amour perdu. Je souffre avec elle, pour elle, et je suis incapable de trouver la paix et de partir en la sachant si désemparée. Elle a été mon univers, dès l'instant où elle a croisé ma route et chaque journée passée à ses côtés a été un cadeau.

Le destin a choisi de nous séparer trop tôt, j'ai accepté de la quitter même si ça m'a tué au sens propre comme au figuré. J'ai renoncé à elle, parce que même si je l'aimais à la folie, j'ai toujours su que je n'étais pas celui qui lui fallait. J'étais trop sage, trop patient. Elle avait besoin de passion, de prestance. Là où je lui offrais la sécurité et l'amour sans vague, elle aurait dû avoir mieux, tellement mieux. Ça aussi je l'ai su au premier regard, mais elle m'a aimé, au point d'arrêter de vivre quand je suis mort.

Je l'ai vue lutter, se débattre pour ne pas sombrer. Après ma mort, un second drame a suivi, dont elle se sent encore plus responsable. Si seulement elle savait… Y penser me transperce encore la poitrine. Et comme si nous perdre n'était pas suffisant, il a fallu que ces charognards de torchon à ragots reniflent les cadavres et l'achèvent en traînant nos noms dans la boue.

Jamais elle n'aurait dû avoir à affronter ce drame seule. Heureusement que Meg et Sof ont fait front à ses côtés sinon je doute qu'elle soit parvenue à relever la tête. Plus tard alors qu'elle commençait tout juste à accepter mon départ, j'ai pensé qu'un homme pourrait lui être d'un précieux réconfort. Alors j'ai mis Eddy sur sa route.

Cette capacité à lire dans l'esprit des gens quand on est mort s'est avérée particulièrement utile. Elle m'a aidé à choisir avec soin la personne qui serait parfaitement en phase avec elle. J'ai eu de la chance qu'elle ressente cette étincelle amicale instantanément. Mais je n'en attendais pas moins d'elle, elle a toujours eu cette aptitude étonnante à sentir l'âme des gens, voir par-delà les mots.

Le grand gaillard l'a aidée à avancer, elle a réappris à sourire, et je l'ai même surprise à rire. Cette douce mélodie m'a réchauffé le cœur. Si seulement j'avais été en capacité de lui donner plus, de lui retirer cet affreux vide qui la ronge encore aujourd'hui. Mais ce n'est pas en mon pouvoir, c'est elle qui doit accepter de me laisser partir. Elle doit s'ouvrir à l'amour une nouvelle fois et arrêter de ressasser ce passé qui lui est inaccessible.

Je l'aime assez pour m'effacer, lui laisser assez de place pour en aimer un autre, même si c'est difficile. J'ai toujours su que ce moment arriverait. Maintenant, je dois l'amener à l'accepter elle aussi. J'ai déjà officié de l'autre côté de l'Atlantique. J'ai fait ce que j'avais à faire pour le préparer à elle. Il sera à la hauteur.

Même si j'ignorais jusqu'à son existence, il ne fait aucun doute que c'est à lui qu'elle était destinée. Je n'étais que le moyen dont s'est servi le destin pour la préparer à leur rencontre.

Il est son Ying, elle sera son Yang et je suis le lien qui les aidera à s'unir. Les premiers mois, j'ai détesté Braden pour cette raison. Il aura droit à tout ce que j'ai perdu et même s'il n'en était pas directement responsable je l'ai maudit. Maintenant, j'ai accepté le fait qu'elle soit aussi salvatrice pour lui qu'il le sera pour elle. Deux âmes brisées, séparées pour mieux se réunir. L'accepter c'est une chose, mais cela ne me sauvera pas de la douleur quand elle partira. C'est pourquoi ce soir, j'ai décidé de lui faire un dernier cadeau. L'ultime preuve de mon amour, mon cadeau de départ.

Tous les signes sont là, d'ici quelques mois, quatre pour être exact, elle va devoir quitter notre maison. Elle y reviendra peut-être, mais je ne serai plus là pour la voir, parce qu'à l'instant où son cœur le reconnaîtra, je serai libéré de mes chaînes et je disparaîtrai. J'ai parfaitement conscience qu'elle ne cessera pas de m'aimer pour autant, mais l'amour est la clef de tous leurs maux.

J'aurais voulu lui dire une dernière fois à quel point je l'aimais, lui offrir le réconfort de mes bras, lui transmettre toute cette affection qui m'a aidé à apaiser la douleur de notre séparation. Au lieu de quoi, je vais lui offrir un lendemain, un nouveau rayon de soleil qui la guidera jusqu'à un autre. Le reste du chemin, elle sera la seule à pouvoir le faire. La connexion entre eux était là bien avant notre rencontre, mais ils n'étaient pas prêts l'un pour l'autre. Aujourd'hui, ils le sont, à eux d'écrire la suite…

Remerciements

Je ne vais pas être très originale pour les remerciements. Si vous avez eu la curiosité de lire ceux des précédents tomes, vous en savez déjà pas mal sur les personnes qui m'accompagnent dans cette incroyable aventure.

En chef de file, ma moitié, mon Brad personnel. Aussi passionné que passionnant. Je t'aime mon cœur.

Juste en suivant mes trois crapules. Mat, Lili et Alex. Merci, mes amours, vous me donnez tous les jours envie de me surpasser et de vous rendre fiers de moi. Merci d'accepter que je joue les mamans à mi-temps quand je me plonge dans un nouveau défi.

Merci à mes parents, qui à leurs façons, m'encouragent et m'accompagnent avec bienveillance.

Merci à mes sisters qui me maintiennent les pieds sur terre.

Merci à Céline, qui a une nouvelle fois dû relire la série…, je ne sais pas, ça doit faire dix fois à ce stade. Tu les connais mieux que moi, c'est dire. Merci de croire en moi, plus que moi-même !

Sam, tu as un talent de damnée, tes couvertures sont sublimes et bon sang, je suis heureuse d'avoir partagé cette magnifique expérience avec toi.

Caro, tu es ma bêta depuis le premier jour, malgré tous nos déboires, tu ne m'as pas lâchée, merci pour ça. Nous savons que je vais devoir prendre mon envol, mais je n'oublierai jamais ton soutien.

À l'instar d'autres auteurs, j'ai besoin d'une certaine ambiance pour écrire. La première fois que j'ai mis les pieds au Nelly's Coffee, j'ai su. Depuis, ce petit café est devenu mon fief pendant que sa petite équipe est entrée dans le cercle très fermé de mes amies. Merci, Nelly, Katia et Chloé de me laisser squatter les lieux de l'ouverture à la fermeture malgré mes élucubrations et mes délires de folle furieuse !

Je serais bien ingrate de ne pas mentionner, toutes les adorables chroniqueuses et blogueuses qui suivent, avec engouement, les déboires de Jadde et Braden. Je ne peux pas toutes vous citer, vous êtes bien trop nombreuses, mais je m'en voudrais de ne pas vous remercier comme il se doit.

Et enfin, merci à mes lectrices. Sans vous, mon rêve ne serait resté qu'une illusion. J'en profite pour embrasser les plus fidèles d'entre elles qui se sont réunis sous la bannière du « le petit monde d'Abby ». Je vous jure, vous êtes mes moteurs au quotidien. Je vous aime, sachez que chacune à votre façon vous m'offrez l'envie de continuer à rêver et c'est le plus beau cadeau que l'on puisse donner à une écrivaine.

L'autrice propose aussi :

Les tomes de Love in Dream
déjà disponibles :

Love in Dream
Tome 1 Connexion

Love in Dream
Tome 2 Détonation

Love in Dream
Tome 4 Résurrection

Une série historique au goût de famille :
L'ardillon de la liberté

Le résumé comme l'histoire sont à déguster en musique avec Monsieur J-J Goldman et son titre mythique « Comme toi »

« Elle s'appelait Sophie,
Elle n'avait pas 6 ans,
Sa vie c'était labeur,
Son frère et ses grands-parents.
Mais la guerre en avait décidé autrement.

Elle avait les yeux clairs
Et la robe en coton,
La douceur du bonheur,
Et les joies du Dragon ;
Mais des wagons glaçant l'en menaçait autrement
Comme toi ...

D'une étreinte à une autre.

Le résumé comme l'histoire sont à déguster en musique avec monsieur Francis Cabrel et son titre mythique « je l'aime à mourir »

« Ma vie n'était rien
Et voilà qu'avec toi
Le soleil réveille même mon cœur de bois
Je mourrais pour toi

Ils pourront briser
Tout ce qui leur plaira
Tant que tu existeras
Tout le reste ne comp'tera pas
Ne comptera pas
Je mourrais pour toi

Du suspense à l'émotion avec sa série

FLIC
Tome 1 Implosion

Forte,
Loyale,
Intuitive et
Charismatique

Voilà 4 mots qui résument à merveille l'impétueuse Ashley Johnson. Ajoutons au tableau un instinct inné pour flirter avec le danger et un sens de la répartie acéré, et nous obtenons un cocktail explosif.

Pourtant derrière cette solide façade, *Ash* cache une blessure profonde. Comment construire un présent, quand le passé n'est que néant, vide de tout souvenir ?

Au cœur de ses enquêtes criminelles et voyage prête à tout même à se perdre, qui pourra l'empêcher de voler en éclats ?

Laissez-vous surprendre par Ashley, une femme d'exception qui nous fera passer du rire au larmes, de l'amour à la haine, à travers sa quête de justice et de vérité.

Tome 2 Résurgence

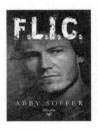

Tome 3 Voleurs d'âmes

Pour suivre ses actualités, rendez-vous sur :

 facebook.com/abbysoffer1

 instagram.com/abbysoffer/

Et son site Internet : abby-soffer.fr

Printed in France by Amazon
Brétigny-sur-Orge, FR

19332302R00261